DMITRY
GLUKHOVSKY

OUTPOST

DER POSTEN

ROMAN

Aus dem Russischen von
Jennie Seitz und Maria Rajer

WILHELM HEYNE VERLAG
MÜNCHEN

Titel der Originalausgabe:

ПОСТ

FSC www.fsc.org MIX Papier aus verantwortungsvollen Quellen FSC® C014496

Penguin Random House Verlagsgruppe FSC® N001967

2. Auflage
Deutsche Erstausgabe 10/2021
Redaktion: Kristof Kurz

Printed in Germany
Umschlaggestaltung: DAS ILLUSTRAT, München,
unter Verwendung eines Motivs von
Shutterstock.com / Roman Kybus
Satz: Schaber Datentechnik, Austria
Druck und Bindung: GGP Media GmbH, Pößneck

ISBN 978-3-453-32177-9

www.diezukunft.de

EINS

»WAS IST DENN DA, auf der anderen Seite der Brücke?«

Diese Frage stellt Jegor zum tausendsten Mal, und warum auch nicht, die Antwort fällt schließlich jedes Mal anders aus.

Die riesige Brücke ragt in grünen Dunst hinein, einen dichten giftigen Nebel, und löst sich langsam darin auf, bis sie knapp zwanzig Meter vom Ufer entfernt ganz aus dem Sichtfeld verschwindet. Der Wind nimmt hin und wieder Anlauf, um den Nebel zu vertreiben, aber er schafft es nicht.

Der grüne Vorhang hebt sich nur leicht und legt den Blick frei auf die immer gleichen rostigen Gleise, rostigen Balken, das rostige Fachwerk, bewachsen mit etwas, das wie rotbraunes Seegras aussieht, aber keins ist; etwas, das im Wind schaukelt und bei Windstille.

Der Nebel lässt sich nicht vertreiben, weil er vom Wasser aufsteigt. Es ist der Atem des schwerfälligen, schaumbedeckten, kranken Flusses.

Der Fluss selbst ist nicht zu sehen, erst irgendwo im Dunkel tauchen die Betonpfeiler der Brücke hinein. Aber zu hören ist er durch den Nebel hindurch deutlich – sein Schmatzen, Schlürfen, Glucksen. Als wäre er lebendig – aber das täuscht. Dort unten gibt es kein Leben. Und gerät doch einmal etwas Lebendiges hinein, lebt es nicht lange. Holzboote verkohlen, Schlauchboote werfen Blasen und platzen. Wer hier wohnt, geht selbst dann nicht zu nah ans Wasser, wenn man ihm die Pistole auf die Brust setzt. Und überhaupt, was heißt hier Wasser ...?

Der Fluss ist selbst mit stahlverstärkten Frachtkähnen nicht schiffbar. Wer einmal stromabwärts gefahren war, kehrte nicht mehr zurück. Auch aus der anderen Richtung hat sich der Brücke noch nie jemand genähert.

Deshalb braucht der Fluss auch keinen Namen mehr: Er heißt einfach nur Fluss.

Aber früher nannte man ihn »Wolga«.

Jegor lässt nicht locker. »Also, was?«

»Na, was schon ... Städte, wahrscheinlich. Genauso leer wie unser Jaroslawl. Das weißt du doch selbst, was fragst du überhaupt?«

»Ich? Ich weiß gar nichts. Du bist doch der, der alles weiß, Sergej Petrowitsch.«

»Halt dich ja von der Brücke fern, klar? Sonst reiß ich dir den Kopf ab!«

»Geht klar, Sergej Petrowitsch. Du bist hier der Kommandant! Und ich nur ein Trottel mit Gitarre. Ich muss ja auch gar nichts wissen. Aber die Frage ist doch, wieso dich das nicht interessiert! Du sollst doch das Imperium an seiner Ostgrenze verteidigen!«

Polkan wirft Jegor einen finsteren Blick zu. Reibt sich die Glatze. Schiebt das Teeglas im silbernen Halter, in den ein Eisenbahnmotiv eingraviert ist, zur Seite.

»Ich weiß genug, du Klugscheißer, kapiert?«, knurrt er. »Die verfluchte Eisenbahn reicht von Moskau bis ans andere Ende der Welt. Aber sie könnte genauso gut hier bei uns zu Ende sein, so lange, wie sich niemand mehr von drüben hat blicken lassen. Jeder hat seine Aufgabe, klar? Jeder hat seinen Posten!«

Polkan trommelt mit den Fingern auf dem Tisch, sucht verbissen nach einer Beschäftigung, einem Vorwand, um Jegor aus seinem Dienstzimmer zu schmeißen. Der Politikunterricht ist vorbei, noch bevor er angefangen hat.

Jegor schlägt einen Waffenstillstand vor. »Gib mir die Gitarre wieder, und ich bin sofort weg.«

»Ich geb dir gleich was anderes, kapiert?! Geh und lern Geschichte, danach hast du Kampftraining. Heute Abend können wir dann über die Gitarre reden! Däumchen drehen will er, verdammt noch mal, anstatt zu lernen! Reichsgeografie pauken sollst du! Zermarterst dir den Kopf über die andere Seite, dabei will nicht mal rein, was auf dieser los ist!«

Aber was ist schon auf dieser Seite los?

Leere Häuser, leere Straßen. Leere Karossen der stehen gelassenen Autos. Knochen, die niemandem gehören, vereinzelt und in Häufchen. Wilde Hunde.

Leben gibt es kaum noch. Höchstens bei den Wachtposten, wo die Menschen in ihren Bahnhofsfestungen hocken, sich an die Eisenbahn klammern, sich verschanzen.

Polkans Posten befindet sich am äußersten Punkt. Die Garnison hat den Befehl, die östlichen Zufahrtswege zu bewachen, also beschützt die Garnison pflichtgemäß die Brücke. Ob vor Aufständischen, Umherziehenden oder Tieren – das kann nicht mal mehr Polkan sagen.

In den Geschichtsbüchern, aus denen Jegor lernen soll, geht es immer nur bergauf: Prosperität, Gerechtigkeit, der Anbruch einer neuen Ära. Aber wann diese Ära den Bach hinuntergeht, steht nicht mehr in den Büchern. Da muss er Polkan glauben, der sagt, das Volk habe gewütet und Verräter hätten das Land leer geplündert; die Hauptstadt sei so ausgeblutet gewesen, dass sie die wegbröckelnden Gebiete nicht mehr halten konnte. Schließlich habe Moskau entlang der verseuchten, giftigen Wolga eine Grenze gezogen, am hiesigen Ufer den Wachtposten aufgestellt, das andere Ufer vergessen und sich um seine Angelegenheiten gekümmert. Und Angelegenheiten gab es mehr als genug.

Was Russland gewesen war, wurde zu Moskowien.

Mehr musste Jegor nicht wissen. Er blickt in Polkans Schweinsaugen. »Ich scheiß auf eure Geschichte und Geografie«, sagt er. »Die alte Welt ist im Arsch, und da kann sie auch bleiben. Aber meine Gitarre hol ich mir trotzdem. Du hast sie mir nicht gegeben, also kannst du sie mir auch nicht wegnehmen, klar?«

Jegor nähert sich langsam dem Ausgang, damit er durch die Tür entwischen kann, bevor der fette, eingerostete Polkan hinter seinem Tisch hervorkommt. Dem dämmert allmählich, was Jegor da gerade gesagt hat; er schüttelt seine wulstige Faust. »Pass bloß auf, du Nichtsnutz! Sonst kannst du draußen schlafen, dann sehen wir ja, wie mutig du bist! Und deine Balalaika schmeiß ich in den Ofen!«

»Versuch's nur!«

Aber Jegor hinterherzurennen, dafür ist der Kommandant zu faul. Wozu auch? Sie schlafen sowieso unter einem Dach. Der kommt schon von allein wieder angekrochen. Wird ja wohl kaum die Nacht draußen verbringen. Also bellt Polkan von seinem Stuhl aus: »Wenn du nicht lernen willst, dann lass es bleiben! Siebzehn Jahre und nur dein Geklimper im Kopf. Herumtreiben will er sich, statt nachzudenken! Weißt du was? Wenn du über die Brücke willst – nur zu! Geh! Hau ab! Kommst eh nicht weit. Wohin willst du schon ohne deine Mami? Du hängst ihr doch am Rockzipfel! Nur frech sein kannst du und sonst nichts!«

»Du bist doch hier der Pantoffelheld! Was kannst du denn schon, außer auf deinem Arsch hocken und rumkommandieren? Wie viel Verstand braucht man denn dafür? Ein Kommandant, ich lach mich tot!«

»Scher dich zum Teufel! Verschwinde!«

Das war auch schon alles, was Jegor wollte: Polkan zur Weißglut treiben.

Er steckt die Hände in die Hosentaschen und hüpft die Stufen hinab – aus dem obersten Stock der Kommune nach unten.

Im ersten Stock bleibt Jegor vor der gummiverkleideten Tür von Wohnung Nummer 4 stehen. Er hält die Luft an, lauscht: Hört man ihre Stimme? Nein?

Sein Gehör ist scharf. Die Gespräche der Nachbarn hört er aufs Wort genau, er hört am Hundegebell, wenn die Chinesen mit den Fuhren näher kommen; hört, in welcher Tonhöhe der Teekessel pfeift oder die Wölfe heulen. Von seinem leiblichen Vater hätte er das, sagt seine Mutter. Eine idiotische Gabe, sagt sie, die zu nichts Gutem führt.

Nein. Kein Ton von ihr. Nur die Litanei der Alten, sonst ist es still hinter der Tür. Er hat völlig umsonst angehalten. Dass er es wieder mal nicht lassen konnte, ärgert ihn. Er nimmt ein paar Stufen auf einmal und sprintet weiter hinab.

Am Eingang greift er sich sein an die Wand gelehntes Longboard.

Er steigt aufs Board, fährt aber nicht los; schaut stattdessen auf die Fenster über sich. Die Fenster im ersten Stock. Sie sind leer, aber für den Bruchteil einer Sekunde scheint ihm, als wäre hinter dem Glas, wie unter einer Eisschicht, etwas vorbeigeglitten – sie: offenes blondes Haar, schmale, sonnengebräunte Schultern, selbst die durchsichtigen grauen Augen meinte er, erkannt zu haben ... Hat er sie doch überhört? Jegor hebt die Hand, winkt dem Glas und dem Eis unentschlossen zu.

Und sofort spürt er ihren Blick im Rücken.

Bei den Garagen steht Michelle und sieht ihn spöttisch und von vornherein gelangweilt an – dieses Gespräch will sie gar nicht erst führen: Hi, wie geht's, ja, auch ganz gut. Sie weiß besser als er, was das Geplänkel soll. Sie ist vierundzwanzig, Jegor ist viel zu jung für sie und eindeutig zu uncool, auch wenn sein Stiefvater der Kommandant des Postens ist. Jegor ist siebzehn, er ist zwar keine Jungfrau mehr, aber er hat es nur der Vollständigkeit halber mit einer chinesischen Prostituierten drüben in Schanghai getan. Michelle dagegen ist ein Star, eine Prinzessin, nicht von dieser Welt.

Sie hält ein iPhone in der Hand: ihr immer gleiches altes iPhone, das sie ständig bei sich trägt, als wäre es angewachsen. Telefonieren kann man damit zwar nicht, weil die Funknetze vor einer Ewigkeit, schon zu Beginn des Kriegs, zusammengebrochen sind. Aber sie braucht es auch nicht, um mit der Gegenwart zu sprechen. Es ist ihre Verbindung zur Vergangenheit.

Jegor zieht die Nase hoch.

»Hi, wie geht's?«

Michelle schaut ihn an, da ist noch etwas anderes in ihrem Blick als nur Frust über seine unbeholfenen Annäherungsversuche. Da ist Schwärze – etwas hinter ihren Augen ist durchgebrannt. Sie holt tief Luft, um Jegor aus ihrem Blickfeld zu pusten. »Mein Handy ist tot«, sagt sie kraftlos und mit aufgesetzter Gleichgültigkeit. »Wie – tot?«

»Keine Ahnung. Irgendwann musste es ja passieren.«

Sie sagt es so, als wäre es ihr egal, aber ihre Stimme zittert. Sie wendet sich ab und schaut über das Tor ins Leere.

Jegor gibt sich alle Mühe, möglichst selbstsicher auszusehen und zu klingen. »Das kriegt man doch bestimmt irgendwie wieder hin!«

Michelle sieht ihn aufmerksam an, fixiert ihn mit dem Blick. Jegor wird schwindlig. Er riecht ihren Duft.

»Wie denn? Bei Kolka Kolzow war ich schon. Der sagt, es ist hinüber. Hätte man ein zweites, könnte man wenigstens die Daten retten …«

»Na dann«, sagt Jegor mit einem dummen Grinsen, »willkommen auf dem Posten! Fühl dich wie zu Hause. Hier haben wir die Wache, dort das Krankenhaus und drüben ist die Schule. Die Klos sind draußen, die Kanalisation ist Schrott …«

Michelle verschränkt die Arme vor der Brust. Die blaue Jeansjacke schließt sich wie ein Panzer. Sie sieht ihn hasserfüllt an. »Idiot. Das ist nicht lustig.«

Sie dreht sich um, lässt den Kopf hängen und geht. Jegor schwitzt, sein Lächeln verzieht sich zur Grimasse, aber er findet keine Worte, um sie aufzuhalten. Das war's, gleich hat er sie für alle Ewigkeit verloren. Nach dieser Unterhaltung würde er ja selbst nie wieder mit sich reden, und sie erst recht nicht ... Echt jetzt, Idiot!

Jetzt muss er sich etwas einfallen lassen, schnell! Verzweifelt knautscht er Worte aneinander und stammelt irgendeinen Schwachsinn: »Ich hab ein Lied gemacht ... geschrieben ... Ich kann's dir vorspielen, wenn du willst ...«

Zum Glück kann sie ihn nicht mehr hören.

Michelle berührt den Türgriff ganz vorsichtig: Er knarzt, die Tür knarzt, die dick lackierten Kieferndielen knarzen, einfach alles knarzt in dieser verdammten Wohnung. Großvater witzelt immer, man liefe wie auf einem Minenfeld – ein falscher Schritt und: Peng! Mit Minenfeldern kennt Opa sich aus, im Krieg war er Pionier. Wenn Oma sie hört, ist sie geliefert.

In den Tiefen der Wohnung vibriert es sehnsüchtig-krächzend:

Rotes Zwielicht zeichnet feurig
Einen Horizont der Nacht
Ich komme zu dir, in die Weite
Um zu halten Feldandacht.

Meine Last zieht schwer nach unten
Doch mein Aug' ist himmelblau

Weiß ich doch, wir sind verbunden
Über Mutter Erdes Tau.

Großmutter leiert melodramatisch und voller billigem Pathos ihren Jessenin herunter. Mit Lippen, die nicht mehr gehorchen wollen, wiederholt sie die immer gleichen Verse, versucht, auf diese Weise das Vergessen aufzuhalten.

Wir gelangen durch die Felder
Zu der Wahrheit vor dem Kreuz
Mit dem Licht des Taubenbuches
Werd ich stillen deinen Durst.

An der Türschwelle schlägt Michelle der säuerliche Geruch nach Alter entgegen. Die Luft ist zäh wie Wasser. In einem Sonnenstrahl wirbelt goldener Staub wie Plankton unter der Lampe eines Tauchers. Das Gesäusel verstummt.

Michelle macht einen Schritt, noch einen, und sofort tönt es aus dem Zimmer:

»Nikita? Nikita!«

Michelle stößt genervt die Luft aus der Lunge, die ihr eigentlich dabei helfen sollte, über den knarrenden Fußboden zu schweben.

»Nikita! Bist du das? Wer ist denn da?«

»Ich bin's, Oma!«, ruft Michelle schließlich widerstrebend.

»Und wo ist Opa?«

»Der hat Dienst, Oma!«

Jetzt muss sie schnell zu ihr ins Zimmer, sonst bekommt die Alte noch Angst und fängt womöglich an zu weinen. Vor dem Schlaganfall war sie hart wie Granit; nicht einmal, als ihre Tochter im von der Außenwelt abgeschnittenen Moskau umkam, hat sie vor der Enkelin geweint. Aber jetzt bricht sie bei jeder Kleinigkeit in hilflose Krokodilstränen aus.

Abgesehen von ihrem rechten Arm ist sie vom Hals abwärts gelähmt. Sie hebt den Kopf, reckt sich in Michelles Richtung, runzelt ängstlich die Stirn, lächelt, als sie sie endlich erkennt, und lässt den Kopf zurückfallen. »Holst du mir Opa?«, fragt sie fordernd, aber auch auf eine kindliche Art.

»Er kommt nach seinem Dienst, Oma. Was willst du denn von ihm? Soll ich die Bettpfanne leeren? Dich waschen? Das kann ich doch machen«, sagt sie betont ruhig. Aber so klingt es erst recht böse. Ob die alte Frau die Wut in ihrer Stimme wohl hört? Dafür würde Michelle sich schämen.

»Nein, nein, Kindchen, danke.«

»Was dann?«

»Gar nichts, Kindchen. Ich warte einfach auf ihn.«

Großmutter versucht, dankbar zu lächeln, aber die linke Hälfte ihres Mundes ist taub, und anstatt eines Lächelns bringt sie nur ein schiefes Grinsen zustande.

Der ganze Raum ist mit altem Zeug vollgestopft. Im Glasschrank stehen traurige Hündchen mit abgeschlagenen Ohren, kleine Matrosenjungen, von deren Augen längst der Lack abgerieben ist; auf der Kommode stapeln sich Kisten mit obskurem Plunder, alles bedeckt von einer dicken Staubschicht.

Der säuerliche Mief treibt einem Tränen in die Augen. Erst recht, wenn man von draußen kommt.

Michelle verlässt das Zimmer so schnell sie kann, lehnt die Tür an und hört, wie die Großmutter wieder ihre Leier anstimmt:

Ganz in Weiß die Birke
ich vorm Fenster fand,
schneebedeckt im silbern
leuchtenden Gewand ...

Natürlich weiß Michelle, wofür Oma ihren Nikita braucht. Sie kennt die Gespräche in- und auswendig, die sie mit ihm führen will. Oma tut ihr leid, aber Opa noch mehr, und deshalb wird sie ihn auch nicht suchen oder ihm ausrichten, dass Oma nach ihm gefragt hat.

Sie geht in die winzige Küche, zieht die Tür hinter sich fest zu, setzt sich auf ihren Hocker und fischt die Kopfhörer aus der Hosentasche, um Großmutters Gemurmel mit Musik zu übertönen. Erst als sie zum Handy greift, fällt ihr wieder ein, dass es tot ist.

Michelle starrt unwillkürlich, aus Gewohnheit, auf den leeren schwarzen Bildschirm und sieht darin nur sich selbst. Vor Kurzem noch war da eine ganze Welt, ihre ganze Moskauer Vorkriegswelt. Die Eltern – noch am Leben –, die Fünfzimmerwohnung im Stadtzentrum und das Haus auf dem Land, auf Hochglanz polierte Prospekte und gepflasterte Straßen, ihre hippen Schulfreunde, Cafés mit unterwürfigen Kellnern und den tollsten Speisen.

Lauter Videos von lachenden Menschen. Videos mit Papas Belehrungen.

Und Musik – der Soundtrack zu ihrem früheren Leben. Diese ganzen Jahre auf dem Wachtposten hat sie pausenlos ihrer Vergangenheit nachgelauscht, versucht, ihre coole schöne alte Musik über das hässliche neue Bild zu legen. Es hat nicht wirklich funktioniert, aber man konnte immer noch die Augen schließen.

Das geht jetzt nicht mehr.

Polkan tritt in den Hof hinaus und betrachtet seine Festung.

Für die Garnison ist sie eigentlich zu groß, aber einen besseren Ort hätte man dafür nicht finden können. Vor dem Zerfall war das hier die Reifenfabrik der Stadt; schon damals war das riesige Gelände mit einer von Stacheldraht gekrönten Betonmauer gesichert worden, und an den Zufahrten hatten die früheren Besitzer Kontrollposten aufgestellt. Die himmelhohen teerschwarzen Schornsteine hätten vortreffliche Aussichtstürme abgegeben – bei noch so dichtem Nebel hätte man über den Fluss und bis zum Horizont gesehen. Für die Kampfbomber waren sie jedoch ein leichtes Ziel gewesen, also waren sie nicht lange stehen geblieben.

Jetzt patrouillieren tagtäglich Streifen um all die vielen Hektar, Schäferhunde schnüffeln entlang der Grundstücksgrenze, ob auch niemand die Mauer untertunnelt oder übersprungen hat; die Wachen beziehen in den dunklen Backsteingebäuden der Fabrik Position und kehren bei Nacht in die Kommune zurück.

Die Kommune liegt am Rand der Fabrik: zwei niedrige Plattenbauten, ein paar Garagen, ein Hof. In einem Gebäude war früher die Verwaltung untergebracht, im anderen Einheitswohnungen, für die einfachen Arbeiter, die sich von Monatslohn zu Monatslohn hangelten; die meisten waren Angestellte der Reifenfabrik, die ihre Wohnung für ihren treuen Dienst bekommen hatten. Aber es gab auch noch andere, die sich zum Marktpreis ein paar Quadratmeter mit Blick auf die Gleise gesichert hatten.

Als das normale Leben mit seinen Krediten und Löhnen zusammengebrochen und die russische Bevölkerung beträchtlich geschrumpft war, versetzte man die Grenze der erschlossenen und zivilisierten Welt näher an die Hauptstadt, indem man sie am Fluss entlangzog. Die Überlebenden fanden sich wieder zusammen. Und weil es nicht sehr viele waren, gab es auch wenig Anlass zum Streit. Einsam und verlassen in seiner alten Wohnung zu hocken, ohne Fensterscheiben, womöglich ohne Wände, war nicht nur trostlos, sondern gefährlich. Außerdem wärmt der Mensch sich ja gern an seinesgleichen ...

Und so drängten sie sich, als wären sie ohne Feuer im winterlichen Wald gelandet, auf dem Wachtposten in der ehemaligen Reifenfabrik zusammen, verschanzten sich hinter den Betonmauern, richteten sich im ehemaligen Wohnheim und dem Verwaltungsgebäude häuslich ein, setzten in den Garagen ein paar Werkstätten in Betrieb, stellten Wachtürme auf, schworen einen Treueeid auf Moskowien und machten irgendwie weiter – am Rande der Welt.

Theoretisch war die Welt zwar noch rund, aber daran glaubte längst nicht mehr jeder, und jemanden, der es einem hätte erklären können, gab es erst recht nicht mehr. Die geopolitische Karte war geschrumpft, dafür hatten die dunklen Flecken darauf zugenommen; eigentlich hätte auch Jaroslawl neu kartiert werden müssen, aber wer ging schon freiwillig in die Stadt.

Ein paar Wohnungen wurden zu Gemeinschaftsräumen umfunktioniert, aus einer machte man einen Klubraum, aus einer anderen die Kantine, in der dritten war jetzt die Krankenstation, in der vierten – Kindergarten und Schule zusammen. Denn Kinder wurden auch weiterhin unbeirrt gezeugt: Das Leben ging seinen Gang, und die, die ihre Familien im Krieg verloren hatten, suchten nun untereinander Trost und Vergessen. Stärker als die Liebe knallt nur Klebstoff – aber den muss man erst mal finden.

Polkans erste Frau hat ihn noch vor dem Zerfall verlassen und sich in Richtung Koroljow abgesetzt. Polkan war damals Polizeichef im Bezirk Leninski, kam immer blau nach Hause, und seine Frau musste darunter leiden – manchmal bekam sie auch ein paar Schläge ab. Eines Tages war sie einfach weg, zurück blieb nur ein Abschiedsbrief. Kinder hatten sie keine, aber einer Scheidung hätte er nie zugestimmt, das hatte er sich geschworen; gesucht hatte er trotzdem nicht nach ihr, obwohl ihm das sein Dienstgrad leicht gemacht hätte. Und dann war die glückliche neue Ära auch schon vorbei, und sämtliche Papiere des alten Russland verloren ihre Gültigkeit.

Schon damals hatte Polkan ein Auge auf Tamara geworfen. Aber sie war nicht allein – es gab sie nur im Doppelpack mit Jegor. So wie Polkan nicht daran dachte, nach seiner ersten Frau zu suchen, so wartete Tamara nicht auf Jegors Vater. Aus irgendeinem Grund wusste sie genau, dass er nicht mehr unter den Lebenden weilte, und sah sich von allen ehelichen Pflichten entbunden. Tamara wusste viele Dinge – sie wusste sie einfach und Punkt.

»Ein Auge auf sie geworfen« – so hat es Polkan später selbst formuliert. Wer dabei war, erinnert sich ganz anders: »Hals über Kopf in sie verschossen«. Ja, Tamara war schön für ihr Alter. Aber dass Polkan sie, eine Zigeunerin, ernsthaft lieben könnte, nicht nur für eine Nacht, und dass er auch noch ihren Zigeunerjungen wie einen Sohn aufnehmen würde, damit hatte sie nicht gerechnet.

Ein halbes Jahr lang hatte er sie umworben, war auf den Knien herumgerutscht, hatte sie mit seinem öden Polizistengehabe zu beeindrucken versucht und geschworen, Jegor ein guter Papa zu werden; dabei war er nicht mal die schlechteste Partie für die geschiedene Vierzigjährige: Er war schon damals Kommandeur des Grenzübergangs, der später zum Wachtposten wurde.

Einen Monat nachdem ihn Tamara erhört hatte, begann Polkan, weniger zu trinken; seine Hand erhob er gegen seine neue Frau auch nie.

Ein Papa wurde er für Jegor aber nicht, und Jegor wurde ihm auch kein Sohn.

Anders als Tamara war Jegor nicht davon überzeugt, dass sein richtiger Vater tot war. Nach dem kam er offenbar auch – er hatte seine Wangenknochen und mandelförmigen grauen Augen. Von seiner Mutter hatte er weder die dunkle Haut noch die schwarzen Haare geerbt.

Erst recht wäre nie jemand auf die Idee gekommen, dass Jegor Polkans Kind sein könnte – diesem bulligen Koloss mit wulstigen Lippen und einem Kopf, der direkt aus den Schultern wuchs.

Aber aus Respekt vor Polkan wurde Jegor auf dem Posten nicht einmal hinter seinem Rücken Zigeunerkind genannt.

Man nannte ihn immer nur »Polkans Jungen«.

Jegor schaut zu den glutroten Umrissen der Plattenbauten, die sich hinter den Gleisen abzeichnen. Da rottet Jaroslawl allmählich vor sich hin. Soll er es dort versuchen? Vielleicht hat er ja Glück.

Das wäre doch was, wenn er einfach so ein Handy findet. Am besten noch ein iPhone. Und es ihr bringt, als wäre nichts dabei: Hier, das lag bei mir rum, ich dachte, vielleicht kannst du es gebrauchen, deins ist doch letztens abgeschmiert.

Oder nein.

Noch besser: Er erzählt ihr haarklein, was er alles durchgemacht hat, um es zu bekommen. Wie schwer es war, sich vom Posten wegzuschleichen, was er den Wachen vorgelogen hat und von wem er den Tipp mit der Wohnung hatte, in der die mittlerweile verstorbenen Bewohner das nagelneue iPhone gebunkert hatten. Ein neues mit Originalverpackung wäre echt cool; das würde Michelle hundertpro zu schätzen wissen!

Er könnte den Wachen erzählen, Polkan hätte ihn zum Checkpoint geschickt, aber am Ende rufen sie seinen Stiefvater an, und der verpetzt ihn bei seiner Mutter, und die dreht wieder durch, weil sich ihr kleiner Liebling in schreckliche Gefahr begibt. Wenn's nach ihr ginge, würde er den ganzen Tag im Hof herumsitzen und Stöckchen schnitzen.

In den halb verfallenen Fabrikanlagen gibt es einen Bunker. Der Eingang befindet sich auf dem Fabrikgelände, aber die unterirdischen Gänge führen weit drüber hinaus. Dort ist es eine schwere Eisentür mit Ventilschloss, wie bei einem U-Boot: Jegors Geheimweg, den außer ihm niemand kennt.

Niemand außer ihm - und Polkan. Der hat ihm den Weg damals gezeigt, streng vertraulich natürlich, um damit Jegors Freundschaft zu gewinnen. Für eine Freundschaft hat es aber nicht gereicht.

Jegor nimmt eine verkürzte Kalaschnikow aus dem Wächterhäuschen, sucht nach der Gasmaske, die er im Bunker versteckt hat, klettert durch die Luke und hinter die Mauer, dann steigt er auf sein Board und rollt an den Gleisen entlang Richtung Stadt. Die Strecke führt direkt bis zum Bezirk Leninski, Polkans ehemaligem Revier.

Hinter dem Tor hat man die Wahl zwischen der Straße der Sowjets und dem Prospekt der Republik - beide führen vom Fluss weg ins Stadtzentrum.

Jaroslawl ist eine Stadt wie jede andere: Hier ein paar Stalin-Bauten, dort ein Plattenbau, da der dreistöckige Glaskasten einer Shoppingmall, ein Spielplatz, eine Müllhalde, eine von Tauben zugeschissene Leninstatue und eine Kirche mit bröckelndem Putz. Rostige Autos stehen wie leere Fischkonserven im ewigen Stau; Steppenläufer und knorrige Astgebilde, die vor dem Krieg mal Bäume waren und jetzt wie irre wuchern, weil sich niemand mehr um sie kümmert.

Die Bewohner des Postens gehen nicht gern in die Stadt, höchstens an Allerseelen anstatt auf den Friedhof. Sie kommen hin, stehen ein bisschen rum, seufzen, kippen ein Gläschen auf die Toten. Erinnern sich beim Anblick der vernagelten Fenster an damals, schmunzeln über ihre Sorgen von früher, beweinen leise die Gefallenen, und das war's.

Aber Jegor mag die Stadt. Hier kann man wenigstens anständig skaten.

Der Asphalt ist noch völlig in Ordnung, nur hier und da reißen Wurzeln die graue Oberfläche auf oder unterbrechen ein paar Granattrichter die Bahn, aber so macht's nur noch mehr Spaß.

Mutter kann sich ihre Paranoia sparen – in der Stadt ist nichts, womit die Polizei-Kalaschnikow nicht fertigwürde. Nach dem Krieg ist der Wald den Häusern natürlich auf die Pelle gerückt und hat die Vororte geschluckt. Und mit ihm sind auch alle möglichen Waldbewohner näher gekommen. Wer glaubt, im Krieg würden alle Viecher aussterben, hat keine Ahnung. Aber es sind bloß Tiere. Menschen meiden sie von sich aus, wittern das Schießpulver und Schmieröl auf einen Kilometer Entfernung und fressen sich hauptsächlich gegenseitig.

Und wenn's am anderen Ufer von Monstern nur so wimmelt – über den Fluss kommen sie genauso wenig wie die Menschen.

Unter den Oberleitungen rollt Jegor zum Busbahnhof, vorbei an am Asphalt festgeschmolzenen Bussen, zur ausgebrannten Mall mit dem »Spielwaren«-Schild, das wie durch ein Wunder das Feuer überdauert hat. Im Einkaufszentrum war früher ein Handyladen, das weiß er noch genau: gleich hinter der Fressmeile im Erdgeschoss. Früher ging nichts so gut wie Handys, jeder hatte eins. Wo sind die Dinger alle hin, verdammt?

Er rollt auf seinem Board direkt ins Gebäude; an der Decke klafft ein Riesenloch, durch das fahles Licht und welkes Laub hineinfallen. Die dunklen Ladenflächen sind leer. Natürlich wurde die Mall längst geplündert. Kaum war der Krieg ausgebrochen, schleppten die Leute alles raus, was nicht niet- und nagelfest war. Daran konnte auch der Schießbefehl nichts ändern.

Ein ausgebranntes Café, eine ausgebrannte Crêperie, ein ausgebrannter Burger-Laden.

Da ist es! Schwarz-gelbe Aushänge und eine zerschmolzene junge Frau auf einem Plakat: Eine Gesichtshälfte lächelnd, die andere verkohlt.

Jegor stochert mit der Stiefelspitze im versengten Plastik herum, schaut im dunklen Lager nach. Nichts – war ja klar. Irgendwo tropft Wasser, durch die Rohre pfeift der Wind wie in eine Flöte. Die Ratten rascheln. Unwillkürlich verbindet Jegor die Tropfen zu einer Melodie, die Worte kommen von allein:

Durch die Rohre pfeift der Wind wie in eine Flöte
Schwere quecksilberne Tropfen
Dumpfes sinnloses Geklopfe
Tik tak tik. Sie liebt mich
Sie liebt mich nicht

Jegor bleibt stehen, er kann nicht aufhören, die angekokelte Frau anzustarren. Er schließt die Finger um den Griff der Gitarre, die Polkan ihm weggenommen hat, und tastet in der Luft nach passenden Akkorden; bricht aber mittendrin ab.

Dann steigt er wieder auf sein Longboard und fährt weiter. Mit leeren Händen will er nicht zurück.

Dort, wo die Brücke das diesseitige Ufer erreicht, befindet sich der Checkpoint. Aufgetürmte Sandsäcke, ein Lagerfeuer, ein paar Menschen drum herum. Von hier aus führt ein Telefonkabel zum Wachtposten: Für den Fall, dass jemand auf der Brücke auftaucht, kann man sofort im Wachhäuschen am Tor oder direkt bei Polkan anrufen. Aber auf der Brücke hat sich seit Ewigkeiten niemand blicken lassen, deshalb gehen die Männer auch nur zum Wachdienst, um sich bei einem Schnäpschen den Klatsch des Tages anzuhören. Nachts ist es kalt, und der Chef hat auch nichts dagegen.

Der Checkpoint ist weit genug vom Ufer entfernt, dass man die Ausdünstungen des Flusses nicht einatmen muss. Der Nebel ist dicht und schwer, wie aus Kautschuk: Er verweht nicht, als würde er vom Wasser angezogen. Wenn man einen Scheinwerfer darauf richtet, versinkt der Lichtstrahl augenblicklich im giftgrünen Morast, verliert alle Kraft und kommt kein Stück weiter – er wird gebrochen und verteilt sich gleichmäßig in alle Richtungen. Dann wirkt der Nebel wie eine weiche, aber undurchdringliche Wand. Wie eine Blase, in der sich der Posten und der ganze Rest Moskowiens befinden. Hinter der Wand schweben vielleicht ganze Galaxien durch die Dunkelheit, aber möglicherweise ist da auch gar nichts. Wahrscheinlich eher nichts, zumindest nichts, was man sehen kann.

»Na ... Lenka, die Rothaarige, ist doch klar. Sag mir lieber, wem sie nicht gefällt, dann bist du schneller durch. Lenka hält hier doch alles zusammen.«

Die Männer lachen. »Also, ich würd' ja mal mit Michelle«, sagt der rothaarige Kolka Kolzow entschlossen.

»Hoho, Michelle! Habt ihr das gehört, Jungs?«

»Michelle, Miss Sensationell!«

»Mit der würde jeder mal! Geh lieber zur rothaarigen Lenka oder kurz mal rüber nach Schanghai, Kolzow. Nicht dass du platzt, während du auf deine Michelle wartest!«

Bei der Wache reden die Männer gern. Sobald man verstummt, beginnt nämlich der Fluss zu reden – er gluckst und rumort, als würde er jemanden verdauen, und manchmal gibt er Geräusche von sich, die sich mit Worten gar nicht beschreiben lassen.

Plötzlich springt Jamschikow auf, tippt Anton, der gerade an der Flasche nuckelt, auf die Schulter und blinzelt ängstlich zur Brücke herüber. »Hat da grad jemand was gemurmelt?«

Anton setzt den Flachmann ab, lauscht jetzt auch angespannt und dreht sich zu Jamschikow um. Sein Gesichtsausdruck ist so jämmerlich, dass Jamschikow triumphierend gluckst: Wieder geschafft! Der Junge fällt aber auch jedes Mal drauf rein.

»Arschloch. Hab mich fast verschluckt wegen dir! Das brennt im Hals!«, brummt Anton.

Anton schraubt den Deckel auf den Flachmann – Jamschikow kriegt keinen Tropfen mehr ab. Der biegt sich immer noch vor Lachen. Er weiß, dass Anton sich aus unerklärlichen Gründen vor dem Checkpoint fürchtet. Alle wissen das – deswegen haben sie unter sich ausgemacht, Anton mindestens einmal pro Schicht zu erschrecken. Viel Unterhaltung gibt's auf dem Posten nicht, da nimmt man, was man kriegen kann.

»Klingt doch wirklich so, oder? Und jetzt, hörst du das? Als ob da wer schnarcht! Findest du nicht?«

Als Jegor den hohen Plattenbau erreicht, hat sich die Stadt bereits wie ein Schwamm mit Dunkelheit vollgesogen. Er knipst seine Taschenlampe an und geht hinein.

Im Hausflur häuft sich angewehtes Laub, hier und da liegen kleine Skelette und vertrocknete Kotkringel herum, beim Müllschlucker in der Ecke hat jemand schimmlige Steppjacken zu einem Nest zusammengetragen – aber was hier auch war, von seinem und sonstigem Leben fehlt längst jede Spur. Die Aufzüge stehen still, in den Kabinen herrscht Dunkelheit.

Jegor geht von einem Stockwerk zum nächsten, rüttelt an den Türklinken der verlassenen Wohnungen.

Manchmal scheint ihm, als würde sich etwas bewegen, aber das ist sicher nur der Wind, der die Fensterrahmen und Küchenschranktüren zuschlagen lässt.

Endlich findet Jegor eine Tür, die nicht abgeschlossen ist, und geht in die Wohnung.

Am Küchentisch sitzt eine Mumie in Regenjacke. Die schwarzen, gekrümmten Hände liegen auf dem Tisch. Die Augen wurden von Vögeln ausgepickt.

Jegor setzt sich ans andere Tischende.

»Hi, wie geht's?«

»Geht so. Hab irgendwas an den Augen.«

»Das ist echt Kacke, Mann. Was gibt's sonst Neues?«

»Was soll's schon Neues geben, Kumpel? Ich hock seit Jahren in der Bude hier.«

»Hast nichts verpasst. Ist nicht viel los da draußen.«

»Steht Moskau noch?«

»Wie eine Eins.«

»Was Neues von drüben?«

»Gar nichts. Kein Anruf, kein Brief. Wie heißt du eigentlich?«

»Semjon. Semjon Semjonytsch. Und du?«

»Ich bin Jegor. Jegor Batkowitsch.«

»Danke, dass du vorbeischaust, Jegor Batkowitsch. Ich freu mich, wenn alle fünf Jahre mal wer Hallo sagt.«

»Ach, kein Ding, ich wohne hier gleich um die Ecke. Hör mal, Semjon, kann ich dir in die Taschen greifen? Ich brauch dringend ein iPhone. Eine Braut, die ich kenne, hat ihres geschrottet, und da dachte ich ... Jedenfalls, ich will ihr eins schenken.«

»Ist sie hübsch?«

»Megahübsch, Mann. Aber mich guckt die mit dem Arsch nicht an. Bin ihr zu jung und so, du weißt schon.«

»Na ja ... ich stehe normalerweise nicht so drauf, wenn mir ein Typ an die Wäsche will. Aber wenn's um ne heiße Schnecke geht ...«

»Richtig heiß. Echt.«

»Also gut. Mach ruhig.«

»Was hat dich eigentlich weggerafft, Semjon Semjonytsch? Du bist doch nicht ... irgendwie ansteckend?«

»Ich glaub nicht. So lange überlebt das Zeug nicht. Greif ruhig zu, zur Not wäschst du dir halt die Hände.«

»Alles klar. Danke. Ich bin auch vorsichtig.«

Jegor schiebt die Hände in Semjon Semjonytschs Taschen, der versucht, Haltung zu bewahren. Natürlich sind die Taschen leer. Jegor wischt sich die Hände ab, geht durch die Wohnung, schaut in den Schränken nach, aber bei Semjon Semjonytsch ist nichts zu holen.

Jegor durchforstet noch zwei weitere Wohnungen.

Beide sind völlig verwüstet. Die Schränke und Kommoden ausgeweidet, der ganze Inhalt auf dem Boden verteilt und kaputt getreten; von den anderen Möbeln fehlt jede Spur. Überall Bücher mit herausgerissenen Seiten, unter den Schuhen knirscht der Kristallsand von zerbrochenen Gläsern und Sektkelchen.

Vor dem Fenster färbt sich die Stadt von Scharlachrot zu Schwarzblau – die Sonne ist untergegangen.

Es wird Zeit.

Jegor wirft seine AK über die Schulter, greift sich sein Brett und rollt zurück über den rissigen Asphalt.

»Komm, lass uns heimgehen, Opa!« Michelle sieht Großvater Nikita bittend, aber auch streng an; der alte Nikita deutet auf sein Glas, das noch halb voll ist.

»Noch nicht!«

»Sie ruft nach dir. Sie kann nicht schlafen.«

Nikita schaut trübselig in die Runde. Die anderen beiden alten Knacker, Nikitas langjährige Freunde aus Fabrikzeiten, seufzen nur – schon gut, Kumpel, wir wissen Bescheid. Sie stoßen noch schnell an, kippen den trüben, selbst gebrauten Schnaps runter – Michelle nennt das Zeug »Craft« –, dann steht Nikita ächzend auf. Er stützt sich auf die Enkelin und setzt nicht ohne Mühe einen Fuß vor den anderen – das halbe Glas macht sich bemerkbar.

»Was sagt sie?«

»Na was wohl? Wo ist Opa? Und dazu noch in Endlosschleife ihre ›Birke‹.«

Am Hauseingang sehen sich die beiden kurz in die Augen, da packt Michelle ihn am Ärmel. »Opa, ich kann nicht mehr!«

»Geht das wieder los.«

»Wirklich. Ich geh hier ein.«

»Nun übertreib mal nicht.«

»Ich mein's ernst.«

»Ich mein's auch ernst, Schätzchen. Denk doch mal nach: Wenn deine Eltern noch am Leben wären, glaubst du denn wirklich, sie hätten dich nicht längst geholt? Dein Vater war verrückt nach dir. Ständig hat er dich auf seinen Schultern rumgetragen, keine zwei Schritte bist du selbst gelaufen ... Wie viele Jahre haben wir jetzt nichts von ihnen gehört? Nun zähl doch eins und eins zusammen, hm?«

Michelle holt tief Luft. Wie oft schon ist ihr Gespräch an eben diesem Punkt gescheitert: an ihrem sturen Unwillen, sich einzugestehen, dass ihre Eltern längst tot sein könnten. Sie sieht ihren Großvater direkt an. »Ja, und? Dann sind sie eben tot. Was ändert das?«

»Und wo willst du dann hin?«

»Zu Onkel Mischa. Oder Tante Sascha.«

»Und anrufen konnte er wohl nicht, in all den Jahren? Warum hat er nicht angerufen, dein Onkel Mischa?«

»Dann hat er eben nicht angerufen. Mir doch egal!«

»Komm, Michelle. Gehen wir rein.«

Sie schüttelt den Kopf, trottet aber hinter ihm die Treppe hoch. Nachbarn kommen ihnen entgegen, aus offenen Türen blendet sie grelles Licht, man hört Kinder lachen und weinen, irgendwo streitet ein Ehepaar und denkt gar nicht daran, die Tür dabei zuzumachen. Die Kommune heißt ja nicht umsonst so – es ist eine einzige, auf vier Stockwerke verteilte Kommunalwohnung. Als könnte man da Geheimnisse voreinander haben. Oder ein Privatleben.

Die Tür knarrt natürlich, wie immer, die Großmutter hört es sofort. »Nikita! Bist du es? Nikita!«

»Ja, Marussja, ich bin es!«

»Komm her, Nikita. Ich muss mit dir reden. Komm.«

Michelle setzt sich in die Küche und starrt die Wand an. Ohne Handy kann man sich hier gleich die Kugel geben!

»Was ist denn, Marussja?«

»Ich will, dass wir heiraten, Nikita! Kirchlich heiraten.«

»Wozu denn das noch?«

»Wir müssen uns vor Gott das Jawort geben, Nikita. Ich sterbe bald. Wie sollen wir uns denn dann finden im Paradies? Du wirst mir doch fehlen. Ich dir nicht?«

»Du mir auch, Marussja. Du mir doch auch. Aber wer sagt überhaupt, dass ich ins Paradies komme?«

»Sag doch nicht so was! Hast du wieder getrunken?«

»Eben. Soviel ich weiß, nehmen die da keine Säufer. Dein Erzengel Michael sagt an der Tür: Hauch mich mal an! Und lässt mich draußen stehen. Oder wer steht da noch mal an der Pforte? Michael oder Gabriel?«

»Ein Dummkopf bist du! Warum sagst du so was?«

Die Alte schluchzt und wimmert. Michelle steht auf, presst ihre Stirn gegen die kalte Fensterscheibe, schaut auf den Hof hinaus.

»Verzeih mir doch, es war ein dummer Scherz, du hast ja recht. Aber wer soll uns denn trauen? Es gibt ja nicht mal wen für die Totenmesse, und du redest von Hochzeit. Soll das Polkan machen oder wer?«

»Dummkopf!«

»Hey, Jamschik ... leuchte mal!«

»Wo hättest du's denn gern?«

Jamschikow lacht, aber diesmal lässt sich Anton nicht so leicht abwimmeln. Er schaut gebannt auf die Brücke, von der niemand mehr weiß, wie lang sie eigentlich ist, und den glucksenden Nebel. Es ist, als würde sich darin tatsächlich etwas regen, zusammenbrauen, wachsen. Näher kommen.

Anton ist sechsundzwanzig. Seine Augen sind jung, er liest nicht gern, dafür schießt er wie ein Profi. Und Jamschikow könnte zwar einen Eber mit seinen bloßen Händen erlegen, so furchtlos ist er – aber auch ein wenig altersblind.

»Leuchte mal da hin! Mach schon! Da, zur Brücke.«

»Zur Brücke?«

Jamschikow prustet wieder los, Anton reißt ihm die Taschenlampe aus der Hand und richtet den gelben Lichtstrahl auf die grüne Wand.

»Da! Siehst du's nicht?!«

Seine Hände zittern so, dass er die Taschenlampe kaum halten kann. Der schwache Lichtstrahl reicht ohnehin kaum bis zur Nebelwand, rutscht immer wieder von dem dunklen Fleck, der sich im grünen Schleier abzeichnet.

Aber der Fleck wird immer größer, und bald sehen ihn auch die anderen, selbst der kurzsichtige Jamschikow, der bis zuletzt geglaubt hat, man würde ihn verarschen.

Der zähe Nebel klebt an dem Etwas, hüllt es ein, lässt seine Umrisse nicht erkennen. Es bewegt sich sonderbar, ungleichmäßig, als würde es ruckartig, stoßweise kriechen und dabei von rechts nach links schwanken. An die zwei Meter groß muss es sein, wenn nicht drei. Ein langer, dürrer Körper, auf dem ein riesiger Kopf zu stecken scheint.

Die Männer auf der Wache stehen wie angewurzelt da und beobachten, wie es näher kommt – als wären alle Anweisungen wie weggeblasen. Zu sehr haben sie sich an den Gedanken gewöhnt, dass auf der anderen Seite nichts ist, dass von dort gar nichts kommen kann. Nichts und niemand.

Und erst als es schon in voller Größe durch die grüne Nebelwand schimmert, als endgültig klar ist, dass das hier gerade wirklich passiert, kommt Jamschikow zu sich. »Stehenbleiben! Wer ist da?«, schreit er.

Aber das Wesen bleibt nicht stehen. Es rückt weiter stur auf den Checkpoint zu, kommt näher, Schritt um Schritt um Schritt ...

Jamschikow tastet nach seinem Maschinengewehr, richtet den Lauf in den tiefen, trüben Himmel – wie auf einer unsichtbaren Glasscheibe verteilt hängen die

Wolken direkt über ihren Köpfen – und drückt den Abzug. Das Glas zerbricht nicht, der Himmel stürzt nicht ein, aber das Wesen kommt weiter direkt auf sie zu.

»Halt, oder ich schieße!«, brüllt Jamschikow.

Aber Anton nimmt ihm das Maschinengewehr weg. »Lass mich das machen. Leuchte du lieber mal ...«

Jamschikow richtet den hüpfenden Lichtstrahl auf die näher kommende Gestalt. Der scharfsichtige Anton hat sie gleich im Visier. Sie ist immer noch vom grünen Schleier verhüllt, aber so ein Riesenschädel ist schwer zu verfehlen.

Anton atmet ein, atmet aus – und jagt dem Biest kniend das halbe Magazin in den Schädel.

Die Kugeln halten es nicht auf, nicht einmal kurz, als hätte Anton danebengeschossen ... Oder als könnten Kugeln ihm nichts anhaben. Es setzt seinen Weg fort – unbeirrt, gleichmäßig, stur.

»An die Gewehre! Los, Männer!«

Jamschikow greift nach dem Telefonhörer: Beim Posten anrufen! Sie wenigstens warnen!

Da schält sich die Gestalt endgültig aus dem Nebel und gibt einen Ton von sich.

Ein wehmütiges, dumpfes, scheinbar menschliches – nein, ganz und gar unmenschliches Geheul.

»Wo ist Jegor?«

Polkan sitzt, Tamara hat sich vor ihm aufgebaut – groß, schlank, das schwarze, von Silberfäden durchzogene Haar ist zu einem engen Zopf gebunden, das silberne Kreuz hat sich aus dem Kragen befreit. Polkan zuckt mit den Schultern. »Treibt sich bestimmt irgendwo rum, dein Jegor. Was weiß ich!«

»Hast du ihm erlaubt, den Posten zu verlassen?«

»Gar nichts hab' ich ihm erlaubt! Er hat mich angeschnauzt und ist abgehauen, du kennst ihn doch!«

»Er ist nicht im Hof.«

»Na und? Bestimmt ist er zur Fabrik und rollt auf seinem Brett herum.«

Tamara richtet sich auf.

»Ich habe geträumt: Uns droht Gefahr. Von drüben, von der anderen Seite.«

»Welche andere Seite, Tamarotschka?«

»Die Brücke. Es kommt über die Brücke gekrochen. Ein Schlangenwesen. Ein Drache ...«

»Aha. Ein Drache, na klar.«

Polkan schiebt seinen Stuhl geräuschvoll zurück, macht einen Schritt zum Herd und hebt den Topfdeckel. Aus der Ecke blickt ihm entrückt Nikolaus der Wundertäter in einem Blechrahmen entgegen, und vom Nachttisch glotzt die Matrona von Moskau herüber, schwarz-weiß – nicht als Ikone, sondern noch zu Lebzeiten fotografiert; deshalb schaut sie auch nicht wohlmeinend, sondern finster und misstrauisch, wie es sich für Menschen aus Fleisch und Blut gehört. Die ganze Wohnung ist voll von diesen Heiligenbildern. Schlimmer als in der Kirche.

»Ein Drache ... kommt gekrochen, er wird großes Unheil bringen.«

Tamaras hat die Augen zu einem Schlitz zusammengekniffen, ihr Blick durchbohrt Polkan. Der gähnt demonstrativ. »Geht das wieder los, immer dieses Geschwätz! Um Gottes Willen, Tamara, fang du nicht auch noch damit an! Ein Drache! Wenigstens im übertragenen Sinn? Oder ist der auch noch echt, dein Drache? Menschenskinder, gibt's denn gar keinen Nachschlag?«

»Ich hab Angst um Jegor. Er war auch da, im Traum, etwas Schlimmes ist geschehen ...«

»Jetzt ist aber mal gut mit deinen Weissagungen oder wie du das nennst ... Dem passiert schon nichts, treibt sich ein bisschen rum und taucht dann wieder auf! Erklär mir lieber mal, warum so wenig Eintopf da ist? Oder hast du nur für uns beide gekocht?«

»Mein Junge, mein armer Junge ...«

Tamara verdreht die Augen und sinkt langsam zu Boden. Polkan lässt seinen Löffel fallen, stößt den Stuhl beiseite und greift seiner Frau gerade noch rechtzeitig unter die Arme, damit sie nicht auf den Fußboden knallt.

»Was machst du denn! Immer steigerst du dich da so rein! Wie lange soll das noch so weitergehen? Du treibst uns noch alle in den Wahnsinn, dich selbst und mich gleich mit! Tamara! Tama-ara! Komm doch bitte zu dir, verdammte Scheiße!«

Plötzlich donnert es in der Ferne, die Fenster beginnen zu klirren.

ZWEI

JEGOR KOMMT ÜBER DIE ASPHALTSTRASSE zum Checkpoint gerast, springt von seinem Brett und schlägt sich durchs Gebüsch zu den Gleisen, wobei er haufenweise graue Kletten von den verdorrten Pflanzen mitnimmt.

»Haltet durch, Männer! Ich komme! Ich bin hier!«

Zum Glück war er in der Nähe, als beim Checkpoint das Geballer losging.

Zum Glück war er nicht schon beim Wachtposten. Gerade noch rechtzeitig! Oder?

Sobald er endlich an den Gleisen ist, krallt Jegor die Hand noch fester um den Schaft, blickt hektisch um sich – wer hat geschossen, wer hat angegriffen?!

Die Männer beim Checkpoint haben die Gewehre abgesetzt.

Sie starren gebannt in den Nebel, wie gelähmt – jetzt wirklich.

Wankend, gebeugt, bewegt sich etwas ... jemand auf sie zu. Er geht und ... nein, er heult nicht, er singt. »Heeerr, erbaaaarme dich ...«

Jetzt sind die Worte deutlich zu hören; warum sie beim ersten Mal nicht zu verstehen waren, sieht man jetzt auch.

Er trägt eine zerschlissene schwarze Kutte, die auf der Brust entzwei gerissen ist. Die Fetzen blähen sich auf wie ein Segel und verzerren seine Umrisse. Ein schweres Eisenkreuz tanzt an einer Kette, prallt bei jedem Schritt von den Rippen ab, holt aus und schlägt wieder dagegen.

»Heeerr, erbaaaarme dich ...«

Was im Nebel wie der riesige Kopf eines Ungeheuers ausgesehen hat, ist ein schmutziges Kirchenbanner, auf dem das handgemalte Antlitz eines weißbärtigen Greises prangt – erschöpft, leidend, die Brust von Bleikugeln durchlöchert.

Während sich die seltsame Gestalt die letzten Meter zum Schlagbaum schleppt, flüstern die Männer.

»Wie kommt der über die Brücke?«

»Wie viele Kugeln waren das?! Und der läuft einfach weiter ...«

»Heeerr, erbaaaarme dich!«

Da – endlich sieht man alles.

In der einen Hand baumelt eine uralte grüne Gasmaske mit schmutzigen Gläsern: Die muss er getragen haben, als er über die Brücke ging. So hat er es geschafft. Durch den Schlauch klang sein Gesang wie das Geheul einer Bestie.

Sein Gesicht und die Arme sind von Wunden übersät, die Brust voller Schrammen. Die milchig weißen Augen quellen aus den Höhlen. Er blinzelt nicht. An den Füßen trägt er zerschlissene Turnschuhe, blutgetränkt. Der Bart ist zerzaust. Viel mehr ist von seinem Gesicht nicht zu erkennen – es ist überzogen von einer Kruste aus Dreck und Schorf.

»He! Wer bist du?! Woher kommst du?«

Der Mann antwortet nicht.

Fünf Schritte vor den Wachtposten die sich hinter der Brustwehr drängen, bleibt er wie angewurzelt stehen, lässt den steifen Arm mit dem Banner sinken und steckt es in den Schotter der Eisenbahngleise.

Dann sinkt er kraftlos auf die Knie und kippt zur Seite.

Vom Wachtposten her kommen Leute angerannt – Polkan und die Patrouillen. Sie scharen sich um den Eindringling und durchsuchen ihn. Er ist offenbar unbewaffnet. Sie packen ihn an Armen und Beinen und tragen ihn zum Posten. Polkan lässt ihn auf die Krankenstation bringen.

In der allgemeinen Aufregung nähert sich Jegor der Brücke so weit er kann – bis der Nebel in den Augen zu brennen und in der Kehle zu kratzen beginnt. Er blickt in das glucksende grüne Gebräu, horcht hinein ...

Mal scheint es, als würde dort drüben jemand murmeln, dann wieder – ein Röcheln wie von einem Erstickenden. Aber außer diesem seltsamen Gast durchbricht niemand mehr die Nebelwand.

»Jegor! Ab nach Hause mit dir!«

Eine brennende Ohrfeige lässt ihn einen Moment lang taub werden.

Polkan packt ihn am Nacken, zerrt ihn mit sich.

Jegor flucht leise, aber Polkan jetzt zu provozieren, wagt er nicht. Egal, dafür kann er sich später revanchieren.

Polkan selbst zögert; er bleibt, nachdem er alle zum Teufel gejagt hat, noch kurz an der Brücke stehen. Dann spuckt er wütend in ihre Richtung aus und geht nach Hause ...

Faina, die Chefärztin und überhaupt die einzige Ärztin der Krankenstation auf dem Posten, nimmt den Hörer ab. »Ja, Sergej Petrowitsch. Faina hier. Nein, immer noch bewusstlos. Eine Vergiftung. Die Gasmaske war uralt, er hat zu viel eingeatmet. Er stammelt nur wirres Zeug, man versteht kein Wort ... Mache ich. Ich lasse ihn nicht aus den Augen ... Danke ... ja, verstanden.«

Die Betten der Krankenstation sind leer, nur auf einem liegt unter einer Flanelldecke zusammengerollt der dürre, ausgemergelte Mann. Seine Hände sind zerkratzt, die Beine von blauen Flecken übersät, die Arme zerschnitten, der Rücken vor lauter Schürfwunden angeschwollen. Man könnte meinen, er sei eine einzige blutende Wunde, ein einziges Geschwür. Als man ihn eingeliefert hat, war davon noch nichts zu sehen, so dick war die Dreckkruste, die seinen Körper und sein Gesicht bedeckte.

Nun wurde die Kruste abgewaschen, und man kann das Alter des Mannes annähernd schätzen: Knapp über dreißig dürfte er sein. Genauer lässt es sich nicht bestimmen – sein Gesicht ist wettergegerbt und zu einer Grimasse verzogen. Aber im dünnen, offenbar noch nie geschnittenen Bart ist kein einziges graues Haar. Der Bart ist hellbraun, genau wie sein Haar; welche Farbe seine Augen haben, kann die Ärztin nicht sagen, weil er sie noch kein einziges Mal geöffnet hat.

Seine Augäpfel zucken unter den dünnen, von roten Äderchen durchzogenen Lidern. Er wälzt sich im Bett und stöhnt, streitet mit jemandem, schreit erschrocken auf und murmelt wieder zusammenhangloses Zeug. Dann befolgt Faina Polkans Anweisungen und beugt sich sofort über den Schlafenden. »Wie heißt du denn, hm?«, fragt sie sanft und geduldig.

Er reagiert nicht. Nach einer Weile scheint allerdings doch etwas zu ihm durchzudringen, und er beginnt zu stammeln, verstummt aber gleich wieder. Faina hört angestrengt zu, seufzt und versucht es weiter. »Woher kommst du?«

Ihre Frage schafft es nicht, die Membran des Schlafs zu durchdringen, ihn aus seiner Ohnmacht zu holen. Sein Körper wird ganz steif, dann rollt er sich zusammen, zieht Arme und Kopf ein, will ganz unter der Decke verschwinden. Immer wieder wird er vom Fieber geschüttelt.

Faina hat mit Mitleid mit ihm, in den paar Tagen hat sie ihn fast lieb gewonnen. Sie hat ihn insgeheim Aljoscha getauft und entschieden, dass er kein schlechter Mensch ist, sondern bloß Schlimmes durchgemacht hat und unter Schock steht. Faina merkt, dass Aljoscha Angst hat, aber sie darf ihn nicht in Ruhe lassen – Polkan hat ihr befohlen, nicht nachzugeben, bis der Eindringling zu Bewusstsein kommt oder sich im Schlaf verrät. »Was siehst du?«

Irgendetwas sieht er, aber er will es ihr nicht sagen. Er windet sich nur immerzu im Bett. Faina streicht ihm über die heiße, hohe Stirn, entwirrt die verklebten Haarsträhnen und redet ihm gut zu. »Ruhig, ganz ruhig …«

Er scheint auf sie zu hören, beruhigt sich.

Die Ärztin setzt Teewasser auf, holt ein Sudoku-Heft aus dem Schrank – ein Weihnachtsgeschenk, das vom Schimmel noch fast verschont ist – und macht sich ans Rätseln.

Beim dritten Sudoku unterbricht sie ein Geräusch aus dem Krankenzimmer. Sie springt auf und läuft zum Bett ihres einzigen Patienten.

Die Laken sind zerwühlt, das Fieber schüttelt ihn, mit einer Hand umklammert er das Kreuz an seiner Brust – so fest, dass sich seine Finger weiß gefärbt haben.

Seine Augen sind offen.

Polkan hat nicht gerade freiwillig auf der Krankenstation angerufen. Ihm könnte dieser Pope ja egal sein. Aber seit er Moskau informiert hat, dass nach all den Jahren zum ersten Mal jemand über die Brücke gekommen ist, herrscht am anderen Ende der Leitung Hochbetrieb.

Die direkte Verbindung nach Moskau – ein beiger chinesischer Telefonapparat mit Ringelschnur und dem ausgeblichenen Aufkleber mit dem Doppeladlers vor der Krone – klingelt von früh bis spät. Der Posten ist für den Kabelabschnitt bis zum nächsten Bahnhof zuständig. Ab und zu wird er geklaut oder von Tieren durchgenagt, aber meistens ist auf die Verbindung Verlass. Kontaktaufnahme ist nur über Kabel erlaubt, Funkverbindungen sind seit dem Krieg verboten, damit der Feind nicht mithört. Früher kamen Anrufe aus Moskau allerdings ziemlich selten – wenn überhaupt, dann nur im äußersten Notfall. Moskau war es ganz recht, dass auf dem Posten nichts los war.

Polkan schaut auf die Uhr: zehn Uhr morgens.

Das Telefon klingelt auf die Minute genau.

Er geht ran. »Posten Jaroslawl!«, kläfft er wie ein Wachhund. »Pirogow am Apparat! Ich höre!«

»Pokrowski hier. Gibt's was Neues?«

»Nein, Konstantin Sergejewitsch. Er ist immer noch bewusstlos.«

»Sind unsere Männer eingetroffen?«

»Welche Männer, Konstantin Sergejewitsch?«

»Sie wissen von nichts? Immer diese Geheimnistuerei. Ein Trupp ist unterwegs zu euch. Er müsste jeden Moment eintreffen.«

»Geht es um unseren, Sie wissen schon – Gast?«

»Das erfahren Sie früh genug.«

»Zu Befehl.«

»Also, bereiten Sie den Männern einen guten Empfang. Und kein unnötiges Geschwätz.«

»Verstanden.«

»Gut, Ende.«

»Einen Moment noch, Konstantin Sergejewitsch. Eine Frage, wenn Sie gestatten. Wir warten hier schon seit einer Weile auf die Lieferung ... Die Fleischkonserven gehen uns aus. Und das Getreide wird knapp ...«

»Und was hat das mit mir zu tun? Klären Sie das mit der zuständigen Abteilung. Dem Versorgungsdienst. Was soll ich da machen?«, blafft es missmutig aus dem Hörer.

Polkan wischt sich mit dem Ärmel über die Stirn. »Bei den Zuständigen habe ich es schon versucht ... Und die Leute, die zu uns unterwegs sind, haben die vielleicht ...«

»Das fragen Sie die am besten selbst. Auf Wiederhören.« Er legt auf.

Polkan starrt den Hörer an, holt aus, als wollte er ihn an der Tischkante zerschmettern, legt ihn dann aber vorsichtig auf die Gabel zurück.

Er steht auf, öffnet die Tür, die mit Schaumstoff verkleidet ist, damit weder Geräusche noch Wärme nach außen dringen, und tritt in den Hausflur. Lauscht – und geht hinunter in die Kantine.

Vorbei an den zusammengeschobenen Tischen und den aus alten Zeitschriften gebastelten Girlanden – die jüngste Tochter der Frolows hatte gestern Geburtstag – und zu Lew Sergejewitsch, den er wie erwartet am Herd antrifft. Polkan räuspert sich. »Hör mal, Ljowa«, sagt er. »Besuch ist unterwegs. Aus Moskau. Wir sollten ordentlich auftischen. Dann kriegen auch unsere Leute mal wieder was Anständiges. Die lassen ja schon die Köpfe hängen.«

Lew Sergejewitsch, der sehnige Koch der Garnison, sieht ihn mit vor der Brust verschränkten Armen griesgrämig an. Mit einem Auge. Das andere ist von einer Augenklappe verdeckt, was Lew Sergejewitsch wie einen Piraten aussehen lässt. »Ich habe noch Fleisch für zwei Tage und für eine Woche Getreide«, antwortet er ruhig. »Wenn's heute was Anständiges geben soll, muss ich nächste Woche Menschenfleisch servieren.«

»Was bist du denn so miesepetrig?! Die nächste Lieferung kommt bestimmt. Die werden uns schon was schicken!«

»Hast du mit denen gesprochen?«

»Gerade habe ich mit ihnen telefoniert.«

»Oha! So mutig heute! Und was sagen sie?«

»Na was schon? Schicken mich von Pontius zu Pilatus. Vertrösten mich auf morgen. Aber immerhin haben sie nicht Nein gesagt!«

Der Koch nimmt eine schrumpelige, seltsam geformte Zwiebel in die Hand und steckt ein Gerät mit einer langen, spitzen Nadel hinein. Das Gerät heult auf. Lew Sergejewitsch schleudert die Zwiebel in den Müll und nimmt die nächste vom Haufen »Das hätte gerade noch gefehlt!«, mault er. »Stehen wir hier zum Spaß an dieser Grenze, oder was? Ist ja wohl das Mindeste, dass die uns versorgen. Die und nicht die Chinesen! Sieh dir mal an, was die Schlitzaugen uns schicken, diese verfluchten Heiden! Die Kartoffeln sind ungenießbar, und von den Zwiebeln explodiert mir hier gleich das Gerät.«

»Wie die Arbeit, so die Versorgung«, versucht es Polkan mit einem Witz, aber der Pirat lacht nicht.

»Wenn sie uns hier nicht brauchen, sollen sie uns gehen lassen. Dann können wir endlich von diesem Fluss weg. Atmen hier ständig diesen Scheiß ein! Wer weiß, vielleicht gibt's irgendwo noch fruchtbaren Boden? Was sollen wir hier noch rumsitzen, wenn sich Moskau einen Dreck um uns schert? Frag die das mal, wenn die hier aufmarschieren.«

»Jetzt mach mal halblang, Lew Sergejewitsch. Hast du einen Eid geschworen oder nicht? Ich schon. Also, du stellst das Dosenfleisch auf den Tisch, und ich kläre das mit der Politik, kapiert?«

»Das war mein Ernst, frag sie! Ich bin nicht der Einzige, den das interessiert.«

»Zu Befehl!«

Polkan salutiert scherzhaft, drückt sich kurz an der Tür herum und fügt dann doch hinzu: »Und stell ein bisschen Schnaps dazu!«

»Ach, das auch noch!« Der Pirat schmeißt angewidert die nächste aufheulende Zwiebel in den Müll und blickt Polkan mit einem funkelnden Auge an. »Seit zwei Monaten haben wir nichts zu fressen, da soll ich denen auch noch Schnaps servieren. Als ob ich deinen Moskauern ihre Versprechen abkaufen würde! Und dir könnte ein bisschen Weitsicht auch nicht schaden, Sergej Petrowitsch. Die Schlitzaugen schicken uns nur Müll. Das Zeug, das die sich nicht zu fressen trauen, landet bei uns. Denk doch mal an die Menschen! An die Alten und Kinder! Schnaps will er! Sollen die sich ihren Schnaps selber mitbringen, diese Heuschrecken!«

»Tun sie ja vielleicht. Vielleicht bringen sie auch Dosenfleisch mit.«

»Na, dann ist ja alles bestens!« Der Koch wendet sich wieder seinen Zwiebeln zu.

»Was wird das, Lew Sergejewitsch? Defätismus?«

»Ich mach nur meine Arbeit, Herr Leutnant. Du kannst vielleicht schwafeln, aber ich muss die Leute sattkriegen.«

»Werd nicht frech«, sagt Polkan drohend – aber erst, als er schon aus der Tür ist. Alles, was Lew Sergejewitsch da gesagt hat, hätte er Wort für Wort selbst sagen können, aber das erlaubt ihm sein Dienstgrad nicht. Sein Dienstgrad verlangt, dass er sich aufspielt.

Im Hof erwartet ihn Faina, vor Aufregung ganz rot im Gesicht.

Michelle reibt wütend eine Hand gegen die andere.

Die graue Haushaltsseife scheuert die Haut auf. Das Wasser ist eiskalt. Die Hände werden knallrot, sie pochen. Aber immerhin kann sie damit die Hühnerscheiße und vor allem den Gestank nach Hühnerstall loswerden.

Jeder auf dem Wachtposten muss irgendetwas arbeiten. Also hat man sie für den Stall eingeteilt. Nichts Ungewöhnliches, Weiberkram eben. Sie hätte auch als Erzieherin im Kindergarten arbeiten können, aber von kleinen Kindern hält Michelle sich lieber fern. Beim eigenen kleinen Schwesterchen oder Brüderchen wäre es vielleicht etwas anderes. Aber sich mit fremden Bälgern rumzuplagen ... dazu noch die Verantwortung. Letztes Jahr ist der Ältere von den Morosows aus dem Fenster gefallen, weil die Lehrerin nicht aufgepasst hat. Nein, danke. Dann lieber Hühner. Wenn da mal eins verreckt, kümmert es keinen.

Lieber ein paar hirnlose, bescheuerte, stinkende Hühner.

Wütend reibt Michelle die Hände mit einem Küchenhandtuch ab. Dann geht sie ans Fenster – vom Wald her kriecht Dämmerung über die Stadt. Sie öffnet das Fenster einen Spalt, um wenigstens in die Küche ein bisschen Luft zu lassen, und hört den Lärm im Hof – mindestens genauso nervtötend wie das Gegacker im Hühnerstall. Und da sieht sie plötzlich, wie hinter der Mauer in einer Lücke zwischen zwei Häusern etwas aufleuchtet.

Ein Lichtstrahl.

Er kommt von den Gleisen, vom Westen – aus der Richtung, in der Moskau liegt. Jemand kommt zum Wachtposten. Michelle hält ihr Ohr in den Wind, der bruchstückhaft Gesang herüberträgt – Männer, die im Chor ein Kriegslied angestimmt haben.

Normalerweise kommen aus Moskau nur ein paar triste Gestalten in ölverschmierten Overalls. Sie bringen die Verpflegungsration des Wachtpostens – Fleischkonserven, Säcke mit Getreide. Es sind immer dieselben: einer mit Pockennarben, der andere ein bärtiger Fettwanst, der dritte ein zwielichtiger Schlägertyp, der sie beschützen soll. Michelle kennt alle drei. Und die kennen ihren Auftrag: Sie sollen sofort Bericht erstatten, sobald sie auch nur irgendwas von ihren Verwandten in Moskau hören.

Allerdings ist es schon Monate her, dass die drei hier waren: Es gibt Lieferengpässe. Michelle vermisst schon beinahe ihre pockigen Visagen, erwartet sie wie einen langersehnten Brief.

Aber sie sind es nicht.

Der Lichtkegel wird immer größer, das Lied lauter. Gleich kommen sie!

Im Hof schlagen die Hunde an. Die Patrouillen rennen los, entsichern die Gewehre im Laufen.

Aus dem Hauseingang tritt Polkan, die Schultern stramm, den Bauch hervorgereckt.

Quietschend öffnen sich die Tore auf, und über die im Hof verlegten Gleise rollt erst eine, dann zwei, und schließlich eine dritte Draisine herein.

Michelle hat von ihrem Fenster im ersten Stock die beste Sicht auf das Geschehen – sie kann Polkan und die Ankömmlinge wie auf dem Präsentierteller beobachten.

Es sind allesamt Männer, alle jung, alle in grünen Uniformen mit Schulterklappen. Auf ihren Rücken haben sie Gewehre, auf den Köpfen Schirmmützen mit rotem Band. Sie strecken sich, lachen. Von der vordersten Draisine springt einer ab, wahrscheinlich der Anführer.

Michelle öffnet den Fensterflügel vorsichtig etwas weiter, um sie besser hören zu können.

Der Anführer salutiert vor Polkan, der an ihn herangetreten ist. »Krigow, Alexander Jewgenjewitsch, Hauptmann der Kosakenheere Seiner Kaiserlichen Majestät!«

»Leutnant Pirogow, Sergej Petrowitsch«, erwidert Polkan wichtigtuerisch.

Hauptmann Krigow schüttelt energisch Polkans pummelige Hand, zieht seine Mütze – die Schläfen sind rasiert, der Haarschopf darüber strohblond wie der kurz geschorene Bart. Seine Zähne sind weiß, als er lächelt, die Augen ... Welche Farbe haben sie?

Und dann, als wüsste er genau, von wo man ihn beobachtet, hebt er die Augen – stahlblau! – und richtet den Blick zielsicher auf Michelle, die sich hinter dem Fenster versteckt.

Gut sieht er aus.

Die Gäste steigen von ihren Draisinen – es sind knapp zwei Dutzend Männer. Die Draisinen sind groß und motorisiert, jede mit einem Wagenkasten, in dem unter einer Plane Holzkisten verstaut sind. Polkan bemerkt die Kisten – sie sind in Blockbuchstaben beschriftet: »Fleischkombinat Ostankino«. Sein Herz vollführt einen Freudensprung.

Die Männer machen keine Anstalten, die Kisten abzuladen, aber Polkan will nichts forcieren. Das werden sie zu gegebener Zeit schon tun. Man kann ja nicht gleich mit der Tür ins Haus fallen, erst müssen die Gäste herzlich aufgenommen und bewirtet werden. Danach kann man seine Bitten leichter vorbringen.

Der Hauptmann hingegen schiebt sein Anliegen nicht auf die lange Bank. »Also gut, Herr Leutnant. Dann zeigen Sie uns mal Ihren Gast!«

Er durchmisst den Hof, begutachtet alles mit säuerlicher Miene. Seine Haltung kann sich sehen lassen: Der Schritt ist federnd, der Blick streng. Durch seine Augen betrachtet – so viel wird Polkan plötzlich klar – gibt es hier wirklich nicht viel Grund zur Freude: herumlaufende Hühner, Kinder, die im Wachhäuschen spielen, an einer Bank lehnt ein Gewehr ... Wenigstens ohne Magazin. Ein Saustall ist das und kein Wachtposten.

Der Hauptmann bleibt in der Tür zur Krankenstation stehen, schaut zur Ärztin hinüber – wird sie ihm wohl einen Kittel gaben? Aber auch hier macht man sich keine Umstände. Wieder schüttelt er unzufrieden den Kopf.

Der Eindringling sitzt in eine Decke gewickelt auf dem Bett und blickt misstrauisch um sich.

»Sie haben Glück«, sagt Faina. »Er ist erst heute zu sich gekommen. Wir hatten ja schon alles versucht ... Als er wach wurde, hat er geglüht vor Fieber. Wandernde Pupillen, wirres Gerede. Zu viele Dämpfe eingeatmet.«

»Sie meinen vom Fluss?«

»Ja, natürlich. Aber sein Zustand bessert sich langsam. Immerhin hat er sich etwas beruhigt und versucht, nicht mehr wegzulaufen.«

Krigow betrachtet den Fremden, das Kreuz auf seiner eingefallener Brust. Er lächelt ihm zu und bekreuzigt sich. »Hab keine Angst, Bruder, wir sind hier unter uns. Ein stattliches Kreuz hast du da! Bist du vielleicht ein Mönch?«

Verständnisloser Blick. Polkan zuckt ratlos mit den Schultern. »Sieht aus, als könnte er kein Russisch.«

Der Hauptmann streckt dem Gast seine Hand entgegen, aber der fährt zusammen, als wollte man ihn schlagen. Krigow versucht, ihn zu beruhigen. »Hör doch zu, Bruder! Wir tun dir nichts.« Er zieht sein Silberkettchen unter dem Hemd hervor und zeigt es dem Fremden. »Siehst du? Wir sind auch orthodox. Wir glauben an denselben Gott!«

Der Fremde starrt den Anhänger wie gebannt an, seine Augen springen nicht mehr zwischen den beiden Soldaten hin und her. »Sag mir einfach, was passiert ist. Hat man dich überfallen?«, fragt der Hauptmann ruhig und sanft.

Die Stoßatmung des Fremden beruhigt sich, er nickt.

»Na also! Erzähl's mir, Bruder, was war da? Was hat dir solche Angst eingejagt?«

Jetzt schüttelt der Gast seinen Kopf.

Er scheint langsam die Fassung zurückzugewinnen. Sein Blick wird klarer. Doch statt zu antworten, deutet er auf sein Ohr und zieht die Schultern hoch. »Er ist anscheinend taub!«, sagt Faina »Dachte ich mir doch gleich, dass er uns nicht hören kann.«

Polkan kratzt sich skeptisch den Schädel. »Taub ... na, ich weiß ja nicht.«

Sie mustern den Ankömmling genauer. Krigow zuckt mit den Achseln. »Vielleicht hat er die Rufe der Wachen nicht gehört.«

»Der hat doch gesungen beim Gehen«, erinnert ihn Polkan. »Außerdem, was heißt hier rufen, abgeknallt hätten sie ihn fast. Die ballern, und der läuft einfach weiter. Als wär' nichts.«

»Er könnte völlig verwirrt gewesen sein, bei so einer schweren Vergiftung ... Eine Art Wahnzustand«, fügt Faina hinzu.

Der Hauptmann beugt sich vor, ganz nah an den im Bett sitzenden Fremden, zeigt nun ebenfalls auf sein Ohr, wiegt sein Kinn hin und her. »Du bist taub, Bruder. Taub, ja?«

Der Fremde nickt zustimmend: Ja, ja. Und dann, als würde er sich plötzlich erinnern, dass er sprechen kann, sagt er mit einer ruhigen, näselnden Stimme: »Der Herr hat mir kein Gehör gegeben.«

Krigow richtet sich auf. »Na, geht doch.«

Er mustert ihn noch eine Weile, legt dann eine Hand auf seine Schulter – der Fremde zuckt zusammen, aber schüttelt sie nicht ab. »Wie heißt du, Bruder?«, formt Krigow langsam und sorgfältig mit den Lippen.

Der Fremde versteht nicht. Dann zeigt der Hauptmann mit dem Finger auf sich. »Ich bin Krigow, Alexander Krigow.«

»Igor?«

»Ach was! Haben Sie Stift und Papier?«

Faina holt ein voll gekritzeltes Heft und einen Bleistift. Krigow schreibt seinen Namen auf das karierte Papier, aber der Ankömmling starrt nur stumpf auf die Buchstaben, runzelt die Stirn, als könnte er sie nicht genau erkennen, versucht zu lesen, noch einmal, gibt schließlich auf und hebt wieder ratlos die Schultern.

Polkan hat genug. »Lesen kann der auch nicht oder was? Wird ja immer besser!«

Der Hauptmann verengt die Augen zu Schlitzen. »Er muss ungefähr in meinem Alter sein, vermutlich ein Kriegskind. Selbst bei uns im Moskauer Gebiet wimmelt es von solchen Waisen. Kann schon sein, dass er nicht lesen kann. Da ist alles möglich.«

Da kapiert der Fremde endlich, was man von ihm will. Tippt sich auf die Brust und sagt: »Gottes Diener Daniil.«

»Na endlich«, flötet Faina. »Und ich habe die ganze Zeit Aljoscha zu ihm gesagt ...«

Der Hauptmann nickt. Überlegt.

»Hör mal, Bruder Daniil. Du musst uns helfen. Wir müssen wissen, was auf der anderen Seite der Brücke ist. Okay?«

Der Fremde legt die Stirn in Falten, will verstehen – aber es klappt nicht. Der Hauptmann kratzt sich nachdenklich an der Braue, nimmt wieder den Bleistift und zeichnet: Zwei Schlangenlinien – der Fluss. Die Brücke darüber. Markiert die Umrisse des Postens durch ein Rechteck. Zeigt mit dem Finger auf sich, dann auf das Rechteck. Dann auf die Brücke, und dann auf das andere Ufer.

»Was ist da? Was?«

Bruder Daniil kneift die Augen zusammen. Konzentriert sich. »Was am anderen Ufer ist?«, fragt er.

»Ja, genau!«

Er nickt: Er hat verstanden. »Eine Eisenbahnstrecke. Richtung Osten.«

»Gut, ja. Was ist mit Städten? Gibt es dort Menschen? Oder ist alles ausgestorben?«

»Ich verstehe nicht. Was?«

Der Hauptmann fragt noch einmal, ganz langsam und geduldig, formt mit den Lippen deutlich jeden Laut. Daniil scheint endlich zu verstehen, aber anstatt zu antworten, stellt er selbst eine Frage: »Und du, Kind Gottes, in wessen Dienst stehst du?«

»Ich?« Der Hauptmann nimmt Haltung an, zeigt Daniil seine Schulterklappen, das Band an seiner Schirmmütze. »Seiner Kaiserlichen Majestät und dem Moskauer Imperium.«

»Moskau?« Offenbar hat der Fremde nur dieses Wort von seinen Lippen ablesen können.

»Jawohl.«

Noch ein paar Sekunden vergehen, und die hölzerne Maske, zu der der Gast sein Gesicht verzerrt hatte, entspannt sich. Er versucht zu lächeln, aber es gelingt ihm nur mäßig. »Gesegnet sei der Herr. Ich habe es also geschafft.« Er bekreuzigt sich.

»Du wolltest zu uns? Nach Moskau?«

»Ja. So ist es.«

»Warum?«

Daniil, der Diener Gottes, kann sich die Frage anhand von Polkans und Krigows Gesichtsausdruck zusammenreimen. »Sie haben mein Kloster geplündert. Meine Brüder ermordet. Ich bin der Einzige, der überlebt hat. Ich komme nach Moskau, um Hilfe zu erbitten. Unterwegs haben mich wilde Tiere angegriffen. Ich dachte, ich würde es nicht schaffen.«

»Wer hat dein Kloster überfallen? Wer war das? Wer?«

»Böse Menschen. Ich habe mich versteckt, sie haben mich nicht gefunden. Erkennen konnte ich sie nicht. Bei uns lebt jeder für sich. Da weiß man nie, mit wem man es zu tun hat.«

Das weitere Gespräch verläuft zäh: Jede Frage muss man Daniil drei-, viermal stellen, manche versteht er überhaupt nicht. Am Ende wissen sie zumindest, dass er wohl nicht von sehr weit her kommt, irgendwo bei Nerechta, wo er bis zu dem Überfall in einem nach dem Zerfall gegründeten Kloster gelebt hat.

Soviel er wisse, gebe es auch weiter entfernt noch Städte, wo ein paar Menschen lebten, aber Metropolen wie Jekaterinburg lägen nach wie vor in Trümmern. Der Hauptmann notiert sich alles. »Und was ist mit Moskau?«, fragt er schließlich. »Wie stehen die Leute dazu? Erinnert man sich an den Zerfall? Trägt man uns nichts nach? Den Bürgerkrieg, meine ich.«

Vater Daniil zuckt mit den dürren Schultern. »Was soll mit Moskau sein? Nach dem Großen Krieg fing es erst richtig an – Bruder gegen Bruder, der Sohn gegen den Vater ... Eine gottlose Welt, die Satan huldigt. Keiner weiß mehr, womit alles begann ... Nur das Töten geht immer weiter, jeder gegen jeden ... Mönche überfallen – wo gibt es denn sowas?«

Polkan verzieht das Gesicht. »Und warum war noch nie jemand hier, wenn ihr so viele seid?«

»Ich kann nicht für alle sprechen. Ich selbst habe gehört, dass von Moskau nichts mehr übrig ist. Komplett zerstört, von Bomben oder dergleichen ... Ich weiß es nicht. Das haben jedenfalls alle gesagt, die ich gefragt habe. Aber als sie unsere Einsiedelei verwüstet haben, da habe ich gedacht: Was hab' ich jetzt noch zu verlieren, ich gehe hin und sehe es mir mit meinen eigenen Augen an. Hier bin ich also, allen Listen des Teufels zum Trotz.« Daniil interessiert sich seinerseits dafür, was für ein Leben die Menschen auf dem Posten führen. »Hier gibt es doch keine Besessenen?«, fragt er streng.

Polkan denkt kurz an seine Frau und schüttelt den Kopf. »Nicht dass ich wüsste.«

»Lebt ihr in Sünde oder fromm?«

Das ist zu viel für Polkan, er grinst schief. »Jeder, wie er kann. Klappt mal besser, mal schlechter. Und du, Väterchen, bist wohl auf Arbeitssuche?«

Der Diener Gottes runzelt die Stirn, strengt sich an, aber so einen langen Satz kann er nicht verdauen. Polkan winkt ab. »Schon gut. Wie wär's denn mit Abendessen, Alexander Jewgenjewitsch?«

Er schlägt sich auf den Wanst – eine Geste, die auch Daniil sofort versteht. Dem Hauptmann entgeht der plötzliche Stimmungswechsel nicht. »Du bist wohl am Verhungern, Bruder? Sergej Petrowitsch, nehmen wir ihn mit? Er soll ruhig wissen, dass er endlich unter seinesgleichen ist.«

Polkan überlegt kurz und stimmt zu. »Faina! Wenn der Ehrwürdige aufstehen kann, dann soll er doch zu uns in die Kantine kommen!«

Beim Abendessen sitzt Jegor links neben Polkan, der Hauptmann den beiden direkt gegenüber. Krigow ist gut gelaunt, lacht großmütig über Polkans müde Witze, steht immer wieder auf, um Trinksprüche auszubringen – ausschließlich auf den Imperator, möge er lange leben, aufs Vaterland, möge es zügig auferstehen, oder darauf, dass der Feind nichts zu lachen haben soll.

Man führt den Popen hinein. Nachdem er den Anwesenden kurz vorgestellt wurde, lässt ihn der Hauptmann rechts neben sich Platz nehmen.

Dem Popen gegenüber sitzt Jegors Mutter. Sie lässt ihn nicht aus den Augen. Offenbar will sie ihn etwas fragen, kann sich aber nicht überwinden. Damit Vater Daniil etwas versteht, muss man es hundertmal laut wiederholen, das traut sie sich vor so vielen Leuten nicht.

Auch er schaut immer wieder zu ihr herüber, allerdings mit demselben verwunderten und euphorischen Blick, mit dem er auch die anderen anstarrt. Die ausgelassene Stimmung kann er zwar nicht hören, aber sehen: das Lachen, die Trinksprüche, die Kosakenrufe und das breite Lächeln auf ihren Gesichtern.

Krigows Männer sind alle genauso kraftstrotzend und gestriegelt wie er selbst.

Jedes Mal, wenn Krigow zu sprechen anhebt, sucht er mit seinem Blick Michelle, die zwei Reihen weiter sitzt, anstatt sich an Polkan zu wenden.

Die schaut mal auf den Teller, mal zu ihrem Großvater, dann wieder treffen sich ihre Blicke, was Jegor kein einziges Mal entgeht. Ihn hat sie noch nie so angesehen.

Er muss diesen selbstgefälligen Affen irgendwie blamieren. Ungefragt mischt er sich in Krigows Gespräch mit Polkan. »Und, wie läuft's so in Moskau? Steht die Stadt noch?«

Krigow sieht ihn verwundert an. Er dachte wohl, Jegor hätte seine Zunge verschluckt. Dann lächelt er herablassend. »Und ob sie steht!«, erklärt er ihm und allen Anwesenden gleich mit »Sie wird von Tag zu Tag schöner! Endlich herrscht Ordnung, sogar auf dem Gartenring funktioniert die Straßenbeleuchtung wieder! Tag und Nacht kann man durch die Stadt spazieren – unsere Kosaken patrouillieren rund um die Uhr. So sicher war's noch nie. Die medizinische Versorgung ist auch wieder intakt, das Pirogow-Krankenhaus ist in Betrieb – das ist nicht zufällig ein Verwandter von Ihnen, Sergej Petrowitsch? Kleiner Spaß. Dort kuriert man alles, von Krätze bis Syphilis, die anwesenden Damen mögen mir verzeihen. Die ganze Stadt bauen wir wieder auf! Innerhalb des Boulevardrings hat jedes Fenster Glasscheiben, und jetzt wird gemalert. Die Kirchen sind instand gesetzt, überall werden Gottesdienste abgehalten, am Abend läuten aus allen Richtungen die Glocken, da geht einem das Herz auf. Und überall so sauber! Wo man hinschaut, alles strahlt! Die Restaurants haben wieder geöffnet, abends wird getanzt. Kurzum: Moskau blüht und gedeiht. Das nenne ich eine Hauptstadt!«

Michelle saugt jedes Wort begierig auf. Nichts kann sie ablenken, sie hat nur noch Augen für den Hauptmann. Der Mistkerl, der das selbstverständlich bemerkt hat, schwingt sich zu immer wilderen Lobeshymnen auf sein verdammtes Moskau auf. Jegor bereut längst, dass er überhaupt gefragt hat. Jetzt kriegt dieser Krigow die Klappe nicht mehr zu.

Der Pope ist sogar ein Stück von ihm weggerückt, um seine Lippen besser sehen zu können, und hört ihm aufmerksam, ja begeistert zu. Nur hin und wieder verzieht er das Gesicht – wahrscheinlich, wenn er etwas nicht versteht.

Der Hauptmann steht auf und erhebt sein Glas. »In wunderbaren Zeiten leben wir, Brüder! Große Taten zu vollbringen ist uns bestimmt! Als unser großartiges Vaterland noch bestand, war ich zwar erst ein Rotzbengel, aber ich erinnere mich an alles. An die Prospekte voller Menschen und Autos, an die weißen Sapsan-Hochgeschwindigkeitszüge von Moskau nach Petersburg, nach Kasan, nach Nischnij Nowgorod! An den Scheremetjewo-Flughafen mit Hunderten von Flugzeugen, blau und silbern! An unsere mächtigen Militärparaden auf der Twerskaja! Ich saß bei meinem Vater auf den Schultern, er hat mich hochgehoben, damit ich besser sehe, obwohl ihm meine Beine damals schon zur Hüfte reichten ... Das hat sich ausgezahlt: Alles hab' ich mir gemerkt. Was haben wir verloren, Brüder! Durch die Verschwörungen und Intrigen Fremder, wegen unserer eigenen Gutmütigkeit, und einfach aus Pech! Russland war ein großes Land ... Aber ich sag euch was! Die Zeiten, als wir unseren Vätern auf dem Buckel saßen, sind vorbei! Was unsere Väter verloren haben, das werden wir zurückerobern! Wollt ihr das? Wollt ihr das, frage ich euch?!«

»JA! JA!« Nun springen alle Kosaken von ihren Plätzen auf, überschlagen sich mit Jubelrufen. Auch Polkan murmelt irgendetwas Zustimmendes, aber seine Schweinsäuglein blicken eher trüb drein. Der Pope bekreuzigt sich und schließt die Augen.

Jegor späht immer wieder zu Michelle hinüber. Sie merkt es nicht.

Er stochert mit der Gabel im Dosenfleisch herum, das zur Feier des Tages, weil diese Trottel hier aufmarschiert sind, großzügig auf die Teller gepackt wurde. Bald wird nichts mehr übrig sein, er sollte die Gelegenheit nutzen und sich vollstopfen, solange es noch geht.

Aber er bekommt keinen Bissen herunter.

Die sollen endlich diesen Typen einpacken und sich in ihr Moskau verpissen!

Plötzlich Gepolter – der Pope ist bewusstlos vom Stuhl gefallen.

Michelle hat darauf gewartet, dass er sie nach dem Essen anspricht, aber Polkan wollte ihn nicht gehen lassen, hat ihm ständig den chinesischen Pflaumenschnaps nachgeschenkt, bis niemand außer ihnen und Jegor und ihr noch in der Kantine war. Es blieb ihr also nichts anderes übrig, als nach Hause zu gehen.

Aber sie spürt so ein Ziehen in der Brust, etwas sagt ihr: Der Abend ist noch nicht vorbei.

Plötzlich klopft es an der Tür.

Michelle springt von ihrem Küchenhocker auf und rennt erst mal ins Bad, zum Spiegel. Sie zündet eine Kerze an und betrachtet ihr Spiegelbild. Die Haare liegen nicht, wie sie sollen, sind total verfilzt … da kämmt man sich ewig, und dann das …

Sie hört ihren Großvater aus Großmutters Zimmer in den Flur und zur Tür schlurfen, der Dielenboden knarrt.

»Lass nur, Opa. Ich geh schon!«, ruft sie.

»Na dann mach ... Erwartest du etwa jemanden?«

Michelle versucht zu lachen. Wieder kratzt es an der Tür. Warum eigentlich nicht? Vielleicht hat er ja herausgefunden, wo sie wohnt. Warum sonst hat er sie den ganzen Abend angestarrt, sie mit seinen Blicken gekitzelt?

Sie eilt in den Flur, setzt eine gleichgültige Miene auf und öffnet die Tür.

Es ist Oma Njura aus dem Nachbarhaus. Die Alte ist fast blind, findet den Weg zu ihrer Freundin per Tastsinn. Oder der Nase nach.

Nur nicht genervt sein, sagt sich Michelle. Was kann Njura denn dafür? Eins, zwei. »Ach, Oma Njura! Hallo!«

»Darf ich, Kindchen?«

Michelle hakt die Alte bei sich ein und führt sie ins Zimmer. Die Bibelstunde kann losgehen. Je schwächer Oma Njuras Sehkraft wird, desto stärker wird ihre Fantasie. Wenn sie kommt, muss Opa Oma das Gebetbuch vor die Nase halten, die liest dann vor, während Oma Njura zuhört und sich für beide bekreuzigt.

»Warst du früher auch schon so gläubig, Njura?«

»Früher waren es noch andere Zeiten, Kindchen. Es gab viel Licht und wenig Dunkel. Der Glaube ist ja für den Menschen wie eine Kerze in der Finsternis ... Er leuchtet den Weg ...«

»Verstehe.«

Oma Njura grüßt, beugt sich zu den Kissen hinunter, gibt Marussja einen Kuss auf die bratapfelrote Wange. Erzählt, wie ihr Tag so war: Wie schon. Fragt, was es bei Marussja Neues gibt: Na, was schon. Opa gibt Michelle mit einem Nicken zu verstehen: Geh ruhig, dreh ein paar Runden, was willst du bei uns Alten?

Aber wo soll Michelle schon hin?

In den Hof gehen und dort allein rumhocken? Wozu? Frische Luft schnappen, oder was? Oder auf eine Tram nach Moskau warten?

Da baggern sie ja doch nur die Kosaken an, die Wache schieben. Oder noch schlimmer: dieser halbwüchsige Jegor.

Also klettert Michelle wieder auf ihren verhassten Hocker.

»Wohl dem, der nicht wandelt im Rat der Gottlosen, noch tritt auf den Weg der Sünder, noch sitzt, da die Spötter sitzen, sondern hat Lust zum Gesetz des Herrn und redet von seinem Gesetz Tag und Nacht«, raunt es aus dem Zimmer. »Der ist wie ein Baum, gepflanzet an den Wasserbächen, der seine Frucht bringet zu seiner Zeit, und seine Blätter verwelken nicht, und was er macht, das gerät wohl. Aber so sind die Gottlosen nicht, sondern wie Spreu, die der Wind verstreuet. Darum bleiben die Gottlosen nicht im Gerichte, noch die Sünder in der Gemeinde der Gerechten. Denn der Herr kennet den Weg der Gerechten, aber der Gottlosen Weg vergehet.«

Jetzt haben sie auch noch ganz vorn angefangen, denkt Michelle frustriert. Nun geht's der Reihe nach. Ein abendfüllendes Programm, bis Oma einschläft.

Plötzlich hört sie im Hof jemanden pfeifen.

Sie guckt nach draußen, und da steht er, ihr Hauptmann, direkt vor dem Fenster. Er sieht sie, Rapunzel im Turm, und pfeift. Tatsächlich! Er pfeift nach ihr. Na, der hat vielleicht Nerven!

Vom Fenster weggehen? Antworten? Doch lieber die Flucht ergreifen?

»Hey, Michelle!« Ihren Namen hat er also auch schon ausgekundschaftet. »Komm doch mal runter! Ich wollte was mit dir besprechen.«

»Was denn?«, zischt sie ihn an, aber sein Lächeln ist so strahlend, dass es sich von ganz allein in ihrem Gesicht spiegelt. Sie nickt, als er sie zu sich herunterwinkt, um dann mit zur Schau getragener Unlust vom Fenster wegzugehen. Sie rennt wieder ins Bad, versucht verzweifelt, sich einigermaßen herzurichten.

»In Sünde leben wir, meine liebe Njura, in Sünde«, jammert Marussja derweil in ihrem Zimmer. »Das ist nicht gut so: ohne Beichte, ohne Abendmahl. Wenn doch bloß dieser Mensch, der über die Brücke gekommen ist ... wenn er doch bloß ein Priester wäre! Dann könnte er uns beistehen, dann wäre unser Leben einfacher.«

»Ja, das wäre gut, Marussja.«

»Lass uns beten, dass Gott uns einen Beschützer schickt!«

»Ja, beten wir.«

Sie fangen wieder an zu beten – jetzt also für einen Beschützer –, während Opa auf den Balkon geht, um eine zu rauchen.

Michelle ist mit einem Satz an der Tür, aber die Treppe geht sie langsam hinunter, damit der Hauptmann sie nicht durch die offene Haustür hört.

Sie schwebt hinaus: Er steht direkt vor ihr, eine Selbstgedrehte im Mundwinkel, die Augen zusammengekniffen. Er stellt sich vor, dabei weiß sie seinen Namen längst, sogar den Vatersnamen.

»Du bist nicht von hier, oder?« Krigow stellt die Frage von sich aus. Dabei hatte Michelle die ganze Zeit überlegt, wie sie das Thema ansprechen soll – dass sie ja auch aus Moskau ist, wie er. Dass sie diesen Posten für ein gottverlassenes Loch hält, wie er vermutlich auch. Aber er hat selbst gesehen, dass sie anders ist als die Einheimischen.

Michelle spürt, wie ihr das Blut in die Wangen schießt. »Nee, bin ich nicht.«

»Woher dann? Aus Moskau?«

»Mhm.«

»Dachte ich mir.«

»Warum? Ist das so offensichtlich?«

Er schmunzelt und nickt. Er ist einen Kopf größer als sie, sie muss ihr Kinn nach oben recken, um ihm in die Augen sehen zu können. Sie haben die gleiche Augenfarbe, denkt Michelle. Ein ganz helles Grau.

»Und was hast du hier verloren?«

»Na ja ... In Moskau habe ich niemanden mehr. Und hier sind ... Verwandte.«

»Dann nimm sie mit und komm zurück! Hier versauerst du doch ... In Moskau hättest du sicher mehr Spaß. Was treibt ihr denn hier, wenn ihr ausgeht? Nacktschnecken vom Kohl sammeln?«

»Ja, genau das hatte ich vor.«

»Dann ist ja gut. Wo haben deine Eltern denn gewohnt?«

»An den Patriarchenteichen. Unsere Fenster gingen direkt auf den Teich hinaus. Ich hab' sogar Fotos ... auf dem Handy.«

»Wirklich? Unser Stab ist da ganz in der Nähe.«

»Echt?«

»Wenn ich's doch sage! Gleich auf dem Gartenring. Wie hießen deine Eltern denn? Heute wohnen da ja nicht mehr so viele.«

Michelles Herz schlägt schneller. »Mein Vater heißt Eduard Belkow. Er hat im Ministerium gearbeitet.«

»Eduard ... Eduard ...«

Wie im Traum, wenn man in eine Schlucht fällt. Könnte er wirklich ...

»Wiktorowitsch? So ein Kleiner, mit Bauch?«

»Nein.« Michelle schüttelt den Kopf.

»Nicht Wiktorowitsch, Olegowitsch. Er ist fast zwei Meter groß.«

»Hm. So einen kenne ich nicht.« Der Hauptmann zuckt mit den Schultern, aber Michelle sieht, dass auch er sich gewünscht hätte, es wäre ein Wunder geschehen; dass es nicht geklappt hat, tut ihm genauso leid wie ihr. Er berührt ihre Schulter – freundschaftlich.

»Das wird schon wieder, Kindchen. Halte durch.«

Beim Wort Kindchen zuckt Michelle zusammen, verrät sich endgültig. Er lacht. Sie lächelt auch.

»Hör mal, es ist ja noch früh. Lass uns irgendwo hingehen. Ein paar Nacktschnecken sammeln vielleicht?«

Sie verdreht genervt die Augen. Dann läuft sie los, weg von der Kommune, zu den verlassenen Fabrikbauten und eingestürzten Schornsteinen. Dorthin, wo die Nacht ihre schwarze Tinte ausgeschüttet hat, wohin das Laternenlicht nicht reicht. Am Rand der Welt bleibt sie kurz stehen und dreht sich zu ihm um: Was ist, kommst du?

Tamara begleitet Vater Daniil auf die Krankenstation. Er stützt sich auf ihren Arm und versucht nicht, sie abzuschütteln, aber sie spürt seine Anspannung, als wäre ihm die Berührung unangenehm.

Faina hilft Vater Daniil auf sein Bett, bringt ihm irgendein medizinisches Gebräu und gibt Tamara zu verstehen, dass der Gast nun seine Ruhe brauche. Aber Tamara geht nicht. Stattdessen steht sie auf und flüstert Faina etwas ins Ohr.

Die Ärztin schaut sie überrascht und belustigt an. »Beichten?«

»Ja. Unter vier Augen.«

»Na von mir aus.«

Faina geht, Tamara bleibt mit Vater Daniil allein zurück. Er sieht sie fragend an.

»Verzeiht mir, Vater. Ich dachte, ein Feind würde kommen. Ich hatte eine Vorahnung, die sich als falsch erwiesen hat. Das bereue ich.«

Er legt die Stirn in Falten, bemüht sich zu verstehen. Segnet sie schließlich. »Eine Vorahnung?«, fragt er dann misstrauisch mit seiner eintönigen, ausdruckslosen Stimme.

»Ja.«

»Dass ich Unheil bringe?«

»Nein, nicht Sie. Ich weiß nicht, wer. Ich habe Karten gelegt ... ich wollte ein Zeichen ... von den Engeln.«

Er beugt sich sogar ein Stück vor, um sie zu verstehen. Sie nickt oder schüttelt bei jeder seiner Fragen energisch den Kopf, damit er leichter versteht.

»Du legst Karten?«

»Vergebt, ich weiß, ich habe gesündigt.«

»Zigeunerin?«

»Sieht man mir das an? Ja.«

»Orthodox?«

»Ja. Ich bin sehr gläubig. Es war nur niemand da ... Würden Sie mir die Beichte abnehmen?«

Er wiegt den Kopf, segnet sie einmal, zwei-, dreimal. »Du lädst eine große Sünde auf dich. Du huldigst Satan. Betest du zu Gott?«

»Ja, ich bete, jeden Tag. Ich ... ich weiß ... darum bete ich.«

»Das darfst du nicht.«

»Ich ... ich habe große Angst, Vater. Angst vor der Zukunft. Um meinen Sohn. Und um meinen Mann. Deswegen versuche ich zu sehen ...«

Vater Daniil zieht die Hand weg, die sie gerade küssen wollte. »Ich verbiete es dir. Dagegen hilft kein Gebet. Du lässt den Teufel in deine Seele. Und Gott kann dich nicht hören, weil er nicht mehr in dieser Welt weilt. Die Menschen können nicht in die Zukunft sehen, das ist eine List des Teufels. Hast du gehört? Ich verbiete es dir!«

Tamara sieht ihn ratlos an.

»Geh!«, sagt er unnachgiebig.

Sobald Michelle den Speisesaal verlassen hat, steht auch Jegor auf. Er will sie einholen, sich endlich für den Bockmist entschuldigen, den er da letztens verzapft hat. Er will ihr erzählen, wie er in der Stadt nach einem Handy für sie gesucht hat, wie er durch die abgebrannte Mall gestreift und in die leeren Wohnungen eingedrungen ist.

Aber sie ist so schnell in ihrem Hauseingang verschwunden, dass er nichts davon tun kann. Sie hat ihm die Tür vor der Nase zugeschlagen, und an ihrer Tür zu kratzen ist selbst ihm zu peinlich.

Er setzt sich in eine dunkle Ecke im Hof und blickt zu ihrem Fenster auf.

Heut Nacht hab' ich von dir geträumt
du hast mich angelächelt
Im Traum hast du mit mir gesprochen
Als wär' ich jemand anderes
Als wär' ich jemand Besseres

Sie tritt ans Fenster; öffnet die Fensterläden, sieht in den Hof hinaus. Jegor drückt sich noch tiefer in den Schatten, nimmt seine Luftgitarre in die Hand. *Gesprochen ... seit Wochen ... so gut gerochen ...* Oh Mann, was für ein Schwachsinn!

Als der Hauptmann nach ihr pfeift, hat Jegor noch die Hoffnung, Michelle würde ihn beleidigt abblitzen lassen. Stattdessen flattert sie ihm direkt in die Arme, ohne auch nur die geringste Schüchternheit. Sie hätte sich ja wenigstens ein bisschen zieren können!

Er kann und will sie nicht allein mit diesem Kerl losziehen lassen.

Er muss alles hören, was sie einander zu sagen haben. Das ist vielleicht erbärmlich, aber Jegor kann einfach nicht anders.

Deswegen steigt er ihnen heimlich nach. Obwohl er das alles lieber nicht sehen würde.

Sie haben sich hinter einem Stromkasten vor neugierigen Blicken versteckt.

Michelle sitzt neben dem Hauptmann, ganz dicht, ihre Köpfe berühren sich fast, sie flüstern. Ihre Hände sind ineinandergeschlungen, das sieht Jegor ganz deutlich – der Scheinwerfer strahlt sie aus seiner Richtung an, sodass ihm keine noch so winzige Bewegung entgeht, aber er selbst bleibt unsichtbar. Er lauscht.

Der Hauptmann säuselt, lullt sie mit seiner samtigen Stimme ein. »Nein. Wir haben uns vor einem halben Jahr getrennt.«

»Warum das?«

»Sagen wir: Meinungsverschiedenheiten.«

»Geht's etwas genauer?«

»Ich hab sie mit einem Freund von mir erwischt.«

»Krass.«

»Ich hab's auch nicht verstanden. Ich hab's wirklich ernst gemeint mit ihr, hab sie meinen Eltern vorgestellt und alles. Und sie ...«

»Vielleicht war es einfach nicht die Richtige.«

»Vielleicht.«

»Oder einfach eine Schlampe.«

Sie lachen beide.

»Du hast Glück, dass deine Eltern noch leben«, sagt Michelle.

»Das ist wahr.«

Dann schweigen sie wieder. Das Schweigen dauert so lange, dass Jegor es kaum erträgt.

»Wann fahrt ihr denn zurück?«

Michelle fragt ganz leise, ihre Stimme klingt plötzlich verändert. Irgendwas ist zwischen den beiden schon passiert, irgendwie sind sie sich nähergekommen.

Dumme Kuh!

Jegor würde am liebsten schreiend aus seinem Versteck springen, oder wenigstens husten, um diese sich anbahnende Liebe irgendwie zu verhindern. Er spürt: Dieser Lackaffe kriegt Michelle gleich rum, und dann setzt er sie in seine Draisine und nimmt sie mit in sein blödes Moskau, auf Nimmerwiedersehen – und sie wird froh sein, ihr Leben auf dem Wachtposten für immer hinter sich zu lassen.

»Sobald Moskau den Befehl erteilt.«

Auch in Krigows Stimme hat sich jetzt eine seltsame Heiserkeit gemischt. Eine Heiserkeit, bei der sich Jegors Fäuste von alleine ballen.

Der Hauptmann küsst sie wieder, und er macht noch etwas anderes, das sie leise seufzen, aufstöhnen lässt. Jegor spürt einen Stich in der Leistengegend, ihm wird ganz schwarz vor Augen. Aber statt aufzuspringen und zu schreien, hört und schaut er nur noch genauer hin ... Er würde am liebsten im Boden versinken und gleichzeitig auch wieder nicht.

»Alexander Jewgeeenjitsch!«, ruft es von der Kommune her.

»Wart mal. Ich glaube, da ruft jemand.«

Krigow löst sich von Michelle, späht in die Dunkelheit – und entdeckt plötzlich Jegor. Der Hauptmann springt auf, zieht seine Waffe und richtet sie auf Jegor. »Komm raus! Komm her, du Hosenscheißer!«

Jegor bleibt nichts anderes übrig, als zu gehorchen. Er schleppt sich in den Lichtkegel.

»Was machst du hier, hä?«

Der Hauptmann geht auf Jegor zu, packt ihn am Kragen und schüttelt ihn. Sein Blick ist zornig und misstrauisch, und Michelles – genervt und angeekelt.

»Lass ihn, Sascha. Das ist der Kleine von Polkan, seine Mutter ist die Zigeunerin. Der schnallt doch noch gar nichts.«

»Ach, der ... Hast du uns etwa nachspioniert, du kleine Ratte?«

Jegor schüttelt den Kopf, murmelt etwas, Krigow schubst ihn weg – die Kräfte sind zu ungleich verteilt, um sich zu prügeln.

»Alexander Jewgenjitsch! Der Kommandant will Sie sprechen!«, ruft jemand.

»Komm, Michelle, lass uns verschwinden.«

Krigow legt ihr seinen Arm um die Schulter, nicht mehr freundschaftlich, sondern so, als würde sie ihm gehören. Die beiden gehen, und Jegor bleibt allein zurück. Seine Ohren brennen, als hätte der Hauptmann sie ihm langgezogen. Hätte er ihn doch lieber vermöbelt, als ihn so erniedrigend zu verschonen.

Im Traum hast du mit mir gesprochen
Als wär' ich jemand anders ...

Idiot! Du bist so ein Idiot!

Jegor ballt seine rechte Hand zur Faust und schlägt sich damit auf die Rückseite der linken – auf die Knöchel. Damit es richtig wehtut.

Polkan lässt Krigow in sein Dienstzimmer rufen, um ihr Gespräch unter vier Augen fortzusetzen. Sie zünden sich Zigaretten an. Polkan ist in beißenden Rauch gehüllt. Er kneift die Augen zusammen. »War doch etwas gewagt, ihn zum Essen mitzunehmen, finden

Sie nicht, Alexander Jewgenjewitsch? Hat sich ja als ziemlich gebrechlich entpuppt, der Mann.«

»Na ja ... Ich hatte irgendwie den Eindruck, es geht ihm schon ganz gut. Ich wollte guten Willen zeigen.«

»Trotzdem. Ich hätte ihn ja noch ein bisschen in Quarantäne schmoren lassen, ihn ausgefragt ... Bevor ich ihn auf die Leute loslasse. Man weiß ja nie ...«

Der Hauptmann zieht eine Augenbraue hoch. »Sie zweifeln noch an seinen Worten? Gibt's Unstimmigkeiten bei dem, was er über das andere Ufer erzählt?«

»Woher soll ich das wissen?«

Nun hebt sich auch die andere Augenbraue. »Jetzt hören Sie mal zu, wie war noch mal Ihr Name? Sergej Petrowitsch ... Haben Sie überhaupt eine Ahnung, was da am anderen Ufer vor sich geht?«

Polkan zuckt wieder mit den Achseln. »Habe ich nicht, Alexander Jewgenjewitsch. Wir wissen nicht genau, was jenseits dieser verfluchten Brücke ist. Wir gehen da nie hin. Vielleicht ist ja alles genau so, wie er sagt, vielleicht aber auch ganz anders.«

Krigow hört Polkan verwundert zu.

»Etwas seltsam ist das schon, ehrlich gesagt. Ich weiß ja, dass die Lage an der Grenze ruhig ist, aber trotzdem ...« Polkan schnauft. »Nun ja, bisher gab es keine Notwendigkeit. Und was heißt schon, wir wissen es nicht, natürlich wissen wir, was dort ist: Der Bezirk Sawolschje, der Krasnyj Bor... was noch ... Kusnetschicha. Dann kommt dieser Vorort ... Spas-Witalij. Früher, jedenfalls. Vor dem Zerfall. Und jetzt – wer weiß das schon. An der Stelle von Kostroma war ja auch mal die Stadt Kostroma. Und jetzt ... Na ja, das wissen Sie ja selbst.«

»Nein, weiß ich nicht.«

Krigow erwartet eine Antwort. Also betet ihm Polkan das ganze Eisenbahnnetz herunter: »Kleingärten haben wir dort, jenseits der Brücke. Die Fabrik Nr. 50. Viel Wald war da früher schon, jetzt kommt man wahrscheinlich gar nicht mehr durch. Und das war's auch schon. Dann geht die Strecke weiter: Ljubim, Galitsch, Manturowo, Scharja ... Unser ganzer Verwaltungsbezirk Kostroma eben. Kirow, auch Wjatka genannt. Irgendwann später kommen dann Perm, Jekaterinburg und so weiter ... Aber ob da noch jemand lebt? Bis heute dachte ich: Nein.«

»Was machen denn eure Aufklärungstrupps?«

»Die haben da nichts verloren. In all den Jahren ist keiner von drüben gekommen.«

»Jetzt aber schon.«

»Ja, jetzt schon.« Das muss Polkan zugeben.

Der Hauptmann fasst noch einmal zusammen: »Ich sehe keinen Grund, ihm nicht zu trauen. Er ist einer von uns, ein Orthodoxer. Ich habe gehört, dass er ein Kirchenbanner bei sich hatte?«

»Ja, und?«

»Sagen Sie mal, Sergej Petrowitsch, glauben Sie eigentlich an Gott?«

Polkan macht eine unbestimmte Geste. »Wie soll ich sagen ... Mehr oder weniger. Ich bin getauft.«

»Getauft!«

Der Hauptmann grinst schief und schüttelt den Kopf. Dann erklärt er Polkan die Lage. »Wissen Sie, warum Sie getauft sind, aber nicht gläubig? Weil Sie hier auf ihrem Posten hocken wie in Abrahams Schoß. Da kommt ein einziges Mal ein Eindringling, und selbst der ist ein Wanderprediger, ein Mann Gottes. Hätten Sie wie ich im Süden gedient, dann wüssten Sie, was es heißt, in unseren dunklen Zeiten den Glauben zu bewahren.«

Polkan denkt an die zerschundenen Hände des Mönchs. »Und Sie sind sich da ganz sicher, dass er ein Mann Gottes ist? Nur weil er dieses Kreuz trägt?«

»Reicht das nicht? Wissen Sie, wie viele von denen von überall her nach Moskau pilgern? Sie hören, dass das Land wiederaufersteht, und machen sich auf den Weg. Wer war denn auf dem Kirchenbanner abgebildet?«

»Moment, das muss hier irgendwo sein, ich hab's gleich ...«

Sie betrachten den durchlöcherten Alten, der stümperhaft auf einen Stofffetzen gemalt ist. Der Hauptmann kann das Gesicht nicht zuordnen und liest die Beschriftung. »Der heilige Märtyrer Cyprian. Muss irgendein Grieche sein.«

»Sie kennen den also auch nicht?«

Der Hauptmann lacht verlegen. »Nun ja, ich bin Soldat, Sergej Petrowitsch. Die Schutzheiligen der Soldaten kenne ich. Der hier scheint mir ein ziviler zu sein.«

Polkan schüttelt den Kopf, um zu signalisieren, dass es kein Vorwurf sein sollte. »Ich meine ja nur ... die Heiligen sind doch sozusagen auf irgendwas spezialisiert, oder? Der eine schützt vor Kugeln, wie Sie richtig sagen, der andere vor Krankheiten ... Was macht denn dieser hier?«

»Was weiß ich? Fragen Sie doch Vater Daniil, wenn Sie es unbedingt wissen wollen.«

»Hm. Das werde ich natürlich machen. Ich hab' nur das Gefühl, dass er ein bisschen ... Nicht nur, dass er taub ist, er scheint mir eine Schraube locker zu haben. Haben Sie ihn beim Abendessen gesehen? Wie er ständig den Kopf gedreht und gegrinst hat? Seine Augen waren ganz glasig. Und auch seine Antworten ... als würde er auf die Frage antworten, aber irgendwie auch nicht, immer ein bisschen daneben.«

»Meinen Sie, er ist nicht ganz dicht? Vielleicht sind das die Nachwirkungen von euren Gasen? Aber wer weiß, vielleicht hat er tatsächlich nicht alle Tassen im Schrank.«

Polkan tritt ans Fenster, betrachtet sein Spiegelbild – die Sonne ist so schnell untergegangen, dass dort nichts anderes mehr zu sehen ist. Die Glasscheibe zeigt einen ganz anderen Polkan: Sein aufgedunsenes Gesicht ist weder freundlich noch ruhig, noch wirkt es so, als wären er und der Hauptmann sich besonders einig.

»Ja, klar hat er am Fluss zu viel eingeatmet ... man sieht's ihm ja immer noch an ... Aber trotzdem ... Dieses ganze ›Gott erbarme dich‹, als er in den Kugelhagel gelaufen ist ... Worauf ich hinaus will: Ich finde ihn, gelinde gesagt, seltsam.«

Der Hauptmann sieht Polkan streng an. »Ich erzähle Ihnen mal was, Herr Leutnant. Im Süden, wo meine Truppen stationiert waren, verlangen die Wilden, dass die Orthodoxen sich von ihrem Glauben lossagen. Wenn die jemanden gefangen nehmen, bringen sie ihn nicht um, sie foltern ihn erst. ›Schwöre deinem Glauben ab, dann lassen wir dich am Leben.

Wenn nicht, köpfen wir dich.‹ Was glauben Sie, wie viele Soldaten auf diese Weise den Kopf verloren haben!«

Polkan räuspert sich. »Na ja, so was gibt's hier bei uns zum Glück nicht …«

»Woher wollen Sie das wissen, wenn Sie nicht auf die andere Seite gehen? Also! Die Leute nehmen für ihren Glauben einen Märtyrertod auf sich! So sind die Zeiten, in denen wir leben! Schreiben Sie sich das hinter die Ohren. Wenn jemand in diesen verwahrlosten, gefährlichen Gegenden Christus treu bleibt und keine Angst hat, ein Kirchenbanner vor sich herzutragen, dann hat das etwas zu bedeuten!«

»Nun, das mag ja sein.«

»Ich weiß, wovon ich rede, Sergej Petrowitsch.«

»Das verstehe ich. Aber ein Banner kann sich doch jeder nehmen, und ein Kreuz … Das allein sagt doch noch gar nichts, wenn man genauer drüber nachdenkt.«

Der Hauptmann schüttelt heftig den Kopf – langsam ist er den verspäteten Argwohn des Kommandanten leid. »Sogar Ihre Ärztin hat doch gesagt, dass er im Schlaf gebetet hat – im Fieber. Wie soll man das denn vortäuschen?«

»Ja … kann schon sein … oder auch nicht … Und was halten Sie davon, dass er taub sein soll? Ich möchte nur mal, ähm, unsere Eindrücke vergleichen … Ich denke nur laut. Unsere Grenze … die Grenze an der Wolga. Warum wurde sie denn gezogen? Da war doch ein Aufstand, während des Zerfalls? Oder nicht?«

Krigow nuckelt an seinem Mundstück. Dann zuckt seine Augenbraue wieder. »Ich bin der Meinung, dass der Mann völlig taub ist. Und was den Aufstand angeht, daran erinnert sich doch kein Mensch mehr, Sergej Petrowitsch, seit so vielen Jahren fressen die sich gegenseitig auf. Würden die Krieg wollen, dann hättet ihr längst Krieg und nicht euren Ponyhof hier.«

»Heißt das, ihr nehmt ihn zur weiteren Befragung mit nach Moskau?«, fragt Polkan. »Bisher hat er ja nicht allzu viel verraten ... Vielleicht findet sich in Moskau jemand, der ihn in Gebärdensprache verhört?«

Krigow wirft ihm einen seltsamen Blick zu. »Wer sagt denn, dass wir nach Moskau zurückfahren, Sergej Petrowitsch?«

Michelle lässt den Hof nicht aus den Augen: bloß nicht verpassen, wenn der Hauptmann aus dem Verwaltungsgebäude kommt. Es ist spät, seine Gefolgsleute haben schon ihr Quartier bezogen, der Hof ist wie leergefegt.

Draußen ist ekelhaftes Wetter. Von Jaroslawl her sind bleierne Wolken aufgezogen, der ganze Himmel ist bedeckt. Ein Wind kommt auf und jagt einem Schauer über den Rücken. Aber es hat sich noch nicht genug zusammengebraut, und diese Vorahnung des Regens steckt einem schlimmer als jeder Wolkenbruch in den Knochen.

Oma ist in ihrem Zimmer eingeschlafen und schnarcht pfeifend. Opa hat eine Weile mit der Enkelin in der Küche gesessen, seine von den Kosaken geschnorrte Selbstgedrehte gequarzt, ein Gläschen gekippt und ist dann auch ins Bett getrottet. Nur Michelle tut noch so, als würde sie lesen.

Dabei hat sie nur Krigow im Kopf. Sascha.

Sein Lächeln, seine Augen, seine Hände.

Von ihrem Solarplexus ausgehend öffnet sich nach oben und unten entweder eine Blume – oder ein schwarzes Loch, das Michelle zu verschlingen droht. Ein süßer Sog. Schon beim Gedanken an sein Lächeln rast ihr Herz. Michelle steht auf, setzt sich hin, steht wieder auf. Sie öffnet einen Spalt weit das Fenster, atmet die kühle Luft ein, um sich zu beruhigen – und damit sie seine Stimme bloß nicht überhört, wenn er auf den Hof kommt.

Von dem Tag an, als Großvater sie zu der Einsicht gezwungen hat, dass ihre Eltern nicht mehr da sind, hat sie davon geträumt, sich in jemanden zu verlieben, der sie von hier wegbringt, aus diesem Drecksloch, diesem Nirgendwo, vom Rand der Welt in ihr Zentrum – nach Moskau. Das ist ihr einziger Traum, aber sie hat es nie geschafft, sich in jemanden, der von dort kam, zu verlieben.

Bis jetzt.

Die Hunde kläffen los, Türangeln quietschen, Furnierholz knarrt – eine Tür fällt zu. Polkan und Krigow stehen im Hof, das Rädchen eines Feuerzeugs ratscht, sie besprechen etwas. Michelle schleicht durchs Minenfeld, gelangt wie durch ein Wunder unbemerkt ins Treppenhaus.

»Wir reden dann morgen weiter, Sergej Petrowitsch.«

Polkan räuspert sich, nickt.

Sie geben sich die Hand und gehen auseinander. Michelle wartet, bis Polkan an der Treppe vorbei ist – hoffentlich riecht er das Parfum nicht! – und schafft es gerade noch, Krigow mit einem leisen Zischen zurückzuhalten, bevor der im anderen Hauseingang verschwindet.

Eigentlich sollte ihr das peinlich sein, ist es ihr aber aus irgendeinem Grund nicht.

Es ist ihr egal, was sich gehört, was ihre Mutter oder Großmutter tun würden. Ihre Mutter ist nicht hier, und Michelle muss ihr eigenes Leben leben. Hier und jetzt.

Sie nimmt Krigows Hand, stellt sich auf die Zehenspitzen und küsst ihn auf den Mund; er erwidert den Kuss sofort. Er hat nur darauf gewartet.

Die Blume, das schwarze Loch, das sich in ihrem Solarplexus aufgetan hat, verschluckt nicht nur sie, sondern auch den kühnen Hauptmann Krigow. Sie gibt ihm nur, was sie ihm geben wollte. Und nimmt dafür sein Herz. Sie schlingen sich umeinander wie zu einem Seil, und diese Verbindung wird niemand mehr lösen. Michelle wird mit ihm zusammen sein, das weiß sie genau, und diese Gewissheit beruhigt und wärmt sie.

Während er raucht, spielt sie an seinem Bart herum.

Sie muss nicht nachdenken, wie sie es sagen soll. Sie will ihm nichts vorspielen, nichts abzwingen oder ihm irgendetwas einreden. Sie will einfach und ehrlich mit ihm sein. Sie beugt sich zu ihm und küsst ihn auf die nach Rauch schmeckenden Lippen. »Sascha. Bring mich hier weg«, sagt sie. »Nimm mich mit nach Moskau.«

Polkan stößt die Tür auf, schlüpft aus seinen Schuhen, guckt in den Spiegel.

»Param-pam-pam ... pampam ... Ach, scheiß drauf.«

Er steckt seine Füße in die karierten Filzpantoffeln und schlurft in die Küche.

Dort sitzt Tamara im geblümten Hauskleid und betet den Rosenkranz. Vor ihr steht eine Tasse Tee. Ihre Augen sind rot vor Müdigkeit, sie hat die Arme vor der Brust verschränkt. Selbst die Matrona von Moskau guckt fröhlicher. »Was sagt er?«, will Tamara auf der Stelle wissen.

Polkan kratzt sich am Hinterkopf. »Gibt's was zu trinken? Ich könnt 'nen Schluck vertragen. Der Hauptmann, meinst du?«

»Wer denn sonst?«

»Nun ja ... Der Hauptmann, meine Liebe, der sagt, dass sie nicht zurück nach Moskau fahren. Sie fahren über die Brücke.«

DREI

JEGOR LIEGT MIT EINEM BUCH IM BETT. Irgendein bescheuerter Roman, in dem es ums Überleben nach der Apokalypse geht. Mutter sagt, vor dem Zerfall hätte es die haufenweise gegeben; offenbar haben die Leute was geahnt und sich brennend für das Thema interessiert. Da lag wohl was in der Luft ... Wie die Schwüle vor einem Gewitter.

Aber in den Büchern ist irgendwie gar nichts wie im echten Leben.

Das Leben ist tausendmal öder.

An den Wänden hängen Poster von Rockbands, herausgerissen aus alten Zeitschriften. Vor dem Zerfall haben die Leute angeblich ganz andere Sachen gehört, aber die gab es nur im Netz, deswegen ist davon nichts geblieben, weder Aufnahmen noch Poster. Aber dafür haben massenweise russische Rockbands überlebt: auf CDs, Kassetten und Postern. Jegor hat den ganzen Krempel aus Jaroslawl angeschleppt: Er stellt sich gern vor, wie er selbst einmal ganze Fußballstadien mit seinen Songs füllt. Obwohl in Jaroslawl nur noch ein Stadion steht, das »Schinnik« – und selbst da wuchert schon hüfthoch das Unkraut. Jegor war mit seiner Gitarre ein paarmal dort. Hat sich mitten aufs Feld gestellt, die Akkorde gegriffen und sich vorgestellt, wie die Menge auf den Tribünen ausrastet.

Die Gitarre ist das Einzige, was ihm von seinem leiblichen Vater geblieben ist. Von seiner Mutter weiß er, dass er immer unterwegs war, mit seiner kleinen Rockband durch die Clubs gezogen ist. Er war wohl ein Säufer und Weiberheld, und als er davon Wind bekam, dass Tamara schwanger war, machte er sich endgültig aus dem Staub und hinterließ seinem ungeborenem Kind nur diese Gitarre. Aber das ist Mutters Version. Jegor kennt ihren schwierigen Charakter und kann sich gut vorstellen, dass es auch ganz anders gewesen sein könnte.

Und auch die Tatsache, dass sie die Gitarre aufgehoben und ihm schließlich geschenkt hat, spricht dafür, dass die Wahrheit etwas komplizierter ist als ihre Erklärungen.

Und jetzt hat Polkan die Gitarre beschlagnahmt – nur weil er Geschichte geschwänzt hat.

Jegor hört, wie die Tür zuschlägt: Polkan. Er hört, wie er die Schuhe abstreift, hört, wie er in den Spiegel guckt. In diesem Haus hört man überhaupt alles.

Und dann, eine Minute später, Mutters Gezeter in der Küche.

Jegor versucht sich erst die Ohren zuzuhalten – es ist keine Seltenheit, dass sie Polkan zusammenstaucht. Aber dann überlegt er es sich doch anders, steigt leise aus dem Bett und schleicht zur Küche. Die Tür ist nur angelehnt.

»Wie soll ich sie denn umstimmen, Tamarotschka?«, brummt Polkan.

»Ist mir egal! Du bist der Kommandant, du bist für die Grenze verantwortlich, du weißt im Gegensatz zu ihnen, was hier vor sich geht. Herrgott, denk dir was aus, du bist doch sonst so gewieft. Immerhin hast du es unter dem alten Regime irgendwie zum Leutnant gebracht!«

Heute scheint es interessanter zu sein als sonst. Was ist mit der Grenze? Normalerweise faltet sie Polkan nur für seine Sauferei zusammen oder wenn er der rothaarigen Lenka etwas zu lange hinterhergeguckt hat. Polkan stellt sich dumm. »Was geht denn hier vor sich, Tamarotschka? Bei uns ist doch zum Glück alles ruhig.«

»Tu doch nicht so. Du weißt ganz genau, was ich meine.«

»Und wie stellst du dir das vor? Dass ich zu diesem Hauptmann gehe, ihn aus dem Schlaf reiße und sage: Herr Hauptmann, tut mir leid, aber ihre Expedition ist abgesagt?«

Welche Expedition denn? Wohin? Jegor spannt alle Muskeln an, wie eine Katze kurz vor dem Sprung.

»Und er: Was heißt hier abgesagt? Ich habe einen Befehl des Imperators! Und ich: Ich verstehe Sie ja, Herr Hauptmann, aber wir haben hier übergeordnete Instanzen. Und er: Was denn für Instanzen? Und ich: Meine Frau, Herr Hauptmann. Und der überlegt dann ein bisschen und sagt: Na, wenn das so ist, gegen Ihre Frau kann natürlich selbst Seine Majestät nichts ausrichten!«

Jegor drückt sich an die Wand, linst durch den Türspalt.

Polkan kichert, während er seine Rede schwingt, aber er klingt nervös, und sein Gesicht ist puterrot wie nach einem Saufgelage. Tamara unterbricht ihn nicht; in ihren schwarzen Augen tobt ein Sturm. Sie wartet, bis er fertig ist.

»Sag mir nur eins: Glaubst du mir wirklich nicht, oder hast du nur Schiss, vor diesen Armeegockeln als Weichei dazustehen?«

Polkan wählt seine Worte mit Bedacht. »Also ... Ich sage ja nicht, dass ich dir gar nicht glaube ...«

»Dann glaubst du wohl nicht an dich. Würdest du an dich glauben, wär's dir egal, was diese Leute denken.«

»Jetzt mach aber mal einen Punkt!« Polkan steht auch auf – und reicht ihr bis zur Nasenspitze.

»Du hast Angst, als Schlappschwanz dazustehen, aber uns alle ins Verderben zu stürzen macht dir wohl nichts aus?«

»Meine Güte, Tamara!«

»Wenn wir ihm nichts tun, tut es uns nichts. So einfach ist das, Serjoscha. Sag denen das. Wo ist das Problem? Was gibt es da nicht zu verstehen?«

»Tamara! Die sind vom Militär, verdammte Scheiße! Die haben einen Befehl! Und ich habe meinen! Punkt! Dein ›Es tut uns nichts‹ ist Bockmist und kein Grund, einen Befehl zu missachten! Und Befehle missachten ist Sabotage! Wir befinden uns im Krieg! Was gibt es da nicht zu verstehen, verflucht?!«

»Sie sind doch die Ersten, die du damit vor dem sicheren Tod bewahrst! Diesen Schönling und seine Moskauer Gockel. Was wissen die denn schon? Wie man Taschendiebe fängt? Was wissen die vom anderen Ufer?«

»Und was wissen wir? Und du, was weißt du? Und ich meine etwas Konkretes, keine Vorahnungen! Tamarotschka, ich bitte dich, deine Kaffeesatzfantasien lassen sich schlecht ins Protokoll schreiben, kapierst du das denn nicht? Teufel nochmal!«

Er läuft im Zimmer auf und ab, keuchend und schwitzend. Tamara klebt mit ihrem Blick an ihm, lässt nicht locker. Das Schweigen zieht sich hin.

»Dafür kannst du es schön ins Protokoll schreiben, wenn die dort verrecken. Oder die in Moskau tun es!«, sagt sie schließlich.

»Na gut. Ich gehe hin und sage ihnen: Über die Brücke dürft ihr nicht. Da sitzt das Böse. Ein Drache. Meine Frau hat da so eine Vorahnung. Da brauch ich aber vorher einen großen Schluck!«

»Wag es ja nicht, dich über mich lustig zu machen! Niemand kann was dafür, dass du Holzklotz kein Gespür hast für diese Dinge!«

»Mein Gott, welche Dinge denn? Was verbreitest du denn immer so eine Panik? Als dieser Penner über die Brücke gekommen ist, zum Beispiel! Was hast du da gesagt? Dass er uns den Tod bringt! Ein halb toter Penner, und taub dazu!«

»Er ist kein Penner! Er ist ein Mann Gottes!«

Mutter und ihre Hirngespinste. Ein Mann Gottes, ja sicher, der hat hier noch gefehlt. Die Bude quillt auch so schon über vor Ikonen. Und jetzt noch das. Fehlt nur noch, dass sie ihn zur Taufe schleift! Wie oft hat Jegor zu ihr gesagt: Du kannst ja glauben, was du willst, aber lass die anderen damit in Ruhe! Er kommt schon selbst irgendwie zurecht.

Aber etwas anderes ist viel interessanter: Offenbar wollen die Kosaken auf die andere Seite fahren, auf Erkundungstour! Wenn das mal keine guten Nachrichten sind: Michelle nimmt da garantiert keiner mit.

Andererseits ... Eine echte Expedition ... Krass! Über die Brücke!

»Jegor! Hast du uns etwa belauscht?!«

Mist.

Jegor schiebt sich durch den Türspalt.

»Sorry. Ich wollte nur mal wegen meiner Gitarre fragen. Mein, äh, Arrest ist doch jetzt vorbei. Meine Strafe, meine ich.«

Polkans Schweinegesicht ist fast lila. »Da wirst du warten müssen!«, zischt er.

Jegors Mutter nimmt ihn gar nicht wahr. »Jeder sieht was anderes in seinen Träumen«, sagt sie. »Du vielleicht irgendwelche Verflossenen. Aber ich sehe die Zukunft. Du hast ja keine Ahnung. Aber ich weiß alles. Ich weiß, dass auf der anderen Seite das Böse ist. Es wartet darauf, dass wir es wecken. Lass die armen Trottel mit ihren Schulterklappen nur über die Brücke fahren. Lass sie ruhig dort herumstöbern. Erst frisst es die, und dann holt es uns.«

»Ach, Ma! Du immer mit deinen Horrormärchen! Ist von deinen Träumen auch mal einer in Erfüllung gegangen?«

»Hör auf deinen Sohn«, pflichtet Polkan ihm bei. »Sogar dieser taube Pope sagt, dass da nichts ist!«

Jetzt explodiert Tamara. »Geh in dein Zimmer!«, faucht sie Jegor an. »Das hier geht dich gar nichts an!«

»Ich will meine Gitarre!« Jegor verschränkt die Arme vor der Brust, und seine Augen – die er nicht von seiner Mutter hat, sondern vom Vater, schmal und wild – funkeln sie böse an.

»Pass auf, wie du mit mir redest, sonst siehst du sie gar nicht wieder! Die ganze Woche nicht!«

»Was hab' ich denn gesagt? Träume sind bloß Träume, Ma! Was machst du so einen Wind deswegen?«

»Bloß Träume? Was kann ich denn dafür, dass nichts bei dir angekommen ist? Das Unkraut von deinem Vater hat alles überwuchert!«

»Geht das wieder los!«

Jegor lacht gehässig. »Vielleicht krieg ich dann ja wenigstens keinen Dachschaden wie Opa! Gut für mich!«

»Zwei Wochen Gitarrenverbot! Du gibst sie ihm nicht zurück, Serjoscha! Er soll erst mal lernen, wie man mit seinen Eltern redet!«

»Ihr könnt mich mal! Da haben sich zwei Irre gefunden! Psychos! Alle beide! Eltern ... Auf solche Eltern scheiß ich!«

Jegor knallt die Tür zu, dass das Geschirr in der Glasvitrine scheppert. Und dann die Wohnungstür – er dreht fast durch vor Wut. Im Treppenhaus setzt er sich auf die Fensterbank, starrt in den Hof hinaus. Nach diesem Auftritt kann er die Gitarre für die angekündigten zwei Wochen vergessen. Da ist Mutter stur und prinzipientreu – es ist zum Kotzen. Fuck, so ein verfluchter Scheißtag!

Jegor ist die ganze Nacht umhergetigert: Er war bei den Fabrikgebäuden, hat mal hier, mal dort herumgelungert, nur um dann wieder zu Michelles Fenstern zurückzutrotten, als würden sie ihn magnetisch anziehen. Das Licht war aus – sie hat natürlich schon geschlafen. Aber das Fenster war nur angelehnt, und Jegor war schon mehrmals kurz davor, nach ihr zu rufen … Oder ein Gedicht vorzutragen … irgendwas eben. Und hat es dann doch gelassen, weil es ihm zu peinlich war, und Schiss hatte er auch.

Jegor kann nichts dagegen machen: Er stellt sich vor, wie sie im Bett liegt, mit ihren nackten braun gebrannten Beinen, in einem weißen übergroßen T-Shirt. Und darunter …

Sie heute mit einem Mann zu sehen, zu sehen, wie sie seine Hand hält, wie sie einander näherkommen, sich berühren … Michelle, die Unantastbare, die heilige Michelle, die wirklich jeden vom Posten abblitzen lässt, die man noch nie mit irgendwem zusammen gesehen hat …

Jetzt will er umso mehr zu ihr, mit ihr … noch verzweifelter, hundertmal mehr. Früher dachte er, es wäre einfach unmöglich; jetzt weiß er, dass es möglich ist – nur nicht für ihn. Klar, dieses Arschloch ist älter als er. Ein toller Hecht, ein echter Russe. Der hat sicher keine Zigeunerin als Mutter. Dagegen kann man nichts machen.

Dazu ist er aus Moskau, und jeder hier weiß, wie besessen Michelle von dieser dämlichen Stadt ist. Und jetzt will dieser Angeber auch noch ans andere Ufer. Na, und wenn schon? Anscheinend leben da auch nur Menschen, also was ist schon dabei!

Der große Held … Und morgen ist er weg, dein Superheld, schon morgen macht der sich aus dem Staub, und ob der je wiederkommt, das steht in den Sternen, Michelle. Aber ich bin hier, ich bin die ganze Zeit hier und gehe nirgendwohin!

Die Uniformen sind schon ganz cool, das muss man ihnen lassen … Mit den Schulterklappen und diesen Schirmmützen.

Und die Knarren erst.

Mit solchen Knarren musst du gar kein Held sein. Bestimmt haben die auch noch Maschinengewehre unter ihrer Plane versteckt oder noch etwas Krasseres. Mit dreißig Mann ziehen die los. Da kann Mutter noch so viele Visionen haben. Dreißig Typen mit Maschinengewehren – das ist nicht ohne.

Michelle wird wahrscheinlich rauskommen, um ihren Lackaffen zu verabschieden. Mach's gut, mein liebster Lackaffe, ich bin ja so beeindruckt von deiner übermenschlichen Tapferkeit! Dort drüben lauern viele schreckliche Gefahren, das hat uns Jegors Mama prophezeit. Lass mich dich abknutschen, bevor du gehst. Bah, echt zum Kotzen!

Wenn ich doch nur mitfahren könnte … statt diesem Vollpfosten.

Da knallen die Läden, das Fenster fliegt auf.

»Jegoooor! Ab nach Hause!« Mutters Geschrei hallt über den ganzen Hof.

»Du kannst mich mal!«

Jegor drückt sich in den Schatten. Sein Gesicht fühlt sich an, als hätte jemand heißes Wasser darüber gekippt, in seinen Eingeweiden rumort es. Und dann steht Michelles Fenster auch noch offen! Die hört das doch!

Er rennt los; die Beine tragen ihn ganz von selbst zur Fabrik. Er würde am liebsten im Erdboden versinken oder irgendwas anstellen ... irgendwas Großes vollbringen ... was tun, damit sie ihn sieht – und nicht diesen Lackaffen.

Und was, wenn ...

Wenn er als Erster auf die Brücke geht?

Vor allen anderen, heute noch, jetzt sofort, auf die Brücke – und ganz rüber!

Und wenn diese Angeber dann aufbrechen, mit ihren Schulterklappen, mit Pauken und Trompeten, dann kommt er raus und fragt: Glaubt ihr echt, da gibt's was zu sehen? Also ich war erst gestern da, da drüben ist nicht viel los!

Und da ist ja auch nichts, das hat dieser Penner doch gesagt.

Ohne Gasmaske wird es natürlich nicht gehen, aber die hat Jegor in seinem Versteck im Bunker. Und eine Taschenlampe liegt da auch bereit. Nur ein Gewehr lässt sich um diese Zeit nicht auftreiben, aber was soll's. Jetzt muss er sich bloß noch was einfallen lassen, um am Checkpoint an der Brücke vorbeizukommen. Aber er hat da schon eine Idee ...

Nach der Ankunft des Popen wurde die dortige Wachmannschaft verstärkt: Man rechnete mit weiteren Gästen, aber als nach ein paar Tagen immer noch niemand aus dem Nebel gekommen war, ist man zum alten Dienstplan zurückgekehrt. Jetzt sind es wieder höchstens drei Soldaten pro Schicht, und die wechseln sich bei Morgengrauen ab. Wenn die Ablösung zu spät kommt, haben die müden Grenzsoldaten meist keine Lust zu warten. Dann trotten sie nach vorn zum Tor und klopfen, bis die verschlafenen Kameraden aus dem Wachhäuschen kommen.

Das hat Jegor oft genug selbst gesehen.

Das ist der perfekte Zeitpunkt, um durchzuschlüpfen.

Er zerrt an dem festsitzenden Metallhaken, zieht die Absperrung zurück – das Scheißteil quietscht, sträubt sich, als wollte es den ganzen Posten aufwecken. Aber es ist tiefste Nacht, jene Stunde vor Sonnenaufgang, in der die Alten sterben, jene Stunde, in der alle schlafen.

Nur Jegor ist hellwach, er zittert vor Aufregung und von der kaltfeuchten Luft im Bunker. Egal. Wenn er morgen allen erzählt, wo er gewesen ist, wird ihm schon wieder warm. Wenn Michelle ihn ansieht. Und er auf diesen Kosakenheini herab.

Vom halb verschütteten Ausgang des Bunkers kämpft sich Jegor zum Eisenbahndamm vor. Hier gibt es so gut wie keine Beleuchtung, der Mond wird von dichten Wolken verdeckt – ein Kinderspiel. Schwierig wird es erst, wenn er direkt vor den Wachen auf die Gleise klettern und darüber bis zur Brücke marschieren muss.

Jegor sucht sich eine günstige Stelle im Gestrüpp gleich unterhalb des Checkpoints. Die Wachen sind so nah, dass er ihre Gespräche hört. Sie reden über den Fremden, irgendwer – wahrscheinlich Schora Barmalej – sagt, der Fremde wäre in Wirklichkeit ein Wandermönch oder ein Pope ohne feste Gemeinde, und die gottvernarrten Alten wären ganz aus dem Häuschen, weil er aufgetaucht ist.

Nicht nur die, denkt Jegor grimmig.

Dann kommen sie auf die Kosaken zu sprechen, und die Konserven, die sie mitgebracht haben. Das

Abendessen zur Begrüßung der Soldaten war die erste anständige Mahlzeit seit mindestens zwei Wochen, vielleicht sogar drei – alle sehnen sich schon nach dem Dosenfleisch aus Moskau. Deswegen sind auch wirklich niemandem die mit Blockbuchstaben beschrifteten Holzkisten auf den Draisinen entgangen. Aber der einäugige Lew Sergejewitsch hat wohl gemeint, dass er die Büchsen noch nicht ausladen durfte – der Chef hätte es nicht erlaubt. Worauf wartet der denn noch?

Die trübe Herbstsonne beleuchtet den Saum des grauen Himmels, bereitet ihren Aufgang vor; die Wachmänner könnten eigentlich schon nach Hause, aber sie trödeln. Vielleicht haben sie auch irgendwelche Anweisungen von Polkan; zusätzliche Sicherheitsmaßnahmen, bis wieder Ruhe im Karton ist.

Jegor wird langsam nervös. Der Wind wird stärker und rauscht in seine Ärmel, es zieht im Nacken. Die Äste biegen sich, oben bibbern die sicher auch schon, warten aber, bis die Ablösung kommt.

Der Wind prallt gegen die grüne Nebelwand, drängt sie ein bisschen zurück, aber nur ein bisschen; die Dämpfe, die vom Fluss heraufsteigen, sind zu schwer. Gut, dass der Wind nicht in ihre Richtung weht, sonst könnte man hier ohne Gasmaske gar nicht atmen.

Sie sitzen da und warten. Der Himmel wird immer grauer. Ihm läuft die Zeit davon.

Als Jegor schon kurz davor ist, den Damm hochzuklettern und sich zu erkennen zu geben, zieht plötzlich von Jaroslawl her ein Heuschreckenrascheln auf, und mit ihm ein dichter schmutziger Zellophanschleier.

Regen.

Die schweren Tropfen schlagen erst neben Jegor auf, dann treffen sie ihn, genau wie die Männer oben. Jegor setzt schnell die Gasmaske auf und zieht die Kapuze seiner Regenjacke über, um seine Haut zu schützen.

»Mann! Es schüttet! Das gibt gleich wieder Brandwunden!«

»Scheiße, guck mal da hinten am Horizont! Da braut sich was zusammen!«

»Los, weg hier, Männer! Wer soll bei dem Wetter schon kommen?«

»Wie lange ist's noch bis Schichtende?«

»Zehn Minuten. Neun.«

»Hm, die Nacht war ruhig.«

»Also, was machen wir, Herr Kommandant?«

»Also schön. Abmarsch!«

Fluchend und scherzend ziehen die Männer die Jacken über die Köpfe und rennen durchs Gebüsch zum Wachtposten. Jegor regt sich nicht. Eine Minute, zwei - er will sichergehen, dass auch wirklich alle verschwunden sind. Dann klettert er hoch zu den Gleisen. Gebückt, wie unter Beschuss, rennt er ins grüne Zwielicht.

Der Hauptmann sieht Michelle irgendwie seltsam an.

Bevor sie ihre wichtigste Frage gestellt hat - ob er sie mitnimmt -, hatte sie extra diese innere Leichtigkeit abgewartet, diese Leere, das Gefühl, dass sie sich nach dem, was gerade zwischen ihnen war - das, was sie sich vorher nie getraut hatte, aber jetzt schon, und es war gar nicht schlimm, sie ist nicht dran gestorben –, dass sie sich jetzt alles trauen konnte, wirklich alles.

Jetzt kann er unmöglich Nein sagen.

Sascha nimmt einen tiefen Zug. Atmet den Rauch aus. »Nein«, sagt er.

Michelle wickelt sich in das Laken.

Plötzlich fühlt sie sich nicht nur, als hätte sie nichts an, sie fühlt sich nackt. Nackt, schmutzig und lächerlich. Die Blüte im Solarplexus schließt sich, verwandelt sich in eine pulsierende Frucht, faulig warm, schon vor der Geburt gestorben, unerträglich.

Sie wäre gern stark genug, um leichtsinnig zu lächeln, aber es gelingt ihr nicht. Sie wäre gern gleichgültig genug, um nicht sofort wegzurennen, aber nein.

Michelle setzt sich auf und beginnt sich anzuziehen.

In den Nebel zu treten ist, als würde man unter Wasser tauchen.

Die Gläser der Gasmaske beschlagen, die grünen, wallenden Nebelschwaden schließen sich kringelnd darum, dichter als gewöhnlicher Nebel – es ist eher ein fettiger Dampf, der aus dem Hexengebräu in der Tiefe aufsteigt. Der Fluss gluckert, man hört die schwerfälligen Blasen zerplatzen; gut, dass der Gummigeruch der Gasmaske den beißenden Gestank überlagert.

Die Streben der Brücke treten ihm langsam aus dem Dunst entgegen, die Bahnschwellen aus Beton – kurz vor dem Zerfall erneuert – sind von einer glitschigen

Schicht überzogen; die rostbraunen maroden Gleise wirken, als könnten sie jeden Moment auseinanderbrechen. Manchmal wird der Nebel links oder rechts aufgewirbelt, als wäre dort jemand, als wäre es möglich, dass sich jemand ohne Gasmaske hier aufhält, ohne dass ihm die in der Luft gelöste Säure auf der Stelle die Augen wegätzt.

Als wäre es möglich, dass jemand Jegor auf Schritt und Tritt folgt, mit storchenlangen Stelzen vorsichtig neben ihm oder hinter seinem Rücken durch den Nebel watet ... jemand mit mannshohen Beinen, den Kopf irgendwo über Jegor, unsichtbar im grünen Dunst.

Die Brücke scheint endlos, Jegor zählt die Schwellen, um seinen Verstand irgendwie zu beschäftigen, aber nach der hundertsten kommt er durcheinander. Egal, beruhigt er sich. Wenn es dieser obdachlose Pope über die Brücke geschafft hat, wenn der Kosake darüber will, dann kann ich das schon lange. Was ist schon dabei?

Plötzlich sieht er, wie auf den Gleisen etwas ... Gestalt annimmt.

Jegor bemerkt es erst, als er fast schon darüber stolpert – er ist nur ein, zwei Schritte entfernt, so dicht ist der Nebel. Ein Sack? Nein ... kein Sack.

Mitten auf den Schwellen, daran festgekrallt, als hätten er sich mit den Armen vorwärtsgezogen, weil ihm die Beine nicht mehr gehorchten, liegt – mit dem Gesicht nach unten – ein Mann. Natürlich ist er tot – ohne Gasmaske kommt man hier nicht weit; aber er scheint sich ziemlich weit von seinem Ufer wegbewegt zu haben.

Das Erste, was ins Auge springt, ist seine völlige Nacktheit.

Nackt – und das Ende Oktober.

Er ist riesig, auf seinen Schultern und Armen wölben sich die erstarrten Muskeln, die Haare sind zu einem einzigen Klumpen verklebt. Jegor umrundet den Körper, in seinen Ohren pocht es, auf den Gläsern der Gasmaske sammeln sich Schweißperlen.

Der Mann ist barfuß, seine Fußsohlen wund, hier und da klaffen tiefe, blutverkrustete Schnitte. Jegor überlegt, ob er ihn umdrehen soll, aber er lässt es lieber. Die Leiche ist schon starr, das wäre gar nicht so leicht ... und wozu auch?

Der Regen umspült den toten Körper. Die Tropfen treffen mit einem seltsamen Geräusch auf die Haut. Aber hier stimmt noch etwas anderes nicht, Jegor kommt nur nicht dahinter, was.

»Hi«, begrüßt er den Toten.

»Selber Hi.«

»Was treibst du hier?«

»Hab mich kurz hingelegt. Der Weg war anstrengend, da dachte ich, ich mach mal 'ne Pause.«

»Na dann. Alles klar.«

Obwohl eigentlich gar nichts klar ist. Der Typ ist unheimlich. Was hat der hier verloren?

Jegor fasst ihn lieber nicht an, er will ihn nicht mal mit der Stiefelspitze antippen. Er geht ein paar Schritte weiter, und erst als sich der Körper schon im Nebel aufzulösen beginnt, dreht sich Jegor schlagartig um – er hat sich doch nicht bewegt? Nein, er liegt ganz ruhig da.

Die Sonne scheint höher gestiegen zu sein, der Nebel wechselt von Graugrün zu Grün und fluoresziert leicht. Das Zwielicht, gerade noch undurchdringlich, bekommt plötzlich eine andere Tiefe.

Und da taucht vor ihm noch ein Körper auf.

Jegor wird langsamer. Nähert sich dem Toten vorsichtig. Wieder ein Mann, genauso robust gebaut, wenn auch nicht ganz so riesig wie der erste. Auch der hier sieht übel aus: das Gesicht aufgedunsen, die Lippen aufgeplatzt, die Augen hervorgequollen. Die üblichen Symptome – er hat zu viel von den Dämpfen inhaliert.

Er trägt ein T-Shirt, aber die Hose fehlt. Auch darunter hat er nichts an, sondern trägt seine Juwelen und den nackten Hintern zur Schau. Die Hände sind zerkratzt, die Handflächen wie mit Sandpapier abgeschmirgelt. Er hat eine Wunde am Kopf, aber keine sehr tiefe. Gestorben ist er offenbar an etwas anderem.

»Hey.«

»Hallöchen.«

»Wie heißt du?«

»Sagen wir mal: Anatoli. Und du?«

»Sagen wir mal: Jegor. Hör mal, Anatoli ... Hast du den Kerl da vorne auf die Brücke gejagt? Ich frag gar nicht erst, wo eure Hosen sind ...«

Anatoli sagt nichts. Er spielt nicht mehr mit. Er glotzt Jegor nur aus seinen blauen Augen an. Das Weiß von blutigen Äderchen durchzogen. Jegor schafft es nicht, länger als eine Sekunde in diese Augen zu sehen, er hat Angst, dass er sie nie wieder aus seinen Träumen kriegt. Ihm wird übel.

»Okay, Anatoli. War nur Spaß ... Ich geh dann mal, ich hab noch was vor, okay?«

Die beiden sind auf die Brücke gerannt, einer dem anderen hinterher. Was war zwischen ihnen passiert? Wollte einer den anderen umbringen?

Die Story würde eigentlich schon reichen, dass denen zu Hause die Spucke wegbleibt, aber Jegor hat sich geschworen, das andere Ufer zu erreichen.

Wahrscheinlich ist es gar nicht mehr weit. Er will nur kurz hin und dann mit stolzgeschwellter Brust wieder zurück.

Er blickt zu Boden und zählt seine Schritte, um sich selbst zu überzeugen, dass er vorankommt und nicht bloß in dieser Suppe auf der Stelle tritt. Eins, zwei, drei, vier, fünf, sechs, sieben ...

Tatsächlich, die Schwellen verschwinden hinter ihm, die grünen Schwaden wabern bei jedem Tritt, Jegor fasst wieder Mut, geht schneller ... Fünfzehn, sechzehn, siebzehn ...

Da sieht er den nächsten Toten vor sich liegen. Er schaut genauer ... Nein, er ist nicht allein. Es sind zwei ... drei ... fünf ...

Sein Herz setzt aus, seine Beine fühlen sich an wie Gummi, während er näher tritt. Mehrere Dutzend Menschen liegen hier auf den Schwellen, auf den Gleisen und um sie herum, überall. Zuerst Männer. Dann auch Frauen. Und nach den Frauen – tote Kinder. Weit von den Händen ihrer Mütter entfernt, als wären sie den Erwachsenen, die sie im Stich gelassen haben, nachgerannt.

Manche tragen Kleidung, andere nicht; manche haben nur Schuhe an, andere nur eine Mütze. Ein paar haben

Taschen oder Rucksäcke dabei, manche davon sind offen und leer. Viele sind verletzt, manche haben nur leichte Schrammen. Die einen haben die Augen fest zugekniffen, die anderen weit aufgerissen. Alle sind sie tot, und alle haben ein schreckliches Ende gefunden.

Aber dann begreift Jegor noch etwas anderes.

Sie sind erst vor Kurzem gestorben, vielleicht erst vor wenigen Tagen.

Er tritt zwischen ausgestreckten Armen und Beinen hindurch; ihm wird schwindelig. Er tritt aus Versehen auf etwas Weiches, das er zuerst für einen Rucksack gehalten hat – ein kleines Mädchen im Anorak, auf dem Rücken liegend, die Ärmchen und Beinchen angezogen.

Weiter schafft er es nicht.

»Halt.«

»Bleib stehen.«

»Kehr um.«

»Wag es ja nicht.«

»Dafür bist du noch zu jung.«

»Du hättest ihr glauben sollen.«

»Bevor es zu spät ist, Jegor.«

»Lauf weg, bevor es zu spät ist.«

Jetzt sprechen sie alle auf einmal zu ihm, alle durcheinander – Kinderstimmen und Frauenstimmen, die Stimmen der Alten und der Männer. Er muss nicht mehr so tun, als würden die Toten sprechen – sie haben ihre Stimmen ganz von selbst wiedererlangt.

Jegor blickt gehetzt um sich. Der Nebel scheint immer greller. Die Leichen bedecken die Gleise, soweit das

Auge durch den Dunst hindurch sehen kann. Aber das andere Ufer ist nicht zu erkennen.

Er wendet sich ab und hastet stolpernd zurück, den Blick immer nur nach unten, vor seine Füße gerichtet, um nicht wieder auf jemanden zu treten.

Da bleibt er plötzlich wie angewurzelt stehen.

Tritt einen Schritt zur Seite. Und geht neben einer toten hässlichen Frau auf die Knie. Sie trägt nichts außer einer Handtasche, deren Kette sich um ihren Hals geschlungen hat. Die Tasche liegt neben ihr, sie ist offen.

Ein schwarzes spiegelndes Rechteck ragt zur Hälfte heraus.

Ohne die Frau um Erlaubnis zu fragen, streckt Jegor seine Hand aus.

Ein iPhone.

Draußen gießt es wie aus Eimern.

Michelle sitzt als Häufchen Elend am Fenster, schluchzt immer noch, schnappt nach Luft. Der Heulkrampf hat sie mit einer Heftigkeit überrollt, dass auch Sascha sie nicht beruhigen konnte.

»Du denkst jetzt bestimmt, ich bin total hysterisch.« Sie lächelt und schluchzt wieder auf.

Er grinst versöhnlich. »Ihr Weiber seid doch alle hysterisch.«

»Na wenigstens bin ich nicht schlechter als die anderen ...«

Anstatt sie mit Worten zu trösten, will er ihr einen Kuss auf den Mundwinkel geben. Das genügt. Sie wendet sich ihm zu, um den Kuss abzufangen.

»Wie lange bleibst du weg?«

»Ich weiß noch nicht. Vielleicht eine Woche. Vielleicht zwei. Bis Perm zu kommen wäre ideal, aber Kirow tut's fürs Erste auch. Wir werden sehen.«

»Ich verstehe nicht, was ihr da wollt. Da ist doch nichts.«

»Na ja ... Was heißt wollen. Erstens ist es ein Kaiserlicher Befehl, und zweitens müssen wir die Gebiete auf der anderen Flussseite ins Imperium zurückholen.«

»Der Kaiser höchstpersönlich will das also von dir.«

»Im Grunde genommen: Ja, genauso ist es.«

»Er hat dich also in den Kreml gerufen und gesagt ...«

»Nicht in den Kreml. In die Residenz am Alten Platz.«

»Und wie ist er so, der Kaiser?«

»Wie ist er ... hm ... so um die fünfzig. Bärtig. Nicht sehr groß. Eigentlich ganz normal ... aber er strahlt so eine Stärke aus. Na ja, man kann sich unmöglich widersetzen ... diese wahnsinnige Überzeugungskraft. Was er auch sagt, man ist mit allem einverstanden. Weil er nicht ein einziges Wort sagt, an das er nicht selbst glaubt. So ist er. Mir war gleich klar: Die Wahrheit ist das Wichtigste an ihm. Für diese Wahrheit würde er sterben. Deswegen kann er auch andere in den Tod schicken. Und man hat keine Angst.«

»Ich habe aber Angst.«

»Ach komm, wieso denn? Dieser Gottesnarr hat es doch auch hergeschafft. Er sagt, da drüben ist es nicht anders als hier. Der Krieg ist jetzt lange genug vorbei. Das ist doch alles Schnee von gestern.«

»Ich weiß nicht …«

Der Regen lässt nicht nach; von dem Geprassel wird Michelle ganz heimelig zumute. Es ist so unglaublich warm und beruhigend in den Armen dieses Mannes. Sie wünscht sich, er würde seine Umarmung nie wieder lösen. Sie schmiegt sich an ihn, verkriecht sich noch tiefer unter seinen Arm, fühlt sich, als wäre sie wieder ein kleines Mädchen. »Und ihr kommt auf dem Rückweg ganz sicher hier vorbei?«, fragt sie noch einmal.

Der Hauptmann grinst. »Es gibt gar keinen anderen Weg nach Moskau. Eure Brücke ist die einzige über die Wolga. Also ja, ich komme wieder hierher zurück.«

»Und dann kann ich …?«

»Dann …«

Michelle rückt ein Stück weit von ihm ab und sieht ihn von der Seite an. »Nicht dass du denkst, ich will mich dir aufdrängen. Du sollst mich nur nach Moskau bringen, dann komme ich schon alleine klar.«

Krigow lacht in sich hinein. »Gar nichts denke ich. Ich mache nur nicht gern zu viele Pläne für die Zukunft. Der Mensch denkt, Gott lenkt. Den Spruch kennst du doch.«

»Ich brauche aber einen Plan.«

Der Hauptmann fährt ihr mit dem Finger über die Wange, das Ohrläppchen. »Wie schön du bist …«

»Nein, du bist schön.«

Er streckt sich nach dem Tabakbeutel aus, verteilt die Krümel auf einem alten Tausendrubelschein, dreht sich eine Zigarette. Zündet ein Streichholz an, nimmt einen Zug.

»Ich bringe dich gerne nach Moskau. Falls ich wiederkomme.«

»Du kommst wieder.«

Michelle nimmt ihm die qualmende Papirossa aus der Hand, legt sie in den kleinen Teller, der als Aschenbecher dient, und lässt die Decke von ihren Schultern gleiten.

Das Handy liegt in Jegors Innentasche, gut geschützt vor dem Regen. Es funktioniert, aber es will irgendwas von ihm, er kann es nicht entsperren. Trotzdem kommt es ihm so vor, als wäre ein Wunder geschehen. Stimmt im Prinzip ja auch.

Der Nebel kriecht ihm hinterher, verhüllt die Leichen wieder. Nach ein paar Minuten sind nur noch die Gleise zu erkennen, die rostigen Streben der Bücke, die von Weitem an die Beine riesiger Lebewesen erinnern.

Was er da auf der Brücke gesehen hat, ist zu unheimlich, um darüber nachzudenken. Also stellt er sich lieber vor, wie er Michelle das iPhone überreicht. Natürlich muss er es vorher aufladen, oder reparieren ... und Kolka Kolzow bitten, dass der alles löscht, was drauf ist. Was soll Michelle mit fremden Fotos ... erst recht von einer Toten ...

Da dämmert es ihm: Was, wenn auf dem Handy wirklich Fotos sind? Von dem, wovor diese ganzen Menschen geflohen sind?

Es muss etwas Grauenvolles gewesen sein, etwas unfassbar Schlimmes, etwas, das so furchterregend war, dass die Männer ihre Frauen und die Frauen ihre Kinder zurückließen, dass jeder nur noch seine eigene Haut retten wollte.

Jegor fängt an zu zittern. Vielleicht liegt es nur daran, dass er komplett durchnässt und der Wind jetzt noch schneidender ist. Doch diese Kälte scheint nicht von außen zu kommen, sondern von innen. Als säße sie ihm in den Knochen.

Vielleicht ... vielleicht sollte er sich vorher alles genau ansehen? Erst dann alles löschen und Michelle ein sauberes, jungfräuliches Handy schenken, frei von fremden Erinnerungen. Ohne Altlasten. Dann kann sie ihre Musik, ihr geliebtes Moskau draufladen und es sich aus der Ferne ansehen, Hauptsache, sie bleibt hier bei ihnen, auf dem Posten.

Ja, das wäre besser.

Aber eigentlich will er diese Fotos gar nicht sehen.

Wenn er sich auch nur vorstellt, was darauf sein könnte, würde er das Ding am liebsten sofort in den Fluss schleudern. Aber nein. Es ist kein Zufall, dass er es bekommen hat. Er hat es sich verdient, hart erarbeitet. Das ist vielleicht seine einzige Chance, diesen dämlichen Hauptmann mit seinem Geschwafel vom ach so tollen Moskau auszubooten. Sein einziger Schlüssel zu Michelles Herz. Einen zweiten wird's nicht geben.

Da fällt ihm etwas ein.

Die Kosaken wollten doch – wann, heute? morgen? – auf Erkundungstour. Auf die Brücke. Über die Brücke. Ans andere Ufer. Dorthin ...

Dorthin, wo ...

Ins Nirgendwo.

Weiter vorne scheint sich der Nebel zu lichten ... Das in den Himmel ragende Fachwerk ist jetzt fast vollständig zu sehen, der Dunst wird dünner, durchsichtiger. Jegor nimmt vorsorglich die Hände hoch, damit die Wachmänner nicht losballern, wenn sie ihn sehen.

Er rechnet damit, jeden Moment Rufe zu hören.

Gleich werden sie sich auf ihn stürzen und mit Fragen löchern: Was ist dort drüben? Sag schon!

Die werden natürlich völlig baff sein.

Und sie wird völlig baff sein. Vor allem sie.

Aber es ruft niemand. Vielleicht hört er es nur nicht, weil der Regen, der auf die Gummihaut der Gasmaske trommelt, die Stimmen übertönt? Er kneift die Augen zusammen: Man sieht schon die Brustwehr, hinter der die Wachen sitzen müssten. Aber da ist keiner.

Was, wenn er ankommt, und alle sind tot?

Wie die Menschen auf der Brücke – mit offenen Mündern, aufgerissenen Augen, überall verteilt in einer Körperhaltung, als hätten sie versucht zu fliehen … Wovor, das will er sich gar nicht vorstellen.

Schon der Gedanke ist ihm eindeutig zu viel, Jegor rennt los. Bloß schnell zu Menschen, zu lebenden Menschen. Ihre Fragen beantworten. Sie warnen.

Der Nebel gibt ihn widerwillig frei, Jegor tritt endlich in die saubere Luft.

Der Checkpoint ist leer. Kein Mensch zu sehen.

Es gießt in Strömen – der Nebel hat den Regen wohl nur schwächer wirken lassen.

Jegor blickt panisch nach rechts, zum Posten – ist da wenigstens wer? Und atmet auf: Aus den Schornsteinen kräuselt sich Rauch, in den Fenstern brennt Licht; ein Hahn kräht.

Also haben sie ihre Schicht noch nicht angetreten.

Jegor schlittert den Bahndamm hinab und rennt zur Mauer; er will schon ans Tor klopfen, entscheidet sich dann aber doch für seinen üblichen Geheimweg. Ja, so ist es erst mal besser. Später kann er immer noch zugeben, dass er ausgebüxt ist.

Als er in den Innenhof kommt, versammelt sich die Morgenschicht gerade erst vor dem Tor.

Was denken die sich überhaupt? Jegor würde am liebsten hingehen und denen die Meinung geigen: Wieso ist kein Schwein am Checkpoint? Ihr habt sie wohl nicht alle. Glaubt ihr etwa, dass da gar nichts mehr nachkommt?

Aber er geht nicht hin und sagt auch nichts. Was er auf der Brücke gesehen hat, will er nicht erzählen, sondern vergessen – und zwar möglichst schnell.

Er zittert immer noch.

Macht nichts. Es war nicht umsonst. Immerhin hat er das Handy.

Ausschlafen – und sofort zu Kolzow.

Und dann zu Michelle. Seiner süßen Michelle.

Als Jegor am Gebäude vorbeikommt, in dem Polkan die Gäste einquartiert hat, stößt er auf zwei Kosaken. Sie stehen am Hauseingang herum, verstecken sich unterm Vordach vor dem sauren Regen – die Mützen sitzen schief, die Gesichter sind noch vom Schlaf zerknittert, zwischen den Zähnen stecken Selbstgedrehte aus grünen Tausendrubelscheinen. Aber sie grinsen bis über beide Ohren, glucksen, albern herum, rempeln sich an und schielen immer wieder zu den Fenstern hoch.

Jegor muss an ihnen vorbei. Einer zwinkert ihm zu.

»Tag.«

»Ebenso.«

Plötzlich ertönt ein seltsames Geräusch. Ein Aufschrei. Hoch. Weiblich.

Jegor bleibt stehen und sieht die Soldaten verwirrt an. Die bemerken seine Verlegenheit, verdrücken sich das Lachen. Der eine, der Jegor gegrüßt hat, legt den Finger an die Lippen, als wollte er sagen: Nicht so laut, du störst sie noch.

»Was ist das?« Wieder ein Schrei, gefolgt von einem Stöhnen. Lang und gedehnt. Jegor tritt näher. »Wer ist das? Geht's da jemandem nicht gut?«

»Nee, nee, Kleiner, ganz im Gegenteil. Da geht's jemandem sehr gut.«

Sie wiehern wieder los, versuchen, sich zu beherrschen. Die Stimme kommt Jegor bekannt vor. Aber erst beim dritten Schrei erkennt er sie wirklich.

Michelle?

»Wer ist das? Mit wem?« Jegor läuft rot an, stürzt zum Hauseingang, aber die Soldaten fangen ihn mühelos ab, schubsen ihn gutmütig von der Tür weg, drängen ihn zurück.

»Wir dürfen niemanden durchlassen – Befehl von oben. Sorry, Kumpel.«

Jegor ist sich mittlerweile ganz sicher, dass das da oben Michelle ist. Es ist ihre Stimme. Es ist sie, die da gerade ...

»Lass mich durch! Arschloch!«

»Keine Angst. Er ist ganz vorsichtig. Der macht schon nichts kaputt. Ist ja nicht das erste Mal.«

Sie brechen wieder in Gelächter aus. Jegor will wenigstens einem der beiden eine reinhauen, aber die

Kosaken haben keine Lust, sich mit einer halben Portion zu prügeln, also schubsen sie ihn wieder. Jegor rutscht aus und landet im Dreck.

Er rappelt sich auf. »Du Schlampe! Miststück!«, brüllt er zum Fenster hoch.

Er steckt die Hände in die Hosentaschen und geht nach Hause.

Ihr könnt doch alle verrecken!

Die Abfahrt ist für Mittag angesetzt.

Die Kosaken haben sich schon um die Draisinen versammelt, putzen ihre Waffen, kontrollieren die Gasmasken.

Auch Polkan lungert dort herum, wartet darauf, dass der Hauptmann rauskommt. Schließlich geht ihm die Geduld aus, er geht quer über den Hof zum Gebäude, in dem die Kosaken untergebracht waren. An der Tür stehen nach wie vor die beiden Wachsoldaten. Einer erklärt sich bereit, den Hauptmann zu holen.

Krigow kommt die Treppe herunter, zufrieden wie ein vollgefressener Kater. Polkan streckt ihm die Hand entgegen, hustet dann aber verlegen hinein.

»Ich habe gehört, ihr fahrt in einer halben Stunde los?«

»So ist es.«

»Wir verhören den Popen also nicht weiter?«

»Ich weiß alles, was ich wissen wollte. Der Weg ist frei. Die Gleise sind intakt. Ab und zu trifft man wilde Tiere. Die Menschen leben verstreut. Toxische Verschmutzung vor allem an Wolga und Zuflüssen. Keine größeren Ortschaften bis Wjatka, an den Krieg mit Moskau erinnert sich kaum noch jemand. Wenn wir Wjatka angliedern, bin ich schon zufrieden. Was wollen Sie denn noch? Außerdem hat er gesagt, wir sollen den Glauben an unseren Gott bewahren und allnächtlich beten, aber das war nur als persönlicher Ratschlag gedacht.«

»Sie haben also immer noch keine Bedenken, was diesen Kerl angeht ...«

»Ein Mönch. Mit Priesterweihe, wie er sagt. Vielleicht ist er nicht ganz dicht, mag sein. Ein Gottesnarr. Aber sicher kein Krieger mit Gewehrschwielen an der Schulter und Schießpulver an den Fingern. Ein tiefgläubiger Mensch – das ist doch nicht zu übersehen.«

»Warum nehmen Sie ihn dann nicht mit, damit er Ihnen den Weg zeigt?«

Der Hauptmann schmunzelt.

»Sie wollen ihn aber auch unbedingt loswerden, was? Was sollen wir denn mit ihm? Der kann sich doch kaum auf den Beinen halten. Außerdem ist er nie über sein Nerechta hinausgekommen. Nein, nein, behalten Sie ihn lieber noch ein Weilchen hier. Auf dem Rückweg sammeln wir ihn dann ein und nehmen ihn mit nach Moskau.«

Polkan gibt auf. »Na gut, wenn das so ist. Und wenn Sie unterwegs auf Aufständische treffen? Ich meine ja keine organisierten Gruppen, aber ... Wir haben hier vielleicht eine andere Version vom Zerfall als die da drüben ...«

»Der Imperator ist allen friedlich gesonnen. Wir sind bereit, allen Aufständischen, wenn wir überhaupt welche treffen, zu vergeben, Sergej Petrowitsch. Der Befehl ist, nur im Fall eines feindlichen Angriffs zu den Waffen zu greifen. Sind Sie fertig, Sergej Petrowitsch? Ich muss noch packen.«

Noch länger kann Polkan das Thema nicht aufschieben. Aus dem Fenster der Kantine – da würde er drauf wetten – beobachtet ihn gerade der einäugige Lew Sergejewitsch. »Nun ja, die Frage mit den Konserven ist noch offen.«

»Welche Konserven?«

»Na ja, Sie haben doch welche dabei, nicht wahr? Auf den Draisinen hab' ich welche gesehen. Das Dosenfleisch.«

Der Hauptmann Krigow zieht die Augenbrauen hoch. »Und wenn es so wäre?«

»Sind die denn nicht für uns gedacht?«

»Wie kommen Sie denn darauf? Das ist Proviant für unsere Expedition.«

Krigows Stimme wird frostiger. Jegliche Vertraulichkeit, die sich nach dem gemeinsamen Abendessen eingestellt hat, verschwindet. Polkan zieht jetzt auch andere Saiten auf. »Die Sache ist die, Alexander Jewgenjewitsch: Moskau hat uns schon seit zwei Monaten keine Verpflegung mehr geschickt. Weder Fleisch noch Getreide.«

»Und was hab' ich damit zu tun? Hätte ich die Order, Verpflegung zu liefern, hätte ich das auch getan. Aber ich habe den Befehl, die Lage im Gebiet Kostroma auszukundschaften und diese Region ins Imperium zurückzuführen. Ich hab' drei Dutzend Männer bei mir, Herr Leutnant, die brauchen was zu essen. Und mit Grünzeug kommen wir nicht weit.«

Polkan verliert allmählich die Beherrschung. »Grünzeug wär' ja noch gut! Wir haben nicht mal das – hier wächst ja nichts wegen dem verdammten Fluss und diesem Regen. Wir verrecken hier bald! Sollen wir den Schlitzaugen ihr Hundefleisch abkaufen, oder was? Aber wir haben ja nicht mal dafür Geld!«

Krigow sieht ihn finster aus stählernen Augen an. »Herr Leutnant. Ich spreche jetzt von Dienstperson zu Dienstperson zu Ihnen. Von Offizier zu Offizier. Unser Auftrag hat höchste Priorität, verstehen Sie das? Endlich, zum ersten Mal seit dem Zerfall, ist das Imperium stark genug, um unsere Gebiete von den Aufständischen zurückzufordern. Unsere angestammten Gebiete! Unser Land! Und Ihre Pflicht – hören Sie mich? –, Ihre Pflicht ist dieselbe wie die jedes anderen Soldaten des Moskauer Imperiums: uns mit allen Mitteln zu unterstützen.«

»Ja, das weiß ich ja ... Aber mein Garnisonskoch ist ein Berserker! Der dreht mich durch den Fleischwolf. Seit drei Wochen sitzt er mir wegen der Lieferung aus Moskau im Nacken. Uns gehen die Vorräte aus ... er meint, wir würden hier Moskau dienen, aber Moskau hätte uns vergessen ... Sie könnten doch wenigstens rein symbolisch ...«

»Kann ich nicht! Ich kann Ihnen nur sagen: Haben Sie noch etwas Geduld. Es wird immer häufiger solche Expeditionen geben, an allen Enden unserer ehemaligen und zukünftigen Heimat ... und diesen Koch, den würde ich an Ihrer Stelle aufknüpfen.«

Der Hauptmann ist wieder beim vertraulich kumpelhaften Ton. Polkan traut seinen Ohren nicht. »Wie meinen Sie das?«

»Genauso wie ich's sage. Hängen Sie ihn einfach – wegen Anstiftung zu Meuterei. Dann geben auch die anderen Ruhe. Ein Koch ist kein allzu großer Verlust. Jedes Weib kann kochen. Aber solche Gespräche – in einer Garnison, und auch noch an der Grenze –, die führen zu nichts Gutem.«

Krigow erwartet eine Antwort.

»Ich weiß ja nicht, gleich aufhängen ...«, sagt Polkan. »Wir sind hier gerade mal hundertdrei Personen, die Säuglinge nicht mitgezählt. Wenn ich da noch anfange, die Leute zu hängen ...« Polkan schüttelt den mittlerweile dunkelroten Kopf.

Krigow zuckt mit den Schultern. »Wie Sie meinen. Das ist Ihre Sache. Vorerst.«

»Sicher, Alexander Jewgenjewitsch. Jeder hat ja sozusagen seinen Posten.«

»Sie haben Ihren Posten – aber ich muss jetzt los.«

Jegor konnte nicht einschlafen – obwohl er die ganze Nacht wach war, hat er sich den ganzen Morgen nur im Bett herumgewälzt. Vor seinen Augen hat er die Toten gesehen, wie sie – ausgestreckt zwischen einer Welt und der anderen – auf der Brücke liegen. Der nackte Riese, die Frau mit der Handtasche, das Mädchen im Anorak ...

Vor wem waren sie geflohen? Was war dort, auf der anderen Seite? Was konnte grauenhafter sein, als an den giftigen Flussdämpfen zu ersticken, als seine eigenen Kinder zurückzulassen?

Er sollte aufzustehen, sollte zu Polkan gehen und ihm alles erzählen. Er sollte die Kosaken warnen. Damit sie ihre Expedition abblasen oder wenigstens verschieben, einen Spähtrupp vorschicken – und wenn der nicht wiederkommt, dann können die ja selbst entscheiden. Er sollte, er müsste es tun.

Jegor war immer wieder aufgestanden und zum Fenster gegangen, hat zugesehen, wie die Kosaken ihre Draisinen beladen, und ist dann immer wieder zurück ins Bett, hat sich in seine Decke gewickelt und die Augen geschlossen.

Nein.

Er wollte, dass sie sich alle – mit ihrem Anführer vorneweg – in Reih und Glied aufstellen, die Draisinen anwerfen und über diese verfluchte Brücke fahren, dass sie im grünen Nebel verschwinden und nie wieder zurückkommen. Sollen sie doch selbst sehen, was da los ist. Diese Scheißhelden mit ihren beschissenen Schulterklappen, Schirmmützen und MGs. Nur zu. Viel Spaß beim Erobern.

Er ist so ein Idiot. Sucht dieses dämliche iPhone, um sie zu beeindrucken.

Und während er vor Freude hüpfend nach Hause eilt, um es ihr zu geben, besorgt's ihr unterdessen schon längst der Hauptmann. Ihr geht's nicht schlecht, im Gegenteil, ihr geht's sehr gut ...

Nein. Sollen sie doch fahren!

Es ist nicht seine Aufgabe, sie aufzuhalten.

Er springt wieder vom Bett auf, seine Handflächen sind nass, die Achselhöhlen auch. Wieder tritt er ans Fenster. Sieht den Kosaken zu. Sind eigentlich gar nicht so alt, fünfundzwanzig vielleicht, höchstens dreißig. Sie rauchen, lachen.

Egal, sie sind ja schließlich nicht blind.

Die werden schon selbst sehen, was Jegor gesehen hat. Sie müssen ja die Gleise von den Leichen befreien, um durchzukommen. Ja, genau! Er muss gar nichts sagen.

Kein Grund zur Aufregung.

Gleich werden sie sich mit großem Getöse in Bewegung setzen, und eine Stunde später kommen sie kleinlaut und mit nassen Hosen wieder zurück. Und ihr Hauptmann sieht dann auch nicht mehr ganz so rosig aus. Wenn der sich auf der Brücke erst mal ausgekotzt hat, wird man ja sehen, wie mutig der noch ist.

Jegor macht das Fenster weiter auf und setzt sich auf die Fensterbank. Er wird ihnen hinterherwinken, das reicht. Zu blöd, dass Polkan die Gitarre noch nicht rausgerückt hat. Sonst würde er glatt noch »Abschied der Slawin« anstimmen.

Der Hauptmann betritt den Hof. In voller Montur: Die Stiefel sind blank poliert, die Schirmmütze sitzt wie angegossen. »Aa-achtung! Stillgesta-an-den!«

Prompt stehen die Kosaken in Reih und Glied da, lassen sich nicht mehr voneinander unterscheiden. Sieht gar nicht so übel aus. Fast bekommt Jegor Lust, sich einzureihen.

Na, mal abwarten.

Die Bewohner des Wachtpostens lassen ihre langweiligen Beschäftigungen liegen, versammeln sich zum Abschied. Väter heben ihre Söhne auf die Schultern, der Hauptmann zwinkert den Kleinen zu. Jegor sucht mit den Augen nach Michelle – kommt sie wohl, um ihren Romeo zu verabschieden?

Ja, da ist sie. Steht im Hauseingang und kann die Augen nicht von ihm lassen. Dumme Kuh.

Polkan tritt an Krigow heran. Salutiert, aber irgendwie lustlos.

»Also, viel Glück dann.«

»Moment noch, Sergej Petrowitsch. Mit Ihrer Erlaubnis ... Wir würden vor der Abreise gern um Vater Daniils Segen bitten.«

»Wieso das denn?« Polkan runzelt die Stirn. Aber zu spät: Ehrfürchtig begleitet der Rittmeister der Kosaken den tauben Penner von der Krankenstation herüber. Der Mann wirkt erschöpft, aber er kann aus eigener Kraft laufen, indem er sich auf einen Stock stützt. Er trägt dieselbe Kluft, die man ihm schon für das Abendessen angezogen hat.

Der Hauptmann schreitet auf ihn zu, nimmt seine Mütze ab. Geht auf die Knie. Nimmt die spindeldürre, von Wunden übersäte Hand und führt sie an seine Lippen. »Gebt uns Euren Segen, Vater. Als Orthodoxe bitten wir Euch, als Russen – segnet uns.«

Auch die anderen Kosaken ziehen ihre Mützen. Der Wind zerzaust ihre Haare.

Der Taube sieht den Hauptmann zunächst an, als würde er nicht verstehen, dann nickt er. Umfasst sein Kreuz. »Im Namen des Vaters, des Sohnes, des Heiligen Geistes ...« Er segnet den Hauptmann, läuft dann unsicher von einem Kosaken zum nächsten und wiederholt seine Worte mit der näselnden Stimme eines Menschen, der sich selbst nicht hören kann.

Sein Gesicht hat einen sonderbaren Ausdruck, entschlossen und abwesend zugleich. Sicher haben sich die Kosaken etwas anderes von ihm erhofft, bevor sie gleich über die Brücke müssen – ohne einen blassen Schimmer, was sie dort erwartet.

Wieder ist Jegor drauf und dran, von der Fensterbank zu springen und ihnen alles zu erzählen. Sie zu warnen.

Plötzlich wird ihm klar: Dieser Vater Daniil weiß doch viel besser als er, was die Soldaten auf der anderen Seite erwartet. Er muss die Leichen auf der Brücke doch gesehen haben. Und vielleicht ... Jegor stellen sich die Nackenhaare auf ... vielleicht war er sogar dabei, als diese Menschen gestorben sind. Vielleicht weiß er, wovor sie geflohen sind.

»Im Namen des Vaters, des Sohnes, des Heiligen Geistes ...« Der Pope zieht weiter seine Nummer ab, lässt sich nichts anmerken.

Jegors Herz schlägt schneller. Irgendwas ist hier faul. Und zwar ganz gewaltig.

Der Taube segnet den Letzten in der Reihe, entfernt sich aber nicht. Der Hauptmann, der schon den Befehl zur Abfahrt geben wollte, wartet respektvoll.

Vater Daniil senkt den Blick und beginnt zu sprechen: »Wisset, die Gerechten werden gerettet, und die Sünder werden bestraft. Traget das Kreuz vor euch und betet Tag und Nacht. Betet zum heiligen Cyprian, dem Märtyrer, dass er euch beschütze vor den Dämonen. Betet mit euren eigenen Worten, sie sollen von Herzen kommen. Der heilige Cyprian wird euch erhören, so wie er mich erhört hat. Das ist alles. Geht. Erbarme dich unser, oh Herr, so denn du unsere Welt noch nicht verlassen hast.«

Die Kosaken belächeln diesen merkwürdigen Segen, lassen sich aber nichts anmerken. Sie setzen ihre Mützen auf, steigen in ihre Draisinen. Die Motoren husten los, der graublaue Rauch kitzelt angenehm in der Nase.

Noch ist es nicht zu spät, um von der Fensterbank zu springen.

Michelle macht einen Schritt auf den Hauptmann zu, der schickt ihr einen Luftkuss und geniert sich dabei kein bisschen.

Die Wachen schieben das Tor auseinander, die Draisinen setzen sich in Bewegung.

Plötzlich stürzt eine große hagere Gestalt vor sie, breitet die Arme aus und versperrt ihnen den Weg. »Nein! Ihr fahrt nirgendwohin! Das lasse ich nicht zu!«

Mutter.

VIER

DER FAHRER DER VORDERSTEN DRAISINE – sie hat schon Fahrt aufgenommen – kann gerade noch bremsen: Jegors Mutter steht unbeirrbar auf den Gleisen und rührt sich nicht. Es scheint ihr egal zu sein, ob man sie überfährt. Die Wachen machen einen Schritt auf sie zu, bleiben jedoch stehen: Sie ist immer noch die Frau des Kommandanten.

Krigow dreht sich zu Polkan um. »Wie darf ich das verstehen?«

Polkan wird krebsrot. Er marschiert auf Tamara zu, packt sie am Arm. Sie befreit sich. Ohne auch nur ein Wort an ihren Mann zu vergeuden, wendet sie sich direkt an den Hauptmann. »Ihr dürft da nicht hin. Niemand darf da hin. Kehrt um. Fahrt zurück in euer Moskau. Fahrt, wohin ihr wollt. Nur nicht dahin!«

»So, so. Und warum, wenn ich fragen darf?«

»Dort ist das Böse. Dort, auf der anderen Seite. Es schläft und wartet nur darauf, geweckt zu werden. Was glaubt ihr wohl, warum wir hier in Ruhe und Frieden leben? Weil wir stiller sind als Wasser! Es hört uns nicht, deswegen. Es kann uns über den Fluss hinweg nicht sehen. Aber ihr wollt ihm direkt in den Rachen fahren. Es wachrütteln.«

Der Hauptmann steigt ab. »Wie sieht es denn aus, dieses Böse?«, fragt er geduldig.

»Das weiß ich nicht genau. Aber ich spüre es …«

»Na, das ist ja ein Ding. Sergej Petrowitsch, Sie haben mir ja gar nicht erzählt, dass Ihre Gattin übersinnliche Kräfte hat!«

Polkan packt seine Frau am Arm. Vater Daniil beobachtet Tamara stirnrunzelnd, versucht zu verstehen, was hier los ist.

»Komm, Tamara. Blamier mich nicht. Genug im Kaffeesatz gelesen. Jetzt mach nicht noch …«

»Lass mich! Nur weil du zu feige bist …« Sie stößt ihn weg. Sieht ihn nicht an, will ihn nicht ansehen. Stattdessen schaut sie zu Vater Daniil hinüber. »Wofür habt Ihr denen Euren Segen erteilt, Vater? Weil sie in den sicheren Tod gehen? Vielleicht seht Ihr es nicht, weil es Euch nicht gegeben ist, zu sehen, obwohl Ihr ein Mann Gottes seid. Aber ich, ich sehe es! Auch wenn ich eine Sünderin bin! Ich sehe Finsternis. Ich sehe, dass es da drüben keine Rolle spielt, ob man ein Sünder war oder fromm. Niemand wird entkommen. Sie wird alle vernichten, und dann kommt sie uns holen. Die Finsternis. Sie hockt dort wie eine Spinne im Netz, lauert nur darauf, dass jemand an den Fäden zieht. Ihr stürzt euch ins Verderben und reißt uns mit hinein! Fahrt zurück in euer Moskau, lasst die Finger davon! Sie tut uns nichts – also tut ihr auch nichts!«

»Tamara! Hör sofort auf!«

Polkan tobt, er ist schon violett vor Wut. Auch Vater Daniil zieht ein finsteres Gesicht, als hätte er verstanden, was sie zu ihm gesagt hat. Krigow hebt die Hand.

»Nun, Tamara, von wem haben Sie denn diese wertvollen Informationen?«, fragt er spöttisch.

Tamara sieht ihn böse an. »Ich habe es gesehen. Es wurde mir offenbart.«

»Aha. Ein Traum also, klare Sache. Und was haben Sie da gesehen? Einen schwarzen Hund? Spinnen? Ein brennendes Haus?«

Die Kosaken glucksen los. Vater Daniil konzentriert sich. Er will nichts verpassen.

Jegor lässt seine Mutter nicht aus den Augen. Normalerweise belächelt er ihre Visionen ja auch, von denen noch nie eine wirklich eingetreten ist. Aber jetzt ... er weiß, dass ihre Ahnung richtig ist. Er kann es nicht sehen, aber er spürt es. Das Böse.

»Lass mich ausreden!«

»Tamara! Es reicht jetzt. Lass uns gehen. Schluss jetzt!«

Krigow schmunzelt. »Nein, nein. Nur zu!«

Dank seiner Eberkraft setzt sich Polkan schließlich durch. Er schleift Tamara zum Haus. Die Leute tuscheln, aber niemand mischt sich ein: Familienangelegenheiten. Dabei ist der eine oder andere vielleicht sogar auf Tamaras Seite.

»Ich habe gesehen, wie sich der Nebel über dem Fluss lichtet! Euch alle habe ich auf der anderen Seite gesehen! In Stücke gerissen! Und Wölfe, die an deinen Soldatenbürschchen nagen, Hauptmann! Und mich selbst – auf einem Scheiterhaufen! Und meinen Sohn! Das Gesicht voller Blut, es ist ihm aus Ohren und Mund geflossen!«

»Genug!«

»Lassen Sie sie ruhig reden, Sergej Petrowitsch.«

Krigow steigt wieder auf seine Draisine. Blickt von oben auf die Versammelten. Rückt seine Mütze zurecht. Richtet sich nun feierlich an die Menge: »Es gibt den Glauben, und es gibt den Aberglauben. Ich glaube an Jesus Christus und daran, dass er uns vor allem Unglück bewahren wird. Unsere Mission ist gerecht, dafür wurden wir gesegnet, und das nicht erst heute. Von Aberglauben bin ich frei. Früher waren wir im Süden stationiert, in wilden Gegenden. Dort gibt es den bösen Blick, jede zweite Alte ist eine Hexe. Die haben uns morgens, mittags und abends verflucht. Und? Wir haben uns bekreuzigt – und dann ab zur Dekontamination. Die haben sich die Zähne an uns ausgebissen, diese Zauberer, das kann ich euch sagen. Auf dem Scheiterhaufen, ha ... da sollten Sie vielleicht mal drüber nachdenken ...«

Tamara tobt in Polkans festem Griff. »Ich verfluche dich nicht, du armer Tropf! Ich will dich warnen!«

»Darauf kann ich verzichten, danke. Was glaubt ihr, was wir hier machen? Urlaub? Für meine Heimat, für die rechte Sache bin ich jederzeit zu sterben bereit. Genau wie jeder einzelne meiner Soldaten – sie sind alle freiwillig hier. Wenn wir alle Gebiete in unser Vaterland zurückholen wollen, die das frühere Regime nicht halten konnte und verschleudert hat, müssen wir zu allem bereit sein. Jetzt! Jetzt ist die Zeit gekommen, die Scherben wieder aufzusammeln. Jetzt oder nie. Wenn wir es nicht tun, dann tut es jemand anders. Welch ein großartiges Land war das mal! Seine Grenzen reichten von einem Ende der Welt bis ans andere! Und warum? Weil seine Begründer keine Angst hatten, Flüsse und Brücken zu überqueren. Weil sich seine Verteidiger selbst geopfert haben, damit es uns erhalten bleibt! Eines der mächtigsten Länder der Welt war es – weil unsere Väter an uns gedacht haben und nicht nur an sich selbst. An uns! Diese Mission ist größer als mein oder euer Leben. Meinst du, ich habe Angst zu verrecken? Sterben muss ich sowieso! Mit deinen Wölfen kannst du vielleicht deinem Milchbubi Angst machen.«

Jegor, der schon von der Fensterbank gesprungen war, macht einen Schritt vom Fenster weg. Er rechnet damit, dass jeder da unten – in der Menge und auf den Draisinen – nach ihm Ausschau halten wird. Aber niemand sieht hoch, alle kleben an den Lippen des Hauptmanns. Sie sind wie berauscht von seiner Rede. Die Kosaken haben Haltung angenommen. Krigow selbst hat noch einmal tief Luft geholt, Kraft gesammelt und schlägt jetzt mit der Faust gegen den Himmel, hämmert jedes einzelne Wort hinein. »Aber bevor wir draufgehen, werden wir Zeuge, wie unsere Heimat wiedererstarkt. Und ihr werdet es auch! Unserer Einheit werden andere folgen! Was sind wir? Nur die Vorhut, die Speerspitze! Hier brauen sich Kräfte zusammen, die jeden Feind hinwegfegen! Wir werden die Grenze verschieben! Nicht mehr die Wolga wird sie markieren, sondern die Kama, dann der Jenissej und schließlich der Amur. Das alles ist unser rechtmäßiger Besitz! Unsere Großväter und Urgroßväter haben ihren Preis dafür gezahlt! Und wenn wir nicht hingehen und ihn uns zurückholen, dann haben sie alle – alle, hört ihr? – umsonst gelebt und sind umsonst gestorben! Dann können wir gleich aufgeben und verrecken! Dann sind dieser weibische Aberglaube von Wölfen und blutenden Ohren genau die richtigen Prophezeiungen für uns. Dann haben wir den böse Zigeunerblick verdient und nicht die Worte des Patriarchen. Der hat nämlich prophezeit, dass es Moskowien bestimmt ist, wieder groß und mächtig und von allen gefürchtet zu werden! Noch zu unseren Lebzeiten! Und es wird wieder heißen wie damals: Groß ist Russland!«

»Ein Hoch auf Russland!«, brüllt einer der Kosaken, und die anderen tun es ihm nach. »Ein Hoch auf Russland! Ein Hoch auf Russland!«

Auch Krigow, der einen Blick aufgesetzt hat, dass es in den Eingeweiden brennt, stimmt mit ein: »Ein Hoch auf Russland! Öffnet die Tore! Anstimmen, Männer! *Wein nicht, mein Määädchen / Bald schmilzt der Schneee ...*«

Jegor hat eine Gänsehaut, muss mit der Hand darüber reiben. Die Tore quietschen – die Wachen gehorchen. Die Kosaken singen los, ihre Stimmen verschmelzen zum Chor. *»Dein Held kommt siegreich / Aus der Armeeee ...«*

Tamara steht da, die langen dürren Arme vor der Brust verschränkt, und schweigt. Sie sieht der sich in Bewegung setzenden Karawane hinterher, und auch ihre Blicke sind wie glühende Speerspitzen. Die Draisinen rollen vom Hof, zur Gabelung – und von dort aus in Richtung der Brücke.

Die Menge kann nicht mehr stillhalten, rennt durch das Tor, hinter die Mauer, will die Draisinen noch ein Stück begleiten. Frauen, Männer, Kinder – alle jubeln den Kosaken zu, sicher mit der gleichen Gänsehaut wie Jegor.

Alle blicken sie gebannt auf die Soldaten.

Die ziehen ihr Kampflied hinter sich her wie einen roten Drachen, der durch die Lüfte taumelt.

Als sie im Nebel verschwinden, prallt der Drachen ein paarmal gegen die diesige Wand, aber dann nehmen die vollbeladenen Draisinen Fahrt auf und reißen ihn mit sich ins Nichts.

Michelle läuft nicht mit den anderen nach draußen. Sie macht einen Schritt zurück, in den Schatten des Hauseingangs, rennt hinauf in den ersten Stock, stößt die Tür auf und versteckt sich in der staubigen, knarzenden Wohnung.

In ihren Händen hält sie ein großes Stoffbündel. Sie geht geradewegs in die Küche, öffnet die oberste Schranktür und stopft das Bündel hinein. Starrt es lange an, bevor sie die Schranktür wieder schließt. Und kaum hat sie die Tür zugemacht, öffnet sie sie wieder, holt das Bündel hervor, sucht ein anderes Versteck: ganz unten im Schrank, hinter den großen eingestaubten Einmachgläsern.

Michelle tritt ans Fenster: Polkan schleift seine Hexe nach Hause.

Tamara windet sich in Polkans Griff.

Die Leute tuscheln, werfen ihnen Blicke zu. Die Frauen beobachten das Geschehen zähneknirschend, die Männer witzeln. Die Frauen kennen sie besser: Viele von ihnen suchen regelmäßig Rat bei Tamara. Manchmal weiß sie Dinge, die sie gar nicht wissen kann – sie schließt einfach die Augen und sagt etwas. Oder sie legt Karten. Vielleicht hat sie nicht immer recht, aber sie versteht es zu trösten.

Sie hat nicht immer recht, wiederholt Michelle, sagt es sich wieder und wieder vor.

Ihm passiert schon nichts, diese Hexe malt nur wieder mal den Teufel an die Wand. Ihm wird schon nichts zustoßen. Da ist nichts Schlimmes hinter dieser dämlichen Brücke. Er fährt nur kurz hin und kommt wieder. Fährt hin, schaut, was da ist, und kommt zurück.

Von Wölfen zerfleischt ...

So ein Miststück! Biest! Wie kann man jemandem so etwas ins Gesicht sagen? Vor allen Leuten!

Tränen schießen ihr in die Augen.

Michelle hat einen Kloß im Hals, die Augen brennen, als würde sie Zwiebeln schneiden.

Sie geht ins Bad, schöpft mit einer Kelle Brunnenwasser aus dem Eimer und wäscht sich das Gesicht.

Aber das rostige Wasser kann die Bilder nicht wegwaschen: der schwarze Herbstwald, die Draisinen, die mitten im Nichts stehen, zerfetzte Körper. Wölfe, die um ihren Sascha kämpfen wie Straßenköter um einen Knochen. Um seine Leiche.

Du Miststück! Verflucht seist du! Verflucht! Wiederholt Michelle stur, zornig – aber so leise wie möglich, als hätte sie Angst, dass Tamara sie in ihrer Wohnung durch die Betonwände hindurch hören könnte.

Vielleicht kann sie das ja auch?

Michelle geht in ihr Zimmer, legt sich hin. Setzt sich auf. Legt sich wieder hin.

Sie ruft sich die Nacht und den langen Morgen in Erinnerung: die gelben Lichtstreifen der Straßenlaternen und darin sein Gesicht, seine Hände, die Härchen auf seiner Brust; aber die Teile wollen sich nicht zu einem Ganzen fügen. Sie führt die Finger an die Lippen. Ihre Finger riechen nach ihm, die Handflächen riechen nach ihm, ihr ganzer Körper riecht nach Sascha – ein herber, klarer, deutlicher Geruch, gegen den auch das Brunnenwasser nichts ausrichten kann.

Michelle versucht, sich an die Küsse zu erinnern, aber ihr kommt nur der letzte in den Sinn, den er als Vorwand genutzt hat, um ihr dieses bleischwere Stoffbündel doch noch in die Hand zu drücken. Sie wollte es nicht, und ganz sicher hat sie nicht darum gebeten, nicht einmal ansatzweise.

Sie hätte es nicht annehmen dürfen.

Unter keinen Umständen!

Beim Abschied im Hof hat sie, anstatt von Saschas Rückkehr zu träumen, nur an eins gedacht: Sie hätte das nicht tun dürfen, sie hätte es nie annehmen dürfen. Erst Tamara hat mit ihren Wölfen diesen hartnäckigen Gedanken verdrängt.

Ein Offizier hat das Bündel angeschleppt, es mit einem Grinsen vor die Tür gelegt, salutiert und sich wieder entfernt. Krigow hat es aufgehoben und gesagt, es sei eine Überraschung, aber Michelle wollte keine Überraschungen.

Also hat er ihr erzählt, was drin ist.

Natürlich hat sie abgelehnt, aber er hat darauf bestanden. Dieses Bündel verändert alles, was in dieser Nacht zwischen ihnen passiert ist. Michelle konnte nicht genau sagen, warum, sie wusste nur: Es war falsch, es anzunehmen.

Bei ihrem letzten Kuss hatte der Hauptmann es ihr doch aufgedrängt, und als er sich von ihr gelöst hatte, stand sie da mit diesem schweren, kantigen, sperrigen Ding. Michelle hat es unter der Jacke versteckt. Sie gingen zusammen die Treppe hinunter, aber nacheinander in den Hof. Sie hat ihm aus dem Schatten des Hauseingangs hinterhergeschaut, während das Bündel ihre Arme immer schwerer werden ließ. Neben ihr stand Wanja Winogradow, ein Junge von vier Jahren, mit dem seine Eltern nichts anzufangen wussten, und guckte sie mitfühlend an. »Hast dich valiebt«, sagte er, weil er das »r« noch nicht aussprechen konnte. Blödes Balg.

Sie hätte das ungewollte Geschenk wegwerfen oder vergraben können, aber nein – sie schleppt es nach Hause. Schleppt es nach Hause und versteckt es im Küchenschrank, vor Opas Nase. Wenn er es findet, wird er sie ins Gebet nehmen. Dann muss sie sich rechtfertigen, vor Opa, aber auch vor sich selbst.

Michelle räumt die staubigen leeren Gläser zur Seite und zieht das Bündel wieder hervor. Schleicht auf Zehenspitzen über die knarzenden Dielen, geht in ihr Zimmer, schließt die Tür ab, kniet sich hin. Bevor sie das Bündel unters Bett schiebt, öffnet sie es.

Wie riesige glänzende Patronenhülsen liegen zehn längliche Blechdosen vor ihr. Auf jeder befindet sich ein Aufkleber: »Rindfleisch. 1 kg«.

»Sergej Petrowitsch! Herr Leutnant!«

Polkan fährt zusammen, dreht sich um.

Vor ihm stehen zwei Wachmänner: Serjoga und Djagilew. Sie sind gerade aufs Gelände zurückgekommen und haben den Popen zwischen sich – der zappelt und versucht, sich loszureißen. Polkan lässt Tamara los, die sich genauso windet, und verzieht das Gesicht. »Was ist jetzt wieder?«

»Ähm, nun ja ... Als alle draußen waren ... da wollte der auch gleich die Flatter machen.«

»Wohin? Über die Brücke?«

»Nee, nicht über die Brücke, in die andere Richtung: nach Moskau.«

»Na, sieh mal einer an! Was hat denn das zu bedeuten? Bringt ihn mal her.«

Vater Daniil sieht Polkan direkt in die Augen – weder ängstlich noch reumütig, nur eine gewisse Anspannung ist zu erkennen. Polkan legt ihm seine schwere Pranke auf die Schulter. »Wohin wolltest du denn, Freundchen? Ist doch grad so nett mit dir ...«

»Ich verstehe dich nicht.«

»Mir geht's genauso, Bruder, mir geht's genauso ... ich verstehe dich auch nicht. Der Hauptmann sagt mir noch, du könntest dich kaum auf den Beinen halten, will dich aus Mitleid nicht mal auf der Draisine mitschleppen, und du legst hier einen Sprint hin?«

»Ich kann dich nicht hören.«

»Wohin willst du, frag ich dich! Wohin? Nach Moskau?«

Polkan wedelt mit seiner Riesentatze in Richtung der Hauptstadt, aber Vater Daniil hat das Wort schon an seinen Lippen abgelesen. Er nickt, als wäre nichts dabei. »Nach Moskau, ja. Das hab ich doch gesagt, dass ich nach Moskau muss.«

»Ach, hast du das gesagt, ja? Du meinst wohl, du kannst einfach so losspazieren. Was denkst du eigentlich, wozu der Posten hier gut ist? Damit die Leute hin und her spazieren, wie es ihnen passt?«

»Was? Ich verstehe nichts.«

Polkan überlegt, reibt sich die paar verschwitzten Stoppeln, die um die Glatze herum noch übrig sind. »Egal, das wirst du schon noch. Wer nicht hören will, muss fühlen. Pumpupum ... he, Serjoga, wie sieht's denn mit unserer Zelle aus? Die ist doch leer, oder?«

»Ja, Sergej Petrowitsch.«

»Na dann bringen wir unseren heiligen Vater ein Weilchen dort unter. Vergittert aber vorher noch das Fenster, ja?«

Tamara, die die ganze Zeit danebengestanden hat, verliert die Fassung. »Wage es ja nicht! Das ist ein Mann Gottes! Ein Mönch! Wage es ja nicht, ihn einzusperren!«

Jetzt brüllt auch Polkan los. »Du bist jetzt endlich still! Halt dich da raus, mir reicht's! Wenn ich sage, der wandert ins Kittchen, dann wandert er ins Kittchen! Ich bin hier der Kommandant, kapiert? Klappe jetzt!«

»Das wird dir noch leidtun!« Sie stürzt davon, verschwindet im Treppenhaus.

Djagilew lässt Polkan kurz durchatmen. »Soll's ein Eisengitter sein?«, fragt er ungerührt.

»Ja, frag mal Kolzow, der kennt sich aus. Und dann steckt ihn schön da rein! Mit Bett und allem Drum und Dran. Seht zu, dass die Heizung funktioniert. Dann kann ich ruhig schlafen. Kirow-schmirow ...«

»Was sagen Sie, Sergej Petrowitsch?«

»Ach nichts, gar nichts, Serjoga. Los, an die Arbeit!«

Vater Daniil, der bis zum Schluss vergeblich versucht hat, sein Schicksal von Polkans Lippen abzulesen, wird verdutzt abgeführt. Polkan sieht ihm nach, diesmal ist sein Gefühl eindeutig: Endlich hat er das Richtige getan.

Jegor wartet ungeduldig darauf, dass die Kosakenkarawane zurückkehrt. Wie lange kann wohl es dauern, bis sie auf die ersten Leichen stoßen? Die haben doch ordentlich Dampf drauf – drei Minuten, und sie sind bei dem grausigen Riesen, der ganz vorne lag, die aufgeschürften Finger in die Schwellen gekrallt. Um ihn herumfahren können sie wohl kaum, ihn überfahren geht auch nicht, also müssen sie einen Spähtrupp vorschicken. Und dann kapiert's auch Krigow endlich.

Kapiert, dass man nicht auf die andere Seite darf. Kapiert es und kehrt um.

Jegor sieht auf die Uhr: zehn Minuten, fünfzehn, zwanzig.

Mutter hat sich zu Hause verbarrikadiert und spuckt Gift und Galle. Polkan verlässt sein Büro nicht, spielt mit dem Telefonkabel herum. Die Luft ist rein ... Jegor hält es nicht mehr aus, er rennt durch das Tor, klettert auf die Gleise und blickt zur Brücke hinüber. Nichts, alles ist ruhig. Die dichten Nebelschwaden sind unbeweglich und still, der Wind weht aus westlicher Richtung, drängt wahrscheinlich die verzweifelt-fröhlichen Stimmen der Soldaten und das Knattern der Motoren wieder zurück in den grünen Dunst.

»Jegor! Was treibst du da?«, ruft jemand vom Checkpoint herüber.

Er zuckt mit den Achseln: Ach, nichts.

Er sollte zurückgehen, aber er kann sich nicht überwinden. Fünfundzwanzig Minuten, dreißig. Hat dieser Idiot tatsächlich die Leichen von den Gleisen räumen lassen und ist fröhlich weitergefahren? Aber irgendwann muss er doch Schiss kriegen. Irgendwann muss der doch einsehen, dass da drüben etwas ganz gewaltig stinkt, dass man sich besser davon fernhält, dass Mutter recht hatte.

Jegor will plötzlich nur noch weg. Statt drumherum zu gehen, schlägt er sich mitten durchs Klettengestrüpp, schiebt die dornigen Zweige auseinander, kratzt sich die Hände daran blutig. Er starrt sie stumpf an; in seinem Kopf dreht sich alles.

Und wenn schon?

Hätte seine Warnung sie etwa aufgehalten? Ganz sicher nicht. Nie im Leben hätten sie auf ihn, auf den Milchbubi, gehört, hätten ihn nur vor allen Leuten ausgelacht, genau wie sie seine Mutter ausgelacht haben.

Die haben es nicht anders verdient, diese Flachwichser. Was denken die sich überhaupt? Und dieses ganze Geschwafel: großes Imperium, alles zurückerobern, ganze Armeen im Anmarsch, bla bla bla. Zeig erst mal, wie du unsere Brücke zurückeroberst, du Scheißheld. Ma hatte recht: Alles war ruhig, solange keiner Radau gemacht hat, was mischen die sich überhaupt ein?

Jegor stapft nach Hause, sieht hin und wieder auf seine Hände herab.

Die haben es nicht anders verdient ... was eigentlich?

Ach, es wird schon nichts passieren. Sie machen eine kleine Spritztour und kommen wieder.

Und wenn Jegor doch den Mund aufgemacht hätte? Wenn er zu Krigow gegangen wäre und gesagt hätte: Auf der Brücke wimmelt es von Leichen. Irgendwas ist da faul, die Körper sind fast noch warm. Irgendwas geht da vor, vielleicht sogar jetzt, in genau diesem Moment. Ihr müsst auf sie hören, hört auf meine Mutter, sie ist nicht verrückt.

Hört auf sie und nicht auf diesen Waldschrat mit dem Kreuz, den ihr um seinen Segen angebettelt habt. Der übrigens ebenfalls auf der Brücke gewesen ist und alles gesehen hat. Und der ebenfalls kein Wort über die Leichen verloren hat.

Im Hof gehen jetzt alle wieder ihrer Arbeit nach; Vater Daniil wird abgeführt. Dass Polkan ihn bis auf Weiteres einsperren lässt – so viel hat Jegor noch gehört. Das war die richtige Entscheidung. Auch wenn Polkan keine Ahnung hat, wie richtig. Jegor geht's dadurch jedenfalls schon besser ... Apropos: Warum hat der die Kosaken eigentlich nicht gewarnt, hat sie sogar noch ermuntert? Das ist doch bestimmt kein Zufall? Ja, hinter Gittern ist der eindeutig besser aufgehoben. Eine Gefahr weniger.

Vater Daniil spürt Jegors hartnäckigen Blick, er hebt die Augen und lächelt ihn sanft an. Lächelt so, dass es Jegor kalt den Rücken hinunterläuft.

Sie bringen den Mönch in die hinterste Ecke des Hofs; Michelles Großvater folgt den Wachen auf den Fuß, keucht vor Anstrengung, hält aber Schritt.

»Wohin wollt ihr mit ihm? He, Djagilew, sag schon!« Er lässt nicht locker.

»Gib Ruhe, Onkel Nikita. Einsperren«, sagt Polkan. »Er wär' uns fast abgehauen.«

»Na, das hat mir gerade noch gefehlt ... Kann ich ihn mir nicht vielleicht kurz ausleihen, bloß ein halbes Stündchen? Dann könnt ihr meinetwegen machen, was ihr wollt.«

»Das musst du schon mit Polkan regeln, Onkel Nikita. Was willst du denn von ihm?«

Fünf Minuten später hört Opa Nikita dieselbe Frage von Polkan: Auf dem Posten ist der Chef nie weit. Er guckt den alten Mann, der sich innerlich schon auf die Abfuhr eingestellt hat, müde an. »Was willst du denn von ihm, Onkel Nikita?«

»Na ja ... meine Alte liegt mir in den Ohren. Sie will unbedingt, dass er uns traut.«

»Er steht unter Arrest.«

»Aber die Zelle ist doch sicher noch nicht fertig, hm? Bis die da ein Bett reingestellt haben, Tisch und Stuhl. Die Schlösser eingebaut ...«

»Richtig, die Schlösser ...«

»Siehst du. Und solange die damit zugange sind, würde ich ihn mir mal kurz ausleihen. Dann habt ihr ihn auch vom Hals. Na, Sergej Petrowitsch, wie wär's?«

»Und wie soll der uns dann noch ernst nehmen?«

»Vielleicht hat er ja noch gar nicht mitgekriegt, dass man ihn verhaftet hat. Der hört doch gar nichts!«

»Eben, wie soll der euch überhaupt trauen?«

»Ach, frag nicht, Sergej Petrowitsch.«

Nikita hat wenig Lust, Polkan breitzuschlagen, und noch weniger, diesen Popen mit zu sich nach Hause schleppen. Aber was bleibt ihm anderes übrig? Seit seine Frau mitbekommen hat, dass ein Geistlicher auf dem Posten aufgetaucht ist, gibt sie keine Ruhe. Erst konnte sie's nicht abwarten, dass der Pope endlich zu sich kommt, und dann hieß es, Nikita braucht ohne den Vater gar nicht erst nach Hause zu kommen. Heute ist es ihr irgendwie besonders ernst mit dem Sterben, also will sie jetzt schleunigst heiraten.

Und dann das hier.

Nikita glaubt zwar nicht an Gott, aber ganz ausschließen kann er seine Existenz ja auch nicht. Eine religiöse Trauung erscheint ihm unter diesen Umständen gleichermaßen sinnlos wie riskant. Die Sache ist nämlich die: Er kann sich kaum noch daran erinnern, dass seine Marussja einmal jung und schön gewesen ist. Die bettlägerige, inkontinente Alte hat das freche und fröhliche junge Mädchen mittlerweile völlig verdrängt, und nur ganz selten, in Nikitas Träumen, strahlt hinter dieser Mondfinsternis eine schmale Sichel hervor.

Im Grunde sitzt Nikita sein irdisches Leben nur noch ab – und mit einem ewigen rechnet er nicht. Aber sollte sich am Ende rausstellen, dass Marussja doch recht hatte und die Jaroslawler Existenz nur ein Vorgeplänkel zum Reich Gottes war, dann wäre es ihm schon lieber, nochmal neu anzufangen, und nicht durch ein himmlisches Ehegelübde für alle Ewigkeit an diese alte Schachtel gekettet zu sein. Wer garantiert ihm denn, dass sie dort drüben wieder zwanzig sind?

Und wenn da gar nichts ist, wozu dann überhaupt der ganze Aufwand?

Aber das denkt Nikita nur. Laut sagt er: »Sie tut mir so leid, die Ärmste.«

»Ach, verflucht, Nikita Artjomytsch!«

Polkan holt aus und klatscht eine schläfrige Fliege an die Tapete. Aus Zufriedenheit mit der erfolgreichen Jagd lässt er sich erweichen. »Na, meinetwegen. Solange die da rumhantieren ... Nimm ihn mit, wenn du ihn überreden kannst.«

Also läuft Nikita mit seinem ungewollten Sieg zurück zum Popen, in die kahle Zelle ohne Schloss, in der zuletzt Ljonka Alkonaut seinen Rausch ausschlafen musste, nachdem er sich ins Delirium gesoffen hatte.

Der taube Pope glotzt ihn aus blutunterlaufenen Augen an, versucht, seine Lippen zu lesen, aber Nikitas Lippen sind mit dem Alter unbeweglich geworden und formen die Laute nur undeutlich. Vater Daniil ist es schnell leid. Er hebt die Schultern: Ich höre nichts.

Spätestens jetzt wäre es an der Zeit, aufzugeben; er sollte nach Hause gehen und Marussja sagen, dass der Pope sich weigert, aber er kann nicht.

Er zieht den Gottesnarren am Ärmel. Formt mit den Fingern zwei Ringe. »Trauen sollst du uns. Mich und meine Alte. Verstehst du?«

Für den Fall, dass nach dem Tod nichts kommt, muss er ihr wenigstens für die Zeit, die ihr noch bleibt, etwas Trost verschaffen. Er hat ja wenigstens seine Arbeit in der Werkstatt, die Wachdienste an der Brücke, den Schnaps mit den Kumpels abends auf der Bank, seine Selbstgedrehten, die Luft und die Sonne ... Aber sie? Nichts als die Erinnerung daran, wie schön das Leben mal war, als die Beine noch wollten, ihren schnöden Jessenin, Njura – und Michelle natürlich.

Und für den Fall, dass tatsächlich das ewige Leben wartet …

Trotzdem, sie tut ihm zu sehr leid. Seine Marussja.

Er greift Vater Daniil unterm Arm und zerrt ihn hinter sich her. »Es muss sein. Verstehst du? Es muss einfach sein«, sagt er zu ihm und zu sich selbst gleich mit.

Der Pope seufzt oder schnaubt vielmehr – wie eine Kuh, die keine Milch mehr hat, der ihre ausgehungerten Besitzer aber weiter stur am Euter ziehen; er folgt Nikita, fügt sich genauso unwillig in sein Schicksal wie er selbst. Die Wachen trotten hinter ihnen her.

Jegor steht an der Tür zu Polkans Stabsquartier. Seine Finger umklammern den Türgriff, aber er kann sich nicht überwinden, ihn herunterzudrücken.

Es ist so still, dass er hören kann, wie Tatjana Nikolajewna ein Stockwerk tiefer ihren armen Schülern *Filipok* oder sonst eine dieser Tolstoi-Fabeln diktiert. Immer dieses moralisierende Zeug! Da krepiert man ja vor Langeweile.

Polkan hat sich in seinem Dienstzimmer verschanzt, das Telefon schweigt. Jegor müsste einfach nur reingehen … Oder wenigstens anklopfen.

Er hat gesehen, wie Polkan Mutter ins Haus gezerrt hat, gehört, wie sich die beiden drinnen angebrüllt haben – da wollte er sich nicht einmischen.

Später ist er Polkan in den Hof gefolgt, ist ihm hinterhergeschlichen, als er in sein Stabsquartier gestampft ist, so wütend, dass selbst die Wachmänner noch darunter leiden mussten. Dann kam das ganze Hickhack mit dem ausgebüxten Popen, und dann wollte Michelles Opa irgendetwas von ihm.

Immer der falsche Zeitpunkt, um zu Polkan zu gehen und ihm alles zu erzählen – zu viele Leute, miese Laune, und Mutter war ja auch noch da ... Aber jetzt hindert ihn nichts mehr.

Reingehen, einen dummen Witz machen, vielsagend schweigen und dann mit der ganzen Wahrheit rausrücken: Dass er ohne Erlaubnis und trotz Mutters ausdrücklichem Verbot auf die Brücke gegangen ist, dass er da an die hundert Leichen gefunden hat, dass er keinem was gesagt hat, als er wieder zurück war, dass er die Kosaken nicht gewarnt und sich nicht eingemischt hat, als Mutter ihnen den Weg versperrt hat.

Das alles sollte Polkan wissen.

Weil es das einzig Richtige ist. Ihm die Wahrheit zu sagen.

Und außerdem ... Außerdem ist es dann Polkans Sache, seine Verantwortung als Kommandant des Postens. Er entscheidet dann, was zu tun ist – ob man Verstärkung auf die Brücke schicken soll ... Oder die Kosaken zurückbeordern ... Das ist dann seine Entscheidung. Jegor wird zwar nicht ungestraft davonkommen, weil er ohne Erlaubnis auf die Brücke ist, aber dafür wäre er endlich diese Last los.

Und noch wichtiger – vielleicht wäre er auch die Toten los, vielleicht würden sie ihn dann endlich in

Frieden lassen. Vielleicht hat Polkan so etwas ja schon mal im Krieg gesehen und eine logische Erklärung für alles, so einleuchtend, dass Jegor aufatmet: »Ach so!« – und dann ist der Spuk vorbei.

Aber was, wenn Polkan wissen will, warum er die Kosaken nicht sofort gewarnt hat?

Was soll er ihm dann sagen?

Die Wahrheit?

Dass er sie gar nicht warnen wollte? Dass er gehofft hatte, der Hauptmann würde für immer verschwinden und er hätte Michelle wieder für sich? Dass er stillschweigend zugelassen hat, wie dieser Typ seine Mutter demütigt, weil er gespürt hat, dass er sich mit jedem herausgebrüllten Wort die Möglichkeit verbaut, doch noch einen Rückzieher zu machen?

Jegors Hand klebt immer noch am Türgriff. Dabei hat er sich fast schon überzeugt davon, wieder zu gehen. Aber er kann sich einfach nicht von dem verdammten Türgriff losreißen.

Wenn es doch was gäbe, womit er es wiedergutmachen könnte. Womit er alle Schuld von sich weisen könnte. Nach dem Motto: Ja, klar, ich hab Scheiße gebaut, aber dafür auch was echt Krasses rausgefunden ...

Jegor lässt die Hand sinken und steckt sie in die Hosentasche. Tastet nach dem glatten Rechteck: das Handy, das er auf der Brücke gefunden hat. Es ist ganz warm, hat sich in Jegors Tasche aufgewärmt, sich an ihm aufgeladen. Es funktioniert, man muss es nur entsperren.

Genau: Er muss zu Kolka Kolzow und das Ding knacken. Und dann mit der ganzen Info zu Polkan. Wenn

Jegor als Erster rauskriegt, was da auf der Brücke passiert ist, wenn sie sehen, dass er alles ausgekundschaftet hat, dann würde man ihm alles andere vielleicht noch mal durchgehen lassen.

Und dann kann sich Polkan mit dem ganzen Mist rumschlagen.

Sein Eberkreuz ist breit genug.

Aber Jegor zögert.

Erst die Schritte im Treppenhaus – fest und beherzt – zwingen ihn zur endgültigen Entscheidung. Jegor lässt den Türgriff los ...

Ein unsichtbares Gummiseil spannt sich immer straffer, mit jedem Schritt, den sich Jegor von der Tür entfernt. Bis es schließlich reißt und Jegor die Treppe hinuntersprintet, ohne sich umzuschauen.

Lew Sergejewitsch, der Garnisonskoch, kommt ihm mit finsterer, entschlossener Miene entgegen. Er will ihn etwas fragen, aber Jegor hat keine Zeit.

Polkan will nichts lieber, als dass man ihn in Ruhe lässt. Aber es klopft genau der Mensch, den er gerade am allerwenigsten sehen will. Er klopft und tritt gleich ein, ohne eine Aufforderung abzuwarten.

Tritt ein, funkelt mit seinem einzigen Auge, macht es sich im Besuchersessel bequem und fängt an, sich aus einem Fünfhunderter eine Zigarette zu drehen. Der Schein ist alt und abgegriffen; Polkan sieht es schon kommen, wie schlecht der brennen wird – gleich qualmt er ihm die ganze Bude voll mit dem Fingerfett längst gestorbener Leute.

Polkan reißt sich am Riemen.

Lew Sergejewitsch steckt die Papirossa an und bläst ihm den beißenden Rauch ins Gesicht. »Na, was ist jetzt mit deinen Kosaken?«

Polkan gibt sich ahnungslos. »Was soll mit denen sein?«

»Ich dachte, sie bringen uns Fleischkonserven mit. Und Getreide. Wurde offenbar alles ohne mich ausgeladen, deswegen frage ich. Ich wollte den Leuten morgen eine ordentliche Portion Dosenfleisch mit Buchweizen auftischen. Nur ist unser Fleisch alle, Ende Gelände. Alles für den großen Empfang draufgegangen. Deswegen frag ich.«

»Hör mal, geh mir nicht auf den Zeiger ... bist ja schlimmer als eine Klette ...«

»Warte mal, warte mal ... Wieso guckst du mich nicht an, Sergej Petrowitsch?«

»Hör mal, Ljowa, du hast es doch längst kapiert, was quälst du mich denn noch?«

»Gar nichts hab' ich kapiert. Deswegen komme ich ja zu dir, Sergej Petrowitsch, damit du mir mal sagst, was Sache ist. Ich hab dich was gefragt, also raus mit der Sprache. Wo? Ist? Unser? Dosenfleisch?«

»Das war kein Dosenfleisch. Keines für uns jedenfalls. Das war nur Proviant für deren Expedition. Wir kriegen eine eigene Lieferung. Später.«

»Später! Was sollen die mit so 'nem Haufen Fleisch? Hast du gesehen, wie viel das war?«

»Natürlich hab ich das gesehen! Aber das sind dreißig Kerle. Weiß der Teufel, wie lange die unterwegs sind, und wohin überhaupt! Was sollen die fressen auf der anderen Seite? Vielleicht ist da ja alles verseucht ... Versetz dich mal in deren Lage!«

»Versetz du dich mal lieber in unsere, Sergej Petrowitsch! Du scheinst da was nicht zu verstehen. Hab' ich dir gesagt, dass unsere Vorräte alle sind? Hab' ich. Hast du versprochen, mit Moskau zu reden? Hast du. Du bist für unsere Leute verantwortlich, nicht für diese Hornochsen auf Durchreise.«

Polkan dreht sich jetzt auch eine aus einem grünen Tausender. Lässt sich von dem Koch Feuer geben, zieht nervös. »Du hast ihn doch gehört, Ljowa! Staatsangelegenheit mit höchster Priorität! Wir verschieben die Grenzen! Wiedergeburt! Rückkehr ins Reich!«

»Ich hab's gehört.«

»Und was ist dann noch?«

»Was noch ist? Wenn die noch wen angliedern, sieht's mächtig finster aus – das ist!«

»Was soll denn das schon wieder heißen?«

»Solange wir hier noch die Letzten auf der Strecke sind, steht uns wenigstens eine anständige Versorgung zu, und selbst damit knausern die rum. Wenn die Grenze verschoben wird, ist Selbstversorgung angesagt, schnallst du's nicht? Dann können wir uns gegenseitig fressen.«

Polkan schnalzt wütend, aber schmeißt den einäugigen Koch nicht raus. Der kneift wegen dem brennenden Rauch sein Auge zu. »Ruf an, Sergej Petrowitsch. Ruf in Moskau an. Und lass dich nicht abwimmeln.«

»Mache ich ja.«

»Jetzt gleich. Sodass ich's höre. Mit welcher Behörde du da sonst immer redest ... genau die rufst du jetzt an.«

»Vergiss es.«

»Dann koch selber. Sieh zu, wie du klarkommst.«

Polkan zieht nochmal kräftig an der Selbstgedrehten, pfeffert den verkohlten Stummel in den Aschenbecher, spuckt ausgiebig hinterher und greift genervt zum Hörer mit dem Doppeladler. »Scheiß drauf.«

Er drückt die Tasten, sie fiepen schief. Polkan stellt auf Lautsprecher. Es tutet leise und unregelmäßig, als würde er nicht in Moskau anrufen, sondern über ehernen Draht in längst vergangene Zeiten telefonieren. Man lässt ihn lange warten – mindestens eine Minute, aber Polkan gibt nicht auf. Er lässt die Zeit nicht ungenutzt, dreht sich die nächste Zigarette. Endlich klackt es am anderen Ende. »Zentrale«, knistert eine weit entfernte Stimme.

»Hier der Posten Jaroslawl. Leutnant Pirogow. Ich hätte gern die Verwaltung für den östlichen Teil gesprochen. Jarzew.«

»Jarzew ist nicht da.«

»Dann geben Sie mir jemanden, der da ist. Seinen Stellvertreter oder sonst wen ...«

»Einen Moment.«

Polkan sieht Lew Sergejewitsch unverwandt an, zündet sich die nächste an. Wartet wie befohlen. Nach zwei Minuten meldet sich jemand: »Verwaltung der Hinterlandversorgung.«

»Hier Leutnant Pirogow, Jaroslawl. Es geht um eine Lieferung.«

»Ich höre.«

»Es kommt keine.«

»Jaroslawl? Ich notiere es mir. Wir klären das.«

Lew Sergejewitsch grinst schief. Polkan zieht die Schultern hoch: Was soll ich machen? »Wissen Sie ...

das höre ich schon seit drei Wochen. Immer wieder rufe ich an, und immer wieder sagen Sie mir dasselbe.«

»Ich hab's notiert. In ein, zwei Wochen schicken wir was los.«

Lew Sergejewitsch nickt Polkan zu: Na sicher doch, ich hole schon mal die Teller.

»Das sagen Sie mir schon zum dritten Mal! Mir gehen die Vorräte aus.«

»Mehr kann ich nicht machen.«

»Geben Sie mir Jarzew!«

»Jarzew ist in einer Besprechung.«

»Dann geben Sie mir jemanden, der nicht in einer Besprechung ist!«

Der Koch streckt den Daumen hoch: Gut so, mach denen Feuer unterm Hintern!

»Dazu bin ich nicht befugt.«

»Mit wem spreche ich?«

»General Morosow.«

»Hol mir deinen Vorgesetzten ans Telefon, Morosow, du kleiner Wichser! Während du da in Moskau deine Eier schaukelst, atmen wir hier diese Scheiße ein, wir trinken diese Scheiße, und jetzt sollen wir sie auch noch fressen, oder wie denkst du dir das?«

General Morosow verstummt, aber es kommen keine Besetztzeichen – er hat also nicht aufgelegt –, sondern nur ein quälendes langes Tuten.

Lew Sergejewitsch drückt den Rest von seinem schmalzigen Fünfhunderter aus. »Verdammte Arschlöcher! Mach diese Sesselfurzer fertig, Sergej! Du hast hier hundert Mäuler zu stopfen, inklusive sechzehn Halbstarker. Wir sind im Recht!«

Polkan ist schon ganz schwindlig, das war die zehnte Selbstgedrehte seit heute Morgen. Vielleicht ist es aber auch gar nicht der Tabak, sondern die Wut – auf diese verdammten Kosaken, auf die Moskauer, auf seine Frau, auf sich selbst.

Ein Knacken im Hörer. »Wer ist da? Pirogow?«, keift eine hohe Stimme. Als würde ein rostiger Nagel über eine Glasscheibe kratzen.

»Leutnant Pirogow, Wachtposten Jaroslawl. Mit wem ...«

»Pokrowski! Jetzt hör mal zu, Pirogow. Mit meinen Offizieren hast du nicht so zu reden, ist das klar? Hab' ich dir nicht gesagt, du sollst warten? Alle warten, also wartest du auch, kapiert? Kein Wort mehr.«

»Ich muss hier meine Leute satt kriegen, Konstantin Sergejewitsch ...«

»Das ist dein Bier. Ich hab hier eine Armee zu verpflegen! Du hältst dich wohl für ganz schlau? Alle rufen hier an und betteln! Seid ihr etwa was Besseres? Besser als Twer, Tula, Tschechow? Seid ihr nicht. Besser als Rostow? Nein, verflucht noch mal! Weißt du überhaupt, was wir hier vorhaben? Davon mal was gehört?«

»Ich ... Was haben wir denn vor?«

»Wenn du's nicht weißt, dann geht's dich wohl auch nichts an!«

Polkan fällt endlich ein, den Lautsprecher auszuschalten, er befiehlt Lew Sergejewitsch durch das Heben einer Augenbraue, sich zu verziehen. Der steht gemächlich auf, grinst und salutiert spöttisch, auf Pioniersart, als wollte er sagen: Lass dich ruhig von denen ficken, wenn du selbst keine Eier hast.

Aber aus dem Telefon brüllt es so laut, dass man auch ohne Lautsprecher jedes Wort versteht. »Die Sturmtruppen haben Vorrang! Die Expeditionskorps haben Vorrang! Ihr Nichtstuer kriegt eure Konserven, wenn ihr an der Reihe seid. Warum sollten wir euch als Erstes durchfüttern? Was habt ihr in eurem Drecksloch überhaupt geleistet? Einen Scheiß habt ihr geleistet! Im Land ist die Hölle los, da müssen alle den Gürtel enger schnallen! Alle! Aber nein, Jaroslawl heult rum. Leutnant Pirogow hat Hunger. Meine Fresse! Genug jetzt, schmeiß ihn aus der Leitung!«

Die Verbindung bricht ab.

Polkan lässt den Hörer fallen. Vor seinen Augen schwimmen rote Kreise. Sein Schädel brummt. Der einäugige Koch drückt sich immer noch am Türpfosten rum wie ein räudiger Kater. Polkan nimmt den Aschenbecher – eine rote Untertasse mit Goldrand – und schmettert ihn gegen die Wand. »Verzieh dich! Raus hier! Hau! Ab!«

Oma hat Opa damit genervt, seit Njura ihr die frohe Botschaft verkündet hat: Der Ankömmling von der Brücke sei ein echter orthodoxer Pope oder zumindest ein Mönch. Als Vater Daniil herauskam, um die Kosaken für ihre Expedition zu segnen, gab es auf dem Posten niemanden mehr, der noch nicht von ihm gehört hatte. Und so einige sahen ihn sehnsüchtig an.

Oma Marussja konnte zwar nur ihre Zimmerdecke ansehen, aber auch sie erwartete die Ankunft des Geistlichen voller Ungeduld. Erst hatte ihr Njura von dem Kirchenbanner und dem »Herr erbarme dich«

berichtet, von dem Kreuz, von den Gebeten im Fieberwahn und wie der Mann schließlich zu sich gekommen war; dass auch der Hauptmann ein gläubiger Mensch sei und sich vor dem Ankömmling verbeugt habe. Seitdem hat Großmutter nicht mehr lockergelassen: Geh hin, geh hin, geh hin. Und als dann Vater Daniil die Kosaken gesegnet hatte, gab es gar kein Halten mehr.

Michelle weiß, wer gleich zur Tür reinkommt: Sie hat ihren Großvater durchs Fenster beobachtet. Nur was die Wachen sollen, die sie begleiten, versteht sie nicht so recht.

Diese ganze Nummer mit der Trauung kommt ihr bescheuert vor, noch so eine von Omas Marotten; Michelle war schon immer eher auf Opas Seite. Aber seltsamerweise überträgt sich ihr Ärger über Omas Starrsinn, ihren Wunsch, Opa vor dem Ende noch fester an sich zu ketten, nicht auf diesen abgemagerten Mönch, der Oma diesen Wunsch jetzt erfüllen soll.

Als sie die Tür öffnet, lächelt sie ihn an, und das ganz aufrichtig. Das ist ihre Art, sich bei ihm zu bedanken – für den himmlischen Schutz, die er ihrem Sascha und seinen Kosaken gegen dieses ganze Teufelszeug mitgegeben hat, das Polkans Hexe ihnen auf den Hals hetzen wollte. Michelle spricht ihn sogar genauso an, wie Krigow es getan hat: »Guten Tag, Vater Daniil.«

Vater Daniil nickt ihr ernst zu, macht keine Anstalten zu lächeln. Vielleicht darf er ja keine Frauen anlächeln? Wer weiß schon, was die dürfen und was nicht.

Trotzdem, für Michelle ist er so etwas wie ein Verbündeter. Sie wollen beide das Gleiche: dass Sascha und seinen Männern nichts passiert.

Die Wachen bleiben am Eingang stehen, der Mönch zieht seine Schuhe aus – man hat seine zerschlissenen Turnschuhe gegen ein neues Paar getauscht. Dann folgt er Nikita ins Zimmer, scheint gar nicht zu bemerken, dass die Wachen ihn allein gehen lassen. Schaut sich ohne großes Interesse in der Wohnung um.

Die Großmutter, ganz rot vor Aufregung, knetet mit den Fingern ihrer gesunden Hand das Laken. Seufzt immer wieder. Schürzt die Lippen: Will die Hand des Gastes küssen. Die Geste gelingt nur mäßig – die eine Mundhälfte gehorcht ihr nicht. »Du hast mich erhört, Herr Jesus Christus!«, nuschelt sie mit der anderen. »Gebetet habe ich, und nun schickst du mir deinen Gesandten!«

Vater Daniil hat es nicht eilig damit, ihr seine Hand hinzustrecken. Betrachtet sie eindringlich. Seine Augen sind eingefallen, die Wangenknochen zeichnen sich deutlich unter der Haut ab, die Haare sind inzwischen gewaschen, aber ohne die Dreckkruste wirken sie nur noch dünner. »Guten Tag«, sagt er mit seiner monotonen Stimme – der Stimme eines Menschen, der sich selbst weder hören noch verbessern kann.

»Ehrwürdiger Vater. Eure Heiligkeit. Ich bitte Euch, traut mich und meinen Mann. Meinen Nikita hier.«

Oma Marussja schielt zu Opa herüber.

Der seufzt resigniert, aber lächelt Marussja versöhnlich zu: Also gut, bringen wir's hinter uns.

Vater Daniil sieht sich um, als hätte er vergessen, wo er sich befindet und wie er überhaupt hergekommen ist. Oma guckt verstört: Sie dachte wohl, der Pope würde Luftsprünge machen, wenn er jemanden verheiraten darf. Auf ihrer Stirn bilden sich Schweißperlen. Michelle tritt ans Bett, um sie abzutupfen, aber die Großmutter verscheucht sie mit einem Wimpernzucken.

Jetzt schaltet sich auch Großvater ein: »Vater, wir bitten Euch, vermählt uns!«

»Wir wollen nicht in Sünde leben«, wispert Großmutter und schnappt nach Luft. »Nach dem Tode wollen wir im Himmelreich vereint sein.«

Michelle verzieht angewidert den Mund: Diese blöden Wörter, die Oma aus ihren Gebetbüchern hat, erscheinen ihr jetzt völlig fehl am Platz.

Ihr Gast wiegt den Kopf, als wäre nichts von dem Gesagten zu ihm vorgedrungen. Er setzt sich ans Fußende des Bettes und sagt teilnahmslos: »Es wird kein Reich Gottes für euch geben«, sagt er teilnahmslos. »Alle, die der Herr für würdig erachtet, hat er bereits zu sich geholt. Geschlossen ist das Himmelstor. Die Heilige Stadt ist von der Erde gewichen, wie die Seele vom toten Körper weicht. Nun liegt die Erde in den Händen Satans, und wir sind Zeuge ihrer letzten Atemzüge. Ich kann euch nicht die Beichte abnehmen, kann euch keine Absolution erteilen. Es liegt nicht in meiner Macht. Tut mir leid. Nur segnen kann ich euch, auf dass euch die Dämonen verschonen.« Er zeichnet kraftlos ein Kreuz in die Luft, küsst sie auf die Stirn und steht auf.

Von seinen Worten weicht Oma das Blut aus dem Gesicht, ganz wächsern wird sie, als hätten sie schon alle Lebensgeister verlassen. Vater Daniil zuckt nur mit den Achseln, segnet auch die anderen Anwesenden und geht zur Tür, wo die Wachen auf ihn warten. Großvater hastet hinterher. »Wo ist denn das Problem?«, flüstert er. »Ob da was ist oder nicht, was macht das für einen Unterschied? Tut ihr doch einfach den Gefallen … uns. Wir werden's Euch danken, so gut wir können … Sie hat so lange darauf gewartet, dass man sie … uns traut …«

Michelle hört ihn von Großmutters Zimmer aus, wo sie der alten Frau die Hand hält; sie hört ihn – im Gegensatz zum heiligen Vater.

Bevor er die Tür zuschlägt, richtet er das Wort noch einmal an die Wachen, an Großmutter und an alle anderen: »Ich sagte doch: Gerettet werden nur die Gerechten. Von den Übrigen werden die Dämonen Besitz ergreifen. Als ich hergekommen bin, dachte ich, ich würde fromme Menschen antreffen. Aber jetzt sehe ich: Drüben ist alles zugrunde gegangen, und hier wird auch alles zugrunde gehen. Fäulnis und Moder. Verfault und verdorben im innersten Kern. Wir werden dem Sturm nicht standhalten. Noch ist der Wind schwach, aber die Kiefern sind schon umgeknickt wie Streichhölzer. Worauf sollen wir noch hoffen? Mehr habe ich nicht zu sagen. Bringt mich in den Kerker.«

Polkan hat Angst davor, nach Hause zu gehen.

Er zögert den Moment so lange wie möglich hinaus, weil er weiß, was ihn erwartet. Er weiß, dass Tamara ihn gleich an der Tür abfangen wird. Ein Gespräch ist unausweichlich. Deshalb hat er schon im

Büro angefangen zu trinken, den chinesischen Pflaumenschnaps, der noch von seiner Besprechung mit dem Hauptmann übrig ist.

Schon an der Tür hört er sie beten.

Er geht ins Zimmer; sie kniet vor der Ikone der Gottesmutter in der teuren Goldfassung und wirft sich vor ihr nieder.

»Heilige Maria, Mutter Gottes, bitte für uns Sünder jetzt und in der Stunde unseres Todes. Vergib mir meine Schwäche. Vergib mir, dass ich deine Gebote missachtet habe. Vergib, dass ich geweissagt habe, dass ich die Zukunft wissen wollte und meine Rituale vollzogen habe. Ich schwöre aufrichtig, es war nur um der Errettung, um der Erlösung willen, darum hoffe ich auf deine Gnade.«

Polkan räuspert sich.

Tamara reißt sich von der Ikone los. Sieht ihn an. »Geh weg.«

»Hör mal ... Du bist im Unrecht, verstehst du?«

»Geh!«

»Das ist doch kein Gespräch, Tamara!«

»Wie kannst du es wagen? Wie! Kannst! Du! Es! Wagen! Du hast mich verraten, ist dir das klar? Du hast mich im Stich gelassen! Sie haben mich als Verrückte hingestellt, als hysterische Irre – mich, deine Frau!«

»Tamara! Ich hatte dich doch gewarnt!«

»Du hast gewusst, wen du heiratest! Oder nicht? Und als du mir einen Antrag gemacht hast, da hast du mir geschworen, du würdest dich nie für mich schämen! Du hast geschworen, mich zu beschützen! Immer! Egal, ob ich im Recht bin oder nicht – ich bin deine Frau, deine Ehefrau, du hast gesagt, du willst dein Leben mit mir verbringen! Und heute hast du mich verraten!«

»Ich wollte dich zur Vernunft zu bringen, aber du …«

»Gedemütigt hat er mich! Nicht, weil er mich vor allen Leuten Zigeunerin genannt hat, als wäre das ein Schimpfwort! Nicht, weil er gesagt hat, ich hätte den bösen Blick, sondern weil er dich dazu gebracht hat, das alles zu schlucken! Und du hast es nicht nur geschluckt! Du hast mich auch noch vor allen … vor allen Leuten … Warum hast du mich überhaupt geheiratet, wenn du dich so sehr für mich schämst? Wenn du mich loswerden willst, wieso hast du dann so lange gewartet? Und dann auf diese Weise!«

Sie bricht in Schluchzen aus.

Polkan geht auf sie zu, will sie umarmen, aber sie holt aus, und ihre Fingernägel kratzen ihm die Wange blutig.

Jegor sieht der untergehenden Sonne vom Dach aus zu. Sie versinkt im Westen, genau auf Moskau zu.

Natürlich ist er nicht wegen des Sonnenuntergangs hier. Er will noch einmal versuchen, hinter den grünen Vorhang zu sehen, versuchen, vom höchsten Punkt aus etwas zu erkennen.

Die Kosaken sind nicht zurückgekehrt. Mittlerweile ist ihm klar, dass sie sich von dem, was er auf der Brücke gesehen hatte, nicht haben abschrecken lassen. Sie sind abgestiegen, haben die toten Körper beiseitegeschafft und sind weitergefahren. Und wurden seither nicht mehr gesehen.

Von oben sieht Jegor genauso wenig wie von unten.

Wenn sie bis jetzt nicht zurück sind, müssen sie schon weit gekommen sein. Mit den Draisinen kann man ordentlich Strecke machen, selbst nach Moskau braucht man nicht länger als einen Tag.

Jegor blinzelt in die Sonne.

Ich bin dir gar nichts schuldig.
Klar?
Also kannst du mir nichts.
Pack die Samthandschuhe wieder ein, ich hab' keinen Schiss.
Schrei mich ruhig an vor allen Leuten.
Na? Komm schon, knall mich ab, schieß!
Spielst hier den Kreuzritter, dann mach! Schieß!
Na los! Ich scheiß drauf. Ich atme durch die Löcher in der Brust.
Ich hab' dich gekillt, hast du's nicht kapiert?
Hast du die Kälte auf deiner Haut nicht gespürt?
Du bist tot, Mann. Und du kannst mir nichts.
Du bist tot, Mann. Und ich bin dir nichts schuldig.

Jegor trägt die Sonne zu Grabe und geht nach Hause. Was soll er noch hier draußen?

Polkan macht ihm auf. Er ist schon wieder zurück. Seine Visage ist puterrot, schon aus dem Flur sieht Jegor die Schnapsflasche auf dem Küchentisch. In der Wohnung ist es still, von Mutter ist nichts zu hören.

Polkan sieht Jegor mit trüben Augen an, aber in seinem Blick ist keine Wut. »Komm mal her«, sagt er.

Jegor folgt ihm widerwillig in die Küche. Polkan holt ein Glas heraus, gießt einen Schluck ein und stellt es auf den Tisch.

»Trinken wir!«

»Ma erlaubt das nicht.«

»Sie wird nichts sagen.«

Jegor sieht ihn fragend an.

»Sie redet nicht mit mir«, erklärt Polkan.

»Mit mir redet sie aber noch!«

»Trink! Bist du ein Mann oder nicht? Oder hast du etwa Schiss vor deiner Mami?«

Jegor zieht eine Grimasse, nimmt das Glas und nippt an dem beißenden, Brechreiz erregenden Gebräu. Hustet. Tränen schießen ihm in die Augen. Polkan klopft ihm anerkennend auf die Schulter. »Na also! Geht doch.«

»Kann ich jetzt gehen?«

»Setz dich. Erstens: Deine Gitarre kannst du wiederhaben. Sie liegt in deinem Zimmer.«

»Wow. Wie großzügig.«

»Zweitens: Ich will, dass wir mal vernünftig reden. Von Mann zu Mann.«

»Okay ...«

»Trink noch was. Hier. Gut so. Verstehst denn wenigstens du, dass ich in dieser Angelegenheit nicht anders konnte? Die Sache mit deiner Mutter mein ich. Wie oft hab ich ihr gesagt, sie soll sich raushalten? Und dann, in so einem Moment! Die Armee ... Eine Staatsangelegenheit! Eine Expedition, verdammte Scheiße! Sie hat mich bloßgestellt! Nicht nur als Mann ... sondern als Kommandant, als Dienstperson! Und ja, als Mann auch, verdammt noch mal! Das verstehst du doch, oder?«

»Kann sein.« Jegor sieht lieber nicht in Polkans rote Augen, er guckt aus dem Fenster oder ins Glas.

»Weißt du, Jegor, ich bin nun mal kein Typ für Sentimentalitäten. Machen wir uns nichts vor. Du bist nicht mein Sohn, und ich bin nicht dein Vater, da gibt's nichts schönzureden.«

»Ganz meine Meinung.«

Polkan seufzt schwer. »Und du gehst auch wirklich nicht als mein Sohn durch, verdammt ... Das sieht 'n Blinder mit dem Krückstock, dass du nicht von mir bist ... Ich mein's nicht böse ... Aber deine Augen ...«

»Schon okay.«

»Aber ... Aber! Ich will mich trotzdem bemühen, dich zu einem Mann zu erziehen. Einen gescheiten Kerl aus dir zu machen. Jemanden mit Verstand. Der Mensch hat Pflichten. Seinen Dienst. Es gibt da so ein Wörtchen: müssen. Nicht wollen, sondern müssen. Verstehst du?«

»Vielleicht.«

»Na also. Weil das alles ... Na, ich werd's ja nicht ewig machen. Weiß der Henker, wie lange noch ... jemand muss dann meinen Platz einnehmen. Ich will nicht, dass es ein Fremder ist, klar? Und du ... wenn du schon nicht mein Sohn bist, dann wenigstens kein Fremder. Nur deshalb scheuche ich dich hier rum ... versuche, dir was beizubringen. Wärst du mir egal, hätt' ich dich schon längst gehen lassen – auf die Brücke, nach Moskau, zu den Reisfressern oder wo immer du hinwillst ... Nur deshalb mache ich das!« Er wankt, die matten Schweinsaugen suchen Jegors Blick, versuchen, sich zu fokussieren. Er stemmt sich hoch, reißt das Fenster auf, saugt gierig die feuchte, saure Luft ein. Jegor weißt nicht, was er antworten soll, also nippt er stattdessen an seinem Glas. Polkan wendet dem Hof den Rücken zu. »Ich krieg das nicht alles alleine gestemmt.« Er jammert fast. »Du musst mir helfen, Jegor, dich ein bisschen einbringen. Lernen, wie der Hase läuft. Verstehst du?«

Jegor nickt. Und nickt. Und nickt.

Dann springt er plötzlich auf. »Aber ich will mich nicht einbringen in diesen ganzen Mist! Ich will dieses Versuchslabor hier nicht leiten! Ich will niemandem dienen! Will nicht dein beschissener Nachfolger werden! Wenn du die Moskauer Scheiße fressen willst, nur zu! Aber zieh mich da nicht mit rein. Vielleicht geh ich ja wirklich zu den Chinesen! Oder über die Brücke!«

Er wartet darauf, dass Polkan ihm wortlos eine scheuert, kneift sogar schon die Augen zusammen, um nicht sehen zu müssen, wie sich die schwere Hand hebt. Aber Polkan rülpst nur traurig. »Du willst also nicht. Scheiße ... aber okay. Wer will das schon.«

Jegor geht aus der Küche, bevor Polkan es sich anders überlegt. Er guckt in sein Zimmer: Tatsächlich, auf dem Bett liegt seine Gitarre. Schnell weg damit. An der Tür stößt er wieder mit seinem Stiefvater zusammen.

Aber der macht keine Anstalten, ihn aufzuhalten, lässt ihn die Gitarre aus dem Haus tragen. »Sag ihr, dass es mir leidtut«, flüstert er Jegor nur hinterher.

Kolka Kolzow hält das Handy in der Hand: ein schwarzes Rechteck, in dem sich nur sein Gesicht spiegelt.

Kolzow ist erst fünfundzwanzig, aber auf dem schwarzen Display wirkt sein roter Haarschopf ergraut, auch die Sommersprossen sind graue Punkte. Hätte er Blutspritzer im Gesicht, würden die in der Spiegelung genauso aussehen.

Kurz bevor dem Handy endgültig der Saft ausgeht, verbindet es Kolzow mit dem Ladekabel. Er springt auf ein in der Luft hängendes Fahrrad, das nur noch einen Reifen hat – die Dynamomaschine –, und tritt in die Pedale. Das Handy lädt langsam auf. Also haben sie noch einen Versuch. Jetzt bloß keinen Fehler machen.

»Petja, übernimmst du mal?«

Petja Zigal, Kolzows bester Freund und seine rechte Hand, schnaubt und löst Kolzow ab. »Und, kriegst du das hin?«, fragt er.

»Das ist eins von den neuen, da hilft nur ...«

»Wo hat der überhaupt eines her, das noch Saft hatte?«

»Er meint, er hätte es in der Stadt gefunden, aber das kann nicht sein. Dann müsste es ja ein altes sein, wie vor dem Zerfall oder allerhöchstens aus der Kriegszeit – die würden wir sicher nicht mehr knacken. Aber das hier hat noch Restakku ...«

»Genau das meine ich. Der Junge redet Mist«, sagt Zigal.

»Ich denk mir die ganze Zeit: Komisch, dass man die Dinger noch Telefon genannt hat, oder? Da ist ja alles drin – ein Kompass, eine Taschenlampe, ein GPS, man kann Fotos machen ... Für so ein Ding könnte man glatt jemanden umbringen!«

Zigal lacht. Kolzow auch.

»Wo hat der das Teil bloß aufgetrieben?«

Während Zigal sich auf dem Rad abstrampelt, begutachtet Kolzow das Handy, hält es dabei schief, um nicht frontal in die Kamera zu schauen.

Das Display leuchtet auf, es reagiert auf die Bewegung.

Das Handy will seinen Besitzer sehen. Seinen richtigen Besitzer.

FÜNF

KOLKA KOLZOW WARTET IM HOF AUF JEGOR. Tritt ungeduldig von einem Fuß auf den anderen, kratzt sich am Hinterkopf, hockt sich hin, steht wieder auf. Er hat das Handy in der Hand, das sieht Jegor schon von Weitem. Vollidiot, erzähl's doch gleich überall herum!

»Los, komm mit.« Jegor schleift Kolzow, der einen Kopf größer ist als er, zu den Garagen hinüber. Der kapiert nicht, was die Geheimnistuerei soll, wehrt sich aber nicht.

»Und? Hat's geklappt?«, flüstert Jegor, sobald er sich versichert hat, dass sie niemand hören kann.

Kolzow zeigt ihm das Handy. »Ist aufgeladen.«

Jegor nimmt das iPhone vorsichtig in die Hand. Drückt auf den Knopf – der Bildschirm leuchtet auf. Jegor schaut mürrisch darauf. »Was soll denn der Scheiß?«

»Face ID. Gesichtserkennung.«

»Das heißt?«

»Wie ich gesagt hab': Das Ding ist gesperrt, Mann.«

»Und was jetzt?«

»Na ... Jetzt kannst du entweder die PIN eingeben, die sechs Zahlen da, oder es dem Besitzer vors Gesicht halten.«

Jegor schaudert. Er schweigt, überlegt. Kolzow mustert ihn, Jegor spürt seinen Blick am ganzen Körper.

»Die PIN weißt du ganz sicher nicht?«, fragt Kolzow. Jegor schüttelt den Kopf.

»Und den Besitzer kannst du jetzt gerade auch nicht auftreiben, richtig?«, fügt Kolzow halb im Scherz hinzu.

Jegor schnaubt, versucht es wie ein Lachen klingen zu lassen. »Und was ... Wie funktioniert das mit der Erkennung?«, fragt er vorsichtig.

»Wie meinst du das? Da ist eine Kamera drin, Algorithmen ... der misst die Proportionen. Was weiß ich, wie das genau funktioniert.«

»Aha. Und was ... wenn meinetwegen der Gesichtsausdruck anders ist ... oder die Farbe ...«

Kolzow runzelt die Stirn, dann kapiert er allmählich. »Also wenn du das Handy von einer Mumie hast ... dann nützt dir das gar nichts mehr. Wenn da nur noch Haut und Knochen sind ... für den Anfang brauchst du zum Beispiel Augen.«

»Was für Augen?«

»Na, ganz normale Menschenaugen eben. Wenn du die Augen zumachst, erkennt dich das Ding nicht. Sie müssen offen sein und du musst direkt in die Kamera schauen ... die Pupillen müssen zu sehen sein, meine ich.«

»Hm. Okay.«

»Mit 'ner Mumie klappt das definitiv nicht. Und wenn du es ein paarmal vors falsche Gesicht hältst, geht's nur noch mit PIN. Hatte ich auch schon öfter.«

Jegor versucht den Gleichgültigen zu mimen. Dabei ist ihm, als hätte er den Mund voller Schotter und müsste gleich herunterschlucken. Schon der Gedanke, wieder auf die Brücke zu gehen ... »Alles klar, hab's kapiert. Gib her. Ich lass mir was einfallen.«

»Was willst du dir denn da einfallen lassen? Wenn du blöd drauf rumtippst, macht das Ding endgültig dicht.«

»Na und? Kann dir doch egal sein. Gib her.«

»Wo hast du das überhaupt her? Ist ja noch ganz warm. Wem willst du das denn vors Gesicht halten?«

»Geht dich gar nichts an!«

Kolzow streckt sich. Er hebt das Handy in die Höhe, sodass Jegor nicht drankommt, ohne wie ein Zirkushündchen zu hüpfen. »Schnallst du es immer noch nicht? Das Handy ist im Arsch, Mann. Lass es mir doch.«

»Wieso sollte ich? Was willst du überhaupt damit?«

»Und du?«

»Was geht dich das an? Ich hab's gefunden, also ist es meins. Wenn es nicht geht, geht es eben nicht.«

»Ich könnte wenigstens alles löschen. Dann ist es wieder wie neu. Du kannst doch gar nichts damit anfangen. Außer deine Visage darin anzustarren.«

»Meine Sache. Her damit.«

Kolzow sieht ihn von oben an, Jegor überlegt, wie er am besten ans Handy und dann möglichst unbeschadet davonkommt. Die Chancen stehen schlecht. Da fällt ihm etwas ein, er geht zum Angriff über. »Willst du es Michelle geben, oder was?«

Kolzow läuft rot an – auf seiner durchsichtigen Haut sind sich Scham und Verlegenheit immer sofort zu sehen. »Na, und wenn schon! Oder wolltest du etwa ...«

Sie gehen zwei Schritte auseinander, sehen sich mit schwelendem Hass an. Dann bricht Kolzow in schallendes Gelächter aus. »Was willst du denn, du Zwerg!

Glaubst du, die lässt dich für ein Handy ran, oder was?«

»Fick dich! Glaubst du, dich lässt sie ran? Du Wicht! Geh lieber zu den Nutten nach Schanghai, die sind schon eher dein Niveau!«

So viel Dreistigkeit bringt Kolzow kurz aus der Fassung, Jegor ergreift die Gelegenheit und schlägt ihm von unten gegen den Arm. Das Telefon fliegt in hohem Bogen davon; Jegor kann es gerade noch über einer Pfütze abfangen; Kolzow tritt im die Beine weg, Jegor fällt in den Matsch, rollt sich weg, bevor Kolzows fallender Körper ihn unter sich begraben kann; er boxt in die Luft, kriegt einen Kinnhaken zurück, tritt Kolzow in seine sommersprossige Fresse, robbt zur Seite … Kolzow wischt sich die blutende Nase ab, seine Augen sind rot unterlaufen, seine Hand tastet nach einem Stein. Aber dann besinnt er sich noch rechtzeitig. »Wichser! Verpiss dich! Wärst du nicht Polkans Hosenscheißer …«

»Fick dich, du Arsch!«

Jegor rappelt sich auf, schwankt kurz und prescht dann davon.

Er hat das Handy, alles andere ist unwichtig.

Die ganze Nacht hat Jegor das Handy nicht angerührt, erst morgens versucht er ein paarmal die sechsstellige PIN einzutippen – zunächst alle Ziffern von eins bis sechs, dann sechs Nullen hintereinander. Dabei hält er das Gerät schräg, wie Kolzow es ihm gezeigt hat – damit das Ding Jegor nicht aus Versehen in die Augen schaut.

Es gibt nur einen Ausweg: Wenn Jegor das Handy knacken will, bevor er Polkan alles beichtet, muss er zurück auf die Brücke und zwischen all den Toten nach der gruseligen nackten Besitzerin des iPhones suchen; sie überreden, dass sie ihr Handy entsperrt.

Aber allein beim Gedanken daran, noch einmal dahin zu gehen, werden Jegors Beine weich wie Gummi. Dabei läuft ihm die Zeit davon: Kolzow hat betont, wie wichtig die Gesichtszüge sind. Mit jedem Tag wird sich das Aussehen der Toten verändern: Die Gesichter werden aufquellen, sich verformen, verzerren. Als Jegor das Handy gefunden hat, sahen sie noch aus wie Menschen. Aber jetzt ... würde das iPhone seine Besitzerin überhaupt noch erkennen?

Und findet Jegor sie überhaupt wieder? Wer weiß, was die Kosaken mit den Leichen angestellt haben? Was, wenn sie sie ins Wasser geworfen oder verbrannt haben?

Es gibt tausendundeinen Grund, nicht auf die Brücke zu gehen, die Toten in Frieden zu lassen, sie nicht an sich zu erinnern, und sich selbst nicht daran, dass das alles wirklich existiert – nur ein paar Hundert Meter von der Stelle entfernt, an der Jegor jetzt dasitzt und den Kopf in den Händen hält.

Er nimmt sich fest vor, morgen auf die Brücke zu gehen – und findet wieder eine Ausflucht. Er geht nirgendwohin.

In der folgenden Nacht schläft er schlecht: Durch das angelehnte Fenster dringen merkwürdige Geräusche, sickern in seine Träume, verwandeln sich in absurde Gestalten; eine blinde Schlange mit unzähligen Köpfen, die von der anderen Seite auf die Brücke kriecht, sich nach den friedlich schlafenden, nichts ahnenden Menschen auf dieser Seite ausstreckt. Menschen, die Jegor nicht vor der lauernden Gefahr gewarnt hat, obwohl er es gekonnt – gemusst! – hätte.

Am nächsten Morgen versucht Jegor erneut, sich auf die Brücke zu zwingen. Aber er schafft es wieder nicht.

Am übernächsten Morgen auch nicht.

Die Leute in der Essensschlange flüstern.

Das Flüstern ist nicht besonders leise – leise war es in den ersten zwei Tagen, nachdem das Fleisch ausgegangen war. Jetzt beschweren sich alle, die mit ihren Tabletts anstehen, schon im Voraus, weil sie wissen, dass es kein Fleisch geben wird, sondern nur Graupen – und davon auch nur die halbe Portion. Die Leute tuscheln nur scheinbar miteinander, in Wirklichkeit sind es an Polkan gerichtete Beschwerden.

»So war das nicht abgemacht.«

»Die könnten uns wenigstens mal sagen, was Sache ist. Wie lange das noch so weitergehen soll …«

»Ich hab auch so schon Eisenmangel. Ich brauche Proteine!«

»Wenigstens dem Kind könnten sie doch was geben! Die werden doch wohl für die Kinder was in Reserve haben?«

»Ja, wirklich! Sonderrationen für Kinder und Alte!«

»Wir atmen hier ständig diesen Mist ein … Und wofür?«

Tonja, die Küchenhilfe an der Ausgabe, drückt zwar jedem ihr Mitgefühl aus, aber Fleisch hat sie trotzdem keins. Wenn sie die Leute anschaut, sieht sie, wie sich ihre Züge langsam verändern: Die Gesichter werden länger, die Rundungen verschwinden, an ihre Stelle treten Kanten. Vor dem Krieg hat es so etwas nicht gegeben: Die Menschen hatten ihre Gärten, lebten von Gemüse und Getreide. Aber jetzt wächst wegen des sauren Regens nichts Essbares mehr, nur noch das krüppelige Zeug kommt aus der Erde, das sich niemand freiwillig in den Mund stecken will. Ohne Moskau sind sie aufgeschmissen.

Tonja tut eine halbe Kelle auf jeden Teller, den man ihr hinhält. »Bald gibt es mehr. Sehr bald. Habt noch ein bisschen Geduld. Nächste Woche wird's besser«, sagt sie zu jedem Einzelnen.

Dann ist Polkan an der Reihe, streckt ihr seinen Teller entgegen – genauso wie alle anderen. Er sieht Tonja streng an: Fordert Gerechtigkeit. Gestern hat sie versucht, ihm mehr aufzutun, aber er hat sie nicht gelassen. Er ist nicht besser als alle anderen, mit denen er in der Schlange steht.

Tamara ist ebenfalls hier. Sie steht weiter hinten. Dass die beiden seit einer Woche nicht mehr miteinander reden – seit die Kosaken weg sind –, weiß der ganze Posten. Andere Neuigkeiten gibt es nicht, also zerreißt man sich darüber das Maul. Na, und wenn schon – bevor die Kosaken aufgetaucht sind, wurde so manches Gerücht monatelang durchgekaut. Dorf bleibt eben Dorf.

Polkan marschiert mit seiner Portion zum Tisch, ohne die Leute um ihn herum anzusehen; unter ihren Blicken wird er ganz klein. Dann setzt er sich hin und schaufelt eilig das Essen in sich hinein. In der Kantine fühlt er sich unwohl. Hinter seinem Rücken, direkt an seinem Hinterkopf wird getuschelt, als wäre er gar nicht da:

»Was ist denn nun mit Moskau?«

»Wenigstens für die Kinder könnten sie doch was auftreiben! Die können doch nicht den ganzen Notvorrat aufgefressen haben?«

»Hat selber bestimmt 'ne Extraportion zu Hause, und wir sollen hier am Hungertuch nagen!«

Polkan erträgt alles geduldig, aber dann platzt ihm der Kragen. Er springt auf, dass sein Stuhl umkippt. »Also, die Sache ist folgende!«, schreit er in die Runde. »Moskau hat uns die Lieferung noch für diese Woche zugesagt, spätestens für die nächste. Noch mehr Druck machen kann ich nicht. Alles, was wir tun können, ist, einen Verpflegungstrupp nach Schanghai losschicken. Und genau das werden wir tun, wenn Moskau noch länger braucht. Einen Notvorrat hatten wir, aber der ist aufgebraucht – wir haben seit einem Monat keinen Nachschub mehr bekommen. Ich fresse, wie man unschwer erkennen kann, genau das Gleiche wie ihr. Wer was daran auszusetzen hat, soll sich direkt an mich wenden. Alles klar?«

Das Murren ebbt ab, aber ganz will es nicht verstummen. Tonja weiß: Sobald Polkan aus der Kantine ist, geht das Genörgel wieder los, und dann wird ein anderer Ton angeschlagen. Dosenfleisch und Graupen schweißen die unterschiedlichsten Leute zusammen. Aber sobald das Essen ausgeht, ist sich jeder selbst der Nächste.

Die hungrigen Menschen strömen allmählich zum Ausgang, da winkt Tonja unauffällig eine ausgemergelte Mutter von Zwillingen zu sich. Sie ist ausgedörrt wie ein Stockfisch.

»Psst! Ljalja!«

Ljalja wird auf sie aufmerksam, wendet den Kopf in ihre Richtung und geht langsam zur Durchreiche.

»Wart mal, ich hab noch was für deine Jungs«, sagt Tonja. »Da hat noch was am Boden geklebt.«

Ljalja ringt sich ein fischartiges Lächeln ab. Sie bewegt beinahe geräuschlos die Lippen. »Danke. Ich weiß schon gar nicht mehr wohin mit mir. Bald müssen wir wohl weg von hier.«

»Wohin willst du denn?«

»Nach Moskau. Wohin sonst. Über die Brücke etwa?«

»Und du denkst, in Moskau warten sie auf dich? Die Verpflegung wurde bestimmt nicht zum Spaß gekürzt.«

»Was soll ich denn sonst tun? Warten, bis sie sich erbarmen? Und die Kinder?«

»Es wird sich schon alles wieder einrenken. Du wirst schon sehen. Wir haben schon Schlimmeres überstanden.«

Polkan wartet, bis alle nach Hause gekommen sind, dann geht er ins Wohnzimmer und zieht die Vorhänge gründlich zu. Er schiebt den Tisch in die Raummitte. Wühlt im Schrank herum und holt eine Konservendose hervor. »Aufwärmen geht nicht, dann riecht die ganze Bude danach«, sagt er leise. »Und wenn wir die Vorhänge in der Küche zuziehen, werden die Leute misstrauisch. Also essen wir es einfach hier, ohne viel Aufwand.«

Tamara erwidert nichts: Nach über einer Woche hat sie Polkan seine Feigheit immer noch nicht verziehen. Sie sieht die Konserve ausdruckslos an. Polkan zuckt mit den Schultern und schlurft in die Küche, um den Selbstgebrannten zu holen. Er schenkt sich ein, sieht Tamara direkt an und macht auch Jegors Glas voll. Tamaras Augen verengen sich zu Schlitzen, aber sie schweigt.

Polkan nimmt einen Dosenöffner, schlitzt das Blech auf und kippt das dunkelrote Fleisch samt Sud in eine Schüssel. Er zieht Jegors Teller heran und tut ihm auf, dann auch Tamara. Jegor will ablehnen, aber er ist wie hypnotisiert von dem Fleisch, kann seinen Blick nicht losreißen. Sein Magen knurrt. Polkan grinst.

Tamara schluckt und schaut zur Decke. Polkan schiebt den Teller näher an sie heran. »Na macht schon, stellt euch nicht so an. Greift zu, solange überhaupt noch was da ist.«

Jegor sieht das Dosenfleisch hasserfüllt an: Es riecht auch kalt so gut, dass man sich fast am eigenen Speichel verschluckt. Jegor war bei Polkans Auftritt in der Kantine dabei, er hat jedes Wort mit angehört. Hat die Leute um sich herum gesehen. In seiner Anwesenheit wurde zwar leiser getuschelt, aber immer noch laut genug.

»Wo kommt das her?«, presst er hervor.

Polkan hat sich gerade einen Fleischbrocken in den Mundgeschoben. »Was soll das heißen, woher?«, fragt er kauend. »Das hab ich schon keinem weggenommen, keine Angst. Das ist mein Privatvorrat.«

Tamara starrt seinen Mund an, sitzt kerzengerade da, ohne ihren Teller anzurühren. Wenn sie wenigstens mitessen würde, dann würde es Jegor auch leichter fallen.

»Ihr seid mir vielleicht zwei Pappnasen! Ich sag doch, das gehört uns. Ein, zwei Dosen waren eben noch übrig. Hätte ich die verschenken sollen, oder was? An wen? Gebe ich's den einen, wollen die anderen auch was. Für alle reicht es sowieso nicht. Bin ich Mutter Teresa? Hm? Gut, deine Mutter streikt, aber du? Du wächst ja noch. Also hau rein!«

Jegor rechnet damit, dass seine Mutter es ihm mit den Augen verbietet, aber sie beachtet ihn gar nicht. Weder ihn noch ihren Mann. Sie studiert stattdessen eingehend die Stückchen auf ihrem Teller.

Plötzlich erfasst Jegor eine unbändige Wut auf sie. Weil sie so übermoralisch ist, so stur, so kompromisslos. Weil sie sich den Kosaken in den Weg gestellt hat. Weil sie Polkan noch immer nicht verziehen hat und es vielleicht nie tun wird.

Polkan schiebt das Schnapsglas mit dem bitteren Gebräu näher zu Jegor hin. »Runter damit!«

Vor lauter Wut auf seine Mutter nimmt Jegor das Glas, sie stoßen an und kippen das Zeug gleichzeitig runter.

Polkan grinst hämisch. »Na, geht doch! Und jetzt lass uns essen!«

Er hackt auf seinem Teller einen großen wabbligen Brocken mit der Gabel entzwei, der braune Sud tropft aufs weiße Tischtuch, während er sich die eine Hälfte in den Mund befördert.

Jegor will das Brennen in seinem Hals löschen, spießt ebenfalls einen Fleischbrocken auf die Gabel und schiebt es sich schneller, als er an die hungrigen Menschen in der Kantine denken kann, in den Mund. Das Fleisch ist kalt und klebrig, aber es schmeckt himmlisch. Jegor kaut langsam und sorgfältig, lässt sich mit dem Zeit mit dem Hinunterschlucken.

Tamara reagiert nicht – weder darauf, dass er vor ihr trinkt, noch dass er das Dosenfleisch isst. Sie starrt wie gebannt auf ihren Teller. Plötzlich zuckt sie. Noch einmal. Und wieder. Jegor bemerkt es viel zu spät, erst als sie schon die Augen verdreht, die Beine in den Boden stemmt und mit ihrem Stuhl auf den Teppich kippt.

»Ma! Mama!«

Tamaras ganzer Körper verkrampft sich: Die Beine zucken in verschiedene Richtungen, die Schultern bewegen sich wie auf Scharnieren hin und her, aus ihrer Kehle dringen abgehackte Laute; sie winselt, zischt, gluckst. Weißer Schaum tritt auf ihre Lippen.

Jegor rennt in den Flur, rutscht fast auf dem Dielenboden aus, fliegt in die Küche, reißt die Besteckschublade auf, greift nach dem zerbissenen Alulöffel und rennt zurück zu seiner Mutter.

Polkan kniet schon neben ihr auf dem Boden. »Mach hin, was brauchst du denn so lange?«

Polkan öffnet Tamaras Mund: Drückt von außen gegen die Kieferknochen, wie bei einem Hund, der sich in jemandes Arm verbissen hat. Jegor schiebt ihr den Löffel zwischen die Zähne, damit sie sich nicht die Zunge abbeißt. Dann drängt er Polkan zur Seite, legt ihr ein Kissen unter den Kopf, streicht ihr über die Stirn, schiebt alles in der Nähe weg, damit sie nirgendwo gegenstößt, und redet auf sie ein, wie auf einen weinenden Säugling, so wie sie wahrscheinlich irgendwann einmal auch auf ihn eingeredet hat. »Schhht … Schhht … ruhig, ganz ruhig …«

Die Krämpfe scheinen nachzulassen, aber Jegor lässt sie trotzdem nicht aus den Augen – zu Recht, denn sie beginnt sich zu erbrechen. Wieder muss er ihren Kopf halten, diesmal, damit sie nicht an ihrem Erbrochenen erstickt.

Später tragen Polkan und er sie ins Bett, decken sie zu; Jegor holt Wasser und Lappen, um den Boden zu wischen.

Er schrubbt das schon dunkel gewordene Holz und ertappt sich bei dem Gedanken, dass er nicht sicher ist, ob das gerade echt war oder sie das Ganze nur für Polkan inszeniert hat.

Michelle drückt sich mit dem Rücken gegen die Mauer, versteckt sich im Schatten.

Tatjana Nikolajewna, die Lehrerin, hütet im Hof ihre bunt zusammengewürfelte Klasse – von Vorschülern bis zu Zehnjährigen ist alles dabei. Es ist große Pause. Die Mädchen haben ein Hüpfspiel in den Matsch gezeichnet und hopsen über die Kästchen mit den sorgfältig eingeritzten Zahlen. Alina Manukjan ist besonders eifrig dabei und deswegen auch von Kopf bis Fuß voller Matsch. Das gibt Ärger. Sonja Beloussowa dagegen passt penibel auf ihre Stümpfe auf, sie spielt Prinzessin.

»Manukjan, Schluss damit, aber sofort!«, brüllt Tatjana Nikolajewna.

Sonja entdeckt Michelle. Winkt mit ihrem Porzellanhändchen. Michelle schaut weg. Versucht, sich zu erinnern: War sie etwa auch mal so? Damals in Moskau, war sie da auch so ein Püppchen? Wie Alina war sie jedenfalls nicht, so viel steht fest. Wie Sonja schon eher. Von wem Sonja diese Allüren hat, ist ihr allerdings ein Rätsel: Die Eltern sind einfach Arbeiter, der Vater säuft noch obendrein.

Tatjana Nikolajewna fängt Michelles Blick ab, nickt ihr zu. Zitiert sie mit einem Winken zu sich. Sie geht automatisch davon aus, dass ihr jeder zu gehorchen hat. Typisch Lehrerin. Michelle spielt zum Spaß mit.

»Michelle, Schätzchen, du arbeitest doch gern mit Kindern. Warum hilfst du mir nicht ein bisschen?«

»Nein, danke.«

»Das ist aber jammerschade. Du siehst doch, wie die Mädchen zu dir aufblicken. Du bist so gut erzogen, so schön ordentlich. Du könntest so ein gutes Vorbild für sie sein, wie eine ältere Freundin.«

»Nein, danke.«

Tatjana Nikolajewna streicht ihr krauses Haar glatt. »Das ist ein sehr wichtiger Beruf. Gerade jetzt entwickeln sie ihre Persönlichkeit. Du könntest …«

»Nein, Tatjana Nikolajewna, wirklich nicht. Nein, nein und nochmal nein.«

»Warum denn nicht?«

»Hab Angst, dass die mich auffressen.«

Michelle wirft Tatjana Nikolajewna einen Luftkuss zu und verzieht sich auf die andere Seite des Hofs. Sie ist ja nicht wegen der Rotzblagen hier.

Sie versammeln sich unter dem Gefängnisfenster.

Anfangs wollten sie ihn direkt in der Zelle besuchen, aber das hat Polkan schleunigst unterbunden. Er hat es verboten, Ende der Diskussion. Wer will sich schon mit ihm anlegen?

Jetzt drängen sie sich vor der Tür, werfen Steinchen gegen Vater Daniils vergittertes Fenster. Immer und immer wieder – es dauert eine Weile, bis er es merkt. Auf Geräusche reagiert er nicht, er spürt nur die Vibration.

Dann öffnet er das Fenster. Schaut vom ersten Stock aus auf die Menschen herab, die sich von ihm Trost erhoffen.

Michelle weiß schon, wer sich da unten alles tummelt.

Njurotschka, das ist klar. Aber auch Saschka Konowalow, die hinkende Serafima, Ljonka Alkonaut und noch ein paar Großmütterchen. Die kommen regelmäßig, lechzen förmlich nach Gottes Wort. Auch Polkans Tamara ist manchmal da, steht abseits, als wäre sie nur zufällig hier, aber hört aufmerksam zu. Was will diese Hexe hier überhaupt? Alle wissen doch, dass ihr Glaube nur Fassade ist, dass sie sich nur so eifrig bekreuzigt, damit man ihr die Hexerei durchgehen lässt.

Und Opa Nikita.

Der lässt diese Versammlungen notgedrungen über sich ergehen; alles nur für Oma Marussja. Mit den Hausbesuchen ist es nach dem einen Mal endgültig vorbei, da lässt Polkan nicht mit sich reden.

Seit Vater Daniil ihr die Trauung und sogar die Beichte verweigert hat, ist Oma mit den Nerven so am Ende, dass Opa mittlerweile zu allem bereit ist, um sie wieder zur Besinnung zu bringen. Also scheucht sie ihn Tag für Tag zum Fenster des eingesperrten Popen.

Opa Nikita geht hin, hört sich alles an, geht zurück zu Oma und erzählt es ihr. Und was er vergisst, das überbringt ihr Njurotschka, das fromme Lämmchen. Sie war es auch, die als Erste vor Vater Daniils Fenster Fragen stellte, damit der sie an den Allmächtigen weitergab, aber Daniil hörte und verstand sie kaum und predigte über etwas völlig anderes. Aber das war besser als nichts.

Später hat Njurotschka Serafima davon erzählt, Serafima Ljonka, und nach und nach kamen die anderen von alleine dazu. Ohne den Glauben war jeder von ihnen wie ein dreibeiniger Stuhl – wackelig und ohne Halt. Alle haben sie noch ungelöste Fragen an das Leben, und außer Vater Daniil scheint es auf dem Posten niemanden zu geben, dem man sie stellen könnte.

Polkan sieht das alles nicht gern, aber nach der hässlichen Szene mit den Kosaken, als er die Hexe vor versammelter Mannschaft abgekanzelt hat, versucht er mit allen Mitteln, sie gnädig zu stimmen – aber dieses Biest will ihm einfach nicht verzeihen. Als er gesehen hat, dass sie heimlich Vater Daniils Predigten lauscht, hat er es sich mit dem Verbot ganz schnell anders überlegt. Vater Daniil erzählt zwar ziemlich merkwürdiges Zeug, aber Polkan ist der Haussegen wichtiger.

Als unten bereits alle versammelt sind und warten, tritt Vater Daniil ans Fenster. Umfasst mit beiden Händen die Gitterstäbe, schaut auf die Menge herab. »Ich weiß nicht, was ihr von mir wollt. Was kann ich euch schon sagen? Dass früher alles einfacher war – so viel weiß ich von meinen Ordensbrüdern. Nimm das Geld, bete, schlage ein Kreuz und fertig. Ob du glaubst oder nicht ... das ist deine eigene Sache, nicht meine. Da mussten die Leute auch noch nicht gerettet werden. Es war gut, Gottes Diener zu sein. Aber jetzt ... Ihr wisst, ihr spürt ja selbst: Wir alle sind dem Untergang geweiht. Ich spüre es wie ihr. Bald wird alles hinweggefegt werden. Dem Erdboden gleichgemacht. Nichts wird zurückbleiben. Und das ist auch recht so. Das ist die gerechte Strafe für das, was noch vor uns geschah.«

»Was erwartet uns denn, Vater? Was?«

»Ich verstehe euch nicht, tut mir leid ... uns bleibt nur ein Trost: Jene, die wir im Krieg verloren haben, wurden gerettet. Der Herr hat sie zu sich geholt. Er war des Kampfes gegen Satan müde. Er hat die Seinen zu sich geholt und die anderen zurückgelassen. Also grämt euch nicht um die, die ihr verloren habt. Euren Sohn, eure Tochter, den Vater, die Mutter – sie haben es nun besser, dort, im Himmel. Besser, als ihr es jetzt habt, und ganz gewiss besser, als ihr es bald haben werdet.«

»Weißt du das auch ganz genau, Vater Daniil?«, fragt Ljonka Alkonaut mit seinem ewig aufgedunsenen Gesicht, dem blauroten großporigen Zinken und dem schütteren Haar mit versoffener Stimme. »Weil ... also, ich hatte eine Frau ... und ein Kind, eine Tochter war's, ja. Und da komme ich zurück, und es sind nur noch zwei Gräber da. Ein großes und ein kleines ... und jetzt ... also, ich wollte ... wie kann ich sie noch einmal sehen? Ich vermisse meine Tochter so sehr. Einmal hab' ich geträumt von ihr, aber jetzt ist auch der Traum weg ... wenn ich sie wenigstens da nochmal sehen könnte. Ich hab schon alles Mögliche versucht, aber der Traum kommt einfach nicht wieder ...«

»Unterbrich ihn nicht, Ljonka!«

Aber Vater Daniil kann man gar nicht unterbrechen, er hört Ljonka sowieso nicht. Spricht weiter, als wäre nichts gewesen – leise, gleichmäßig und näselnd. Er hört sich ja nicht einmal selbst, wie soll ihm da jemand ins Wort fallen? »Das denke ich jedenfalls ... nein, das denke ich nicht, ich weiß es: All jene, die uns der Krieg genommen hat, die, die im Bombenhagel umgekommen sind – entweder waren sie Gerechte, oder sie haben sich um Gottes Gnade verdient gemacht, wenn nicht durch ihre Taten, so durch ihre Gedanken. Trauert nicht mehr um sie, lasset sie ziehen. Wenn wir noch hier sind, dann sind wir des Himmelreichs offenbar nicht würdig. Wir sind hier ohne Gottes Obhut, auf uns allein gestellt. Die Welt, die die Gottlosen früher wollten, ohne einen höheren Sinn, ohne Berufung, ohne Heilsversprechen – hier ist sie, wir sind mittendrin. Sie haben ihr Ziel erreicht. Das nie dagewesene Böse hat uns ereilt. Anders lässt es sich nicht erklären, was ich in meinem kurzen Erdendasein mitansehen musste.«

»Was erwartet uns denn jetzt? Wenn wir ... wenn unsere Zeit gekommen ist?«

»Früher war alles besser. Früher war klar, wofür man sich bekreuzigt, wofür man betet, wofür man fastet und die Gebote befolgt. Hältst du dich an die Regeln, wirst du am Ende belohnt und bekommst das ewige Leben. So einfach war das. Du siehst deine Liebsten wieder, all jene, die du verloren und vermisst hast, du bekommst alles, was dein Herz begehrt. Damals war es gut, dem Herrn zu dienen. Und einfacher, dem Teufel zu widerstehen. Weil man wusste, was man zu gewinnen und was man zu verlieren hatte. Aber jetzt?«

»Und dort, auf der anderen Seite, Vater Daniil, was habt Ihr dort gesehen?«

»Was bleibt uns jetzo, da Gott uns vergessen hat? Was sollen wir tun? Ihm grollen und Satan huldigen? Oder dem Herrn treu bleiben, obwohl es keine Hoffnung für uns gibt?« Er fragt nicht in die Menge, sondern vielmehr sich selbst. Und beeilt sich nicht mit der Antwort. »Welchen Sinn hat es, den Versuchungen des Teufels zu widerstehen, wenn doch die ganze Welt bereits seiner Macht unterworfen ist? Der Fürst jener Welt ist hier, er ist nun der alleinige Herrscher. Und er wird herrschen bis in alle Ewigkeit. Und er wird die Diener Gottes verfolgen bis zum Ende. Wozu also die Gebote befolgen? Wozu die Gelübde wahren? Zu wem beten, wenn niemand deine Gebete erhört?«

»Aber Ihr betet doch, Vater! Alle hier wissen, dass Ihr auf Eurem Weg, auf der Brücke gebetet habt! Doch zu wem habt Ihr gebetet?«

»Ich für meinen Teil bete, aber eine Antwort bekomme ich nicht. Ich weiß nur: Wo andere gefallen sind, habe ich überlebt. Wo andere zerfleischt wurden, bin ich unbeschadet davongekommen. Wo die Sünder dahingerafft wurden, ging ich weiter meines Weges. Jetzt bin ich hier, bei euch. Ist das Zufall oder Vorsehung? Und wessen Vorsehung, wenn die Welt von Gott verlassen ist? Ich weiß es nicht. Ihr wollt, dass ich euch den Weg weise, dabei weiß ich ja selbst nichts.« Er blickt in die Ferne, wie über die Brücke hinweg. »Die Gerechten müssen die Finsternis nicht fürchten. So habe ich auch die Soldaten gesegnet für ihre Mission: Die Gerechten werden beschützt ... von wem aber, wenn da niemand ist? Nur eine Flamme im Innern, die die Finsternis vertreibt. So wird es sein. Vermutlich. Wenn ich sage: Herr, erbarme dich – zu wem spreche ich dann?«

Michelle ist hier, obwohl sie gar nicht wollte; sie hat nur nach ihrem Großvater gesucht. Aber als sie Vater Daniil sagen hört, dass alle, die im Krieg gestorben sind, jetzt im Himmel wären, ist sie schwach geworden. Und da steht sie nun, hört zu und denkt an ihre Eltern.

»Ich habe meine Wahl getroffen: Ich werde durchhalten. Solange meine Kräfte reichen, solange werde ich mich den Versuchungen Satans widersetzen, mich ihm entgegenstellen. Warum? Weil ich nicht daran glauben kann, dass wir hier einfach vergessen wurden. Wie kann man seine Kinder im Auto vergessen, bei Hitze, bei Frost, ohne Luft? Vielleicht ... vielleicht steht jenen, die noch hier sind, eine Prüfung bevor? Vielleicht sind hier, auf der Erde, nur noch jene mit ungelösten, unbewältigten, unvollbrachten Aufgaben ... Ich hoffe nicht auf Errettung, und euch kann ich sie auch nicht versprechen. Vielleicht ist das die Lösung ... Vielleicht soll man nicht für Gott, sondern für sich selbst be... Sicher, der Krieg ist vorbei, wir haben verloren. Da wäre es einfacher aufzugeben, oder? Das denkt ihr doch? Aber das werde ich nicht tun. Er sieht es nicht, aber ich werde mein Gelöbnis nicht brechen. Er hört es nicht, aber ich bete trotzdem zu Ihm.«

Vater Daniil richtet sich auf, blickt zur niedrigen Decke seiner Zelle empor – und fährt monoton fort. »Ich entsage dem Teufel und all seinem Werk und Wesen, und übergebe mich dir, Jesus Christus, im Namen des Vaters, des Sohnes und des Heiligen Geistes. Amen.«

Die Anwesenden wollen es ihm nachtun, bemühen sich mitzusprechen, aber es gelingt nur Serafima und Njurotschka, die anderen können den Text nicht auswendig und kommen nicht hinterher. Aber Vater Daniil wartet nicht. »Heiliger Märtyrer Cyprian, bete für uns Sünder, Tag und Nacht und in der Stunde, wenn sich die feindlichen Mächte der Herrlichkeit des einen lebendigen Gottes entgegenstellen, rufe du, heiliger Cyprian, den Allmächtigen für uns an: ›O Allmächtiger, der du stark bist und heilig, der du herrschest auf ewig, erhöre das Gebet deines verirrten Sklaven Daniil, und möge die gesamte himmlische Heerschar ihm vergeben. Die Tausende von Engeln und Erzengeln, die Seraphim und Cherubim und die Schutzengel …‹«

»… deine verirrte Sklavin Tamara.«

Jegors Mutter ist hier. Bekreuzigt sich noch eifriger als alle anderen, lässt das vergitterte Fenster nicht aus den Augen, will bloß nichts verpassen, wiederholt alles Wort für Wort – von ihr hört Michelle diesen Satz ganz deutlich.

Die anderen haben es aufgegeben, lauschen nur noch ehrfürchtig, versuchen, sich alles einzuprägen; schaffen es gerade noch, ihre Namen an der richtigen

Stelle einzusetzen. Vater Daniil spricht immer schneller, unermüdlich, ohne aus dem Takt zu kommen. »Beschütze uns, o Herr, vor allem Bösen, vor der Macht des Teufels, vor der Zauberei und vor bösen Menschen. Wie Wachs im Feuer schmilzt, so sollen alle bösen Machenschaften dieser Menschen schmelzen. Im Namen der heiligen, lebenspendenden Dreifaltigkeit, im Namen des Vaters und des Sohnes und des Heiligen Geistes, beschütze uns ...«

Hier bricht er ab, wiegt seinen Kopf, schluckt. Und fährt fort. Die Leute lauschen mit angehaltenem Atem ...

Jegor schiebt die Luke auf und klettert aufs Dach. Der Tag ist mild, trocken und klar – im Westen sieht man die Überreste von Jaroslawl, und im Osten, wie immer, den Nebel, der über dem Fluss hängt, und die darin versinkende Brücke. Jegor hat seine Gitarre dabei. Er hat sich die Kapuze seines Pullovers tief ins Gesicht gezogen, fast bis über die Augen. Eigentlich ist er zum Üben hier – vielleicht fallen ihm ja ein paar Songzeilen ein. Aber stattdessen starrt er nur auf die Brücke.

Es ist schon über eine Woche vergangen, und er zögert immer noch. Wie lange will er noch warten? Bis es gar keinen Zweck mehr hat, auf die Brücke zu gehen, und er sich endlich entspannen kann? Vielleicht. Aber die Brücke ruft nach ihm. Die Toten rufen. Die Frau mit der Handtasche will ihr Telefon zurück.

Auch die Lebenden bedrängen ihn, all die Menschen, die er noch immer nicht gewarnt hat – vor dem Grauen, das sie jede Nacht ereilen könnte. Das Grauen, vor dem diese Elenden wie von Sinnen auf die Brücke geflohen sind und dabei alle Menschlichkeit abgelegt haben.

Also kommt Jegor immer wieder aufs Dach und sieht zur Brücke herüber – sieht einfach nur hin.

Endlich nimmt er die Gitarre und schlägt die Saiten an.

Wir ziehen in den Nebel
Wir ziehen ins Nichts
Lichtjahre entfernt
In ein Land ohne Rückkehr
Die Füße ganz wund
Gespenstische Züge
Rollen pfeifend entgegen:
Nicht aufgeben, Jungs!

»Von wem ist das Lied?«

Jegor zuckt zusammen, dreht sich um ... Michelle! Was macht sie hier? Wie ist sie so plötzlich hierhergekommen? Jegor wird es ganz heiß.

»Naja ... von mir quasi. Hab's grad ... also, vor ein paar Tagen geschrieben ... und jetzt versuch ich irgendwie ... eine Melodie ...«

Er stottert nervös herum, aber Michelle macht sich nicht über ihn lustig. Sie schaut die Gitarre an. »Wie geht's weiter?«

»Wo?«

»Na, in dem Lied.«

»Du ... Du willst, dass ich weitersinge?«

»Wenn's dir nichts ausmacht.«

»Kann ich noch mal von vorn ... Ich komm sonst durcheinander ...«
»Klar.«

Wir ziehen in den Nebel
Wir ziehen ins Nichts
Lichtjahre entfernt
In ein Land ohne Rückkehr
Die Füße ganz wund
Gespenstische Züge
Rollen pfeifend entgegen:
Nicht aufgeben, Jungs!
Wir ließen alles zurück
All die, die uns liebten
Nahmen nur ihre Worte
Ihr Versprechen zu warten
Denkt an unser Lachen
Schickt uns Kraft
Fernab von der Heimat
In einem Land ohne Namen
Unsere Herzen sind leicht
Und kommen wir nicht wieder
Habt keine Angst: Ohne Grab
Keine toten Soldaten
Wir ziehen in den Nebel
Wir ziehen ins Nichts
Lichtjahre entfernt
In ein Land ohne Rückkehr.

»Mehr habe ich nicht. Vielleicht mache ich noch weiter ... Was mit Soldaten ... großen Taten ... keine Ahnung ...«

»Nein, es ist gut so, wie es ist.«

Jegor nickt Michelle zu. Schweigt, weiß nicht, was er noch sagen soll, hat Angst, es zu vermasseln. Hat Angst vor ihr. Was sollte er schon sagen?

»Du kannst gut singen«, sagt sie.

»Echt?«

»Kannst du es nochmal spielen?«

Jegor spielt noch einmal. Das kann doch nur ein Traum sein. Es kann doch nicht sein, dass das, was er sich tausendmal vorgestellt hat, gerade wirklich passiert! Michelle hört ihm zu, den Blick in die Ferne, über den Fluss gerichtet. Als der Schlussakkord verklingt, seufzt sie. »Seltsam, dass du das geschrieben hast. Das ist so erwachsen.«

Jegor zieht die Schultern hoch. »Irgendwie so ...«

»Na gut. Danke. Ich geh mal.«

Er will sie aufhalten, aber sie ist schon durch die Luke getaucht; das Quietschen von Gummisohlen auf Beton, immer leiser, immer tiefer im Treppenschacht. Jegor muss auf der Stelle zu Kolzow, ihn irgendwie dazu bringen, ihn notfalls bestechen, dass er alles löscht, was auf dem Handy ist. Und dann muss er es Michelle geben. Sie soll es haben. Sie braucht es dringender.

Aber dann nimmt die Brücke seine Aufmerksamkeit wieder in Beschlag. Sie verlangt nach ihm.

Am zehnten Tag, als die Graupenportion noch mal geschrumpft ist, steht Polkan auf und klopft mit dem Löffel gegen seine Schüssel. Die Leute in der Kantine horchen auf, die Gespräche verstummen allmählich.

»Wer glaubt, ich würde nichts mitbekommen, der irrt sich. Ich bin bestens im Bilde. Ich weiß, wie euch zumute ist. Mir geht's auch nicht besser. Was soll man machen – Moskau scheißt auf uns. Schickt uns nicht mal das Nötigste. Aber gut, wir werden schon nicht verhungern. Dann müssen wir eben nach Shanghai, die Schlitzaugen ein bisschen durchrütteln. Damit die nicht vergessen, auf wessen Land die hier leben. Also, Freiwillige vor!«

Jegor hebt als Erster die Hand – schneller, als seine Mutter danach greifen kann – und steht auf. »Ich.«

»Sehr gut, Jegor ... Wer noch?«

Weitere Hände gehen nach oben: Jamschikow, Serjoga, Ljonka, der Schreiner Rinat, Kolzow. Nach kurzem Zögern steht auch Nikita auf, Michelles Großvater. Alle, die es leid sind, auf dem Posten herumzuhocken, melden sich freiwillig.

Jegor spürt die bohrenden Blicke seiner Mutter, aber er weiß, dass sie ihm vor versammelter Mannschaft nichts verbieten wird, egal, was sie da in ihren Anfällen alles gesehen hat.

Er kann nicht anders.

Wenn er schon Dosenfleisch isst, das ihm nicht zusteht, dann muss er auch mitgehen. Wenigstens das muss er tun.

Dafür ist Polkan ausgesprochen zufrieden mit Jegors Entscheidung. Er klopft ihm mit seiner schweren Pranke auf die Schulter. »Guter Junge. Wurde auch langsam Zeit. Brauchst ihn gar nicht so anzuglotzen, Tamara!«

Sie reagiert natürlich nicht, sieht nicht einmal in seine Richtung.

Zu blöd nur, dass sich Kolzow und Zigal auch gemeldet haben. Aber egal.

Die Abfahrt ist für den nächsten Morgen angesetzt.

Abends wird die Ausrüstung zusammengesucht und gepackt. Waffen werden geputzt, Patronen gezählt und Regenjacken in Rucksäcke gestopft. Eigentlich braucht man nur einen halben Tag nach Schanghai, aber weil es in letzter Zeit wie aus Eimern gegossen hat, sind die Straßen matschig. Dass sich die Chinesen aber auch unbedingt diese alte Sowchose aussuchen mussten, anstatt sich irgendwo an den Gleisen anzusiedeln.

Normalerweise schicken sie von sich aus eine Karawane zum Posten: Einmal im Monat kommen Pferdchen mit vor Hunger aufgeblähten Flanken und ziehen Karren auf alten koreanischen Gummireifen hinter sich her. Normalerweise hat die Garnison auch etwas, das sie gegen das gammelige Gemüse tauschen kann. Ohne die Lieferungen aus Moskau sieht es damit schlecht aus. Bleibt also nur die Beschlagnahmung. Es herrscht Ausnahmezustand.

Aber auch das ist in der Geschichte ihrer Nachbarschaft nichts Neues. Halb so wild, die Chinesen hatten auch früher schon Verständnis, wenn sich der Wind mal gedreht hat: Sie haben längst kapiert, dass die Menschen mit Harken den Menschen mit Gewehren zu gehorchen haben. Der Wachtposten hat hier ohnehin nach Recht und Gesetz das Kommando, also sind die Abgaben keine Nötigung, sondern Steuern. Wer sollte den Chinesen denn anderes helfen als der Posten, wenn irgendwelche Kriminellen bei ihnen einfallen? Auch das ist schon vorgekommen, und Polkan hat ihnen die Unterstützung des Postens nie verweigert.

Sieben Mann sind für die Expedition also mehr als genug.

Abends kommt Jegors Mutter in sein Zimmer – war ja nicht anders zu erwarten. Sie setzt sich auf seinen Stuhl. »Du glaubst mir also auch nicht, oder? Du denkst, ich wäre bloß eine Epileptikerin mit Hirngespinsten?«

»Ach was, Ma! So was hab' ich nie gesagt.«

Sie verschränkt die Arme vor der Brust. »Willst du nur dahin, um mir Kummer zu machen?«

»Überhaupt nicht!«

»Hör doch auf, Jegor. Du machst das doch nur, um mich zu ärgern. Du willst beweisen, wie erwachsen du bist.«

»Das stimmt doch gar nicht!«

»Aber ein bisschen ist schon was dran, oder? Verstehst du denn nicht, dass ich mir große Sorgen um dich mache? Um dich und um uns alle hier.«

»Na klar verstehe ich das.«

»Du bist schon wie er. Glaubst auch, dass ich euch kontrollieren will. Dass ich mir meine Träume ausdenke. Wie ein Betrüger mit dummen Kartentricks.«

»Quatsch! Hab' ich so was je gesagt?«

»Hast du.«

»Na und wenn schon, vielleicht im Streit!«

Sie starren aneinander an – Jegor mit seinen grauen mandelförmigen Augen und spitzen Wangenknochen und Tamara mit ihren pechschwarzen Augen und Haaren. »Du bist deinem Vater so ähnlich.«

»Das ist nicht gerade ein Kompliment, oder?«

»Du willst doch nur vor mir davonlaufen, Jegor. Kannst es kaum erwarten, hier abzuhauen, damit du mit deiner Gitarre in irgendwelchen Löchern dumme Gören abschleppen kannst!«

»Ma!«

»Ist ja gut, tut mir leid.« Sie verstummt. »Ein Kind wirklich loszulassen bedeutet, sein Recht anzuerkennen, alles zu tun, heißt es. Und sei es zu sterben«, flüstert sie, als Jegor schon irgendeinen dummen Spruch loslassen will, um die Stimmung aufzulockern.

»Ma! Jetzt fang doch nicht wieder so an ...«

Sie steht auf, küsst ihn auf die Stirn und geht aus dem Zimmer. Er bleibt mit ihren Worten allein zurück. Schon wieder ist ihm, als hätte er einen Haufen Schotter verschluckt.

Tamara wartet geduldig, bis sich alle Gottesfürchtigen – Vater Daniils Kommunengemeinde – vom Gefängnisfenster verzogen haben. Sie muss lange warten, Ljonka Alkonaut hört einfach nicht auf, Gott mit seinen Fragen zu löchern und ihm Vorwürfe zu machen. Er will einfach nicht einsehen, dass Vater Daniil ihn nicht verstehen kann.

Tamara vertreibt Ljonka nicht, sondern lässt ihn ausreden; sie möchte lieber keine Aufmerksamkeit erregen. Aber sie beobachtet die Gestalt hinter den Gitterstäben ganz genau, als hätte sie Angst, dass der Pope vor lauter Erschöpfung plötzlich in den Tiefen der Zelle verschwindet.

Endlich kommt Ljonka zum Ende und verzieht sich. Es ist spät geworden, man hört Fensterläden zuknallen, die Lichter gehen aus. Nun sind auch die letzten Zeugen weg. Tamara tritt vor.

Sie reckt das Kinn und sieht hinauf zum heiligen Vater. Er blickt auf sie herab. Wartet auf ihre Frage, obwohl er in der Finsternis des Hofs ihre Lippen gar nicht lesen kann. Sie stellt sich in den Lichtkegel einer Laterne. »Vergebt mir, Vater! Erlaubt mir, in die Zukunft zu schauen. Lasst mich beichten, lasst mich die Kommunion empfangen. Schickt mich nicht weg, ich flehe Euch an, verstoßt mich nicht. Ich sorge mich um meinen Sohn, meinen einzigen Sohn. Erlaubt es mir, nur dieses eine Mal. Ich weiß, es ist Sünde. Ich weiß, ich riskiere meine Seele. Ich bitte Euch!«

Sie bekreuzigt sich immer und immer wieder, stellt sich auf die Zehenspitzen, streckt sich zum Fenster hoch. Trotzdem kann sie seine Augen nicht erkennen, nur die schwarzen Umrisse hinter dem Gitter. Ob er ihre Bitte versteht, ist unklar. Aber er antwortet. »Das, was du siehst und weißt, das weißt du nicht von Gott! Vom Fürsten der Finsternis, vom Feind der Menschheit weißt du es! Jedes Mal, wenn du in die Zukunft schaust, lässt du den Satan in dein Herz. Gott wird deine Beichten nicht erhören. Dein Glaube ist nicht der wahre Glaube, ein heidnischer Glaube ist es. Du willst meinen Segen für dein Hexenwerk? Den bekommst du nicht!«

Tamaras Augen verengen sich, Zorn überkommt sie. Sie versucht, dieses Gefühl von sich abzuschütteln, auszutreten, so wie man die Flammen ausschlägt, wenn jemand Feuer gefangen hat. »Ich glaube nicht, dass Gott uns allein gelassen hat. Dass die Gottesmutter ihre Kinder dem Teufel überlassen hat. Niemals!

Und ich glaube auch nicht, dass eine Mutter keine Vergebung finden wird, weil sie sich um ihr Kind sorgt.«

Vater Daniil hebt die Hand. Seine Finger sind zur Faust geballt. »Du bist das Übel dieser Festung. Ich versuche, den Menschen die Völlerei, die Wollust auszutreiben, während du mit dem Teufel sprichst. Bereue, wenn du errettet werden willst, und tu es nie wieder! Und jetzt geh!«

Sie holen den verrußten Traktor und koppeln einen Lastenanhänger daran: Das ist das einzige Fahrzeug, das es über den aufgeweichten Feldweg schafft. Der Posten verfügt über einen Notvorrat an Diesel, da die eigenen zwei Draisinen ebenfalls mit dem Treibstoff fahren, mit dem sie Moskau beliefert hat. Bis jetzt.

Der Himmel ist ein einziges Grau; es sieht zwar nicht nach Regen aus, aber ein paar Tröpfchen ätzender Brühe werden sich bestimmt durch die Wolken fressen. Die Sicht ist schlecht, es ist neblig – ganz normaler Nebel, nicht der grüne aus dem Fluss: Die Wolken haben sich auf der Erde breitgemacht.

Die Tore werden geöffnet, die Wachen geben das Signal zur Abfahrt. Tamara schaut Jegor aus dem Fenster hinterher, zeichnet mit nervösen, abgehackten Bewegungen ein Kreuz in die Luft, als hätte sie Angst, dass sie jemand dabei beobachten könnte. Jegor zwingt sich, zu ihr aufzuschauen, wirft ihr einen spielerischen Luftkuss zu. Polkan fährt nicht mit, er hält die Stellung im Posten; Jamschikow hat das Kommando des Versorgungstrupps – und Jegor soll ihm widerspruchslos gehorchen.

Kolzow sitzt am Steuer. Er muss seine schlaksige Gestalt in einem unnatürlich spitzen Winkel falten, damit er auf den Fahrersitz passt. Jegor beachtet er nicht; um sich die Zeit zu vertreiben, plaudert er mit Petka Zigal, der neben ihm sitzt. Die anderen trotten zu Fuß nebenher – im Anhänger wird man sowieso nur durchgerüttelt.

Der Weg führt am Fluss entlang; die Wolga selbst ist nicht zu sehen, aber ihr Verlauf wird von der grünen Wand markiert, die sich links von ihnen auftürmt. Aus dem Nebel ragen schwarze Knorren – Überreste von Baumstämmen, die von der sauren Luft verätzt wurden und wie im Krampf erstarrt sind.

Sie kommen an den Gerippen von Brücken vorbei, die im Krieg gesprengt oder von Bomben getroffen wurden; die Eisenbahnbrücke des Postens ist die einzige, die aus den erbitterten Kämpfen heil hervorgegangen ist. Alle anderen liegen seitdem im Fluss begraben.

Opa Nikita erzählt Jamschikow, an welchen dieser Brücken er im Krieg selbst Sprengsätze angebracht hat und welche die Aufständischen von der anderen Seite mit Lenkgeschossen zerbombt haben.

Jegor läuft neben Rinat.

Der faselt ohne Punkt und Komma. »Also, ich versteh das nicht, was haben wir da verloren, in diesem Imperium? Wir sollten uns abspalten und es auf eigene Faust versuchen. Wir hier für uns und die da für sich. Wir haben doch die Schlitzaugen gleich hier, was wollen wir mit Moskau? Bisschen mehr Zusammenarbeit, dann müssten wir nicht länger von Moskau schnorren! Wir verhängen einfach eine Schutzsteuer, dann ist alles geklärt. Und wenn jemand hier vorbeiwill, über die Gleise, soll er schön blechen. Ein eigenständiger Grenzzoll quasi. Warum nicht, kann man doch alles so einrichten, dass sich da keiner einfach durchschummelt. Gut, grad kommt noch niemand vorbei, aber wir müssen ja vorausdenken. Das wird ein Leben, sag ich dir. Zehn Prozent wären bestimmt drin. In beide Richtungen. Immer nur diese Graupen, das hält doch kein Mensch aus! Mir kommt dieser Scheiß schon aus allen Löchern raus, ich schwör's dir! Was meinst du denn dazu?«

Jegor spuckt aus. »Geht mir eigentlich am Arsch vorbei.«

»Und dein Vater, was denkt der so?«

»Der ist nicht mein Vater.«

»Na, du bist ja drauf! Respekt. Worauf stehst du denn dann so?«

Jegor zieht die Nase hoch. »Auf dieses ganze Versuchslabor hier jedenfalls nicht. Zoll ... Imperium ... ist doch alles scheiße! Ich würd' eine Band gründen und auf Tour gehen.«

»Was denn für 'ne Band? Mit deiner Klampfe, oder was?«

»Ja, Mann, was sonst.«

Rinat lacht sein spröde schepperndes Lachen und fährt sich mit schwieligen Fingern durch die schwarzen Borsten. »Wer soll das denn hier hören? Unsere Rentner? Oder die Reisfresser?«

»Dann hau ich halt ab ... nach Moskau oder so. Hast doch gehört, wie die Kosaken rumgeprahlt haben. Da herrscht Ruhe und Ordnung. Sogar Restaurants soll's da geben.«

Rinat grinst verschlagen. »Restaurants, soso! Und vielleicht auch ein paar scharfe Miezen?«

»Schon möglich.«

»Tja, Kumpel ... bei uns sieht's mau aus mit den Bräuten, was? Nur die eine, von ...« Rinat dreht sich zu Opa Nikita um und senkt die Stimme. »Die Kleine von dem ist ganz süß, oder ...? Aber ich hab' gehört ... der Kosake hat sie gebumst ...«

»Na und? Was geht dich das an?«

Rinat kringelt sich vor Lachen. Ihm verdirbt anscheinend nichts die Laune. »Hahaha, dich hat's wohl auch erwischt, Kumpel? Da musst du dich aber hinten anstellen! Ich hab' da ja keine großen Ansprüche. Ich such mir lieber eine süße Chinesin. Hab' sogar was zu rauchen dabei, als Gegenleistung, und ein paar Groschen zur Not. Ich dachte schon, ich halt's nicht mehr aus, bis wir endlich Nachschub holen! Da werd' ich mir gleich eine klarmachen. Ein kleines Miezekätzchen ... musst mal hören, wie die quieken ...«

»Weiß ich bereits!«

»Oho! Echt? Und ich dachte, du bist ein ganz Schüchterner. Gefällt mir!«

Jegor sieht sich um. Die verlassenen Plattenbauschachteln der Vorstädte sind im Nebel verschwunden. Jetzt ist da nur noch Wald – und auf der anderen Seite gar nichts. Jegor lauscht – war da etwas Seltsames? Aber er hört nur das Knattern des Traktors, das metallische Scheppern des Anhängers, der über die Schlaglöcher holpert, und das Schnaufen und leise Fluchen der in einiger Entfernung voneinander marschierenden Männer.

Alles ist ruhig. Was auf der anderen Seite auch sein mag – der verseuchte Fluss schirmt dieses Ufer kilometerbreit von allem ab. Selbst wenn der Motor jetzt ausginge, wären nur Gezirpe und Geschnatter aus dem Wald zu hören ... Nie im Leben könnte auf dieser Seite so etwas geschehen, wie das ... wie das, was auf der Brücke geschehen ist.

Rinat klopft Jegor auf die Schulter. »Du kannst ja mitkommen, wenn du willst. Ich zeig' dir eine, die lässt jeden ran. Blutjung, noch ganz frisch, aber die kann Sachen ...«

Jegor antwortet nicht. Wenn er ehrlich ist, hat er natürlich auch an die Chinesinnen gedacht, als er sich für den Einsatz gemeldet hat. Der Gedanke schwirrte im Hintergrund herum wie eine Mücke in einem dunklen Zimmer: Das Angenehme mit dem Nützlichen verbinden ... das Nützliche mit dem Angenehmen. Aber jetzt ... jetzt ist es ihm nur noch peinlich, dass er überhaupt daran gedacht hatte.

Rinat plappert fröhlich weiter. »Halt dich ruhig an mich! Für meine Jungs nur das Beste, klar? Wenn wir da sind, zeig' ich dir gleich 'ne supergeile Mieze ... Hast du gehört?«

»Ja, ja, ich hab's gehört, Mann! Kannst du jetzt endlich mal die Klappe halten?«

Michelle kniet sich hin. Hebt die Bettdecke an, sieht unters Bett. Das Bündel mit den Konserven ist noch da. Sie holt es hervor, wickelt es auf, betrachtet die glänzenden Dosen. Ihr ist, als würde sie das Fleisch durch das Metall hindurch riechen, der Geruch dringt sogar durch den Gestank des Schmierfetts, mit dem die Büchsen gegen den Rost eingerieben sind.

Sie mochte Fleisch noch nie besonders – sie isst gern Buchweizen, liebt den Haferbrei aus Moskau und diese chinesischen Äpfel ... aber jetzt ... es überkommt sie wie eine Welle. Sie kann an nichts anderes mehr denken.

Sie ist völlig besessen davon.

Sie nimmt eine Dose, geht wie in Trance damit in die Küche und sucht in der nach altem Knoblauch und Rost miefenden Besteckschublade nach dem Dosenöffner. Sie ruft sich in Erinnerung, dass sie keine einzige dieser Büchsen anrühren und Krigow alles genau so zurückgeben wollte, damit er bloß nicht auf die Idee kommt, sie hätte sich mit Essen kaufen lassen. Aber stattdessen wühlt sie in den hintersten Fächern zwischen den verräterisch klirrenden, klebrigen Gabeln und Messern, reißt schließlich die ganze Schublade heraus. Scheiße, wo ist dieser verdammte Öffner?

Wie vom Erdboden verschluckt! Sie greift sich ein gewöhnliches Messer, stemmt die Spitze gegen den runden Deckel, holt aus und will das Messer mit der flachen Hand in das Blech rammen – so wie Großvater es immer macht. Aber die Spitze rutscht am Schmierfett ab, trifft ihren Finger.

Blut!

Michelle drückt auf die Wunde, durchforstet die Schränke nach Spiritus und Verbandszeug – das müsste doch hier irgendwo sein! »Michelle! Michelle! Ist was passiert?«

Großmutter ist aufgewacht.

»Alles in Ordnung, Oma! Schlaf weiter!«

»Ist dir was runtergefallen?«

»Nein, alles bestens!«

»Komm doch mal her! Ich kann dich nicht hören!«

»Später!«

Gut, dass Opa nicht zu Hause ist.

Endlich findet sie das Verbandszeug. Der Schnitt ist nicht besonders tief, aber lang. Michelle bandagiert den Finger, reißt das Ende des Verbands mit den Zähnen ab, macht einen Knoten. Setzt sich an den Tisch. Holt tief Luft.

Aus Omas Zimmer tönt es mal wieder los:

Scheinbar ist es jedes Menschen Los
Gegen Dreißig ruhiger zu werden
Als ausgebrannter Narr, doch rastlos
Kräftiger am Leben noch zu hängen
Liebste, bald sind es drei Jahrzehnte
Doch die Welt ist mir so lieb wie nie zuvor
Ist's wohl der Grund, warum mir träumte
Wie im rosa Flammenmeer ich mich verlor
Wenn schon brennen, dann doch lichterloh ...

Wie es weitergeht, hat sie vergessen. Sie beginnt die Strophe von vorne. Und noch einmal. Dann fängt sie leise an zu wimmern – entweder vor Rührung oder vor lauter Hilflosigkeit.

In der Küche starrt Michelle die verfluchte Dose an, als wollte sie sie hypnotisieren.

Dann steht sie auf. Reibt mit einem Stück Mullbinde das Schmierfett ab. Nimmt das Messer, setzt es wieder an, diesmal zielsicherer – und sticht es in die

Dose. Erst ein kleines Stück, dann mit jedem Schlag tiefer. Und tiefer. Dann beschreibt sie einen Kreis und hebelt den Deckel auf. Biegt ihn zurück. Schnuppert.

Dann sticht sie eine Gabel hinein und beginnt zu essen, Stück für Stück, bis nach wenigen Minuten nichts mehr übrig ist. Sie schiebt die leere Dose von sich weg, starrt sie entsetzt an.

Michelle ist überfällig – schon seit einer Woche.

Jegor hört es als Erster – sein Gehör ist besser, feiner als das der anderen.

Er hört es, obwohl er direkt hinter dem Traktor läuft – er lässt Kolzow vorfahren, damit der nicht noch auf dumme Gedanken kommt. Jegor dreht sich zu Rinat um. »Hast du das gehört?«

»Was?«

»Sind das Wölfe? Oder was heult da so?«

»Was für Wölfe, Alter? Wir sind gleich da! Die Schlitzaugen haben alle Wölfe hier doch längst gefressen!«

Aber Jegor hört das Geheul ganz deutlich – da vorne, hinter der Kurve, wo gleich die Sowchose der Chinesen hinter dem Wald auftauchen müsste. Mutters Worte geistern immer noch in seinem Kopf herum – deswegen denkt er an Wölfe. In seinem Inneren, hinter dem Solarplexus, zieht sich etwas zusammen. »Kolja! Kolzow! Mach mal kurz den Motor aus! Kolja!«

Kolzow hört ihn nicht – oder ignoriert ihn. Erst als Zigal die Bitte wiederholt, gibt er schließlich nach. Sobald der Motorlärm verstummt, ist das Geheul nicht mehr zu überhören – verzweifelt, qualvoll. Rinat schüttelt den Kopf. »Nee, das sind keine Wölfe. Wölfe heulen anders. Das sind Hunde.«

Jegor hört genauer hin und muss zugeben, dass Rinat recht hat. In das Heulen mischt sich immer wieder Gebell – das sind eindeutig Hunde. Klar, die Chinesen halten ja auch welche – aber nicht als Wachhunde, sondern als Nahrungsmittel.

Jegor erntet Gespött: Von wegen Wölfe! Kolzow schmeißt den Motor wieder an, sie stapfen weiter durch den Schlamm, unter den Reifen fliegen dicke Klumpen hervor. Die Straße wurde seit mindestens einer Woche nicht befahren – weder Fußabdrücke noch Huf- oder Reifenspuren sind zu sehen. Aber was heulen die so? Bestimmt nicht vor Freude, denkt Jegor. Vielleicht ahnen sie, dass man sie zu Hackfleisch verarbeiten will?

Endlich zeichnen sich in der Ferne Häuser ab – auf dem Feld liegt weißer Nebel, als hätte man Milch auf einen Teller gegossen; in der Milch schwimmen dunkle Brocken: die Turmspitze eines Silos, das Dach eines Gewächshauses, das Backsteingebäude des Dorfrats. Menschen sind keine zu sehen, vielleicht wuseln sie irgendwo im Nebel herum.

Allmählich erkennen sie den Zaun, dann das Tor. Um sie herum ist alles fade und grau – die Sonne hält sich mit letzter Kraft am glitschigen Herbsthimmel, droht jeden Augenblick hinter den Wald zu stürzen.

Jetzt ist das Heulen auch durch den Traktorlärm hindurch deutlich zu hören. Es sind nicht nur zwei oder drei Hunde, sondern mindestens ein Dutzend.

»He! Ni hao, Genossen! Macht die Tür auf!«, brüllt Jamschikow.

Aber das Tor steht auch so sperrangelweit offen. Niemand kommt ihnen entgegen. Die unsichtbaren Hunde verstummen für einen Moment, horchen, und heulen dreimal so laut wieder los.

Kolzow macht den Motor aus und steigt ab. »He, ni hao, haben wir gesagt!«

Hinter dem Zaun flattern heiser krächzend Krähen auf.

Jamschikow nimmt das Sturmgewehr von der Schulter und gibt den anderen ein Zeichen, es ihm nachzutun. Langsam gehen sie durchs Tor.

Die Straßen sind wie leergefegt. In den Hütten brennt Licht, obwohl es dafür noch zu früh ist. Überall hängen Banner mit chinesischen Schriftzeichen, über dem Dorfrat flattert eine vom Regen ausgewaschene rosa Flagge.

»Heee!« Die Hunde flippen völlig aus, bellen sich heiser, bis das Gekläffe zu einem heiseren Fiepen verkommt. Kolzow tritt an eines der Fenster, stellt sich auf die Zehenspitzen und sieht hinein. »Leer.«

Serjoga geht zum Eingang des Dorfratsgebäudes und hämmert an die Tür. Keine Reaktion, nur die Hunde bellen noch hysterischer. Er drückt gegen die Tür. Sie ist offen. Serjoga verschwindet dahinter. Aus dem Inneren hört man sein Gemurmel ... dann wird es still.

Er kommt wieder heraus. »Niemand da!«

Niemand da ... Sie laufen an den anderen Häusern vorbei – alle leer und verlassen. Auf den Tischen steht Geschirr, an den Garderoben hängt Kleidung. Nichts deutet auf einen Kampf hin, die Möbel stehen ordentlich an ihren Plätzen. Es sieht nicht danach aus, als wäre Schanghai überfallen worden. Eher, als hätten sich die Menschen allesamt einfach in Luft aufgelöst.

Hinter dem Gewächshaus liegt ein totes Pferd mit aufgedunsenem Bauch; die Zügel sind an einem Pflock festgebunden, die Augen von Krähen ausgepickt.

Dann finden sie die Hunde.

Die Tiere sind entsetzlich abgemagert, fletschen in ihren Käfigen die Zähne. Sie sind unheimlich, entstellt - ein Hund hat zwei Köpfe, die in verschiedene Richtungen bellen, bei einem anderen baumeln zwei unterentwickelte Pfoten unter dem Rumpf. Die Käfige sind schmutzig, die Hunde von Wunden übersät; in manchen Käfigen - dort, wo mehrere Tiere eingesperrt waren - liegen Kadaver. Sie haben sich vor Hunger gegenseitig gefressen.

Nirgends eine Menschenseele - aber auch keine Leichen. Gar nichts.

Die Türen der Gewächshäuser stehen offen, die Tomaten und Gurken sind von der Novemberkälte schon verschrumpelt. Serjoga macht sich gleich daran, das angegammelte Gemüse zu pflücken, aber der alte Nikita pfeift ihn zurück: lieber nicht.

In einer der Hütten stößt Jegor mit Kolka Kolzow zusammen. Sie sind allein im Raum; Jegor befürchtet schon, dass Kolzow die Gelegenheit nutzen könnte, ihren Streit hier ein für alle Mal beizulegen; aber Kolzow ist kreidebleich, die Gesichtszüge völlig entglitten, er zuckt nur mit seinen kantigen Schultern. »So eine Scheiße. Fällt dir dazu was ein?«

Jegor schüttelt den Kopf. Was weiß er schon? Gar nichts.

Aber der ganze Schotter, den er in den vergangenen Tagen schlucken musste, liegt unverdaut im Magen und zieht ihn schwer nach unten.

Ljonka Alkonaut bekreuzigt sich beim Anblick der Hunde. »Ich entsage dem Teufel und all seinem Werk und Wesen, und übergebe mich dir, Jesus Christus, im Namen des Vaters, des Sohnes und des Heiligen Geistes. Amen«, flüstert er.

Jamschikow ruft die Männer beim Dorfratsgebäude zusammen. Alle schweigen. Die Krähen kreisen tief über ihren Köpfen, als kämen sie nicht gegen den schweren Himmel an. Beobachten sie, bleiben in der Nähe.

Jamschikow steht vollkommen neben sich. »Scheiße, verdammt. Ich habe keine Ahnung, was hier los ist. Fasst bloß nichts an. Es wird nicht geplündert – nicht dass die hier die Pest hatten oder so. Und du, Rinat, gehst mal die Hunde abknallen. Keine Ahnung, was die mitansehen mussten, aber die sind völlig ausgeflippt. Mir kommt so ein Scheißvieh jedenfalls nicht ins Haus.«

SECHS

HINTER DEN SCHUPPEN DONNERN SCHÜSSE, man hört das Todeswinseln der Hunde. Die Männer sehen einander nicht in die Augen. Aber sie haben keine andere Wahl.

Sie stehen seitlich zueinander, wollen den leeren Hütten mit den feuerroten chinesischen Spruchbannern davor nicht den Rücken zukehren. Sie werden das Gefühl nicht los, dass die Sowchose nicht verlassen, sondern geplündert wurde, und dass anstatt der spurlos verschwundenen Bewohner jetzt jemand anderes hier ist ... etwas anderes. Vielleicht haben sich die Hunde ja deswegen die Seele aus dem Leib gebellt – und nicht, weil ihre Besitzer sie in den Käfigen dem Tod überlassen haben.

Ljonka Alkonaut stellt sich näher zu Nikita. »Das ist doch genauso wie ... wie bei Vater Daniil, oder? Dass wir von Gott verlassen sind und so. Dass auf der Welt Dinge passieren, die nie passieren würden, wenn Gott noch da wäre. Dieses ganze Teufelszeug ...« Er bekreuzigt sich demonstrativ, als wollte er Nikita auffordern, es ihm gleichzutun. Der alte Nikita sieht ihn grimmig an, verzieht den ausgedorrten Mund zu einer Miene, die man nicht deuten kann. Die Schüsse schallen in den Ohren; viele Schüsse, die Hunde sind offenbar nicht totzukriegen. Oder Rinat ist nicht sehr zielsicher. Will es vielleicht nicht sein …

Endlich verhallt der letzte Knall. Das Echo irrt zwischen den Häusern umher, dann wird es von den tief hängenden Wolken aufgesaugt – das war's. Die Hunde schweigen, und sollte jemand die ungebetenen Gäste noch durch die blinden Fenster beobachten, ist nun niemand mehr da, um sie vor Monstern zu warnen.

Papiere zu beschlagnahmen ist wenig hilfreich – alles auf Chinesisch, man versteht kein Wort. Kolzow geht durch die Häuser und löscht, warum auch immer, überall das Licht. Er will eine Dynamomaschine mitgehen lassen, aber Ljonka erinnert ihn an Jamschikows Anordnungen.

»Also …«, widerspricht Kolzow zögernd, »wenn die hier die Pest hatten, kommt's darauf auch nicht mehr an. Wir haben doch sowieso schon alles angegrapscht.«

»Und wenn es nicht die Pest ist, sondern irgendein Fluch? Willst du den Scheiß wirklich bei uns einschleppen?«

Kolzow verzieht das Gesicht, aber lässt die Dynamomaschine stehen – wenn auch ungern. Ungern, aber doch erleichtert, dass er sich hat überreden lassen. Das kann Jegor genau sehen.

Sie lassen den Motor an, damit er mit seinem dummfröhlichen Geknatter die laute Stille übertönt, und treten vorsichtig den Rückzug an. Die blinden Fenster glotzen ihnen hinterher, starren ihnen Löcher in den Rücken, dass sich die Nackenhaare aufstellen. Sie verlassen die Sowchose mit einem Gefühl, als hätten sie am glitschigen Rand einer Schlucht gesessen, mit den Beinen gebaumelt, in den Abgrund geschaut, hätten es beim Aufstehen irgendwie geschafft, nicht abzurutschen, und würden jetzt pfeifend nach Hause gehen.

Aber auf der Rückfahrt klebt auch der Abgrund an ihnen.

»So hat er's gesagt, dass Gott die Welt dem Teufel überlassen hat. Und der macht jetzt hier, was er will. Und wir, ja wir sind uns selbst überlassen. So, und wer nicht fromm ist, den kassiert der Teufel als Erstes ein. Verstehst du?«

Jegor dreht sich um. Ljonka hat sich an Serjoga gehängt und quatscht ihn voll. Ljonkas Augen sind rot, seine Haare zerzaust, er ist ganz offensichtlich verkatert. Was faselt der da bloß?

Serjoga hört geduldig zu, aber eigentlich beschäftigt ihn nur eine Frage: »Sag mal, Ljonka, ist in deinem Fläschchen eigentlich noch was drin? Hast du 'nen Schluck für deinen alten Kumpel? Ich hab' immer noch Gänsehaut von gerade eben ...«

Ljonka schmatzt mit den bläulichen Lippen. »Nee, mein Lieber, tut mir leid, das hab' ich heut zu Hause gelassen.«

»Wie, zu Hause? Du? Was hat dich denn geritten?«

Ljonka zögert. Dann seufzt er. »Na ja, ich will aufhören ...«

»Du? Aufhören? Was ist denn mit dir los?«

»Ach, na ja ... der Alkohol ist 'ne böse Sache. Eine Sünde.«

Serjoga versteht die Welt nicht mehr. Er schnaubt ungläubig. Wie will Ljonka denn ohne seinen Fusel überleben?

Der ist schon wieder ganz woanders. »Ich sag dir, der Pope bringt es auf den Punkt. Hast du nicht ... da drüben, meine ich ... in Schanghai ... hast du nicht gemerkt, dass da irgendeine Teufelei los ist? Scheiße, Mann! In letzter Zeit braut sich was zusammen ...«

»Keine Ahnung, Alter ...«

»Wie ich da so stehe, fallen mir Vater Daniils Worte ein. Jetzt geht's richtig los, hab ich mir gedacht. Jetzt ist die Kacke am Dampfen. Wer soll denn sonst die ganzen Schlitzaugen gefressen haben, hm? Die können sich doch schlecht in Luft aufgelöst haben ...«

Jegor hat genug gehört. Er hält Ljonkas Gebrabbel nicht mehr aus: »Was redest du da für einen Scheiß? Welcher Teufel? Wieso gefressen? Komm mal runter! Du hast sie doch nicht mehr alle!«

Ljonka richtet seine roten Augen auf Jegor und glotzt ihn verwundert an. »Was willst du denn von mir? Weißt du vielleicht, was mit den Reisfressern passiert ist? Glaubst du, die sind von selber weg? Lassen alles stehen und liegen und hauen einfach ab?«

»Nee, klar, der Teufel hat sie aufgefressen! Ihr Vollidioten! Fickt euch doch alle!«

Jetzt dreht sich auch Serjoga überrascht zu Jegor um – nicht etwa, weil er dem Alkonauten glaubt, sondern weil er Jegor noch nie so gesehen hat. Aber Jegor juckt das nicht. Er ist kurz davor, vor Wut zu platzen.

Und vor Angst.

Polkan trommelt mit den Fingern auf dem Tisch herum. Ihm gegenüber windet sich der schmächtige Saschka

Konowalow, rot wie ein gekochter Krebs, nervös auf seinem Stuhl. Tür und Fenster sind fest verschlossen, aber Polkan geht trotzdem zum Spion, um sich noch einmal zu vergewissern, dass auch wirklich niemand im Treppenhaus ist.

»Also, noch mal von vorn. Hab' ich das richtig verstanden: Gott hat diese Welt verlassen, und jetzt hat Satan hier das Sagen?«

»Na ja, ja ...«

»Gott ist also mit seinen Schäfchen irgendwie zum Himmel aufgeflattert, und alle, die noch hier sind, so wie du und ich, sind die Sünder, die übrig geblieben sind?«

»Das sagt er zumindest ...«

»Pum-purum-pum-pum. Aha ... und was heißt das jetzt für uns? Ruft er die Leute zu irgendetwas auf?«

»Nein, Sergej Petrowitsch.«

»Verkauf mich nicht für dumm, Konowalow!«

»Er sagt nur, dass man nicht sündigen soll. Und dass die Gerechten vielleicht noch verschont werden ...«

»Von wem denn? Wer soll sie verschonen?«

»Genau das sagt er jetzt nicht direkt.«

»Und ihr Knallköpfe fragt nicht nach?«

Saschka Konowalow schwitzt, wischt sich mit dem Ärmel über die Stirn. »Er ist doch taub. Wir fragen ihn etwas, und er antwortet etwas ganz anderes.«

»Taub ... diese Leier schon wieder ... Pum-purum.« Polkan durchlöchert Konowalow mit seinen Blicken. »Also gut, Konowalow. Du gehst erst mal weiter zu euren kleinen Gottesdiensten. Aber nur dass du's weißt: Ich dulde diesen ganzen Hokuspokus hier aus einem einzigen Grund: weil meine Frau daran glaubt. Wenn's nach mir ginge, wär' da schon längst Schicht im Schacht. Du bist ein braver Junge, weil du mir Bericht erstattest. Wenn der anfängt, euch aufzuwiegeln, gibst du mir sofort Bescheid, klar? Dann mach ich dem Ganzen ein Ende! Du bist ein braver Junge, Konowalow, aber bild' dir da ja nichts drauf ein. Wenn du nachlässig wirst, find' ich schneller Ersatz, als du bis drei zählen kannst.«

Konowalow nickt schlotternd. Sieht auf seine Hände, weiß nicht wohin damit.

»Und über die Kosaken hat er nichts gesagt?«

»Nein, Sergej Petrowitsch. Ähm ... Was meinen Sie denn?«

»Na ja, dass sie da hingefahren sind, wo er herkommt ... Ist das gut oder schlecht?«

»Nein. Dazu hat er nichts gesagt.«

»Und du? Was denkst du darüber?«

Saschka sucht angestrengt nach der richtigen Antwort, aber diese Denkaufgabe überfordert ihn sichtlich. »Na, das ist doch eine gute Sache, würd' ich sagen. Weil wir uns das Land zurückholen. Russland groß machen. Oder ist das irgendwie schlecht?«

»Na schön, Konowalow. Du kannst gehen. Und kein Wort zu den anderen, klar?«

Konowalow huscht erleichtert aus dem Zimmer. Polkan zieht die Tür hinter ihm zu, schaut hinter den Vorhängen hervor auf die Menschenmenge, die sich vor dem Gefängnisfenster versammelt hat. »Die alten Weiber sind ja harmlos ... eigentlich«, brummt er nachdenklich. »Andererseits ...«

Auch Michelle steht unter dem vergitterten Fenster. Sie kann Vater Daniil zwar nicht richtig erkennen, sieht nur eine dunkle Gestalt hinter den Gitterstäben, dennoch wird sie das Gefühl nicht los, dass er in diesem Moment nur sie anschaut.

»Ich verlange nichts von euch, was der Herr nicht auch verlangen würde. Nicht ich habe die acht Todsünden benannt – die Menschheit kennt sie seit der Vertreibung aus dem Paradies. Völlerei. Wollust. Habgier. Neid. Trägheit. Eitelkeit. Hochmut. Zorn. Sie sind der Kern aller Missetaten. Wer sie nicht überwindet, der ist leichte Beute für Satan.«

Michelle lauscht aufmerksam. In ihrem Inneren zieht sich ein dunkler Knoten zusammen. Diese Predigt hält Vater Daniil nicht zum ersten Mal. Sie weiß, was er als Nächstes sagen wird.

»Jene, die sich diesen Sünden hingeben, reißen den Schutzwall gegen Satan nieder, öffnen ihm Tür und Tor in ihre Seelen. Wenn diese Menschen nicht Buße tun, fallen sie ihm in die Hände. Gott ist nicht mehr da, um diese Seelen vor ihm zu beschützen. Wer dem Teufel jetzo seine Seele überlässt, der überlässt ihm auch seinen Körper.«

Auch, was nach diesen Worten kommt, weiß Michelle, aber sie bleibt trotzdem stehen. Als hoffe sie, dass er diesmal etwas anderes sagen könnte. Aber er wiederholt Wort für Wort das Gleiche wie immer – für alle, die zum ersten Mal hier sind.

»Die Völlerei verhätschelt den Leib. In einem sattgefressenen Leib toben die Dämonen. Wer seinen Körper über die Maßen nährt, verfällt dem Irrglauben, er wäre nur aus Fleisch, und vergisst seine Seele. Doch schlimmer noch als Völlerei ist Wollust. Wer seinen sündigen Trieben nachgibt, wer seinen Leib verwöhnt, der lässt die Lust in seine Seele, und eine Seele in Lust öffnet Satan Tür und Tor. Und auch die Kinder, die ihr in Sünde zeugt – sie sind nicht Gottes Kinder, sondern dem Satan geweiht. Darum sage ich euch, ihr sollt den Leib verachten und an seiner statt die Seele nähren.«

Michelle legt eine Hand auf ihren Bauch. Die Hand ist kalt. Sie hat Angst. Sie schaut sich verstohlen um, hört das Getuschel der Alten. Ihr ist, als würden sie sie alle schief ansehen. Als wüssten alle ihr Geheimnis. Sie will wegrennen, aber das geht nicht – dann werden sie erst recht misstrauisch. Sie zwingt sich, zu bleiben und zuzuhören. Vater Daniil spricht weiter, seine Stimme klingt gleichgültig. Als hätte er gar kein Interesse daran, hier irgendwen zu bekehren. Vielleicht ist es ja auch so ...

»Eine Sünde ist auch die Habgier, denn sie lässt den Menschen eigennützig handeln, sodass er nur auf seinen Vorteil bedacht ist und seine Mitmenschen nicht als seinesgleichen ansieht. Liebe! Liebe sollte die Grundlage allen menschlichen Handelns sein, nicht Geld. Geld sät Zwietracht. Je mehr du davon hast, umso mehr verrätst du die Menschen, verrätst du Gott. Doch schlimmer noch als die Habgier ist der Zorn.«

Die Leute saugen jedes Wort förmlich auf, wer etwas nicht versteht, der fragt bei seinem Nebenmann nach. Daniil redet ohne Pause, predigt immer weiter durch seine Gitterstäbe, blickt weder auf- noch abwärts, nur starr geradeaus, als schaute er durch die Wand des gegenüberliegenden Hauses hindurch, durch die verhängten Fenster von Polkans Büro – bis ins unendlich ferne Moskau.

»Ist der Mensch zornig, hat er sich Satan schon ergeben. Denn das Wesen, das Gott nach seinem Ebenbild geschaffen hat, soll keinen Hass gegen seine Brüder und Schwestern fühlen, ihnen kein Übel wünschen oder schlimmer noch: den Tod. Wer zornig ist, der gleicht dem Tier. In seinem Zornesausbruch vermag er jemandem zu schaden oder gar zu töten. Zwiefach lädt ein Mensch Sünde auf sich, wenn er den Samen des Zornes in seiner Seele keimen lässt. Ein Mensch, der Rache übt, wird im Fegefeuer brennen. Er wird keine Vergebung finden.«

Vater Daniil macht eine Handbewegung, als würde er etwas ausstreuen, und die Menschen schwappen wie eine Welle nach vorne im Glauben, sie könnten etwas davon fangen. Polkans Hexe ist auch mit von der Partie, aber ganz hinten, in der letzten Reihe – so wird sie wohl kaum etwas abbekommen. Was will die bloß immer hier? Den tauben Prediger mit ihrem bösen Blick verhexen?

In den Schlamm, der den gesamten Hof überdeckt, fällt schwer das Nichts. Das Geraune wird lauter, die Menge diskutiert die letzten Worte der Predigt, die immer rätselhafter wird.

Jetzt!

Michelle tritt einen Schritt zurück, durchquert den Hof, schlüpft in den Hauseingang. Sie will sich die Decke über den Kopf ziehen und gleichzeitig davonrennen, raus aus dem Haus, durch das Tor, nur weg von hier, soweit die Füße tragen. Sie öffnet leise die Tür, schleicht auf Zehenspitzen ins Badezimmer, zündet die Kerze an und betrachtet sich im Spiegel.

Auf dem Posten hat sie keine Freundinnen, aber sie muss dringend mit jemandem reden. Sie braucht einen Rat; sie will einfach nur hören, dass das alles halb so wild ist, dass sich alles wieder einrenken wird. Alle Frauen schaffen das doch irgendwie, warum sollte es bei ihr anders sein? Aber wem soll sie sich anvertrauen? Ihrer Großmutter? Der rothaarigen Lenka, der Zuflucht aller Männerherzen?

Und wie sollte Lenka ihr schon helfen? Zeigen, wie man es wieder loswird? Wie macht sie es noch gleich? Mit Kupfersulfat? Rattengift?

Michelle verkriecht sich unter der Bettdecke und denkt an ihren Sascha. Sie will sein Kind nicht loswerden. Es ist ja noch nicht einmal ein Kind, nur ein Keim, ein Zellhaufen – ein Haufen aus ihren und Saschas Zellen, die so fest zusammengewachsen sind, dass sie nichts mehr trennen kann –, und es wächst und wächst immer weiter …

Wie seltsam, denkt Michelle auf einmal. Die Küsse, die Umarmungen, der Sex – das alles ist nur ein Spiel. Ein schönes Spiel, schwindelerregend und berauschend. Aber was folgt, ist so real, so unumkehrbar wie kaum etwas anderes in einem Menschenleben. Es ist das Wichtigste im Leben. Es wird sie und ihren Sascha – diesen zufälligen und doch so langersehnten Menschen – für immer aneinander binden.

Nein, so naiv ist sie nicht.

Sie hat genug Geschichten gehört, weiß bestens Bescheid über die Heidenangst der Männer, ihr scheinbar so harmloses Spielchen könnte sich die knallharte Realität verwandeln. Wenn Sascha jetzt hier wäre, wenn er ihr sagen würde, dass er dieses Kind nicht will, dann würde sie vielleicht sogar zu Lenka gehen und sich das Rattengift oder sonst was geben lassen …

Aber Sascha ist nicht hier, sie kann ihn nicht fragen. Und dieses Kind gehört nicht nur ihm oder ihr, es ist ein eigenständiges Wesen, es hat genau so ein Recht darauf zu leben wie alle anderen auch. Und egal, wie viel Angst sie jetzt hat, sie darf es nicht einfach so …

Aber sie hat Angst, und was für eine.

Bitte, flüstert Michelle, bitte, bitte. Bitte mach, dass alles gut wird. Komm heil und gesund zurück. Sag Ja zu diesem Kind. Und dann lass uns von hier weggehen, weg von diesem gottverlassenen Ort.

Der Wachmann am Tor sieht sie als Erster.

»Sie kommen! Sie kommen!«

Sofort füllt sich der Hof mit Menschen, als hätte jemand eine Spielzeugkiste mit Zinnsoldaten umgeworfen. Das Tor öffnet sich, lange bevor es der rußende Traktor mit dem kleinen Trupp im Schlepptau erreicht. »Sieht aus, als hätten sie nichts dabei«, seufzt der Wachmann entmutigt, bevor sich die ausgehungerte Meute auf die Ladefläche stützen kann.

Und tatsächlich: Der Anhänger scheppert wie eine riesige leere Blechbüchse. Eine unheilvolle Stimmung geht von den Zurückkehrenden aus, und jeder, der sich ihnen nähert, taucht ein in diese schaurig kalte

Wolke. Die Gesichter sind lang und grau, als hätten sie einen der Ihren verloren.

Polkan, der mit erwartungsvollem Grinsen in den Hof getreten war, zählt sofort durch, als er ihre Blicke bemerkt. Jegor ist da, auch sonst scheint keiner zu fehlen. Tamara stürzt auf Jegor zu, fällt ihm um den Hals; er versucht, sich von ihr zu lösen, aber sie lässt sich nicht abschütteln, zieht ihn hinter sich her – nach Hause, ins warme Nest.

Polkan legt die Stirn in Falten. »Wo sind die Lebensmittel, Jungs? Wozu hab' ich euch denn losgeschickt?«

Er hört sich die wirren, nichtssagenden Erklärungen an, bestellt Jamschikow in sein Dienstzimmer und entlässt den Rest.

Jamschikow rutscht auf dem Besuchersessel herum wie auf heißen Kohlen. Polkan hört skeptisch zu. »Gab es irgendwelche Spuren?«

»Der Regen ... da war nichts zu sehen, Sergej Petrowitsch.«

»Und Patronenhülsen? Die hatten doch Waffen! Die hätten sich doch wehren müssen!«

»Hab ich auch gesagt, Sergej Petrowitsch. Nach Hülsen habe ich gleich als Erstes geschaut.«

»Und das Tor war nicht aufgebrochen?«

»Nein, es stand einfach sperrangelweit offen.«

»Was ist mit Blut? Falls sie die Leichen weggebracht und irgendwo verscharrt haben ...«

»Nein, nirgends.«

»Und darum herum ... Habt ihr die Umgebung abgesucht? Nach Gräbern? Vielleicht hat man die versammelte Mannschaft weggebracht und irgendwo abgeknallt?

»Also ... aus der Entfernung war nichts zu sehen. Höchstens auf dem Feld ... aber da war so dichter Nebel ... im Wald vielleicht, wenn überhaupt ... denkbar ist es schon. Aber wer soll das gewesen sein? Und warum hätten sie die einfach reingelassen?«

»Stimmt. Stimmt, verdammte Scheiße. Und aus den Gewächshäusern hast du auch nichts mitgenommen? Wieso denn nicht?«

»Da war fast alles verrottet. Aber ... ich dachte auch ... sicherheitshalber, falls da ein Fluch ...«

Polkan haut mit der Faust auf den Tisch. Selbst sein Hinterkopf läuft rot an. »Ein Fluch? Himmel, Arsch und Zwirn! Seit wann glauben denn hier alle diesen Mist? Und was sollen wir deiner Meinung nach fressen? Hast du darüber mal nachgedacht? Ich hab' mich auf dich verlassen, weil ich dachte, du bist wenigstens ein bisschen klüger als diese Hosenscheißer!«

Jetzt wird auch Jamschikow allmählich rot. Er schnaubt und steht auf. »Was hätte ich denn machen sollen? Ich kann ja gern zurückfahren und dir den Scheiß holen, den die da hatten. Aber würdest du das Zeug wirklich essen, Sergej Petrowitsch? Also ich sicher nicht!«

»Und ob ich das essen würde! Wir haben nämlich sonst nichts! Wenn wir die letzten Hühner schlachten, ist Sense! Und du stellst hier auch noch Ansprüche! Ach, verschwinde ...«

Als Jamschikow weg ist, schleicht Polkan eine Weile um den doppelköpfigen Adler herum. Er zögert, traut sich lange nicht, zum Hörer zu greifen. Ringt sich endlich durch, wählt die Nummer.

Wartet. Wartet. Wartet.

Ein Klacken, jemand antwortet scharf, ohne die Frage abzuwarten: »Man wird Sie anrufen, sobald es etwas Neues gibt!«

Jegor erzählt bestimmt zum zwanzigsten Mal, was in Schanghai passiert ist: Nichts, Mann, gar nichts ist da passiert! Aber die Leute sehen ihn trotzdem misstrauisch an, manch einer bekreuzigt sich, alle seufzen sie schwer. Die kommunistische chinesische Sowchose war immer so etwas wie der Mond: ein Satellit, der vielleicht nicht immer sichtbar, aber doch untrennbar mit dem Posten verbunden war. Außerdem fiel von diesem Mond in regelmäßigen Abständen auch noch Manna, das man nicht einmal einzusammeln brauchte – man musste bloß den Mund aufmachen.

Aber jetzt ...

Eine gewaltige Kraft hatte den Mond von der Erde weggerissen – oder war es die Erde, die durch eine unsichtbare Hand vom Mond weggeschleudert worden war? Niemand glaubte daran, dass die Chinesen ihren angestammten Platz freiwillig aufgegeben haben könnten. Sie hatten an ihren kümmerlichen Plantagen gehangen, als wären sie das Gelobte Land. Also musste sie jemand umgebracht haben. Die Erwachsenen und die Kinder. Aber wer? Oder was?

Beim Abendessen kommt der Garnisonskoch aus der Küche und verkündet den Leuten: Die Vorräte seien so gut wie alle. Für die Kinder gäbe es etwas gekochtes Hühnerfleisch. Die Hühner habe man bis zuletzt aufgespart, aber jetzt müssten die auch noch über die Klinge springen. Die Leute sind wenig begeistert – jeder weiß, wie mickrig der Bestand ist. Da braucht man mit dem Schlachten gar nicht erst anzufangen. Mittlerweile ist die Stimmung nicht bloß angespannt, die Menschen können gar nicht mehr klar denken. Polkan will sich erklären, aber man keift ihn nur an …

Abends schlendert Jegor mit der Gitarre unterm Arm über den Hof und hofft, Michelle zu treffen; er ist hier, die Gitarre ist hier – machen wir doch weiter, wo wir letztes Mal aufgehört haben? Er entdeckt sie in der Menschenmenge, die sich vor dem Fenster der Gefängniszelle versammelt hat.

Jegor sieht die Leute natürlich nicht zum ersten Mal dort stehen, aber es werden immer mehr, und sie wollen gar nicht mehr weg. Jegor kämpft sich zu Michelle durch, berührt sie an der Schulter.

»Hi.«

Sie schreckt zurück, als hätte er sie mit einem glühenden Eisen berührt. Sie sieht ihn erschrocken an, geradezu entgeistert.

»Was hast du? Ich wollte doch nur … Sorry, ich wollte dich nicht erschrecken.«

Michelle sagt nichts, schaut aber auch nicht weg; irgendetwas scheint sie zu bedrücken, sie ist völlig in Gedanken versunken. Jegor versucht zu lächeln, will das Gespräch noch mal von vorn anfangen, aber sie packt seine Hand. »Jegor … Ist deine Mutter zu Hause?«

Er zuckt mit den Schultern: Wahrscheinlich schon, wo soll sie sonst sein? Michelle macht einen Ruck, als wollte sie losgehen, bleibt dann aber doch stehen.

»Soll ich ihr was ausrichten?«, fragt er.

»Nein! Schon gut. Ich hab' nur so gefragt. Wirklich.«

Ihr Gesichtsausdruck hat Jegors Wunsch, Gitarre zu spielen, im Keim erstickt. Er will ihr eine Frage stellen, aber sie schüttelt den Kopf: Bitte nicht. Also lässt Jegor sie in Ruhe, auch wenn er nicht herausfinden konnte, was mit ihr los ist.

Michelle blickt hoch zum Fenster der Gefängniszelle.

Über ihren Köpfen räuspert sich der Pope und legt wieder los: »Ich weiß, was euch auf der Seele brennt, Brüder. Ich weiß, dass ihr das Unheil in der Luft spürt, auch ich spüre es deutlich. Ihr wollt von mir wissen, was euch bevorsteht und wie ihr euch retten könnt. Aber was kann ich, taub und obdachlos, euch schon sagen? Wie soll ich euch retten? Ein Sturm zieht auf, er wird selbst die hundertjährigen Eichen mit den Wurzeln ausreißen, jetzo spüren wir bloß den ersten Windhauch, der uns die Köpfe streichelt und unser Haar zerzaust ...«

Jegor verzieht das Gesicht und schnaubt verächtlich. »Der labert auch nur Müll, oder?«

Aber Michelle hat die Arme um sich geschlungen, als wäre ihr kalt, als ziehe wirklich ein eisiger Wind auf ... Irgendwo vom anderen Ufer her. Als hätte er die Mauern des Wachtpostens schon überwunden und würde jetzt die sich im Hof zusammendrängenden Menschen betasten. Als gäbe es nicht den geringsten Zweifel, dass diese Mauern nicht standhalten werden, wenn die erste Sturmböe kommt.

»Ich weiß nicht, was ihr tun sollt, Brüder. Was ich tun werde, habe ich meinen Wärtern bereits gesagt: Gebt mir heute die Hälfte der Nahrung von gestern, und morgen die Hälfte der Nahrung von heute, denn ich will das Fleisch abtöten, es zum Schweigen bringen. Nicht ohne Grund steht von den acht Todsünden die Völlerei an erster Stelle. Von allen Sünden ist es am leichtesten, der Völlerei Herr zu werden, sich über das Fleisch zu erheben. Daher wird der Hunger keine Strafe für mich sein, sondern ein heiliges Fasten. Und wenn die Stunde der Wahrheit gekommen ist, wird mein Fleisch geschwächt sein, aber mein Geist umso stärker. Wenn hier einer der Gefängniswärter anwesend ist, so möge er bestätigen, dass ich die Hälfte der Nahrung, die man mir heute gab, zurückgegeben habe.«

Die Leute tuscheln, sehen sich um. Und tatsächlich: »Das stimmt«, murmelt einer, »die Hälfte ist zurückgekommen ... er hat's nicht angerührt.«

»Weil er ein Heiliger ist, deswegen!«, krächzt irgendeine Alte, es klingt nach Serafima.

Jegor spuckt aus: Ein Scheiß ist der. Oder warum hat er euch nichts davon erzählt, was er auf der Brücke gesehen hat? Kein Wort. Stattdessen verbreitet er nur Panik mit seinem Gelaber. Aber vor der Gefahr warnen – das kann er nicht. Kann und will er nicht.

Aber was will er überhaupt?

Michelle ist in der Menschenmenge verschwunden, aber Jegor steht immer noch da, hört zu. Und je länger er diesem abgemagerten Popen lauscht, desto verdächtiger kommt er ihm vor. Alles, was er da herunterleiert – von wegen gottverlassene Welt und der anrückende Teufel –, ist erstunken und erlogen. Für das, was Jegor auf der Brücke gesehen hat, muss es eine klare, logische, vernünftige Erklärung geben. Die toten Menschen sind an den Flussgasen erstickt. Und geflohen sind sie vor einer nachvollziehbaren Bedrohung. Vor Plünderern vielleicht – wie die, die das Kloster dieses Popen überfallen haben.

Die Starken und Gesunden sind am weitesten gekommen. Die anderen hat der giftige Nebel sofort dahingerafft – als Erstes die Kinder. Die Toten hat man zurückgelassen, weil man sie nicht mitnehmen konnte. Die Lebenden hatten noch Hoffnung, sich ans andere Ufer zu retten, sie konnten ja nicht ahnen, wie lang diese verfluchte Brücke ist. Wenn sie bereit waren, ihr Leben zu riskieren, muss ihnen auf ihrer Seite der Tod sicher gewesen sein. Vielleicht haben sie mitansehen müssen, wie ihre Freunde, ihre Familien umgebracht wurden. Die Flucht war ihre einzige Rettung. So muss es gewesen sein.

Auch für die verschwundenen Chinesen gibt es sicher eine Erklärung. Eine logische, klare und vernünftige Erklärung. Ohne das ganze Geschwafel vom Teufel.

Dieser Pope lügt wie gedruckt.

Und Michelle ist auch noch so dumm, ihm zu glauben.

Sonja Beloussowa hält ein Hölzchen in ihren kleinen Händen und patscht konzentriert mit dem Finger darauf herum. Als sie merkt, dass Michelle sie beobachtet, wird sie nicht verlegen, sondern tippt nur noch entschlossener und brabbelt irgendetwas vor sich hin. Dann erwidert sie Michelles Blick kokett – bemerkenswert kokett für ihre drei Jahre. »Hajo!«

Michelle seufzt.

Sie zögert kurz, dann macht sie einen Schritt auf die Kleine zu. Sie will sich nicht mit ihr anfreunden und eine Beziehung zu ihr aufbauen erst recht nicht. Aber aus irgendeinem Grund kann sie gerade nicht anders. Sie beugt sich zu ihr herunter. »Was hast du denn da?«

Die Kleine strahlt wie ein Honigkuchenpferd: Jetzt hat sie eine Spielkameradin. »Verrätst du's auch keinem?«

Michelle sieht sich geheimnistuerisch um. »Wem denn?«

»Na, Tatjana Nikolajewna zum Beispiel.« Sonetschka kann noch nicht alle Buchstaben richtig aussprechen, aber zum Ausgleich bemüht sie sich sehr, wie eine Erwachsene zu klingen.

Die Erzieherin ist gerade mit den Rondik-Zwillingen beschäftigt, die sich beinahe gegenseitig die Augen ausgestochen hätten.

»Nein. Ich verrat's keinem.«

»Ein Tejefon!«

»Ein Telefon?«

»Ja! Ein Handy!«

»Wow. Das ist aber schön.«

Michelle guckt zu Sonja hinunter, und Sonja zu ihr herauf. Michelles Augen beginnen zu brennen; sie versteht noch nicht ganz, warum. Sonja zeigt ihr das Hölzchen: Sie hat eine Katze darauf gekritzelt. »Genau wie deins!«

»Meins?«

»Dein Tejefon!«

»Wie meinst du denn das?« Dann versteht sie so langsam.

Sonetschka zupft an ihr, will ihr was ins Ohr flüstern. Michelle beugt sich herunter. »Wenn ich groß bin, will ich so sein wie du!«

»Wie ich? Wieso denn?«

Ich kann nichts dafür, versucht Michelle sich einzureden. Ich habe nichts gemacht. Ich kann ihr doch schlecht sagen: Werde erst mal erwachsen, dann reden wir weiter. In ihrem Bauch kribbelt es, ihre Augen werden feucht. Na, das hat gerade noch gefehlt. Dumme Pute. Bloß weg hier.

»Michelle, wart mal 'ne Sekunde!« Tatjana Nikolajewna marschiert in ihren kniehohen Gummistiefeln energisch auf sie zu. »Kannst du sie nicht kurz in die Klasse bringen? Die Pause ist zu Ende, und ich will noch schnell zu Faina, mein Blutdruck spielt mal wieder verrückt!«

Was für eine bescheuerte Ausrede, liegt Michelle auf der Zunge. »Ist gut, mach ich«, hört sie sich stattdessen sagen.

Kaum geht bei den Nachbarn das Licht aus, zieht Polkan die Vorhänge zu und holt die nächste Büchse Dosenfleisch aus dem Schrank. Er stellt sie auf den nackten Wohnzimmertisch – mittlerweile schon ein Ritual. Er verteilt die leeren Teller, scheppert mit dem Besteck, schenkt sich und Jegor Schnaps ein.

Tamara sitzt schweigend daneben, blass wie eine Wachsfigur. Es hat sich eine neue, merkwürdige Ordnung im Haus etabliert: Tamara hat sich entschlossen, Polkan bis auf Weiteres zu boykottieren, aber einen Streit bricht keiner der beiden vom Zaun, und bei diesen geheimen Abendessen ist sie stets anwesend, auch wenn sie das Dosenfleisch nie anrührt.

Polkan scheint das nicht weiter zu stören: Es reicht ihm, dass Tamara sich nicht weigert, dieses kleine Ritual mit ihm abzusitzen. Sie hat sich gefügt. Sie hat verloren. Der Rest ist nur eine Frage der Zeit. Sie wird ihm schon nicht weglaufen.

Polkan verteilt das Fleisch, erst auf Jegors, dann auf Tamaras Teller: Wenn sie nichts essen will, ist das ihre Sache, aber an ihm soll's nicht liegen. Er kippt den Schnaps und grunzt. Jegor trinkt ebenfalls, wenn auch etwas verhaltener. Seine Mutter sieht ihm aus glasigen Augen zu. Polkan tut so, als wäre nichts; als säße da ein lebendiger Mensch mit ihnen am Tisch und keine teilnahmslose Wachsfigur, als wäre das ein ganz gewöhnliches Abendessen – das erste des Abends, nicht das heimliche zweite.

»Also noch mal. Keine Kampfspuren, sagst du? Und keine Hinweise darauf, dass sie irgendwer vertrieben hat?«

»Vielleicht sind sie ja freiwillig weggegangen? Vielleicht haben sie alles stehen und liegen lassen und sind einfach weg.«

»Unwahrscheinlich.«

»Ach ja? Und der Mist, den Ljonka verzapft, ist nicht unwahrscheinlich? Satan, die Apokalypse und der ganze Scheiß, den der Pope ihnen eintrichtert. Was ist eigentlich damit? Stört es dich gar nicht, dass hier gleich vor deiner Nase eine Sekte wächst und gedeiht?«

Tamara zuckt zusammen, als hätte man ihr einen Stich versetzt. »Rede nicht so über ihn! Er spendet den Menschen Trost!«

Aber Jegor hat es satt. »Ma! Wie lange willst du das noch durchziehen? Was willst du denn von dem? Ist es wegen deiner Träume? Oder wegen der Karten? Mach dich doch nicht lächerlich! Du bist eben so, wie du bist! Dein Vater hat auch Sachen gesehen, deine Oma war Wahrsagerin! So bist du auch! Das ändert sich doch nicht, und der wird dir auch nicht vergeben! Selbst, wenn er's sagen würde! Schnall das doch endlich!«

»Halt den Mund! Idiot!«

Polkan grunzt, schaufelt das Dosenfleisch in sich hinein. »Nett hier mit euch, ehrlich. Meine nette kleine Familie. Wenn ihr mich fragt, leistet der Pope ganz gute Arbeit mit seiner Fasterei. Zum ersten Mal seit zwei Wochen hat das Essen gereicht, niemand wollte Nachschlag. Solange Moskau den Arsch nicht hochkriegt, ist das Gold wert.«

Jegor leert sein Glas in einem Zug. Soll sie ihn doch einen Idioten nennen, so oft sie will, er bleibt dabei. »Und was ist mit der Ketzerei? Dass es keinen Gott gibt, dass Satan bald hier auftaucht?«

Seine Mutter schiebt ihren Teller weg. Polkan grinst, tätschelt Jegor den Kopf. »Da hält sich wohl jemand für ganz schlau, was? Du denkst wohl, ich hab' keine Augen im Kopf? Falsch gedacht! Aber gerade nützt der Typ mir mehr, als dass er schadet. Wenn das mit Moskau nicht wäre, hätte ich ihn längst hochkant rausgeschmissen. Aber so ist das mit den Menschen: Wenn du ihnen schon nichts zu fressen geben kannst, erzähl ihnen wenigstens ein hübsches Märchen, damit sie das Magenknurren nicht hören. Du kennst mich doch, ich bin kein Märchenonkel, sondern ein Mann der Fakten. Aber hier braucht es eben was, na ja ... Abstrakteres. Und siehe da – da fällt's auch schon vom Himmel! Hehe ... Tamarotschka, willst du denn gar nichts essen?«

Tamara schüttelt den Kopf und steht auf. »Nein. Nicht mit euch. Ich kann das nicht mehr. Ihr kapiert einfach gar nichts.«

Polkan fängt an zu lachen, aber bevor er richtig in Fahrt kommen kann, klopft es an der Tür.

Ihm bleibt das Lachen im Hals stecken, er läuft violett an, packt die angebrochene Büchse, reißt die Schubladen der Kommode auf, stopft sie zwischen die Wäsche, die Teller schiebt er unters Sofa.

Tamara ist schon auf dem Weg zur Tür.

»Spinnst du?«, zischt Polkan. »Warte! Jegor! Das Fenster! Fenster auf! Es riecht doch ...«

Jegor reißt das Fenster auf, säuerliche Luft kriecht ins Zimmer. Mutter ist schon im Flur, rasselt mit der Türkette, knirscht mit dem Schloss. Kann sie nicht warten?

»Hallo.«

Das kann doch nicht sein!

Jegor ist mit einem Satz im Flur: Michelle! »Das ist für mich, Ma!«

Tamara dreht sich nicht einmal zu ihm um. »Nein, Jegor. Das ist für mich«, sagt sie leise und traurig.

Das Haus hat hundert Ohren; die ganze Kommune hat zweihundert, Kinderohren nicht mitgezählt. Aber auch die hören ja alles – und verstehen es auch noch falsch. Michelle musste einen Ort finden, wo wirklich niemand hören kann, wie sie es ausspricht. Einen, wo sie es nicht einmal selbst hören kann.

Tamara – die rabenschwarzen Haare zum Zopf geflochten, dürr wie ein Skelett, die dunklen Augen eingefallen – wartet darauf, dass Michelle den Anfang macht. Sie lächelt, aber sieht dabei nicht Michelle an, sondern an ihr vorbei in die Ferne. Ihr Blick ist ins Nichts gerichtet wie bei einer Puppe. Auch das Lächeln wirkt puppenhaft, leblos.

Wenn sie doch hellsehen kann, warum verlangt sie dann von Michelle, dass sie es ausspricht? Will sie, dass sie sich erniedrigt? Zugibt, dass sie Hilfe braucht, obwohl sie genau weiß, dass sie sich dieser Hexe damit ausliefert?

Wieder spürt sie Wut in sich aufsteigen, dabei hat sie sich den ganzen Abend eingeschärft, die Freundlichkeit und Demut in Person zu sein – oder wenigstens so zu tun.

Aber dann reißt sie sich zusammen. »Ich würde gerne etwas wissen. Wo jemand ist und wie es ihm geht.«

Tamara richtet ihre Murmelaugen auf Michelle. Öffnet die vom Schweigen eingetrockneten Lippen, als wollte sie etwas sagen, aber dann entweicht nur die abgestandene Luft aus ihrer Lunge, als hätte man einen Lederball mit einem Messer aufgeschlitzt. »Über wen möchtest du etwas wissen?«

Schon wieder. Sie weiß es schon wieder nicht. Michelle lächelt verlegen, bohrt den Blick an Tamara vorbei in den Boden. »Das wissen Sie nicht?«

»Ich habe keine Ahnung, wen du im Sinn hast. Ich kann keine Gedanken lesen.«

»Was können Sie dann?«

»Über wen möchtest du etwas erfahren?«

»Sascha. Den Kosaken. Den Hauptmann.«

»Ach so.« Tamaras Gesichtsausdruck verändert sich. Das Lächeln, das Michelle entweder ermuntern oder Tamaras Überlegenheit demonstrieren sollte, entgleitet ihr, als würde es zu viel Kraft kosten, es aufrechtzuerhalten. Kraft, die Tamara nicht mehr hat. Michelle spürt, wie sich in ihr etwas Winziges, Verzweifeltes zusammenkrampft – allein wegen dieses Gesichtsausdrucks. Vielleicht hätte sie lieber nicht herkommen sollen. Ihr lieber nichts erzählen.

»Warte hier.«

Michelle bleibt allein im Treppenhaus zurück, hört Polkans polterndes Gelächter und Jegors zittriges Bassstimmchen hinter der angelehnten Tür; irgendetwas wird herumgeschoben, Schranktüren werden zugeschlagen. Von unten schleppt sich Serafima die Treppe hoch, wirft Michelle einen schiefen Blick zu, weil sie bei der Hexe ist.

Endlich kommt Tamara mit einem Stoß großer Tarotkarten zurück.

Sie setzt sich direkt auf die Stufen und legt den Stapel vor Michelle ab. »Hier, misch die Karten.«

»Muss ich das selbst machen?«

»Du musst gar nichts. Aber wenn du Antworten willst ...«

Michelle streckt unsicher die Hand aus. Die Karten sind alt, abgegriffen und speckig. Sie nimmt sie in die Hand, waagerecht. Mischt sie durch. Legt sie wieder hin.

»Stell deine Frage.«

»Geht es ihm gut?«

Tamara nickt, legt sechs Karten zu einem Stern und die siebte in die Mitte.

Sie deckt eine nach der anderen auf und flüstert etwas.

Auf der Karte links unten kommt eine nackte junge Frau unter einem funkelnden Stern zum Vorschein.

Oben in der Mitte – ein Reiter mit einem Totenschädel anstelle des Kopfes. Die Karte liegt verkehrt herum.

»Nein.« Michelle beginnt zu zittern: ihre Knie, ihre Hände, ihre Zähne – alles schlottert.

Rechts unten erscheint eine Frau auf einem Thron. Ebenfalls kopfüber.

»Was ... was ist passiert?«

»Das kann ich dir nicht sagen.« Tamara deckt die nächste Karte auf.

»Das machen Sie doch mit Absicht. Was soll das heißen, Sie können es mir nicht sagen?«

»Ich kann dir nichts sagen, weil ich es nicht verstehe.«

Michelle ist unsicher. Soll sie ihr glauben? »Aber ... ist er denn wenigstens noch am Leben?«

Oben links – ein Mann in scharlachrotem Umhang.

Unten in der Mitte – ein Engel mit Trompete, darunter kleine nackte Menschen, die zu ihm aufschauen.

Tamara neigt zögernd den Kopf – seitlich und nach oben, als würde sie ihr Ohr in die Richtung ausrichten, in der Tausende von Kilometern entfernt ihr Sascha schreit. »Ja.«

»Ich ... kann ich ihm helfen?«

Tamara nimmt all ihre Kraft für ein einziges trauriges Lächeln zusammen. »Nein.«

»Und ... werde ich ihn wiedersehen?«

Tamara atmet aus. Ihr Atem riecht weder nach Essen noch überhaupt nach irgendetwas; er ist komplett geruchlos.

Auf der Karte rechts oben ist ein Wagen, der von zwei Sphinxen gezogen wird, die eine weiß und die andere schwarz. Wieder liegt die Karte falsch herum.

»Ich kann nicht sehen, was du von mir verlangst. So einfach ist das nicht. Ich sehe nur zufällige Dinge. Mir wird selten genau das offenbart, was jemand jetzt oder später von mir wissen will. Die Bilder kommen einfach von selbst.«

»Sag mir nur, ob ich ihn wiedersehen werde!«

Tamara schweigt. Michelle nimmt ihren ganzen Mut zusammen. »Wenn ich Sie bezahlen soll, dann reden Sie! Sie ... sagen Sie es mir! Ich habe etwas, das jeder gerade haben will. Hier.«

Michelle holt eine Büchse hervor. Sie glänzt wie eine Patronenhülse. Bei ihrem Anblick zuckt Tamara zusammen. »Nein. Ich nehme nichts dafür. Pack das weg, ich will das nicht sehen.«

»Ich habe sie nicht ... die gehört mir.«

»Ich weiß, wem sie gehört. Pack das weg. Ich darf nichts annehmen.«

»Ist gut. Ich verstehe.«

Michelle steckt die Büchse nervös unter ihre Jacke. Aber sie gibt nicht auf. »Werde ich ihn wiedersehen? Sie wissen es doch! Sie haben ihnen doch was von Wölfen erzählt, die sie in Stücke reißen und so weiter. Sagen Sie es mir!«

Tamara streckt ihre Hand nach Michelles Gesicht aus. Es wirkt nicht böse oder Furcht einflößend, aber

Michelle ist darauf nicht vorbereitet. Trotzdem lässt sie zu, dass die Hexe ihr an die Wange fasst. Wider Erwarten sind ihre Finger nicht eiskalt – sie glühen förmlich, als hätte Tamara hohes Fieber. »Ich will versuchen, dir zu antworten. Aber danach fragst du mich nichts mehr. Abgemacht?«

»Ja.«

Tamara konzentriert sich, als müsste sie gleich ein Todesurteil verkünden. Dann sagt sie ruhig: »Warte nicht auf ihn.«

Tamara deckt die letzte Karte auf, die in der Mitte. Sie zeigt einen steinernen Turm, in den aus finsteren Gewitterwolken ein leuchtender Blitz einschlägt.

Tamara entfährt ein Schrei, sie wischt die Karten mit einer Handbewegung beiseite, dann sammelt sie sie wütend auf, als wären es lebendige Wesen, die ihr einen Streich gespielt haben, und verschwindet in der Wohnung.

Jegor liegt in seinem Zimmer, klimpert auf der Gitarre herum. Sucht nach einer Melodie zu einem neuen Text.

Finsternis,
Finsternis,
Kommt gekrochen
Über die Brücke
Kratzt ans Tor
Dunkelheit!
Dunkelheit!
Gott, erlös uns von dem ganzen Leid!
Heilig, heilig, heilig!

Satan
Schach und Matt!

Die Tür geht auf, Tamara kommt ohne zu klopfen herein. Setzt sich aufs Bett, reißt ihm die Gitarre aus der Hand, das idiotische Liedchen bleibt ihm im Hals stecken.

»Sprich mit mir.«

»Was soll das, Ma?«

»Erzähl mir alles.«

»Worüber denn?«

Obwohl die Kommunenweiber ständig zu seiner Mutter rennen, um sich ihren Rat zu holen, hat Jegor nie so richtig an ihre Gabe geglaubt. Seiner Meinung nach hat sie immer nur irgendwelche Horrorvisionen, die bisher zu nichts als bescheuerten Verboten geführt haben: Geh nicht schwimmen, geh nicht in der dritten Nacht nach Vollmond mit den Männern zur Nachtschicht, iss nichts Eingelegtes, halt dich von den Mädchen fern. Jegor hat das jahrelang über sich ergehen lassen, aber irgendwann fing er an, sich darüber lustig zu machen, und sein Lachen nahm ihren Prophezeiungen nach und nach die Macht, bis Jegor sich irgendwann ganz davon befreit hatte. Aber jetzt ...

»Warum hast du das getan?«

»Was denn getan, Ma?«

»Warum hast du ihn dorthin geschickt?«

»Wen denn? Wovon redest du?«

»Jegor, stell dich nicht dümmer, als du bist. Warum hast du diese Narren auf die Brücke fahren lassen? Wenn du doch wusstest, dass ich die Wahrheit sage?«

Jegor schnaubt, will abwiegeln. »Was hat sie dir erzählt? Glaubt sie, dass ich daran schuld bin?«, fragt er stattdessen.

Tamara packt ihn am Handgelenk, ihre Fingernägel bohren sich in seine Haut.

»Aua! Ma! Das tut weh!«

»Du wusstest, dass er in den Tod fährt, du wusstest, dass ich recht hatte, und hast nichts gesagt. Du hast gesehen, dass ich die Wahrheit sage.«

»Gar nichts habe ich gesehen!«

»Ich weiß, was du gesehen hast. Ich ... jetzt ergibt alles einen Sinn. Ich dachte, dass es uns bevorsteht, ich habe die Vergangenheit für die Zukunft gehalten. Dabei hattest du schon alles gesehen!«

»Unsinn!«

»Ich weiß nicht, was es war, aber ich erinnere mich an dein Gesicht. Ich habe von dir geträumt, wie du auf dieser verfluchten Brücke stehst. Deine Augen. Du hast alles gewusst. Und du hast mir trotzdem nicht geholfen. Und jetzt wird dieses arme Mädchen ... wir alle werden ... Gott, Jegor ... hast du eine Vorstellung, was uns erwartet?«

»Hör auf! Du spinnst doch! Die Finsternis zieht herauf, bla bla bla. Tu dich doch mit diesem Waldschrat zusammen, aber lass mich da raus! Nichts weiß ich! Okay, Ma? Kapier doch endlich! Ich hab's satt!«

Jegor springt auf, greift seinen Rucksack und stürzt aus dem Zimmer, reißt seine Jacke vom Haken, rennt in den Hausflur und die Treppe hinunter.

Er hat es so was von satt!

Er muss endlich allen beweisen, dass da nichts ist. Und sich selbst gleich mit. Es reicht, so geht es nicht weiter. Solange dieses Scheißding noch Saft hat, muss er auf die Brücke, es entsperren und rauskriegen, was passiert ist. Ein für alle Mal. Damit seine Mutter ihn endlich in Ruhe lässt. Und alle anderen auch. Damit dieser dämliche Pope ...

Und damit er nicht mehr solche Angst hat.

Oben wird das Fenster aufgerissen. Seine Mutter lehnt sich, nur im Nachthemd, weit in den Hof hinaus. »Jegooor! Komm zurück! Auf der Stelle! Jegoooor!«

Niemals!

Als es früh morgens an der Tür klopft, springt Tamara als Erste auf. »Jegor, bist du es?«

Aber an der Schwelle steht schlaftrunken der diensthabende Telefonist. »Könnte ich Sergej Petrowitsch sprechen? Entschuldigen Sie, dass ich so früh ... so spät ... ähm, da ist ein Anruf für ihn.«

»Von wem?«

»Sie wissen doch, wir sind nicht befugt ... Würden Sie ihn bitte wecken?«

Tamara geht ins Schlafzimmer, wo ihre Betten in die entgegengesetzten Ecken geschoben sind, und rüttelt Polkan wach. »He, hörst du? Ist für dich.«

Polkan grunzt, setzt sich auf, dreht seinen schweren Schädel nach rechts und links, reibt sich mit den haarigen Fäusten die Augen.

Dann schlüpft er in die Gummilatschen, wirft sich seinen durchgescheuerten Bademantel über und trottet in den Flur. »Was gibt's?«

»Rostow-Jaroslawl für Sie, Sergej Petrowitsch. Sie hatten doch um Rückruf gebeten.«

»Sieh einer an!«

Der Bahnhof Rostow-Jaroslawl liegt sechzig Kilometer entfernt, es ist der nächste Posten auf der Strecke nach Moskau. Wenn ihn jemand passiert, informiert man Polkan. Aber für gewöhnlich nur tagsüber, man respektiert die Nachtruhe.

Was soll das jetzt also? »Was wollen sie?«

»Keine Ahnung, die haben nur gesagt, dass ich Sie holen soll.«

»Pum-pum-purum. Meine Fresse ...« Polkan wirft sich seinen alten Polizeimantel über die Schultern, als wär's eine Generalsrobe, dreht sich im Gehen eine Papirossa und stellt sich schon mal auf schlechte Nachrichten ein. Er nimmt den Anruf in seinem Dienstzimmer entgegen und schickt den Telefonisten wieder schlafen. »Pirogow.«

»Morgen, Sergej Petrowitsch. Richter hier.«

»Oha! Kolja, alter Kumpel! Kannst wohl auch nicht schlafen?«

»So sieht's aus, Sergej Petrowitsch. Du hast mir doch von deinen Chinesen erzählt, weißt du noch? Die plötzlich verschwunden sind.«

»Hmm, und? Gibt's was Neues?«

»Und ob. Die sind alle hier, vierundsiebzig an der Zahl, inklusive Kinder und Alte.«

»Ich versteh nicht ganz.«

»Die sind hergelaufen. Den ganzen Weg zu Fuß. Dreckig und zerlumpt, die Augen weit aufgerissen – solche Riesenglubscher hab' ich selbst bei einem Russen noch nie gesehen. Aber ansonsten wirken sie ganz munter.«

»Ich versteh' nur Bahnhof. Warum sind die uns denn weggelaufen?«

»Was weiß denn ich, Sergej Petrowitsch. Wer versteht die denn schon? Mit dem Russischen haben sie's ja nicht so.«

»Na ja, aber … Hat sie wer überfallen? Haben sie die Pest? Was ist denn überhaupt passiert? So ganz im Groben? Man lässt doch nicht ohne Grund alles stehen und liegen und haut ab?«

»Die wollten näher zu Moskau, wenn ich's richtig verstehe. Das haben wohl die Dorfältesten beschlossen. Irgendwelche Vorahnungen, Prophezeiungen … heidnisches Zeug halt, was weiß ich. Fragt sich eher, was wir jetzt mit ihnen machen. In Moskau hab' ich schon angefragt. Na ja, ich wollt' dir jedenfalls Bescheid geben, dass deine Verschollenen wieder aufgetaucht sind. Du kannst sie gern zurückhaben, wenn du willst.«

Bis zum Schichtwechsel harrt Jegor in den Katakomben der Fabrik aus, dann versteckt er sich wieder unter den Bahngleisen. Er hätte auch nachts gehen können, aber er redet sich ein, dass die Handykamera das Morgenlicht braucht, damit die Face ID funktioniert.

Heute regnet es nicht, die Wachen trödeln. Ein paar Minuten noch, und die nächste Schicht wird sich auf den Weg machen. Dann kann er die ganze Aktion vergessen. Irgendwo hinter der Brücke geht langsam die Sonne auf, ein goldener Schimmer durchsetzt den undurchdringlichen grünen Nebelschleier.

Am Checkpoint wird eifrig diskutiert. Wie immer geht es um das Gefasel des Popen: Einer der Männer schwärmt, die anderen lachen ihn aus. Aber das Lachen wirkt aufgesetzt: Hundert Schritte von der Brücke entfernt ist man bereit, alles Mögliche zu glauben.

Macht schon, macht schon, murmelt Jegor. Was hockt ihr denn da rum? Aber die Wachen lassen sich Zeit, und Jegor spürt Wut in sich aufsteigen. Auf die Wachen und auf sich selbst. Der Himmel färbt sich rosa, die Sonne rammt ihre roten Nadeln in die schmutziggraue Decke, die auf ihr lastet, hebt sie etwas an, lässt endlich Luft hinein.

Vom Posten dringt ein metallisches Scheppern herüber – das Tor wird aufgeschoben. Fuck! Das war's also. Die Nachtschicht wartet sicher oben auf die Ablösung und lässt die Brücke nicht aus den Augen. Bleibt also nur, in weitem Bogen zurückzugehen oder sich zu stellen. Oder ...

Ja, das könnte funktionieren.

Jegor nimmt allen Mut zusammen und setzt seinen Fuß vorsichtig, damit er nicht auf den lärmenden Schotter treten muss, auf die feuchte, schmatzende Erde, die gerade noch von vereinzelten Graswurzeln zusammengehalten wird. Er bewegt sich unterhalb des Bahndamms, an den Gleisen entlang langsam auf den Fluss zu. Der Plan: Direkt am Wasser in den Nebel eintauchen und dort auf die Betonpfeiler klettern.

Doch je näher Jegor dem Ufer kommt, desto klarer wird ihm, dass das keine gute Idee war: Dort, wo sich der Boden bereits mit dem giftigen Flusswasser vollgesaugt hat, wächst kein Gras mehr und die Erde ist ein einziger sumpfiger Matsch. Jegor muss von Stein zu Stein über die Überreste der Uferpromenade hüpfen – der Fluss hat die einst breite Straße längst unterspült und frisst sich jetzt allmählich durch den Asphalt.

Je näher Jegor dem Wasser kommt, desto schwerer fällt ihm das Atmen. Die uralte Gasmaske kommt gegen die bleischweren Schwaden nicht an. Im entgegenkommenden Nebel lässt sich nicht mehr unterscheiden, wo das Ufer aufhört und das Wasser beginnt. Alles um Jegor herum ist grün; der Nebel verdichtet sich zu Tropfen, die sich langsam auf alle Oberflächen legen; die Erde saugt sich voll mit dem grünem Gift. Die Nebelschwaden sind so gewaltig, dass es scheint, als wäre der Fluss schwerelos, als hätte er sich von seinem Bett gelöst und breitete sich nach oben hin aus.

Ein paarmal gerät Jegor ins Straucheln, fällt beinahe in eine der riesigen giftigen Pfützen. Aus der ungewissen Tiefe steigen Blasen auf, als würde jemand darin ertrinken, und Jegor stößt unwillkürlich die letzte Luft aus seiner Lunge.

Als er endlich den ersten Pfeiler erreicht, ist ihm längst schwindelig. Er wankt.

Für einen Moment meint er die Uferlinie zu erkennen ... Im sumpfigen Morast zeichnen sich seltsame dicht aneinandergedrängte Hügel ab; braune aufgequollene Klumpen, wie überdimensionaler Froschlaich. Etwas, das der Fluss ans Ufer gespült hat und das jetzt schwerfällig in der trägen Brandung schaukelt.

Jegor starrt in den Nebel, bis seine Augen brennen, aber er kann nicht erkennen, was es ist.

Aus dem Betonpfeiler ragt ein Metallbügel, darüber noch einer. Es sind die Überreste einer Leiter, über die man früher zu den anderen tragenden Konstruktionen der Brücke gelangen konnte. Aber die Säure hat sich durch das Eisen gefressen, und die Hälfte der Bügel ist aus dem bröckeligen Beton gefallen wie die Zähne aus dem Gebiss eines alten Mannes.

Ein Bügel bricht genau in dem Moment, als Jegor in vier Metern Höhe danach greifen will; er muss sich mit einem Ruck hochziehen, um noch den nächsten zu fassen zu kriegen.

Von oben sieht der Froschlaich anders aus: Die einzelnen Waben sind nicht rund, sondern länglich. Aber drei Sprossen weiter kann Jegor ohnehin nichts mehr unter sich erkennen.

Seine Gliedmaßen sind bleischwer, er bewegt sich wie in Zeitlupe; im Kopf dreht sich alles, er bekommt kaum noch Luft – aber irgendwie schafft er es nach oben. Robbt auf allen vieren über eine Strebe, die über dem grünen Abgrund hängt, hin zu der nächsten Leiter, und erreicht schließlich die Brücke – an einer Stelle, an der ihn die Wachen sicher nicht mehr sehen können.

Er versucht, sich zu orientieren, entscheidet sich für eine Richtung und setzt sich mit weichen Knien in Bewegung. Die Gleise bleiben lange leer, viel zu lange; keine Spur von den Körpern, die hier beim letzten Mal lagen. Vergeht die Zeit diesmal bloß langsamer? Oder haben die Kosaken diese armen Menschen einfach ins Wasser geworfen?

Dann wäre alles umsonst. Die Wahrscheinlichkeit, die Frau wiederzufinden und das iPhone dazu zu bringen, dass es sie erkennt, war auch so schon gering. Verschwindend gering. Aber Jegor konnte einfach nicht länger auf seinem Arsch herumsitzen und darauf warten, dass etwas passiert. Er kann nicht länger Dosenfleisch fressen und sich mit Polkan besaufen, kann nicht länger seine Mutter belügen und zusehen, wie der Pope diese armen Trottel mit seinen Lügen einlullt! Diese Suppe hat er sich schließlich selbst eingebrockt. Also muss er irgendwas tun. Etwas Großes, etwas, das den Bockmist wiedergutmacht, den er da verursacht oder zumindest nicht verhindert hat.

Und da tauchen rechts und links von den Gleisen die ersten Leichen auf. Die Kosaken haben sie also nicht von der Brücke geworfen. Sie haben sie einfach beiseite geschafft, damit sie mit ihren Draisinen durchkommen.

Nein, nicht einfach beiseite geschafft ...

Als Jegor an den Körpern vorbeigeht, wird ihm klar, dass man sie behutsam, fast schon liebevoll nebeneinander gelegt hat: die Füße zu den Gleisen hin, die Köpfe Richtung Wasser. Wo es noch ging, hat man die Arme auf der Brust verschränkt, wo etwas Stoff zu finden war, die Gesichter bedeckt. Die Kosaken müssen Stunden damit zugebracht haben, den Toten die letzte Ehre zu erweisen, ihnen – wenn schon ihr Tod unmenschlich gewesen war – ihre Menschlichkeit zurückzugeben.

Sie haben die Brücke in einen nebelumwobenen Friedhof verwandelt, der sich über den Fluss erhebt. Aus irgendeinem Grund sieht Jegor vor seinem inneren Auge, wie der Hauptmann die Reihen der Toten entlanggeht und zum letzten Geleit Kreuze in die Luft schlägt.

Der Anblick der Leichen ist schwer zu ertragen, aber Jegor hat keine Wahl. Viele Gesichter sind bereits aufgedunsen und schwarz, obwohl sie unter normalen klimatischen Bedingungen wahrscheinlich noch schlimmer aussehen würden: In den giftigen Schwaden jedoch überleben nicht mal Mikroorganismen. Mit jedem Schritt schwindet Jegors Hoffnung, die Frau mit dem Handy wiederzuerkennen. Hier, eingegossen in dieses widerliche Gelee, sehen sie alle gleich aus; dabei kann Jegor sich nicht mal mehr erinnern, wie sie überhaupt ausgesehen hat. Sie war weder jung noch besonders alt, ziemlich hässlich. Die Kette ihrer Tasche hatte sich um den Hals verfangen. Das ist auch schon alles, was er noch weiß.

Die Gasmaske beschlägt von innen; er würde sie am liebsten abnehmen, auf die Gläser spucken, die Spucke mit dem Finger verreiben – die altbewährte Methode; aber das geht nicht. Das poröse Gummi hält auch so schon nicht dicht; der Schwindel wird immer stärker. Er darf keine Zeit mehr verlieren.

Jegor läuft schon so lange auf der Brücke, dass bald das andere Ufer zu sehen sein müsste – aber von der Frau noch immer keine Spur. Ein paarmal hebt Jegor die Stofffetzen an – Jacken, Mützen, T-Shirts: Nein, sie scheint nicht dabei zu sein. Die Tasche fehlt auch ...

Halt. Da war was ...

Jegor dreht sich um.

Das ist sie.

Ganz sicher.

Man hat ihr die Tasche abgenommen und neben ihre Hand gelegt. Aber die Spur am Hals – dort, wo sich die Kette eingeschnitten hat – ist noch deutlich zu sehen. Ihre Augen sind geschlossen, die Gesichtszüge verschwommen, aber noch kann man erahnen, wie sie zu Lebzeiten ausgesehen hat.

»Guten Tag.«

»Hallo, Kleiner. Kann ich dir helfen?«

»Es geht um Ihr Handy.«

»Ja, ich hab's verloren. Hast du es zufällig?«

»Vielleicht, ich weiß nicht ... hier. Gehört das Ihnen?«

Dieses Spiel ist unheimlich, aber es nicht zu spielen wäre noch unheimlicher. Jegor will es lassen, aber sein Mund bewegt sich wie von selbst.

»Ja, das ist meins! Danke, nett von dir! Aber ich kriege es nicht entsperrt. Kannst du mir helfen?«

»Na klar. Hier ... Sie müssen bloß in die Kamera schauen. Und ... könnten Sie mal die Augen aufmachen?«

»Wozu? Ich sehe dich auch so.«

»Ich ... Fuck. Ich will es doch bloß entsperren.«

»Wen willst du denn damit anrufen? Es ist doch tot, für tote Menschen. Aber du scheinst mir noch ganz lebendig. Hast du keine Angst?«

»Eine Scheißangst, um ehrlich zu sein.«

Ihr Gesicht ist aufgedunsen, Jegors Finger gleiten daran ab, als er versucht, die geschwollenen Augenlider zu öffnen.

»Und wenn ich gar nicht aufwachen will? Du weckst mich, und was dann?«

»Scheiße, genug jetzt! Heilig, heilig, heilig! Satan, Schach und Matt!«

Endlich ist es geschafft. Ihre Augen sind blau, sie starren durch Jegor hindurch in den Himmel. Okay. Weiter. Er atmet tief durch und richtet das Handy auf die Frau, versucht vorsichtig, ihren Blick einzufangen, wie Perseus mit dem Spiegelschild den Blick der Medusa. Das Handy schweigt; Jegor sieht vorsichtig nach – bloß nicht selbst in den Spiegel schauen –, ob es funktioniert hat.

Auf dem Bildschirm erscheint ein Schriftzug: *Nicht erkannt. Versuchen Sie es noch einmal.*

Jegor probiert es wieder, noch sorgfältiger, noch ehrfürchtiger, mit angehaltenem Atem.

Nicht erkannt. Verdammt.

Die dritte und letzte Chance. Konzentrier dich!

»Das ist doch Ihres, oder? Dann helfen Sie mir doch mal! Was wollen Sie denn noch damit?«

»Und was willst du damit?«

»Ich will wissen, was mit euch passiert ist. Da hinten, da ist mein Zuhause. Da sind viele Leute. Und ich ... Ich habe Angst, dass ihnen das Gleiche passiert. Sie können mir vielleicht helfen. Helfen, meine Leute zu warnen ...«

»Damit mit ihnen nicht das Gleiche passiert wie mit uns?«

»Ja!«

Das Handy vibriert schwach.

Jegor reißt es mit einem Ruck hoch, als hätte er Angst, der Fisch könnte vom Haken springen. Dreht den Bildschirm zu sich ...

»Face ID nicht verfügbar. Bitte PIN eingeben.«

Scheiße! Verfluchter Mist!

Jegor verliert die Fassung – und tritt gegen die vor ihm liegende Frau. Sie fühlt sich an wie eine riesige Kautschukpuppe, steif und widerspenstig. Der Tritt fühlt sich falsch an, so verdammt falsch, dass es ihm kalt den Rücken runterläuft. Er dreht sich um – war da was?

»Fuck ... Tut mir leid. Wirklich.«

»Schon gut, Kleiner. Das zahle ich dir schon noch heim. Du hast es eilig, aber ich habe alle Zeit der Welt.«

Jegor will nur noch weg, aber er zwingt sich dazu, sich neben sie auf den Boden zu setzen. Er nimmt Ihre Tasche und stülpt sie um. Der Code ist sechsstellig. Vielleicht ist in Ihrer Tasche ein Hinweis? Irgendein Zettel oder ...

»Alle Zeit der Welt, sagen Sie? Von wegen, Sie sind doch schon ganz schwarz ...«

»Wollen wir wetten, wer länger durchhält?«

»Nee, lassen Sie mal.«

Jegor durchwühlt den Tascheninhalt: Lippenstift, Puderdose, Schlüssel, Ausweis ... ein Ausweis!

»Wer hat dir eigentlich erlaubt, an meine Tasche zu gehen?«

»Es ist wichtig! Ich hab's Ihnen doch erklärt!«

Kostrowa Nadeschda Pawlowna, geboren 1986. Gar nicht so alt also. Geburtstag: 29. Februar ... Na, so ein Zufall. Da hast du ja den Jackpot geknackt, Nadeschda.

Jackpot ...

Jegor überlegt ein paar Sekunden, dann tippt er vorsichtig: *29 02 86*. Das eigene Geburtsdatum ist eine Zahl, die man nicht vergisst!

»Es ist Ihr Geburtstag, oder?«

»Probier's aus.«

PIN-Code falsch.

Was denn dann? Was?

Sechs Nullen?

PIN-Code falsch.

»Was willst du auch mit meinem Telefon ...«

Außer dem Pass hat sie keine Papiere in der Tasche. Jegor blättert darin, er ist wie gelähmt – durch das dicke Gummi gehorchen seine Finger nicht, die Seiten kleben aneinander und wollen sich nicht lösen.

Gemeldet in Jekaterinburg. Ganz schön weit gereist ...

»Gibt's bei Ihnen also noch Leben, ja? Und wir dachten, die Welt hört an der Brücke auf ...«

»Und was für eins. Besser als hier bei euch.«

»Danke für den Hinweis, Tante Nadja. Ich schaue bei Gelegenheit mal vorbei.«

»Na klar, komm uns besuchen!«

»Ich werd's mir überlegen.«

Jegor blättert weiter. Unter »Kinder« ist ein Eintrag: Kostrow Nikolaj Stanislawowitsch, 15. Januar 2019. Wie alt müsste der jetzt sein ...?

»Mein Kolenka. Nach seinem Großvater benannt. Mein kleiner Liebling. Kolja, wie mein Vater. Ein hübscher Junge, und so fröhlich. Mein süßer Lausebengel. Das rote Strubbelhaar war gar nicht zu bändigen. Und grüne Augen hatte er, wie ein Kätzchen. Ist immer rumgerannt mit seinen Transformer-Figuren. Mein Gott ... Und ich dachte schon, ich würde nie Kinder haben. Ein spätes Kind. Du kannst dir gar nicht vorstellen, wie sehr man sie liebt. Die langersehnten und die einzigen. Und wie sehr man sie liebt, wenn sie vor einem sterben.«

Jegor sieht auf das Display. Kolja. Wie der Großvater.

15 01 19

Plötzlich leuchtet der Bildschirm auf: *PIN-Code korrekt!* Das Schloss ist geknackt! Endlich!

»Wow! Danke!«

»Das habe ich dir nicht erlaubt.«

»Ach, halten Sie die Klappe.«

Jegor steckt das Handy in die Hosentasche. Endlich. Was drauf ist, kann er auch später nachsehen.

Er steht auf. Seine Beine sind ganz steif.

Jetzt nichts wie weg hier, zurück über die Brücke, zum Wachtposten. Aber Jegor zögert. Er hat gewonnen, sein Ziel erreicht, er hat es wiedergutgemacht, sogar mehr als das. Nur noch eine Stunde, dann wird er sie alle in Staunen versetzen ...

Andererseits ... Wie weit ist es wohl noch bis zum anderen Ufer? Allzu weit kann es doch nicht mehr sein ...

Er muss ja nicht ganz rüber, nur mal kurz nachschauen.

Alles, was Jegor über das andere Ufer weiß – alles, was die Leute auf dem Posten wissen –, könnte sich als falsch erweisen. Vielleicht ist es dort öde und verlassen, vielleicht geht da aber auch das Leben fröhlich weiter – diese Nadja hatte immerhin einen Ausweis aus Jekaterinburg dabei! Und wenn es da noch Ausweise gibt, hat das alles mit Satan nicht das Geringste zu tun.

Wenn es noch Ausweise gibt, dann ist vielleicht sogar dem Hauptmann und seinem Trupp nichts passiert. Gut, sie sind vielleicht ein paar Banditen begegnet, aber mit denen werden ihre Knarren schon fertig. Sie machen bloß eine kleine Spritztour und kommen wieder. Das wäre ihm echt am liebsten.

Und wenn es dort wirklich Städte gibt? Mit Menschen? Städte wie Moskau, mit Clubs und Konzerthäusern, mit ganzen Fußballstadien ... Städte, in denen

Jegor auf Tour gehen könnte, mit seiner Band – mit Leuten, die er unterwegs trifft. Eine Band, die seine Songs spielt. Er braucht nur einen richtig geilen Drummer. Dann muss nur noch Michelle mitkommen ... in andere, unbekannte Städte, weit weg von diesem dämlichen Moskau.

Jegor setzt einen zentnerschweren Fuß vor den anderen – nein, sie tragen ihn von selbst in die entgegengesetzte Richtung, weg vom Wachtposten.

Die Kette aus toten Körpern will nicht abreißen; sie reicht bis an die Stelle, wo sich der Nebel allmählich lichtet, durchsichtiger wird ... Die Sonne dringt vom anderen Ufer durch die Schwaden, lädt sie elektrisch auf; der Dunstschleier beginnt magisch zu schimmern, hüllt Jegor ein wie ein Kokon, der ihn unverwundbar macht ...

Endlich zeichnen sich Konturen ab – Wald, die brüchigen Zacken der Hochhäuser, das Fachwerk der Brücke ... die Uferlinie. Jegor läuft weiter, immer weiter. Bis er sieht, wie ...

Über dem Wald die Sonne aufgeht – riesig und rot.

Die Brücke ragt ins Land hinein, verwandelt sich in eine Eisenbahntrasse, die eine Schneise durch den ausgedörrten knorrigen Wald schlägt.

Links neben der Brücke – nichts ...

Jegor schaut nach rechts. Sein Kopf dreht sich von allein in die Richtung.

Das flache modrig grüne Ufer bewegt sich.

Aus dem Unterholz, das ganz nah an den schmutzigen Uferstreifen herangekrochen ist, kommen Gestalten. Menschliche Gestalten. Sie schleichen zum giftig grünen Wasser – ohne die geringste Scheu, ohne

Zögern, offenbar ohne den Gestank wahrzunehmen oder Schwindel zu empfinden, ohne sich langsam vorzutasten. Sie gehen einer nach dem anderen hinein, immer tiefer und tiefer, bis zur Hüfte, bis zur Brust, bis zum Hals; sie versuchen nicht zu schwimmen, zeigen keinerlei Anzeichen von Schmerz, obwohl die grüne Brühe sicher schon bei der kleinsten Berührung die Haut verätzt. Sie tauchen ein, das Wasser erreicht ihre Köpfe, dann verschwinden sie ganz ... einer, zwei, drei ... ein Dutzend, das Nächste ... und nach einer Weile ... tauchen sie wieder auf. Auf der gegenüberliegenden Seite.

Reglos.

Tot.

SIEBEN

JEGOR SCHREITET DURCH DEN TORBOGEN in die Arena wie ein Gladiator, dem ein Kampf auf Leben und Tod bevorsteht.

Das Stadion ist brechend voll. Das Scheinwerferlicht blendet die Augen, die Strahlen wandern über die Massen, und wohin die bunten Lichtkreise auch fallen – überall Arme, die sich ihm entgegenstrecken.

Die Menge tobt: »Jegor! Jegor!«

Die Gitarre hängt wie ein Sturmgewehr auf seinem Rücken, der Gurt verläuft schräg über der Brust. Er bleibt mitten auf dem Feld stehen, hebt den Arm – auf den Tribünen kreischen die Leute vor Begeisterung.

Er lässt den Arm wieder sinken, das Geschrei verebbt. Alle wissen, was diese Geste zu bedeuten hat: Für diesen Song – den wichtigsten – braucht er absolute Ruhe.

Jegor schlägt die Saiten an, und schon beginnt die Menge im Chor zu singen. Er braucht sie nur noch zu begleiten:

Eine blutleere Welt habt ihr uns hinterlassen
Das Innere hübsch in Konserven verpackt
Nur noch Haut und Knochen zum Fressen
gelassen

Unsere Nerven sind Saiten zum Zerreißen
gespannt
Eine Welt ohne Menschen habt ihr uns
hinterlassen
Nichts als öde Betonwüsten habt ihr uns vererbt
Statt Kirchen bloß vollurinierte Ruinen
Und eure Überreste sollen uns heilig sein?
Eine Welt ohne Fragen habt ihr uns
hinterlassen
Wer sind wir, verdammt, und warum
überhaupt?
Hinter uns – grelles Licht. Und vor uns – auch.
Wir rasen drauf zu. Zerschellen. Und stehen
wieder auf!

Von den Tribünen grölt es aus tausend Kehlen: »*... rasen drauf zu. Zerschellen. Und stehen wieder auf!*« Dann skandieren sie wieder seinen Namen: »Jegor! Jegor!« Der Scheinwerfer beschreibt einen Kreis über das Menschenmeer, über die Tausende Glühwürmchen – die Taschenlampen der Handys, die sich im Takt seiner Musik bewegen – und kommt wieder bei Jegor an, schlägt ihm mit abertausend Watt entgegen.

Flehende weibliche Stimmen: »Jegor! Jegor!«

Das Bild zerrinnt, zerschmilzt, verglüht. Jegor will es festhalten. »Hinter uns – grelles Licht. Vor uns – auch«, murmelt er immerzu.

»Er spricht! Er spricht!«

»Hat er doch vorher auch schon.«

»Jegor! Kannst du uns hören? Jegor! Sieh doch, seine Augen bewegen sich. Versuch's noch mal mit dem Riechsalz.«

Der Gestank kriecht durch Jegors Nasenlöcher und schlägt gegen seine Schädeldecke: Das Stadion – ein ganzes Stadion voller Fans! – löst sich in nichts auf. Es bleibt nur der Scheinwerfer, ein grelles Licht, das direkt in seine Augen leuchtet, und zwei Gesichter: Seine Mutter und Faina, die Ärztin.

»Nein, warte, warte ... Ich darf ihn nicht vergessen ...«

Er darf den Songtext nicht vergessen – der ist genial! Der Text des Liedes, das ihm zum Durchbruch verhelfen, mit dem er durchs ganze Land touren und Stadien füllen wird. Die Menschen werden von überall kommen, nur um seinen legendären Hit live zu hören, die Hymne einer ganzen Generation, wenigstens einmal im Leben ...

»Er halluziniert.«

»Gott sei Dank hat er die Augen aufgemacht!«

»Eine blutleere Welt habt ihr uns hinterlassen ...« Jegor murmelt die letzten Worte, an die er sich erinnern kann, klammert sich verzweifelt an die sinnlosen Fetzen, während alles andere zerrinnt. Die letzten Akkorde verklingen. Auch die Melodie ist wie weggeblasen.

Ein Krankenzimmer.

Mutter.

Was ist passiert?

Jegor schließt die Augen, kneift sie mit aller Kraft zusammen, öffnet sie wieder.

»Jegor! Erkennst du mich? Weißt du, wo du bist?«

»Ja, Ma. Alles okay. Lass mich.«

Sie schaut gekränkt, aber widerspricht ihm nicht. Jegor überlegt kurz, bewegt seinen Arm – in seiner

Vene steckt eine Infusionsnadel. Er will in seine Tasche greifen, aber da ist keine. Er liegt nur in Boxershorts unter einer kratzigen Armeedecke. »Wo ist das Handy?«, fragt er hilflos.

»Ich sage doch, er halluziniert.«

»Du hast ja recht, Faina. Er soll sich erst einmal ausruhen.«

»Ich muss mich nicht ausruhen! Ich hatte ein Handy dabei! Wo ist es?«

»Pssst ... ganz ruhig.«

Jegor gibt auf: Seine Kräfte sind am Ende. Das Krankenzimmer, der ganze Rest, alles verschwimmt hinterm Horizont.

»Mischa, Mischa, wir gehen raus, ja?«

Michelle droht dem linken Rondik mit der Faust. Sie hat keine Ahnung, wer von den beiden Zwillingen wer ist. Sie streiten und prügeln sich ständig um das Recht des Älteren, lügen wie gedruckt, wenn es darum geht, wer der Erstgeborene ist. Vielleicht wissen sie es selbst, aber alle anderen haben sie längst erfolgreich verwirrt. Michelle kann sie nur anhand ihrer Muttermale auseinanderhalten: Bei dem einen ist es an der linken Wange, bei dem anderen an der rechten Schläfe. Also: der linke Rondik und der rechte. Der rechte heißt Schenka.

»Ohne Erwachsenenbegleitung geht mir hier niemand raus!«

»Dann komm doch mit!«

»Ich hab was mit Tatjana Nikolajewna zu bereden. Also Ruhe im Karton!«

Die Rondiks tun so, als würden sie sich von Michelle nichts sagen lassen, trauen sich aber auch nicht raus. Stattdessen zetteln sie eine Prügelei an.

Michelle ruft Tatjana Nikolajewna ins Badezimmer, die beugt sich über die Rondiks und schärft den Knirpsen noch einmal ein, sich ordentlich zu benehmen. Dann schließen Michelle und Tatjana Nikolajewna die Tür hinter sich ab. Auf der anderen Seite ertönt natürlich sofort Gekreische und Gepolter. Es klingt, als wäre ein Stuhl umgefallen.

Michelle öffnet eine schwarze Plastiktüte. Fünf ölig glänzende Konservendosen kommen zum Vorschein. Tatjana Nikolajewna guckt entgeistert. »Was ist das?«

»Fleisch. Ich hatte es ganz vergessen ... bin heute zufällig drauf gestoßen und ... also, es ist für die Kinder ... ich weiß nicht, wie man es ihnen am besten geben kann. Mit nach Hause sollten die das lieber nicht nehmen ... in die Kantine wohl auch nicht. Vielleicht machen wir hier eine Art zweites Mittagessen ... hier in der Klasse.«

Tatjana Nikolajewna starrt in die schwarze Tüte, lässt Michelle eine Ewigkeit herumstottern, will sie nicht erlösen. Aber so lange, wie Michelle damit gewartet hat, geschieht ihr das wohl recht.

»Na ja, aber wahrscheinlich erzählen die's sowieso ihren Eltern«, sagt Tatjana. »Und die wollen dann wissen, was wir hier ...«

Michelle seufzt. »Ich weiß auch nicht. Ich wollte einfach ... Sie wissen schon, bei mir liegen die eh nur rum, so haben wenigstens die Kinder was davon ...«

Tatjana Nikolajewna stellt die Tüte auf den Boden und greift nach Michelles Hand. »Danke, meine Liebe!

Ich wusste doch, dass ich mich nicht in dir getäuscht habe.«

Michelle löst sich vorsichtig, aber entschieden aus der sanften Falle.

»Jegor!«

Polkan steht über ihn gebeugt da. Jegor schreckt hoch, sieht seine Mutter am Bettende auf einem Stuhl sitzen. Ihre Augen sind rot geweint. Polkan wirkt erschöpft, der speckige Glanz auf seinem Gesicht ist wie weggewischt. Seine Fahne ist meilenweit gegen den Wind zu riechen. »Was hat dich denn geritten, du Vollidiot?«

»Serjoscha!«

»Was, Serjoscha? Er soll gefälligst das Maul aufmachen! Was hattest du da verloren?«

Jegor schaut sich im Krankenzimmer um. Konzentriert sich. »Wo, da?«, stammelt er.

»Auf der Scheißbrücke!«

Ja, die Brücke! Langsam kommt die Erinnerung wieder. »Wo ist das Handy?«, fragt er.

»Er fängt schon wieder damit an. Er halluziniert, Serjoscha. Er ist noch ganz benommen.«

»Was für ein Handy? Du hattest doch nie eins! Warum du auf die Brücke bist, will ich wissen.«

»Ich wollte das Handy entsperren.«

»Meine Fresse! Willst du mich verarschen, oder was?«

»Nein! Da sind Menschen auf der Brücke ... Tote Menschen. Von der anderen Seite. Da hab' ich das Handy gefunden. Ich wollte es entsperren. Deswegen bin ich dahin.«

Polkan mustert ihn ungläubig. »Du spinnst doch! Was denn für Menschen? Woher? Die Kosaken, oder was?«

»Nein ... Von der anderen Seite. Aus Jekaterinburg ...«

Jetzt mischt sich Tamara ein. »Serjoscha, lass ihn! Er soll doch erst mal zu sich kommen!«

Aber Polkan denkt gar nicht daran. »Jetzt pass mal gut auf. Die Wachen am Checkpoint haben dich aufgelesen. Kannst von Glück sagen, dass sie dich nicht umgenietet haben. Du bist auf dem Boden rumgekrochen, warst völlig hinüber. Sie haben dir die Gasmaske abgenommen und dich auf den Posten geschleppt. Außer dieser beschissenen löchrigen Gasmaske hattest du gar nichts bei dir! Nicht mal 'ne verfluchte Knarre und ganz sicher kein Handy!«

Jegor schüttelt den Kopf, kämpft gegen die Kraftlosigkeit an. »Also ist es weg?«, bringt er schließlich heraus.

Aber wie kann das sein?

Als er versucht sich zu erinnern, was als Letztes auf der Brücke passiert ist, beginnt sein Kopf zu pochen: Zunächst nur schwach, aber je hartnäckiger er an der verschlossenen Tür kratzt, desto quälender wird der Schmerz.

Die Betonpfeiler, die Sprossen der Stahlleiter – das war doch alles echt? Und die Menschen, die endlos aneinandergereihten Menschen, begraben ohne Grab. Die waren doch auch echt? Ihre Gesichter. Die Stimmen, die zu ihm gesprochen haben. Die müssen echt gewesen sein! Und das Handy? Das hatte er doch mit? Er hat es doch sogar irgendwie geschafft, es zu entsperren. Hat die Kamera das Gesicht der Frau erkannt? Oder ... und dann ... dann ist er weiter ... und da ...

Er zuckt zusammen.

Das kann er sich doch nicht alles eingebildet haben! Andererseits: Die Nacht mit Michelle, die zerknitterten Laken, die Küsse hinter das Ohr – das war doch bestimmt nicht echt. Oder doch? Und die Konzerte irgendwo im Ural ... Wie weit ist er tatsächlich gekommen? Vielleicht haben ihn die giftigen Gase schon ins Delirium befördert, noch bevor er die Leiter hochklettern konnte? »Was ist mit dem Ausweis? Ich hatte einen Ausweis bei mir!«

»Was für einen Ausweis? Bist du jetzt völlig übergeschnappt? Du hattest doch noch nie einen Ausweis!«

»Nicht meinen. Von dieser Frau ... aus Jekaterinburg ... Nadeschda ... Es war ihr Handy.«

Polkan stülpt seine wulstigen Lippen hervor. Sieht Tamara ab: Der Junge ist doch nicht mehr ganz dicht! Aber als Jegor kurz die Augen schließt, taucht das Gesicht der Frau vor ihm auf – oder besser gesagt: ihr Passfoto. Als hätte es sich in die Innenseite seiner Augenlider eingebrannt. Da ist sie: Nadeschda ... Nadeschda ... Kostrowa!

»Aus Jekaterinburg?«

»Ja, genau.«

»Wo sollen denn da Menschen mit Ausweisen herkommen? Und Handys auch noch, ha!«

»Wieso denn nicht?« Jegor konzentriert sich, versucht, Polkans Blick zu deuten – er ist mitleidig und spöttisch zugleich.

»Pum-purum ... wieso nicht ... tja, weil Jekaterinburg, soweit wir das wissen, im Krieg dermaßen was abbekommen hat, dass da höchstens noch ein paar Neandertaler in ihren Höhlen hausen. Dieser Vater Daniil hat da vielleicht andere Informationen, aber bei dem ist ja auch der Teufel schon im Anmarsch ...«

Jegor schließt die Augen, und auf der Leinwand seiner Lider sind jetzt Bilder von einem Konzert zu sehen, das er gerade erst irgendwo ganz weit weg von hier gegeben hat. »Was denn abbekommen?«

»Staatsgeheimnis. Da halt ich mich raus.«

»Und warum hast du in deinem blöden Geschichtsunterricht nie was davon gesagt?«

»Jegor ...«

Seine Mutter schiebt den Stuhl näher, nimmt Jegors Hand, drückt sanft seine Faust auseinander. »Du hättest ja auch mal dein Hirn einschalten können. Was denkst du wohl, warum sich hier nie einer blicken lässt!«

»Ich hab' den Ausweis aber doch selbst gesehen! Sie war aus Jekaterinburg! Und ein Handy hatte sie auch!«

»Meine Fresse, du bist ja sturer als ein Esel! Na dann glaub doch, was du willst!«

Wo kann der Ausweis nur sein?

Plötzlich ist Jegor, als hätte er den Ausweis weggeworfen. In den Fluss ... aber warum hätte er das tun sollen? Da war doch ... der PIN-Code stand da drin! Mach schon, denk nach ... Er sieht sich über dem grünen Morast stehen, kämpft gegen den Wunsch an reinzuspringen. Und dann sieht er das rotbraune Heftchen ... Er sieht es fliegen, die Seiten flattern wie Schmetterlingsflügel, er sieht es in die Tiefe hinabsegeln und sich in der ätzenden Luft auflösen, noch bevor es unten ankommt …

Ja, er hat den Ausweis weggeworfen. Er hat ihn weggeworfen, weil er wollte, dass die Frau endlich still ist. Weil er ihren Blick nicht mehr ertrug. Weil sie ihm nicht verzeihen konnte, dass er ihren leblosen Körper getreten hat. Dass er an ihr Telefon gegangen ist, in alten Wunden herumgestochert und sie nach ihrem toten Sohn ausgefragt hat.

Er hat ihn weggeworfen.

Und das Handy? Vielleicht gleich hinterher?

Jegor versucht sich zu erinnern … schon möglich … er erinnert sich, dass es noch warm war, er konnte die Wärme durch den Gummihandschuh spüren … er wollte es loswerden …

Und dann war da … dann hat Jegor etwas von der Brücke aus gesehen … unten am Ufer.

Nein. Das kann auf gar keinen Fall echt gewesen sein. Niemals …

»Ich frage dich jetzt zum letzten Mal: Was hattest du auf der Brücke zu suchen? Und komm mir nicht wieder mit diesem Scheißhandy! Wolltest du abhauen, oder was? Den Kosaken hinterher? Wolltest du den Helden spielen?«

»Nein! Ich … Ich wollte nur nachsehen.«

»Hast du den Arsch offen? Wir sind hier fast durchgedreht. Nachsehen wollte er!«

»Hör auf, Serjoscha. Lass ihn in Ruhe. Wir sollten Gott danken, dass er aufgewacht ist …«

»Gott, na klar. Hast du gehört, was dein Vater Daniil gesagt hat? Er meint doch glatt, er hätte unseren Jegor mit seinen Gebeten gerettet.«

Obwohl er gerade erst zu sich gekommen ist, verzieht Jegor das Gesicht: Na, ganz bestimmt! Auch Tamara verzieht den Mund: »Na, sicher!«

Jegor versucht, sich zu bewegen, sein ganzer Körper fühlt sich kraftlos an, wie in einem dieser Albträume, wenn alle Gliedmaßen ganz schlaff sind wie schlecht aufgepumpte Fahrradschläuche. An seinen Armen kleben die Infusionsschläuche wie Blutegel; er will sie loswerden, zerrt daran, aber Polkan hält ihn fest. »Wo willst du hin?«

»Darf ich nicht mal mehr pissen, oder was?«

»Du kannst ja kaum stehen!«

»Das krieg ich schon hin.«

»Lass die Schläuche in Ruhe! Jegor! Die Nadeln!«

Jegor zieht die Stange zu sich heran. Die Beutel daran sind mit trüben Flüssigkeiten gefüllt, die in seine Venen sickern; er stützt sich auf die Stange und steht langsam auf. Seine Knie schlottern. Er streckt sie trotzdem durch. Seine Mutter will ihm helfen, aber Polkan hält sie zurück: Lass ihn. Jegor macht einen Schritt, noch einen – er sucht mit dem Blick die Toilettentür und geht langsam, aber zielstrebig auf sie zu. So ähnlich müssen sich die Entdecker des Nordpols gefühlt haben, als sie sich durch Schnee und Sturm ihrem Ziel entgegen kämpften.

Geschafft – er stößt die schwere Tür auf.

Steht plötzlich vor einem Spiegel.

Ein fremdes Gesicht blickt ihm entgegen: abgemagert, leichenblass, mit eingefallenen Augen und hohlen Wangen. Wann ist das passiert? Jegor dreht sich zu seiner Mutter um. Er muss aufpassen, dass er dabei nicht umkippt. »Wie ... wie lange bin ich schon hier?«

»Seit einer Woche.«

Michelle schiebt einen Hocker vor den Schrank, steigt darauf und tastet blind nach dem Schuhkarton, in dem die alten Spiegelreflexkameras liegen, die ihr Großvater sammelt. Der Karton ist schwer – Michelle weiß auch, warum. Sie zieht ihn Stück für Stück zu sich heran, ganz langsam, damit die Teile darin nicht klimpern und damit der Karton nicht zu laut über den Schrank ratscht.

Alle paar Zentimeter dreht sie sich zu ihrer Großmutter um. Die scheint zu schlafen, wie immer nach dem Mittagessen – das ist der einzige Moment, in dem Michelle unbemerkt an die Kiste kommt. Von hier oben ist es schwer zu beurteilen, ob Omas Augen wirklich geschlossen sind. Immerhin schnarcht sie gleichmäßig. Sie schnaubt beim Ausatmen wie ein Pferd; unter ihrer Nase bildet sich ein durchsichtiger Tropfen.

Michelle muss unwillkürlich daran denken, dass sie die Alte nicht liebt; sie hat Mitleid mit ihr – das schon, aber Liebe ist das nicht.

Wieder zieht sie den Karton ein Stück näher – die Kiste schwebt über ihrem Kopf. Jetzt ganz vorsichtig.

Ohne vom Hocker zu steigen, balanciert Michelle sie auf einer Hand und macht sich mit der anderen am Deckel zu schaffen – er klemmt; im Karton rasselt es. Erschrocken sieht sie zu Oma hinüber, aber die hat anscheinend nichts gehört.

Endlich gibt der Deckel nach. Ist sie da …?

Ja!

Da liegt sie, unter einer Zenit und einer Canon, die Opa in irgendwelchen verlassenen Wohnungen aufgesammelt hat, eingewickelt in einen öligen Lappen.

Michelle hält den Karton immer noch mit einer Hand und tastet mit der anderen darin herum. Hat sie sich auch nicht geirrt? Nein. Da ist sie.

Opas alte Makarow, von der niemand außer ihr weiß.

Michelle zieht sie vorsichtig heraus, fleht die Kameras an, keinen Krach zu machen. Wickelt die Pistole aus dem Lappen und steckt sie sich in den Hosenbund. Setzt vorsichtig den Deckel wieder auf den Karton. Plötzlich hat sie das Gefühl, als würde sie die Alte – wer weiß, wie lange schon – schweigend beobachten.

Michelle zuckt zusammen, dass ihr die Pistole fast aus der Jeans rutscht; sie kann sie gerade noch festhalten.

Nein, Oma schläft – oder tut zumindest so.

Nur einen Augenblick, nachdem sie den Deckel endlich auf den Karton gelegt und diesen wieder auf den Schrank gehievt hat, hört sie den Schlüssel in der Tür.

Als sie ihren Großvater im Flur begrüßt, ist sie knallrot und weicht seinem Blick aus. Sie hofft, dass er den Griff der Makarow nicht bemerkt, der sich unter ihrem Pulli abzeichnet. Sie ist sich sicher, dass er die Pistole mit seinem Röntgenblick sofort entdeckt. Er hat ihr schon immer, von frühester Kindheit an, alles sofort angesehen – ob sie miese Laune hatte, ob sie gelogen hatte oder verliebt war.

»Wie ist es denn gelaufen? Hast du deine Schulden wieder reingeholt? Wie viel war's noch mal nach dem letzten Spiel? Ein Päckchen oder zwei?«

Opa schaut sie mit seinen ausgewaschenen Augen an, die vor einer Ewigkeit einmal tiefblau gewesen waren. Legt ihr den Arm um die Schulter. »Eins. Machst du mir einen Tee? Haben wir noch welchen?«

So schnell fällt ihr keine Ausrede ein, um kurz zu verschwinden und die Pistole zu verstecken, also trottet sie mit ihm in die Küche. Streckt den Bauch möglichst weit raus, damit die Makarow nicht hin und her rutscht, setzt Teewasser auf, spült zwei Tassen ab. Opa seufzt. Er lässt sie nicht aus den Augen.

Sie plappert drauflos, um sein Geseufze zu übertönen. »Wegen den beiden gibt's immer noch nichts Neues, oder? Polkan wollte die Sache doch nach zwei Tagen aufgeklärt haben – sieht ja nicht danach aus. Was sagen denn die Männer am Checkpoint?«

»Was sollen die schon sagen? Kann sich doch keiner einen Reim drauf machen ...«

»Schon gruselig, die ganze Geschichte ... Oma betet wieder nonstop. Die hat bald ein Loch in die Zimmerdecke gebetet. Vater Daniil sagt, das wäre nur der Anfang, er hätte uns ja gewarnt. Wenn wir nicht alle schleunigst anfangen, unseren Leib abzutöten, oder wie der das nennt, dann sieht's bald finster aus. Als hätten wir den noch nicht genug abgetötet. Und dann erzählt der noch irgendwas von gemeinsamer Verantwortung: Wenn einer mit dem Abtöten hinterherhinkt, müssen alle büßen.«

Opa zieht eine Augenbraue hoch, unterbricht sie mit einem Nicken Richtung Schlafzimmer, wo Oma nach ihrem Mittagsschläfchen zu rascheln anfängt. »Nicht so laut ... Du weißt doch, wie empfindlich sie da ist ... Wo willst du denn schon wieder hin? Bleib doch noch ein bisschen ...«

Michelle hat Angst, dass ihr die Pistole aus der Hose rutscht und auf den Boden donnert, wenn sie sich hinsetzt. Deswegen lehnt sie in der Tür und dreht Nikita ihre unverdächtige Seite zu.

Er verrührt ein Stück Moskauer Würfelzucker in der Tasse. Der Löffel kratzt über das gesprungene Porzellan.

»Du kannst es mir ruhig sagen.«

»Was denn?«

»Was du willst. Willst du vielleicht über deinen Hauptmann reden?«

»Gar nichts will ich. Welchen Hauptmann überhaupt?«

Sie stürzt aus der Küche und verschwindet in ihrem Zimmer.

Dass sich in dieser Woche auf dem Posten viel getan hat, spürt Jegor sofort. Als wäre nicht eine Woche vergangen, sondern mindestens ein Jahr – so groß ist die Veränderung. Im Hof patrouillieren die Wachen in voller Kampfmontur; vor dem Tor hängt ein schweres Schloss. Auf den Dächern der Plattenbauten bewegen sich kleine dunkle Gestalten mit streichholzgroßen Gewehren. Der Hoflärm – das Geschwätz der Frauen, das Kindergeschrei und die dumpfen Flüche aus den Werkstätten – ist wie abgeschaltet. Die Menschen sprechen mit gedämpfter Stimme, als hätten sie Angst, etwas zu überhören oder jemanden zu verschrecken ... Oder im Gegenteil: anzulocken.

Sie unterhalten sich leise und wachsam ... Sie warten auf etwas.

Jegor steigt mithilfe des Geländers die Treppe hinunter und tastet sich an der Wand entlang über den Hof. Niemand erwidert sein schwaches Lächeln, man nickt ihm nur anerkennend zu: Du lebst ja noch, bravo! Aber nach seinen Abenteuern fragt ihn keiner; seine kleine Expedition hat ihn offenbar nicht zum Helden gemacht – aber immerhin auch nicht zur Lachnummer. Es scheint einfach niemanden zu interessieren. Irgendwas muss in dieser Woche geschehen sein, das seinen kleinen hirnverbrannten Ausflug noch in den Schatten stellt.

Das Fenster der Zelle ist geschlossen, auf der Bank darunter halten Ljonka Alkonaut und Serafima die Stellung; die rothaarige Lenka ist auch da. Sie warten. Alle drei sehen ziemlich mitgenommen aus, genauso abgemagert wie Jegor, als hätten sie ebenfalls eine Woche im Koma gelegen.

Jegor überlegt kurz, ob er Ljonka ausfragen soll, aber beim Gedanken an ihr letztes Gespräch dreht sich ihm immer noch der Magen um, also steuert er lieber das Wachhäuschen an. Da wird sich schon jemand finden, der ihn auf den neusten Stand bringt.

Im Wachhäuschen, wo die Männer sonst mit einem speckigen Kartenspiel die Zeit totschlagen, ist es ungewöhnlich still. Hinter dem Schulpult, das ihnen als Tisch dient, sitzt Anton und liest in einem Büchlein mit hauchdünnen Seiten wie aus Zigarettenpapier. Jegor setzt ein breites Lächeln auf.

»Morgen! Was liest du denn da?« Sein Lächeln gerät zu groß und hält sich nur mit Mühe auf dem hageren Gesicht.

Anton blickt überrascht auf. »Wen haben wir denn da!«, ruft er, als er sieht, dass es Jegor ist. »Wieder unter den Lebenden, ja?« Er betrachtet sein Büchlein und verstaut es in seiner Hosentasche. Auf dem Ledereinband blitzt kurz ein goldenes Kreuz auf. Aber vielleicht hat sich Jegor auch getäuscht ... »Ach, nur so«, sagt Anton. »Ich tu was für meine Allgemeinbildung.«

Jegor hakt nicht weiter nach. Geht ihn ja auch nichts an. »Und, was gibt's Neues? Was hab' ich verpasst?«

Anton druckst herum. Seine Gesichtszüge verhärten sich. »Hast du das von Zigal schon gehört?«

»Nee, was ist mit ihm?«

»Zigal und Kolka?«

Jegor lacht dreckig. »Ach was! Sag bloß, Zigal hat endlich die Katze aus dem Sack gelassen? Ist's jetzt offiziell? Ich hab's ja schon immer geahnt – bei unserem süßen Zigal, mein ich. Aber ... welcher Kolka eigentlich? Hinkebein oder Kolzow?«

»Kolzow.«

»Und was ist mit den beiden?«

»Sie sind tot.«

Jegor bleibt die Spucke weg. Sein Grinsen erstarrt zum schmerzhaften Krampf. »Was ...? Wie?«

»Es ist so, wie ich's sage.«

»Was heißt denn tot? Wie? Woran ...? Warte mal ... meinst du das ernst?«

»Denkst du, ich mach Witze, oder was? Ich sag doch: Sie sind tot!«

»Wie ist das passiert?«

»Was weiß ich, Mann. Man hat sie bei Kolzow in der Garage gefunden.«

Anton wendet aus irgendeinem Grund den Blick ab. Rutscht auf seinem Stuhl herum. Sucht nach Worten. Jegor versucht sich vorzustellen, dass Kolzow, mit dem er sich doch gerade erst geprügelt und in Shanghai wieder mehr oder weniger versöhnt hat – dass der jetzt plötzlich nicht mehr da sein soll.

»Warte ... Und die Beerdigung? Wann ist die? Erzählst du mir auch wirklich keinen Scheiß?«

»War schon. Das war alles schon, die Beerdigung und die Totenfeier.«

»Oh Mann ...«

»Ja ... Vater Daniil wollte, dass es schnell geht ... Wer weiß, wie lange die da schon gelegen haben ... Sie haben sie sofort, nachdem sie sie gefunden haben, beerdigt. Noch am selben Tag.«

»Wie meinst du das, sie haben lange gelegen?«

»Naja, Kolzow hatte frei, und Zigal – naja, du kennst ihn ja, der war sowieso lieber für sich. Wenn man die beiden ein, zwei Tage nicht gesehen hat, hat sich keiner was dabei gedacht. Die haben ja auch immer aufeinander gehockt. Jedenfalls ... irgendwann war's dann doch seltsam ... dann ist jemand zu Kolka in die Werkstatt ... sie war abgeschlossen. Von innen. Also hat man die Tür aufgebrochen. Und da drin ... Blut, überall. Bei der Beerdigung waren beide von Kopf bis Fuß in Stoff eingewickelt. Serjoga meinte, die waren übelst zugerichtet, die Gesichter zu Brei geschlagen, Arme und Beine ... irgendwo daneben. Keine Ahnung, Mann. Wäre die Tür nicht von innen zu gewesen, hätten wir jetzt alle die Paranoia. Aber es war abgeschlossen, von innen.«

Jegor schüttelt den bleischweren Kopf. Er mustert Anton: Verarscht er ihn auch ganz sicher nicht? Nein. Das war kein bisschen lustig gemeint. »Was für eine Scheiße.«

»Total.«

Anton fischt einen Zeitungsschnipsel hervor und kratzt in seinen Hosentaschen ein paar Tabakkrümel zusammen. »Also … das heißt, die haben sich gegenseitig die Schädel eingeschlagen? Oder einer erst dem anderen und dann sich selbst? Wie soll das gehen? Und warum hat keiner was gehört?«

Anton zieht die Schultern hoch. »Was denn? Dass sich da gerade zwei totprügeln?«

»Vielleicht war's ja doch jemand anders? Beide auf einmal …?«

»Und wer? Fuck! Wer soll das denn gewesen sein? Und was ist mit der Tür?«

Jegor will das einfach nicht in den Kopf. »Aber die waren doch beste Kumpel! Warum sollten die …? Das macht doch null Sinn!«

»Vater Daniil sagt, dass sie sich Satan anheim … ähm … anheimgegeben haben, ja, so war's. Dass er von ihnen Besitz ergriffen hat … wegen den Sünden.«

»Nicht dein Ernst? Und das kauft ihr ihm ab?«

Anton sieht Jegor argwöhnisch an. »Na hör mal, du Klugscheißer. Hast du vielleicht eine bessere Idee?«

Menschen, die langsam ins verseuchte Wasser treten, Schritt für Schritt darin versinken, ohne Schmerzen zu empfinden, ohne zu schwimmen, immer tiefer hinein, bis ihnen die grüne Brühe in die Lunge sickert; Menschen, die sich ohne Not, ohne sich zu wehren ertränken, die ohne mit der Wimper zu zucken sterben. Hat er sie wirklich gesehen?

Jetzt ist er wieder felsenfest überzeugt davon.

Es ist unmöglich, aber wahr. Vielleicht wollte Jegor es nicht wahrhaben, weil er nicht begreifen konnte, was er da sah. Nicht wie dieser Pope – der müsste gar nicht groß nachdenken, er hätte sie einfach Teufelsanbeter genannt.

Angeblich hat er Jegor mit seinen Gebeten errettet ... Na vielen Dank auch.

Aber wen soll er sonst fragen?

Auf dem Weg zu dem Gebäude, in dessen zweiten Stock die Gefängniszelle eingerichtet wurde, legt Jegor sich tausend Geschichten zurecht, damit die Wachen ihn zu Vater Daniil durchlassen. Doch schließlich geht er einfach nach Hause, und holt eine von den drei Büchsen, die in Polkans Versteck noch übrig sind. Er wird sich schon irgendwie rausreden können. Noch im Wachstum, eine Woche im Koma – er konnte nicht anders, er war so ausgehungert, dass er gleich die ganze Dose in sich reingestopft hat. Mutter wird ihn schon in Schutz nehmen.

Er steigt die Treppe hoch, die Dose im Rucksack wird mit jeder Stufe schwerer. Kein Wort glaubt Jegor von dem, was dieser Betrüger da von sich gibt. Er verachtet alle, die ihm sein Geschwafel abnehmen. Und trotzdem hat er Angst vor diesem Gespräch.

Vor der Zelle schiebt nur einer Wache – Wanja Woronzow. Er kratzt mit einem Nagel einen geflügelten Penis an den Putz auf der Wand. Als er Jegor bemerkt, lässt er die Hände in den Taschen verschwinden und tut ganz unschuldig. »Ach, wieder unter den Lebenden, ja? Was willst du hier?«

Die Gefängnistür ist eine gewöhnliche Stahltür, die man verkehrt herum eingehängt hat – mit Schloss und Spion auf der Außenseite.

»Wanja, hör mal. Die Sache ist die ... ich muss zu ihm ... zu dem Popen.«

Woronzow grinst spöttisch. »Na sicher. Immer reinspaziert! Spinnst du, oder was? Wenn ich dich da reinlasse, macht mich dein Alter einen Kopf kürzer!«

»Als ob ich es ihm verraten würde. Dann bin ich doch als Erster dran. Bitte! Ich beeile mich auch, nur zehn Minuten.«

»Verpiss dich.«

Eine harte Nuss. Jegor seufzt, macht den Rucksack auf und holt die Büchse hervor. Woronzow blinzelt, schluckt. »Was ist das?«

»Na, was wohl, Fleisch.«

»Aha. Und weiter?«

»Für dich, Mann. Ein kleines Präsent.«

Woronzow will Nein sagen, aber sein Blick klebt an der Dose fest. Ihm geht's genauso elend wie allen anderen auf dem Posten. Eingefallene Wangen, hervortretende Knochen. »Das ist ein Argument«, sagt er.

»Na also. Ich brauche nur zehn Minuten.«

»Dir ist schon klar, dass er taub ist?«

»Egal. Ich will nur hören, was er sagt.«

»Worüber denn?«

Jegor tut so, als müsste er nachdenken. »Naja, über Kolzow und das alles. Zigal ... Ich will wissen, was er dazu zu sagen hat. Er hat doch was von Satan und so erzählt. Das würde ich gern noch mal hören. Ich hab ja alles verpasst ...«

Woronzow fixiert immer noch die Konservendose. Er redet nur mit ihr. »Und wenn er nicht mit dir sprechen will? Wenn er Alarm schlägt?«

»Wieso denn? Ich will ihn ja nur was fragen ...«

»Ach, was weiß ich ...« Wanja kaut auf seiner Wange herum, zupft sich ein Haar aus dem kurzen Bart.

»Wie siehst du eigentlich die ganze Sache? Bist du dafür oder dagegen?«, fragt er – diesmal Jegor und nicht mehr die Konservendose.

»Gegen was?«

Woronzow guckt genervt – oh Mann, jetzt spiel hier nicht den Dummen, bedeutet sein Blick. »Na, bist du für den Popen oder gegen ihn?«

»Ich bin ...« Jegor will irgendeinen Spruch loslassen, aber er zögert. Für ihn oder gegen ihn? Und wenn er für ihn ist, gegen wen ist er dann?

»Ich bin für niemanden.«

»Hmm, klingt vernünftig. Ich auch.«

Wanja bedeutet ihm, leise zu sein. Er horcht auf die Stimmen draußen im Hof – kommt da jemand die Treppe hoch? Er streckt die Hand nach der Dose aus. »Nur damit das klar ist: Wenn der nicht mitspielt, ist das nicht mein Bier«, flüstert er Jegor zu, als er sie schon in der Hand hält.

»Keine Sorge, die gehört in jedem Fall dir.«

»Geht klar. Aber macht leise, in der Wohnung drunter hört man jedes Wort.« Er dreht vorsichtig den Schlüssel um und öffnet die Tür, indem er sie leicht anhebt, damit sie nicht quietscht. »Sag mal ... woher hast du die eigentlich? Ich dachte, das Fleisch wäre alle?«

»Ist es auch. Fast.«

Jegor ist mit seinen Gedanken woanders und hört schon gar nicht mehr zu.

Durch die offene Tür sieht man einen schummrigen Flur.

Dort steht ein Mann, das Gesicht Jegor zugewandt, die Arme vor der Brust verschränkt. Er hat auf ihn gewartet.

Woronzow schließt die Tür hinter ihm so leise, dass Jegor einen Moment braucht, um zu begreifen, dass er jetzt ebenfalls hier eingesperrt ist. Und wieder ist da diese bescheuerte Angst.

»Da ist ja mein Schützling.« Vater Daniil lächelt ihn wohlwollend an, aber Jegor spürt die Wut wie Galle aus seinen Eingeweiden aufsteigen, sie steht ihm bis zum Hals, ist sogar stärker als die Angst.

»Ich bin ganz sicher nicht dein Schützling!«

»Ich kann dich nicht hören. Aber ich verstehe, was du sagst.«

»Erzähl das jemand anderem!«

Der Gesichtsausdruck des Popen bleibt unverändert: sanftmütig und streng zugleich. Vielleicht könnte er ja wirklich alles hören, wenn er nur wollte ... »Was bist du denn sonst? Ich habe für dich gebetet, und jetzt bist du wieder hier. Du bist noch mal davongekommen. Offenbar hast du deine Aufgabe noch nicht erfüllt.«

»Zu wem hast du denn gebetet, wenn sich dein Gott längst aus dem Staub gemacht hat?«

Vater Daniil mustert Jegors Gesicht. »Du bist aus irgendeinem Grund wütend auf mich. Hier ist es dunkel, ich kann deine Lippen nicht gut lesen. Sei so nett und wiederhole, was du gesagt hast.«

Jegor stellt sich so hin, dass das karge Licht vom Fenster auf sein Gesicht fällt. Vater Daniil nickt: Ja, so ist es schon besser. »Was ist dort passiert, am anderen Ufer? Wer sind diese Menschen auf der Brücke? Warum hast du niemandem hier davon erzählt? Warum hast du diesem dämlichen Kosakentrupp deinen Segen erteilt?«

Vater Daniil schüttelt ungläubig den Kopf. »Du bist wirklich auf die andere Seite gelangt? Was hast du da gesehen?«

»Wie sich Menschen einfach so im Fluss ertränken, habe ich gesehen! Und diese ganzen Leute auf der Brücke ...«

»Du hast es gesehen und bist zurückgekehrt. Ich weiß, ich habe gesagt, dass Gott uns verlassen hat, aber irgendetwas hat dich beschützt! Jetzt sind wir schon zwei – zwei, die gesehen haben, was dort drüben vor sich geht. Nur dass du noch nicht verstehst, was du gesehen hast, ich aber schon.«

Jegor erträgt es kaum, ihm zuzuhören: Vater Daniils Stimme klingt nicht wie die eines normalen Menschen, sondern als würde man mit Kreide über eine Tafel kratzen. Jegor tun die Ohren weh, aber Vater Daniil kratzt immer weiter. »Menschen sind wie kleine Kinder«, sagt er. »Man muss ihnen ein Märchen erzählen, damit sie verstehen, was das Leben und was der Tod sind, was der Sinn des irdischen Daseins und was dessen Sinnlosigkeit. Ich erkläre es, so gut ich kann. Und dir werde ich es auch noch erklären, wenn die Zeit reif ist. Denn wir beide sind jetzt miteinander verbunden, ob es dir passt oder nicht. Du bist für etwas Größeres auserwählt, deswegen bist du zurückgekehrt. Deswegen habe ich für dich gebetet. Jegor, du Diener Gottes, dir steht alles noch bevor.«

»Du kannst mich mal! Du lügst! Das wusste ich schon, als ich dich zum ersten Mal gesehen habe. Du verarschst die Leute, trichterst denen irgendeinen Scheiß ein. Und meiner Mutter auch! Auserwählt ... so ein Schwachsinn! Ich wette, du bist nicht mal taub!«

Jegor würde diesem Dreckskerl am liebsten eine reinhauen, aber seine Hand will sich einfach nicht zur Faust ballen.

Vater Daniil seufzt. »Meine Ohren hören nichts. Ich höre mit dem Herzen.«

Von draußen kommen Rufe. Jegor zuckt zusammen und sieht zum Fenster hinüber.

Vater Daniil entgeht die Bewegung nicht, er wendet sich ebenfalls dem Fenster zu. »Sie rufen wohl nach mir. Es ist Zeit für die Predigt. Geh, Jegor. Wir reden ein anderes Mal weiter. Und deine Mutter ... Sie muss selbst entscheiden, wem und woran sie glauben will. Aber das hat sie ja längst.«

Er lässt Jegor stehen und geht zur Wohnungstür, klopft mit einem Finger gegen das Metall. Die Tür fliegt sofort auf – Woronzow hat nur darauf gewartet.

Jegor will nicht gehen, er hat ja noch gar nichts erfahren, aber Woronzow schleift ihn aus der Zelle, schließt die Tür ab, hängt die Kette davor und schubst Jegor zur Treppe. »Das ist nie passiert, klar? Und jetzt verschwinde!«

Völlig verdattert trottet Jegor in den Hof – und sieht Vater Daniil nun als schwarze Silhouette im Fenster.

Die Menge hat sich schon versammelt, die halbe Kommune hängt mit offenem Mund an Vater Daniils Lippen, der aufs Neue durch die Stahlstäbe predigt. »Das, wovon ich spreche, wird bald eintreten. Stärket euren Geist, indem ihr euren Leib abtötet. Bewahret euch durch Hunger vor den Niederungen des Leibes. Schützt euch durch Entsagung vor der Versuchung und behaltet einen nüchternen Verstand. Wappnet euch durch Bescheidenheit vor Habgier. Aber es gibt noch mehr Todsünden, und von denen will ich heute zu euch sprechen – von Zorn, von Gram und von Kleinmut ...«

Jegor betrachtet die schwarze Figur im vergitterten Fenster und hat den Eindruck, dass die Worte an ihn gerichtet sind. »Der Zornige entfremdet sich von Gottes Ebenbild, denn Gott ist Liebe. Im Zorn wird man dem Teufel ähnlich. Und auch Gram ist eine Sünde. Derjenige, der ihm anheimfällt, zweifelt an Gottes Vorsehung. Wer sich grämt, verhöhnt die gottgeschaffene Welt, er hat den Glauben an Gottes Plan verloren. Wer den Gram in seine Seele lässt, der lässt auch den Kleinmut hinein. Und mit Kleinmut werden wir diesen Kampf verlieren – den Kampf gegen den Teufel. Auch wenn der Herr uns verlassen hat, sollten wir stark sein. Ich für meinen Teil werde ihm trotzdem dienen. Er hat mich hier allein gelassen. Mein Herr und Vater hat mich verlassen! Aber gräme ich mich deswegen? Nein. Denn ich halte nicht nur meinem Kommandanten die Treue, sondern auch dem Eid, den ich geschworen habe. Mein Eid ist der Glaube. Allzu leicht ist es, in einer warmen Kaserne mit regelmäßiger Nahrungsration zu dienen, dazu braucht es kein Heldentum. Hart ist es für diejenigen, die im Schützengraben unter feindlichem Beschuss zurückgelassen wurden, ihre Tapferkeit ist unvergleichlich ... Denn wir kämpfen doch nicht um der Orden, nicht um der Titel willen!«

Jegor spuckt genervt in den Schlamm.

Michelle legt die Pistole auf die Regenjacke, in die sie die Konserven eingewickelt hat. Sie ist in einer Plastiktüte versteckt, sodass sie sie jederzeit ziehen und direkt durch die Tüte hindurch schießen kann. Auf wen? Das weiß sie noch nicht. Das wird sich zeigen.

Der Rucksack ist gepackt.

Michelle geht ans Fenster. Der Hof ist voller Menschen, die Tore sind geschlossen. Seit man Jegor halbtot auf der Brücke aufgelesen und Kolzow und Zigal tot gefunden hat, darf niemand mehr auf eigene Faust das Gelände verlassen.

Also muss sie sich etwas anderes einfallen lassen.

Sie spürt, dass da unten jemand ihren Blick sucht. Michelle sieht genauer hin.

Jegor.

Wie ist der eigentlich hier rausgekommen? Irgendwie muss er es ja unbemerkt auf die Brücke geschafft haben. Fragt sich nur, wie. Vielleicht haben sich die Wachen weichklopfen lassen, weil er Polkans Zögling und der Sohn der Hexe ist. Aber dann hätten die eine ordentliche Abreibung bekommen, als die Sache aufgeflogen ist, und das war nicht der Fall … also gibt es noch einen anderen Weg.

Michelle tritt ganz nah an die Fensterscheibe. Jegor lässt sie nicht aus den Augen. Sie spürt mit ihrer Haut und allem, was darunter ist, wie sich unzählige unsichtbare Fäden von ihr zu Jegor ziehen.

Michelle hebt die Hand und lockt ihn mit dem Zeigefinger. Jegors Kopf nickt unwillkürlich im Takt der Bewegung. Seltsam, es stört sie überhaupt nicht, dass er Tamaras Sohn ist. Ganz im Gegenteil: Es schmeichelt ihr, dass sie ihn in der Hand hat, so wie Tamara sie an jenem Abend in der Hand hatte. In seiner Gegenwart fühlt Michelle sich selbst fast wie eine Hexe.

Sie kommt ihm im Treppenhaus entgegen. »Hi.«

»Hi.«

Jegor wartet darauf, dass sie zu sprechen anfängt, ihm sagt, warum sie ihn gerufen hat; aber sie lässt sich Zeit, denkt nach. Also macht er den Anfang. »Hast du gehört, was mit Kolzow ...«

»Ja, Wahnsinn. Ich hab' ihn vor Kurzem noch im Hof gesehen, und dann das. Scheiße. Und dann auch noch das mit dir ... wie bist du überhaupt auf die Brücke gekommen?«

Er zögert. Im Hof hört man den Popen predigen. Die Nachbarskinder weinen. »Ich, na ja ... ich wollte mal schauen, was da ist. Die waren ja schon ganz schön lange weg. Die Kosaken, meine ich. Da hab' ich gedacht, jemand sollte mal nach dem Rechten sehen.«

»Du bist echt irre. Und, hast du was rausbekommen? Sind sie ...«

»Naja, sie sind auf jeden Fall über die Brücke, so viel steht fest. Da drüben ist echt die Hölle los ... das hier ist gar nichts dagegen ... völlig abgefahren ... na ja, keine Ahnung ...«

»Hm.«

»Tja ...«

Michelle überlegt. Soll sie sich erniedrigen und nochmal nachfragen oder weiter so tun, als wäre es ihr egal? Sie kann sich nicht entscheiden. »Was denkst du ... Wie stehen die Chancen? Kommen sie wieder?«

Jegor knibbelt mit dem Fingernagel am Geländer herum. »Ich ... keine Ahnung ... wahrscheinlich nicht. Oder vielleicht doch. Was weiß ich. Es ist echt schlimm, Michelle. Übel. Ich steig' da nicht durch. Da könnte man fast schon dem Popen glauben. Ich weiß echt nicht, was die da angliedern wollen.« Jegor macht den Mund auf und wieder zu. Er sieht furchtbar aus. Als wäre er von den Toten auferstanden. Aber er schaut Michelle verstohlen, voller Hoffnung an, wie ein Straßenköter, den jemand aus Langweile herbeigepfiffen hat.

»Sag mal ... wie bist du denn nun dahingekommen?«

»Auf die Brücke?«

»Ja. Wie bist du vom Posten weg? Das würde ich wirklich gern wissen.«

»Na ja, ich hab' da so meine Wege ...«

»An den Wachen vorbei?«

»So ungefähr.« Er versucht geheimnisvoll und cool zu wirken, aber seine Stimme bricht, die Knie zittern.

Michelle gibt sich einen Ruck. »Kannst du mich rausbringen? Heute Nacht? So, dass es niemand mitkriegt?«

Jegor zuckt zusammen. »Dich? Wohin denn? Auf die Brücke? Du darfst da auf keinen Fall hin! Niemand darf da hin. Meine Mutter hatte recht, wir hätten uns davon fernhalten sollen ...« Jetzt klingt er wirklich panisch – weil er nicht um sich selbst fürchtet, sondern um sie.

Michelle unterbricht ihn mit einer Handbewegung. »Nicht auf die Brücke. In die andere Richtung.«

»Wie meinst du das?«

»Nach Moskau.«

Jegor taumelt nach hinten. Lehnt sich gegen die Wand. Sieht an ihr vorbei. »Du ... du willst weg?«

»Ja.«

»Warte mal ... jetzt sofort? Wo willst du denn hin?«

»Ist doch egal, Jegor. Nach Moskau, ich hab' da Verwandte.«

»Hmm ... du hast recht, eigentlich ist es egal.« Aber sein Gesicht spricht Bände: Hoffnung wird von Enttäuschung abgelöst. Jetzt wird ihm klar, warum sie ihn hergeholt hat, warum sie plötzlich so nett zu ihm war.

»Also, kannst du das für mich tun?«

Jegor schweigt. Unten schlägt eine Tür zu, die Leute kommen nach Hause, die Predigt ist vorbei.

»Weiß dein Opa Bescheid?«

Michelle beißt sich auf die Lippe. Zum Lügen ist es jetzt zu spät, sie hat ihn schon zum Komplizen gemacht. »Nein.«

»Verstehe ...«

»Also hilfst du mir jetzt oder nicht?«

Jegor zuckt mit den Schultern. Auf der Treppe hört man Schritte.

»Ich gehe sowieso, Jegor«, flüstert Michelle aufgeregt. »Ich hab' das längst beschlossen. Ich bleibe nicht hier.«

»Verstehe. Also, ich schon.« Er versucht, es wie einen Scherz klingen zu lassen.

»Na ... Komm doch mit, wenn du willst.«

Jegor lässt das Geländer los, von dem er schon die ganze Farbe abgekratzt hat. »Echt?«

»Warum nicht? Ich weiß zwar nicht, was du da willst ... Ich hab' ja meine Leute in Moskau, aber du ...«

Jegor sackt wieder in sich zusammen. Sie versucht's noch einmal, legt den Finger in die Wunde. Dieser verdammte Hauptmann!

»Also gut, ich hab's kapiert«, sagt Michelle. »Dann versprich mir wenigstens, dass du mich nicht bei meinen Großeltern verpfeifst ... oder bei Polkan. Ich halt's hier einfach nicht mehr aus, seit der Sache mit Kolzow ... dass ein Mensch, der gerade noch da war, einfach so ...«

»Hmm.«

»Und vor allem sagt der vorher noch zu mir: Ich hab' da was für dich, ich bring's dir heute Abend vorbei. Und dann ...«

Polja Swiridowa kommt die Treppe hoch, im Gesicht ein selbstvergessenes Lächeln und einen träumerischen Blick.

Jegor wartet, bis sie weg ist. »Was hast du gesagt?«, schreit er dann fast im Flüsterton.

»Was denn?«

»Was wollte er dir geben? Kolzow! Was?«

»Keine Ahnung.«

»War's ein Handy?« Jegor bebt am ganzen Körper. Seine Blässe ist wie weggewischt, die Wangen sind knallrot. Michelle weicht zurück, als hätte sie Angst, sich an ihm zu verbrennen.

»Wie kommst du darauf? Glaubst du ...«

»Und er hat dir ganz sicher nichts gegeben? Kein Handy?«

»Gar nichts hat er mir gegeben. Hab' ich dir doch gesagt.«

»Okay, okay ...« Jegor macht kehrt und schleppt sich die Treppe hinunter.

»Jegor! Was ist denn jetzt?«, ruft ihm Michelle hinterher. »Bringst du mich hier raus oder nicht? Ich hau so oder so ab!«

Jegor bleibt im Hauseingang stehen, sieht noch einmal zu ihr hoch und spuckt aus. »Dann hau doch ab!«, sagt er.

Das Handy gab es also wirklich. Was sollte Kolzow Michelle sonst versprochen haben? Das Handy war echt, und Kolzow hatte es irgendwie in die Hände bekommen.

Jegor schleppt sich zum Wachhäuschen; Anton ist über seinem Buch eingenickt. Jegor beugt sich über ihn: Die Heilige Schrift. Er rüttelt Anton an der Schulter. »Hey! Wach auf, Mann!«

Anton reißt erschrocken die Augen auf. »Was ist?«

»Kannst du mal nachsehen, wer Dienst hatte, als man mich auf der Brücke gefunden hat?«

»Wozu?«

»Mach einfach! Ich will mich noch bedanken.«

Anton schnalzt genervt mit der Zunge, zieht die Schublade auf, holt ein kariertes Heft hervor und sucht nach der richtigen Spalte. »Oh ... Da kommst du wohl zu spät ...«

Alles gerät ins Wanken – die Nachricht überrollt Jegor wie eine Welle, zieht ihm den Boden unter den Füßen weg. »Kolzow?«

»Nee. Der hatte frei. Zigal und Serjoga. Und dann noch Kostik.«

»Zigal war dabei? Hat der mich getragen?«

»Was weiß ich, wer dich getragen hat. Ich kann dir bloß sagen, wer in der Nacht Schicht hatte.«

»Zigal.«

Dann hat Zigal ihm also das Handy abgenommen. Oder es ist ihm aus der Tasche gerutscht und Zigal hat es aufgehoben und dann seinem Kumpel gegeben ... oder auch nur gezeigt ... und dann ... tja, das ist die große Frage.

»Vielleicht liegt es ja immer noch in der Garage, zwischen seinem ganzen Schrott?«

»Was?«

»Das Handy, Mann!«

»Hast du noch Fieber, oder was?«

Aber Jegor ist schon wieder weg. Er humpelt davon – zu den Garagen.

Am Tor zu Kolzows Werkstatt hängt ein Schloss an einer dicken Kette. Daneben drücken sich die beiden zehnjährigen Rondik-Zwillinge herum, erzählen sich Gruselgeschichten und übertrumpfen sich gegenseitig mit blutigen Details. »Hey, Jungs! Wisst ihr, was da drin passiert ist?«

»Na klar!«

»Und was?«

»Na, der Butzemann hat sie aufgefressen.«

»Was denn für ein Butzemann?«

»Der frisst Seelen und wohnt in den leeren Wohnungen in den verlassenen Städten. Und wenn man in eine fremde Wohnung geht, ist der schon da, lauert dir auf und legt dir eine Larve unter die Haut. Und dann ist's aus und vorbei mit dir!« Jegor starrt die beiden ausdruckslos an. Sie stehen da mit ernsten

Mienen, haben sich mit ihrer Geschichte selbst mehr Angst eingejagt als ihm.

Jegor runzelt die Stirn. Dann platzt ihm der Kragen: »Wo habt ihr den Scheiß denn her? Na los, haut ab!« Er will einem der Zwillinge einen Tritt mitgeben, aber der dreht sich rechtzeitig weg – dann sind die beiden verschwunden.

Die Tür ist verriegelt.

Er muss irgendwie den Schlüssel auftreiben. Aber wo könnte er sein? Da kommt nur Polkan in Frage.

Wenn es das Handy wirklich gegeben hat ...

Jegor macht sich auf die Suche. Seine Beine fühlen sich an, als wären es nicht seine eigenen. Im Hof ist Polkan nicht; die Predigt ist vorbei, die Menge hat sich aufgelöst, nur seine Mutter sitzt noch auf der Bank und blickt zum Gitterfenster hoch. Jegor will zu ihr gehen, aber etwas in ihm sträubt sich dagegen.

Er schleppt sich die Treppe zu Polkans Büro hoch. Es ist, als würde er den Mount Everest besteigen. Abgeschlossen. Er findet seinen Stiefvater schließlich zu Hause. Der ist schon gut dabei – seine Visage leuchtet ungesund rot, die Schnapsfahne weht zehn Meilen gegen den Wind. »Was fällt dir ein, einfach so abzuhauen! Muss ich dich auch noch einsperren, oder was?«

»Mir geht's gut, keine Sorge. Hör mal, ich brauch den Garagenschlüssel!«

»Was für einen Schlüssel?« Polkan packt ihn am Hals, zerrt ihn in die Wohnung, knallt die Tür zu.

»Kolzows Garage! Die Werkstatt!«

»Sonst noch was? Hast du überhaupt eine Ahnung, warum die zu ist?«

»Ja, das weiß ich alles! Wo ist der Schlüssel? Hast du ihn?«

»Jetzt pass mal auf, du Kröte!« Polkan schleift ihn ins Wohnzimmer, schubst ihn auf die Couch. Auf dem Tisch – eine halb leere Flasche und eine angebrochene Konserve, der ganze Tisch ist mit Fleischsaft vollgespritzt. Während seine Mutter also bei dem Popen um Vergebung bettelt, veranstaltet er hier ein Saufgelage. Dann Prost Mahlzeit. Tolle Familie! Er muss hier raus, aber schnell! Wenn Michelle abhaut, soll er dann alleine hier versauern? Nein danke ... Sobald der Spuk vorbei ist, macht er sich ebenfalls auf den Weg. Mal sehen, ob Jekaterinburg noch steht.

»Warst du das mit dem Dosenfleisch?«

»Ich ... Ja, ich hatte Hunger. Hab's nicht mehr ausgehalten vorhin.«

»Wenn du noch einmal meine Sachen anrührst!« Er holt mit seiner Riesenpranke aus – und Jegor zieht den Kopf ein. Es wäre nicht das erste Mal, dass er die abbekommt. Aber er sieht offenbar so mitleiderregend aus, dass Polkan es sich noch mal anders überlegt.

»Du hast mir immer noch nicht erklärt, was dein kleiner Ausflug sollte, du Nichtsnutz!«

»Würd' ich ja! Aber ohne das Handy glaubst du mir ja sowieso nicht!«

»Meine Fresse, jetzt geht das wieder los ...«

Jegor steht auf, damit Polkan nicht auf ihn herabblickt. »Ich sage doch: Auf der Brücke wimmelt es von Leichen. Geht das nicht in deinen Dickschädel? Das ist die Wahrheit! Ich schwör's! Ich hab' sie gesehen! Sie wollten zu uns! Von drüben ... dann ist irgendwas passiert. Was Schlimmes. Und dann hab' ich gesehen, wie am anderen Ufer Leute ins Wasser gehen … und ertrinken! Haufenweise Menschen. Und eine Frau, eine tote Frau auf der Brücke hatte ein Handy dabei. Vielleicht sind da Fotos drauf. Ich hab' die PIN rausgekriegt und wollte es herbringen, aber jemand hat es mir geklaut. Vielleicht Zigal. Er muss es Kolzow gegeben haben! Und jetzt liegt es dort, bei Kolzow! In der Werkstatt! Irgendwo bei seinem ganzen Zeug!«

Polkan kneift die matten Augen zusammen. »Schwachsinn.«

»Wenn du mir nicht glaubst, schick doch ein paar Leute hin! Es ist doch nicht mal ein Kilometer von hier. Dann siehst du's ja!«

»Was sehe ich dann?«

Jegor starrt ihn entgeistert an. »Kapierst du's denn immer noch nicht? Da ist irgendwas im Anmarsch, und wir müssen sofort rausfinden, was das ist!«

»Find du erst mal raus, was in dieser verfluchten Garage los war, wenn du so schlau bist. Wenn du das Gemetzel gesehen hättest …« Polkan kippt den Schnaps runter und schenkt sich sofort mit zittriger Hand nach.

»Ein paar Leichen also … ob die da eine Woche liegen oder zwei, die laufen uns schon nicht weg. Deine Mutter hat doch gesagt, du sollst da wegbleiben! Hier gehen sich die Leute schon vor Hunger an die Gurgel! Wer weiß, was die beiden in der Garage getan haben … Und du kommst mir hier mit deiner Brücke!«

»Du bist doch der Kommandant! Das kann dir doch nicht alles scheißegal sein! Außerdem liegen die da nicht erst seit einer Woche, sondern seit drei. Das war noch vor den Kosaken!«

»Moment mal ... woher willst du das wissen?«

Jegor beißt sich auf die Zunge – aber zu spät. »Ich war schon vorher mal auf der Brücke ...«

»Und warum sagst du mir das erst jetzt?«

»Ich weiß nicht ... ich ... ich hab' Schiss bekommen. Schiss hatte ich, zufrieden?«

Jegor wartet darauf, dass Polkan ihn gleich auslacht – oder verdrischt. Aber Polkan kippt nur wortlos sein Glas runter und stochert konzentriert mit der Gabel in der Büchse herum. »Schiss hattest du. So, so ...«

Der Fleischklumpen will sich nicht aufspießen lassen, so sehr zittert Polkans Hand. Er drückt die Gabel fester hinein, die Büchse kippt um, der ganze Inhalt schwappt auf sein Hemd. Er springt fluchend auf. Bückt sich, hebt ein Stück Fleisch vom Boden auf und schiebt es sich in den Mund.

»Du hast doch nicht etwa auch Schiss?«, fragt Jegor, dem allmählich so einiges klar wird.

»Was hast du gesagt, du kleine Kröte? Na los! Gehen wir!«

Polkan greift seinen Mantel und stolpert durch den Flur, wirft Stühle um, zerdeppert Tamaras Topfpflanzen. Eine Minute später ist er im Hof. »Macht das Tor auf!«, brüllt er den verdutzten Wachen zu. »Wir gehen auf die Brücke, verfluchte Scheiße!«

Mit schwerfälligem Quietschen wird das Tor auseinandergeschoben, die Scheinwerfer gehen an. Gebrüll, kläffende Hunde. Michelle sieht aus dem Fenster und erblickt einen sturzbetrunkenen Polkan, daneben die Wachen, und Jegor ist auch mit von der Partie. So eine Aufregung!

Polkan und sein Gefolge ziehen los, das Tor bleibt offen.

Jetzt.

Das ist der Moment!

Sie greift sich im Flur leise ihre Jacke, schultert den gepackten Rucksack und schleicht auf Zehenspitzen aus der Wohnung. Zieht die knarzende Tür hinter sich zu. Wartet, zählt die Sekunden. Das Tor steht immer noch sperrangelweit offen – das kann sie durch das Fenster im Treppenhaus sehen. Im Hof versammeln sich Schaulustige; der betrunkene Kommandant und seine Schar aus Armleuchtern und Adjutanten ziehen ins Feld – Richtung Bahndamm.

Michelle geht eine Stufe runter, blickt noch mal zurück zur Tür.

Zählt wieder die langen, zähen Sekunden. Dann flucht sie leise und drückt die Tür wieder auf. Geht entschlossen ins Schlafzimmer. »Opa! Ich muss mit dir reden!«, flüstert sie ihrem Großvater zu, der gerade über einem Kreuzworträtsel brütet.

Er legt die Zeitung aus der Vergangenheit beiseite, sieht sie verwundert an und löst sich knarrend von seinem Sessel. Sofort schreckt Oma auf. »Wo willst du hin, Michelle?«

»Nirgends, nur spazieren!«

Opa legt die Stirn in Falten, erwidert aber nichts.

Sie gehen ins Treppenhaus.

»Du kannst nichts tun«, eröffnet ihm Michelle sofort. »Ich hab' mir alles gut überlegt. Ich gehe weg. Eigentlich wollte ich euch gar nichts sagen.«

»Wohin?«

»Nach Moskau.«

»Michelle, Schätzchen ... Es ist mitten in der Nacht ... Lass uns doch reingehen und darüber reden. Morgen früh kannst du ja immer noch ...«

Sie möchte auf ihn hören, aber sie schüttelt den Kopf. »Nein. Jetzt.«

»Schon wieder zu deinem Onkel Mischa?«

»Nein.«

»Aber wohin dann? Deine Großmutter wird verrückt vor Sorge, du bringst sie noch ins Grab.«

»Zu seinen Eltern. Du wirst es Oma schon beibringen. Sie ist ja nicht allein.«

»Wessen Eltern, Schätzchen?«

»Saschas. Krigows Eltern. Der Hauptmann. Er hat mir gesagt, wo sie wohnen. Sie werden mich nicht wegschicken.«

Opa verzieht das Gesicht, stammelt irgendwas vor sich hin. »Warum denn ... Warte. Du ... du bist doch nicht ... du meine Güte!«

Michelle verschränkt die Arme. »Tut mir leid.«

»Aber dann erst recht ... doch nicht mitten in der Nacht! Nicht heute!«

»Doch Opa, jetzt sofort. Mach's gut.«

Sie drückt ihm einen Kuss auf die stoppelige, wie mit grobem Salz bestreute Wange und rennt die Treppe hinunter.

Polkan stampft so entschlossen voran, dass Jegor kaum hinterherkommt.

»Willst du da ohne Gasmaske da rein? Das geht nicht!«, ruft Jegor.

»Ich scheiß auf deine Gasmaske! Jekaterinburg, wer's glaubt. Pässe, Handys, sonst noch was? Einen Scheiß gibt's da drüben, du wirst schon sehen!«

Am Checkpoint empfangen sie die Wachen – kommen verblüfft hinter den Sandsäcken hervor, lachen halbherzig, halten das Ganze für einen Witz. »Antreten, Männer! Haltet die Taschenlampen bereit!«, brüllt der Kommandant. Es scheint sein Ernst zu sein.

»Wozu?«

»Wir gehen auf Erkundungstour! Auf die andere Seite! Wo sind die Gasmasken? Gebt dem Kleinen hier mal eine, der macht sich noch in die Hosen. Waffen überprüfen!«

Kostik und Swiridow sind verwirrt. Sollen sie wirklich? Es ist nicht zu übersehen, dass Polkan hackedicht ist, das schmutzige Hemd riecht nach Dosenfleisch. Aber Jegor ist genauso aufgedreht wie Polkan: Jetzt oder nie, egal, was kommt.

Alles, was sich bei ihm angesammelt hat, was er geheim gehalten hat, drängt jetzt nach außen, bricht aus ihm hervor; ihm ist heiß und kalt zugleich, wie vor einer Beichte.

Sie müssen ja gar nicht ans andere Ufer, es reicht, wenn sie bis zur Mitte der Brücke kommen, damit Polkan die nackten Körper sieht, von den Kosaken ordentlich in Reih und Glied gebracht. Mehr braucht es gar nicht, damit man ihm endlich glaubt.

Dann hätte er seine Pflicht erfüllt.

Sie betreten die Gleise – eine Handvoll Leute in Steppjacken und Armeemänteln. Die dünnen Lichtstrahlen der Taschenlampen stochern in der Dunkelheit herum, die sich wenige Hundert Meter weiter zu einer regelrechten Wand auftürmt.

»Serjoscha! Jegor!« Vom Posten rennt ihnen händeringend eine Frau hinterher. Mutter. »Wartet! Kommt zurück!«

»Ja, sofort«, grunzt Polkan.

Tamara stolpert, fällt hin, steht wieder auf und rennt weiter.

Polkan sieht sich nicht nach ihr um, sondern rückt weiter vor wie ein Panzer. Jegor hält Schritt.

Die anderen marschieren eilig hinterher, als hätten sie Angst, dass sie kehrtmachen könnten, wenn sie nur eine Sekunde innehalten.

Sie ziehen sich die Gasmasken über – einer eine schwarze, der zweite eine grüne, der dritte eine mit Glasvisier. Bringen die Sturmgewehre in Anschlag. Betreten die Brücke. Betasten den Nebel mit ihren Händen.

Polkan, der schon hineingetaucht ist, spürt, dass sie hinter seinem Rücken zögern. »Braucht ihr eine Extraeinladung, oder was? Mir nach!«

»Serjoooscha! Jegoooor!«

Plötzlich hört Jegor etwas – hört es wie immer als Erster. »Da vorne ... Irgendwas ist da!«

Er geht auf die Knie, hält sein Ohr an die Schienen. Sie surren. Die Erde stöhnt.

Sogar die Luft um ihm herum scheint zu vibrieren. Aber es ist nicht die Luft, sondern die Brücke, die endlose rostige Brücke, deren Stahlkern unter all dem

Moder unmerklich summt – als würde sie irgendeine Kraft vom anderen Ufer erzittern lassen.

»Da ist Licht! Licht!«

Durch die klebrig zähe Dunkelheit bohrt sich ein Lichtkegel, schraubt sich heraus, kommt Sekunde für Sekunde näher. Selbst der Nebel ist zu schwach, um ihn zu dämpfen oder zu zerstreuen.

Da ertönt ein ohrenbetäubendes Heulen.

So etwas hat man hier nicht gehört, seit die letzten Alarmsirenen verklungen sind. Das Heulen kommt von drüben, von der anderen Seite der Brücke – aber es durchdringt sofort alles, die ganze sichtbare und unsichtbare Welt.

Kostik spricht es als Erster aus. »Ein Zug! Da kommt ein Zug, verdammt!«

Aber er kommt nicht nur – er rast auf sie zu.

Jetzt bebt und schwingt die ganze Brücke, jault im Gleichklang mit dem Zugsignal; die Stahlmasten krächzen im Takt der polternden Räder. Der Nebel erstrahlt von innen, jetzt gibt es keinen Zweifel mehr: Es ist ein Zug, nicht nur eine Lokomotive, sondern ein endlos langer Zug, womit auch immer beladen.

Er brettert stur durch den grünen Nebel; vielleicht hat der Lokführer gar nicht bemerkt, dass er auf eine Brücke gerast ist, wahrscheinlich bekommt er bei der Geschwindigkeit überhaupt nichts mit.

Jegor will zurückweichen, von der Brücke gehen, seine Füße wieder auf festen Boden setzen. Sie schwingt immer stärker, der abertausend Tonnen schwere Koloss rattert über sie hinweg, als könne das rostige Teil jeden Augenblick mit einem Todesseufzer endgültig in den Abgrund krachen.

Die anderen denken wohl das Gleiche, weichen Schritt für Schritt zurück.

Nur Polkan bleibt, wo er ist.

Er breitet seine wulstigen Arme aus und stemmt sie gegen die Luft, die jetzt auch in Bewegung gerät, aufgewirbelt, nach vorn geschoben von diesem gigantischen Kolben.

Polkan rührt sich nicht von Fleck.

Er sperrt den Mund weit auf und brüllt der Luft – und der auf ihn zurasenden Lok – entgegen: »Ihr kommt hier nicht durch! Verpisst euch, ihr Wichser! Ich lass niemanden durch!«

ACHT

AUSSER POLKAN STELLT SICH dem auf sie zurasenden Zug niemand in den Weg. Als die Lok nur noch wenige Sekunden entfernt ist, preschen alle auseinander, nur Polkan bleibt wie angewurzelt stehen. Er hebt sein Sturmgewehr und feuert das ganze Magazin in den Lichtkegel, der schon an seinem Gesicht leckt. Das Donnern der Schüsse geht im Heulen der Lok unter.

Jegor zerrt an Polkans Mantel, versucht, ihn von den Gleisen zu ziehen, aber der rührt sich nicht von der Stelle, sondern legt das nächste Magazin ein. Dann springt auch Kostik auf die Gleise. Er gibt Blinksignale mit seiner Taschenlampe.

Die anderen rennen zurück zum Checkpoint.

Jegor fällt siedend heiß ein, dass der Zug, wenn er so weiterfährt, direkt in den Posten brettern wird. Normalerweise sind die Weichen so gestellt, dass niemand Richtung Moskau fahren kann. Diese Gabelung ist die einzige Möglichkeit, Angreifer abzuwehren.

Die Scheinwerfer der Lokomotive gehen aus und gleich wieder an – sie geben Lichtsignale; also haben sie sie gesehen, wollen, dass sie die Gleise räumen. Aber Polkan und Kostik bleiben, wo sie sind. Jegor steht auch da, spürt, wie es an seinen Beinen heiß herunterläuft. Plötzlich mischt sich in das Röhren der Zugpfeife ein neues Geräusch: ein höllisches Kreischen – die Bremsen. Aber dieses Monstrum wiegt Hunderte von Tonnen. So leicht lässt es sich nicht anhalten. Es ist zu spät. Gleich wird das Ding sie alle unter sich begraben.

»Sie bremsen! Sie bleiben stehen! Du hast gewonnen! Du hast gewonnen!«, brüllt Jegor Polkan verzweifelt ins Ohr.

Polkan grinst bloß betrunken.

Jetzt erkennt man die Umrisse der Lok: Der Lichtkegel hat sich in vier grelle Nadeln geteilt. Das Dröhnen ist ohrenbetäubend. Das Kreischen geht durch Mark und Bein. Nur noch wenige Hundert Meter. Es ist zu spät.

Sie werden es nicht schaffen.

Jegor winkt Kostik verzweifelt zu, und sie stoßen den taumelnden Polkan mit vereinten Kräften von den Gleisen.

Ein siedend heißer, zäher Luftschwall hüllt sie ein, es stinkt nach Verbranntem – nach Kohle und Öl, nach angebranntem Fleisch und etwas Undefinierbarem, ekelerregend Süßem. Die Lokomotive rollt noch zehn Meter weiter und kommt endlich zum Stehen.

Es wird still.

Jegor löst mit Mühe seinen Kopf von der Erde, blickt um sich. Sein Schädel pocht, als hätte direkt neben ihm eine Bombe eingeschlagen.

Polkan steht langsam auf, klopft den Staub von sich ab. Dann kommt auch Kostik auf die Beine – der dicke Glatzkopf hat sie als Einziger nicht im Stich gelassen. Keiner von beiden hat eine Gasmaske auf. Sie starren wie versteinert auf den Zug, den sie gerade zum Stehen gebracht haben.

Einen echten Zug hat hier seit dem Zerfall niemand mehr gesehen; nicht von Moskau kommend, und aus der anderen Richtung schon gar nicht. Aber wie ein normaler Zug wirkt der hier auch nicht ... irgendetwas stimmt damit nicht.

Die riesige Lokomotive ragt haushoch vor ihnen auf, irgendwo weit oben sind winzige Fenster zu sehen. Unter den gewaltigen glänzenden Rädern quillt Dampf hervor, die stählernen Flanken stoßen kochend heiße Schwaden aus. Jegor sieht genauer hin: An die Lok ist eine zweite gekoppelt. Die erste hat es ans Ufer geschafft, die zweite steht noch auf der Brücke. Dahinter liegen im dichten dunklen Nebel, das Ende in unbekannter Ferne, die Waggons.

Die beiden Lokomotiven sind höher als der Rest des Zuges und erinnern an den Kopf einer riesigen Schlange. Es ist ein Passagierzug, aber in den Abteilen ist es dunkel. Nur die Frontscheiben der ersten Lok sind erleuchtet, die zweite, angekoppelte, scheint leer zu sein.

Aber da ist noch etwas Anderes.

Von Weitem war es nicht zu erkennen, aber als Jegor und Kostik ihre Taschenlampen vom Boden aufheben und auf die Lok richten, sehen sie es sofort: Das grüne, vernietete Metall ist übersät mit roten Kreuzen. Sie sehen aus wie die Kreuze an den Krankenwagen, die vor den verlassenen Krankenhäusern in Jaroslawl vor sich hin rosten. Aber etwas ist anders:

Diese hier sind vollgekritzelt mit winzigen Buchstaben, Mustern, endlosen Wortketten; in die großen Kreuze sind kleinere geritzt, und darin wieder Kreuze mit noch kleineren Kreuzen.

Über die ganze Flanke der Lok zieht sich ein Schriftzug aus löchrigen Schablonenbuchstaben: »Gott beschütze uns.«

Polkan nähert sich der Lokomotive, klettert umständlich die Leiter hoch zur Tür – aber sie ist verschlossen, das Fenster verhängt. Polkan rüttelt am Griff, hämmert gegen die Glasscheibe. »Aufmachen! Hört mich jemand? Grenzkontrolle!«

Jegor versucht immer noch, das ganze Ungetüm in sein Blickfeld zu pressen, denkt darüber nach, dass es da drüben offenbar doch noch ganz normales Leben gibt – Polkan kann sich sein Gemecker wegen dem blöden Pass und dem Handy also sparen.

Was Polkan sich denkt, ist schwer zu sagen. Er haut immer noch gegen die Stahlwand der Lok. »Grenzwache! Passkontrolle! Aufmachen, sofort rauskommen!«, brüllt er.

Die Scheinwerfer sind immer noch an, der Lichtkegel erleuchtet den Checkpoint einige Hundert Meter vor ihnen. Hinter den Sandsäcken lugen kleine Figuren hervor, zielen mit streichholzgroßen Sturmgewehren auf die Lok.

Der Zug steht, obwohl er diesen müden Haufen problemlos hätte wegfegen können. Dann wäre er über die Gabelung weitergerollt und hätte auch noch den halben Wachtposten platt gewalzt. Aber davon konnten die Menschen im Zug nichts wissen, also haben sie das Ding zum Stehen gebracht.

Die Menschen im Zug …

Wo sind sie überhaupt? Hinter den schwach beleuchteten Frontscheiben zeichnen sich undeutliche Silhouetten ab, aber niemand kommt raus. Die Seitentüren bleiben verschlossen. Auch die Treibmaschine gurrt noch dumpf, als hätte die Besatzung noch nicht endgültig entschieden, wie es nun weitergeht.

Polkan bückt sich, hebt eine Handvoll Schotter vom Gleisbett auf und fängt an, Steinchen gegen das Lokfenster zu werfen. Tok-tok-tok. Keine Reaktion. Er hämmert mit dem Gewehrschaft gegen die Metallwand. Nichts. »Macht auf, ihr Wichser!«

Er holt tief Luft und geht zur zweiten Lok. Jegor läuft ihm hinterher, zieht im Gehen die Gasmaske über: Die Augen tränen jetzt schon, und noch mal ins Krankenhaus will er sicher nicht.

Da kommt Tamara angerannt.

Sie packt Polkan von hinten am Kragen: »Serjoscha! Lauf weg! Bitte! Lass den Zug in Ruhe! Ich flehe dich an!«

Er schüttelt sie ab.

Sie schaut ihm nach, weint – nur Jegor kann es sehen. Dann fängt sie an zu husten, hält sich die Hand vor den Mund. »Dann mach doch! Lauf in dein Verderben!«, ruft sie Polkan noch hinterher. »Jegor! Du kommst mit! Los!«

»Verschwinde, Ma! Lass mich endlich in Ruhe!«

Sie gehorcht ihm und läuft keuchend davon.

Polkan und Jegor gehen die Loks ab, suchen nach einem Eingang. Vor ihnen versinkt der Passagierzug ohne Passagiere im Nebel. Die Wagen stehen ganz still da, niemand kommt heraus oder beschwert sich, weil es nicht weitergeht. Was fahren die da drin bloß durch die Gegend?

Und da hört Jegor ein leises Geräusch. Ein unaufhörliches, undefinierbares Summen. Wie aus einem Bienenstock. Nein, kein Summen – ein Stöhnen. Es kommt aus dem Inneren des Zugs. Er zieht Polkan zurück. »Warte! Bleib ...«

Aber er wird unterbrochen.

Plötzlich stoßen beide Loks einen ohrenbetäubenden, kopfzerberstenden Lärm aus, einen Lärm, dass man auf der Stelle kehrtmachen und davonrennen will. Polkan weicht fluchend zurück, gibt die Inspektion auf, bevor sie überhaupt begonnen hat. Jegor stolpert ihm hinterher.

Im selben Augenblick öffnet sich in der vorderen Lok eine Tür.

Der Hof der Kommune platzt aus allen Nähten: Jeder, der sich auf den Beinen halten kann, ist ins Freie gekommen. Die Leute steigen auf die Dächer, drängen sich neben die Scharfschützen, die Polkan dort aufstellen hat lassen und gaffen zur Brücke hinüber. Am Himmel hängt ein orangefarbener Steinmond. Sein Licht ist fahl, aber es reicht, um den Zug zu sehen, der plötzlich aus dem Nichts aufgetaucht ist. Es reicht, um zu erkennen, dass der größere Teil immer noch in diesem Nichts steckt. Die Wachen am Tor sind wie gelähmt, jeder, der will, kann an ihnen vorbei zum Checkpoint spazieren.

Auch Michelle geht ungehindert durch, den Rucksack geschultert, mischt sich unter ein Grüppchen

Schaulustiger, die den Zug misstrauisch aus der Entfernung beäugen. Da steht Arkascha, Sonjas Vater, aufgedunsen und versifft. Er hält die Kleine an der Hand. Sonja entdeckt Michelle und winkt ihr lachend zu. »Morgen früh ist wieder Schule!«, ruft sie.

Michelle winkt zurück. Morgen ... wer weiß schon, was morgen ist.

Arkascha reißt Sonja am Arm, wie einen kläffenden Köter an der Leine. »Ich sag dir doch, das ist ein Passagierzug!«

»Schwachsinn, ein Güterzug ist das! Guck doch mal, wie lang der ist! Passagierzüge haben höchstens fünfzehn Wagen!«

»Als könntest du sehen, wie viele Wagen das sind!«

»Ihr spinnt doch, das ist nie im Leben ein Passagierzug! Da drüben wächst doch kein Gras mehr seit dem Krieg! Wo sollen da auf einmal die ganzen Leute herkommen?«

»Aber Waren sollen die dabeihaben, oder was?«

»Vielleicht wollen die ja ... na ja ... die Verbindung wiederherstellen, wie früher.«

»Welche Verbindung, du Vollpfosten? Mit wem denn? Mach dich nicht lächerlich!«

»Guck doch mal hin, Mann! Das steht ein Zug! Vielleicht gibt's in Moskau keine Züge, aber da drüben schon, wie's aussieht! Vielleicht kommt der aus Perm, oder Jekaterinburg ... oder sogar aus Wladiwostok. Und wir denken die ganze Zeit, die hausen da in Höhlen. Scheiße, falsch gedacht!«

»Aha. Und was wollen die jetzt hier?«

»Na was wohl. Die sind sicher nicht wegen uns hier. Hier gibt's ja nichts zu holen ...«

Michelle hört sie reden, aber sieht nur Sonja. In dieser einen Schulwoche ist ihr die Kleine ans Herz gewachsen, auch wenn Michelle es nicht wahrhaben will. Sie und Alinka. Und Wanja Winogradow. Aber die gehören hierher – im Gegensatz zu ihr.

Jetzt ist der Moment, um sich aus der Menge zu stehlen, sich in den Schatten zu drücken und an den Gleisen entlang in der Dunkelheit zu verschwinden. Eine Taschenlampe hat sie dabei, die gestohlene Pistole auch, und so viel Dosenfleisch, dass der Rucksack ihre Schultern schwer nach unten zieht. Das reicht mindestens für eine Woche. Michelle redet sich ein, dass Sascha ihr dieses erniedrigende Geschenk nicht ohne Grund gemacht hat. Jetzt kann sie zu seiner Familie, die sie bestimmt aufnehmen wird. Was auch passieren mag – in ihr lebt jetzt ein Teil von ihm.

Aber was, wenn sie ihr nicht glauben?

Nein, keine Sorge. Sein Vater ist Arzt, er muss ein guter, geduldiger Mensch sein. In ein, zwei Wochen wird man zwar den Bauch noch nicht sehen – aber egal, selbst wenn sie sie rausschmeißen, muss sie eben eine Weile woanders unterschlüpfen, und dann kommt sie wieder, mit dem Baby auf dem Arm. Einem Baby, das Sascha so ähnlich sehen wird, dass sich alle Zweifel in Luft auflösen.

Oder ist es noch zu früh? Zu früh, zu ihnen zu gehen?

Zu früh, um Sascha aufzugeben? Nur weil diese Hexe gesagt hat, sie soll nicht auf ihn warten? Sie haben sich doch erst vor einem Monat kennengelernt. Die Expedition kann sich noch über Wochen hinziehen. Sie hat kein Recht, jetzt schon zu verzweifeln! Das wäre doch Verrat!

Michelle steht bereits am Bahndamm. Niemand sieht sie – alle starren nur auf den Zug. Lauf! Mach schon! Aber ihre Füße bewegen sich nicht.

Vielleicht wissen die Menschen im Zug ja etwas über Saschas Trupp? Sie müssen sie doch unterwegs getroffen haben, es gibt ja nur diesen einen Weg. Vielleicht hat sich die Hexe ja geirrt? Oder Michelle mit Absicht Angst eingejagt, weil sie ihren Hass gespürt hat?

Es ist zu früh.

Sie muss Sascha noch eine Chance geben – eine Chance, am Leben zu bleiben. Sie muss herausfinden, was mit ihm passiert ist. Und erst wenn die Leute im Zug ihr sagen, dass sie nichts von ihnen wissen … oder, dass sie tot sind … erst dann geht sie nach Moskau.

Morgen.

Ein Mann klettert die Leiter herunter. Er ist in einen langen Regenmantel gehüllt, eine Atemmaske bedeckt den Mund wie ein Maulkorb, die Füße stecken in hohen Gummistiefeln. Man leuchtet ihm ins Gesicht, richtet die Waffen auf ihn – Polkans Gefolge hat sich endlich wieder um ihn versammelt –, aber der Mann hebt eine in einem übergroßen Gummihandschuh steckende Hand. »Nicht schießen!«

Polkan tritt dicht an ihn heran, Jegor bleibt hinter seinem massigem Rücken und beobachtet den Ankömmling von dort. Schließlich ist Polkan zufrieden, lässt sein Gewehr sinken und macht sich daran, eine Papirossa zu drehen. »Sieh einer an! Dann sprichst du also unsere Sprache! Willst du auch eine?«

Der Mann mit den Handschuhen kneift die Augen zusammen – das Licht der Taschenlampen blendet ihn – und bewegt den Kopf hin und her. »Ich darf nicht.«

»Meinst du etwa, wir dürfen? Aber ein Zigarettchen hat noch niemandem geschadet. Wohin des Weges? Und woher?«

»Wir müssen durch. Wir müssen weiter.«

Jegor hört etwas Falsches in seiner Stimme – es ist nicht die Aussprache, kein Akzent, sondern etwas anderes. Etwas seltsam Vertrautes. Er hört es, aber Polkan kriegt wie immer nichts mit, sondern schwadroniert fröhlich drauflos. »Weiter müsst ihr! So, so! Wir, mein Lieber, müssen aber erst mal wissen, was hier Sache ist. Das hier, Freundchen, ist die Staatsgrenze. Bis jetzt jedenfalls, hehe. Du bist, sage ich jetzt mal, mit deinem Fahrzeug haarscharf an einer Straftat vorbeigeschrammt. Zeig mal deine Papiere her – du hast doch welche? – und erzähl, schön der Reihe nach: Ziel der Einreise, beförderte Güter ...«

Er klingt, als wäre da nicht gerade ein transgalaktischer Kreuzer von einem fernen Planeten mitten im Kornfeld gelandet, sondern als wären es bloß die Chinesen, die auf ihren klapprigen Karren billige Imitate am Zoll vorbeischmuggeln wollten.

»Wir dürfen nicht lange anhalten. Wir müssen nach Moskau.« Mit seiner Intonation stimmt etwas nicht. Die Melodie holpert. Nicht wie ein Akzent, sondern eher als würde jemand beim Singen die Töne nicht treffen.

»Sag mal, hörst du mir eigentlich zu, guter Mann? Oder bist du taub?« Polkan trommelt mit seinem Wurstfinger auf sein Ohr, setzt ein breites Grinsen auf.

Der Mann nickt: »Ja, taub.«

Das ist es. Er kann sich nicht hören, deshalb klingt seine Stimme so merkwürdig. Jegor läuft es kalt den Rücken runter. Er zieht Polkan am Ärmel, aber dem dämmert selbst im Suff allmählich, an wen ihn das erinnert. »Seid ihr da drüben alle taub, oder wie?«

Der Mann schüttelt den Kopf: Ich verstehe nicht.

»Und lesen? Kannst du wenigstens lesen? Buchstaben? Oder bist du auch so ein Analphabet? He! Ihr da, beim Checkpoint! Bringt mir mal Stift und Papier!« Man bringt ihm das Heft mit den Dienstplänen und einen Bleistiftstummel. Polkan sucht eine leere Seite und kritzelt »WOHER?« darauf, während er den Ankömmling misstrauisch anschielt.

Der nickt: Verstanden. Polkan lächelt. »Na, geht doch!«

»Kirow. Aus Kirow kommen wir.«

Polkan schreibt: NACHBARN!

Der Mann scheint hinter seinem Maulkorb zu lächeln. Er nickt. Dann wieder Polkan: »WARUM MOSKAU?«

»Wir brauchen Hilfe.«

Polkan kritzelt mit der steifen, das Schreiben nicht gewohnten Hand: »WIESO?«

Der Mann liest und richtet seinen Blick auf Polkan. Er ist nicht mehr jung, älter als der Kommandant, vielleicht um die sechzig. Sein Gesicht ist durchfurcht von Falten und Pockennarben. Die beinah farblosen Augen, wie von Flusswasser ausgewaschene Glasscherben, sind tief eingesunken. Er mustert Polkan, dann Jegor hinter Polkans Rücken. Wiegt den Kopf. Schweigt.

Polkan lächelt unbehaglich und schreibt. »Also, Freundchen, erst mal schauen wir uns an, was du da so alles in deinem Zug durch die Gegend karrst. Und dann fragen wir in Moskau nach, ob sie Besuch erwarten«, murmelt er dabei vor sich hin.

Der Mann entziffert Polkans Gekritzel. »Wir können nicht warten. Wir müssen weiter. Der Zug ist voller Menschen.«

Polkans Gesichtsausdruck verändert sich mit einem Schlag. »Scheiße, warum sagt du das nicht gleich? Die hängen da über dem Fluss ... atmen das Gift ein ... Setz dein Gefährt da mal schön zurück und komm zu Fuß wieder! Dann reden wir weiter!«

»Niemand darf in den Zug«, sagt der Mann, ohne vorher zuzuhören oder zu lesen. »Er ist komplett versiegelt. Sie haben Tuberkulose. Das ist ein Krankentransport.«

Polkan tritt unwillkürlich einen Schritt zurück. »Und ich soll euch mit dieser Seuche an Bord nach Moskau lassen? In die Hauptstadt? Setz das Ding zurück, aber zackig!«

»Nein. Das ist unsere letzte Hoffnung. Wir haben gehört, dass man das in Moskau jetzt behandeln kann.«

Polkan zerbricht fast den Stift: »VON WEM?«

»Von den Moskauern. Den Kosaken.«

»Was kümmert mich das! Zurücksetzen, hab' ich gesagt! Ohne Befehl von oben lass ich dich keinen Millimeter weiter, klar? Den Menschenretter kannst du woanders spielen!«

Der Mann nickt. »Wir haben die Wagen so gut versiegelt, wie wir konnten«, sagt er dann mit seiner schiefen Stimme. »Aber wenn meine Leute zu viel Gas einatmen, haben Sie sie auf dem Gewissen. Ich fahre nicht zurück. Wenn ich das tue, habe ich das zu verantworten.« Er dreht sich um und klettert schwerfällig zurück in die Kabine.

»Hey! Hey, was machst du da?«, brüllt ihm Polkan hinterher.

Aber der Mann hört nicht.

Polkan holt aus und haut mit voller Wucht gegen die Wand des Zuges. »Nehmt die verfluchten Gleise auseinander!«, befiehlt er Kostik und Swiridow, die mittlerweile neben ihm stehen. »Die kommen mir keinen Schritt weiter! Und keiner nähert sich den Wagen, habt ihr gehört? Wer weiß, was da drin los ist ...« Er spuckt vor die Zugräder und geht.

Jegor stolpert ihm hinterher. »Hey! Die Brücke! Was ist mit der Brücke?«

Polkan sieht kurz über die Schulter und verscheucht ihn wie eine lästige Fliege. »Was damit ist? Siehst du doch! Ich muss Moskau informieren! Später ...«

Er stapft davon; Swiridow rennt los, das Werkzeug holen, Kostik hält die Stellung. In der Lok ist es still, aber irgendwo in der Tiefe, hinter der dicken Quarzschicht der staubigen Fenster, geistern Lichtflecken umher. Dieser Typ ist nicht allein da drin.

Jegor macht einen unsicheren Schritt in die verbotene Richtung. Aber in seinem Kopf dreht sich alles; das innere Ventil, das dem Druck bis jetzt standgehalten hat, wird langsam undicht. Er hat genug für heute. Morgen vielleicht.

So oder so ist das jetzt alles Sache der Erwachsenen.

Die Lagerfeuer am Checkpoint brennen die ganze Nacht. In ihrem Licht nehmen die Wachen die Gleise auseinander, wie Polkan es befohlen hat. Er hat Angst, der Zug könnte einfach alles platt walzen – und das ist die einzige Möglichkeit, ihn aufzuhalten.

Alle paar Minuten geht Polkan aufs Dach, um nachzusehen, ob der Zug immer noch da ist. Oder hat er vielleicht doch zurückgesetzt? Nein, da steht er. Die Leute darin scheint es nicht sonderlich zu beunruhigen, was vor ihrer Nase mit den Gleisen passiert.

Als Polkan zum hundertsten Mal in sein Dienstzimmer zurückkehrt, greift er erneut zum Hörer. »Verbinde mich mit Moskau!«, blökt er den Telefonisten an. »Ja, Pokrowski!«

Aber in Moskau ist es Nacht, Pokrowski schläft, und der diensthabende Offizier will ihn nicht wegen irgendwelchen Kleinigkeiten wecken. Polkan, der allmählich ausnüchtert, wird immer aufgebrachter. »Es ist dringend! Ja! Hier ist ein Zug! Aus Kirow! Mehr weiß ich auch nicht! Sieht ganz so aus, als würden da noch Leute leben. Das hab' ich dir doch vorhin erklärt! Wie, das warst du nicht? Habt ihr den Arsch offen? Soll ich jetzt wieder von vorn anfangen, oder was? Ja! Ein Passagierzug! Ein Krankentransport, sagen die. Wollen unbedingt durch. Nur über meine Leiche, hab ich selbstverständlich gesagt! Richte das Pokrowski aus! Der soll mich sofort zurückrufen. Wer weiß, was die hier ...«

Aufgelegt. Als der Pope hier aufgetaucht ist, war da alles in heller Aufregung, und jetzt steht hier ein ganzer Zug, und es juckt keinen! Polkan trommelt mit den Fingern auf dem Tisch, dreht sich die hundertste Papirossa. Überlegt, ob er noch einen trinken soll.

Er gießt sich ein, kippt den Schnaps herunter und geht heim. Denen läuft ja die Zeit davon, nicht ihm, er kann sich zurücklehnen – sollen diese Seuchenopfer doch zusehen, wie sie da drin klarkommen.

Polkan kommt zur Tür herein und bereut es noch im selben Augenblick.

Tamara ist wach. Sie sitzt da und wartet auf ihn.

»Und?«

»Was und? Da sind Menschen drin, Tamarotschka. Irgendwelche Leute. Wir reden also wieder miteinander?«

»Du darfst sie nicht durchlassen.«

»Danke, ich weiß auch ohne deinen sechsten Sinn, was ich zu tun habe.«

»Hörst du mir nicht zu? Du darfst sie nicht durchlassen!«

»Das hatte ich auch nicht vor. Was ist denn los mit dir?«

»Versprich es mir!«

»Das wiederum kann ich nicht, Tamarotschka. Ich weiß ja nicht, ob du es mitbekommen hast, aber ich bin beim Militär. Mir war so, als hätte ich das mal erwähnt. Aber ich sag's dir gern noch einmal: Ich tue das, was Moskau mir befiehlt.«

Sie schweigt. Die Augen verengen sich zu Schlitzen, ihr Gesicht gleicht einer Festungsmauer – hart und unerbittlich. Sie bebt am ganzen Körper. »Was sind das für Menschen?«

»Tuberkulosekranke. Aus Kirow. Die wollen nach Moskau, damit man sie dort behandelt.«

»Tuberkulose? Es hieß doch immer, da drüben wär' nichts und niemand ...«

»Ja. Da war ja auch niemand. Aber jetzt ist da eben wer, ein ganzer Zug voller Kranker sogar.«

»Und du glaubst ihnen?«

»Tamara! Wie oft soll ich's dir noch sagen: Das ist nicht meine Sache. Meine Aufgabe ist es, Moskau das zu melden. Was die damit machen, liegt nicht mehr in meiner Verantwortung.«

»Das waren doch während des Zerfalls Aufständische, weißt du das nicht mehr? Und du willst einen ganzen Zug von ihnen durchlassen?«

»Das ist doch Schnee von gestern. Wäre noch Krieg, würden sie einen Panzerzug herschicken und uns über den Haufen schießen, was weiß ich. Aber die bleiben brav stehen und fragen, ob sie passieren dürfen. Alles andere ist längst Geschichte. Der Wind hat sich schon zehn Mal gedreht.«

Tamara steht auf und geht zum Fenster. »Schenk mir ein Glas ein«, bittet sie ihn.

»Na, das hör ich gern, das ist doch ein Wort.«

Er springt auf und tippelt in die Küche, um seine immer volle Flasche und Gläser zu holen. Er schenkt ihr ein, dann sich selbst, will anstoßen – aber sie trinkt bereits, allein, ohne abzusetzen, bis das Glas leer ist. »Und jetzt hörst du mir zu. Du hast mich schon einmal verraten, glaub ja nicht, ich hätte das vergessen. Als du zugelassen hast, dass diese Idioten mich verspotten. Als sie über meine Herkunft und die Kultur meiner Vorfahren gelästert haben, als wäre das etwas Schlimmes. Glaub ja nicht, das ließe sich mit ein paar Witzchen wiedergutmachen, oder mit deinem Dosenfleisch und diesem abartigen Gebräu.« Sie stellt das leere Glas angewidert auf den Tisch. »Denkst du, ich mache das nur zum Spaß? Denkst du, ich will dir damit auf die Nerven gehen? Ich hab' mir das nicht ausgesucht, dass ich diese Dinge sehe, mir wär's auch lieber, es wäre anders. Du glaubst ja nur an Dinge, die du anfassen und dir unter den Nagel reißen kannst. Deswegen bitte ich dich: Wenn du mich nur ein bisschen liebst, dann hör auf mich. Einmal hast du dich schon geirrt, und das, was ich vorhergesagt habe, ist eingetreten. Hör wenigstens diesmal auf mich, bitte, tu's einfach! Vielleicht hat dich das Schicksal nur deswegen hierher geführt, damit du als Kommandant diese eine Entscheidung triffst. Damit du diesen Zug nicht vorbei lässt.«

»Tamara ...«

»Lass mich ausreden. Ich habe dir deinen Verrat einmal verziehen, Serjoscha. Weil ich dich liebe. Weil ich Angst habe, dich zu verlieren. Weil ich mir ein Leben ohne dich nicht vorstellen konnte, so sehr ich es auch versucht habe. Aber ein zweites Mal verzeihe ich dir nicht!«

»Wir können die Gebote nicht missachten, nur weil Gott die Erde im Stich gelassen hat! Er schuf uns aus Liebe, und er trug uns auf, unsere Nächsten zu lieben wie uns selbst und alle Menschen als unsere Nächsten zu betrachten. Die Armen und die Schwachen zu beschützen. Gütig zu denen zu sein, die leiden. Unser letztes Stück Brot mit denen zu teilen, die hungern.

Und niemandem, der seine Hand nach Hilfe ausstreckt, die Hilfe zu verweigern.«

Jegor steht in der Menge und hört die Morgenpredigt. Vater Daniil klingt wie immer ziemlich schief; aber das stört die Leute nicht, ihnen geht es nur um den Inhalt, nicht um den Klang seiner Stimme. Sie sind abgemagert vom Hunger und erschöpft von der schlaflosen Nacht, sie ziehen ihre löchrigen Jacken und übergroßen Militärmäntel enger um sich, aber schauen dabei so selig drein, als hätten sie Zuckerwasser im Mund.

»Ihr habt es gerade schwer, das weiß ich. Wie soll man jemanden, der leidet, um Mitgefühl für andere bitten? Wenn ein Mensch hungert, riskiert jemand, der ihn um ein Stück Brot anbettelt, die Antwort: Du siehst doch, dass ich hungere, warum soll ich dir geben, was ich für mich selbst aufgehoben habe? Aber lasst euch gesagt sein: Wer die Not des anderen lindert, der lindert seine eigene Not. Wer mit anderen teilt, der wird zu einem besseren Menschen. Barmherzigkeit verringert das eigene Leid. Was ist das absolut Böse? Eigennutz – jemand, der nur im Eigeninteresse handelt und fremdes Leid in Kauf nimmt. Was ist das absolute Gute? Selbstlosigkeit – jemand, der etwas für andere tut und dabei eigenes Leid in Kauf nimmt. Wer sein letztes Stück Brot hergibt, entsagt dem Tier in sich und wird zum Menschen. Das Tier wird keine Erlösung finden, aber für den Menschen gibt es Hoffnung.«

Jegor fährt zusammen: Erst jetzt bemerkt er, dass Michelle neben ihm steht und ebenfalls zuhört. Nach dem, was gestern war, weiß er gar nicht, was er sagen soll.

»Hi.«

Er setzt ein dummes Grinsen auf. »Hi. Bist du noch sauer?«

»Bin ich. Aber ich wollte dich was fragen.«

»Was denn?«

»Serjoga hat gesagt, dass du mit den Leuten aus dem Zug gesprochen hast?«

»Mehr oder weniger.«

»Und ... haben sie ... na ja, unsere Kosaken gesehen?«, fragt Michelle.

Jegor dreht sich weg, schaut zum Gefängnisfenster hoch, beobachtet Michelle jedoch weiter aus den Augenwinkeln. Sie wird nicht lockerlassen, bis sie eine Antwort kriegt. Er sieht, wie sie sich auf die Lippe beißt. Offenbar will sie von ihm hören, dass ihr verfluchter Hauptmann quicklebendig ist. Sie hat sich dazu herabgelassen, mit ihm zu reden. Sie denkt, er wäre bloß ein eifersüchtiger Idiot. Aber sie hat keinen blassen Schimmer, dass er es war, der ihren Sascha in den Tod geschickt hat.

Andererseits ...

»Angeblich schon.«

»Wirklich?«

Ihre Stimme bricht, was Jegor nicht entgeht.

Plötzlich wird ihm klar: Er könnte ja wirklich noch am Leben sein. Der Typ aus dem Zug hat den Erkundungstrupp aus Moskau von sich aus erwähnt, niemand hat ihn dazu gezwungen. Und wenn das so ist ... wenn Krigow wirklich bis nach Kirow gekommen ist ... dann ist Jegor Michelle vielleicht gar keine Rechenschaft schuldig.

Soll er wirklich seine Hoffnung aufgeben, damit sie wieder hoffen kann?

Dabei hungert er doch selbst nach Hoffnung. Warum sollte er ihr geben, was er für sich aufgehoben hat?

Er räuspert sich.

»Ja. Wirklich. Aber ... mehr hat er nicht gesagt. Er ist gleich wieder in seinen Zug gestiegen.«

Michelle atmet auf. »Wird man sie durchlassen? Nach Moskau?«

»Polkan wartet noch auf die Entscheidung. Die schicken ihn von A nach B, halten ihn hin.«

»Okay. Danke, Jegor.«

»Immer gern. Beehren Sie uns bald wieder.«

Sie bleiben noch eine Weile schweigend nebeneinander stehen. Vater Daniil faselt ohne Punkt und Komma weiter, aber Jegor hört ihn nicht mehr: Michelle druckst herum, als wollte sie ihn noch etwas fragen, oder um etwas bitten. Ständig benutzt sie ihn, ständig braucht sie ihn für dies und jenes ... aber immerhin, sie braucht ihn.

»Und ... was war jetzt mit Kolzow? Und dem Handy? Hatte er wirklich eins?«

Jegor reibt sich die Schläfen. Das Handy. Zu viele Fragen. Zu viel auf einmal. »Ich ... Ich war noch nicht da. Die ganze Sache mit dem Zug und ...«

»Schon klar. Ich kapier nur nicht: Wollte er mein altes Handy reparieren oder ging's um irgendein anderes?«

»Weiß ich nicht. Echt. Keine Ahnung.«

Die Menge um sie herum regt sich, flüstert aufgeregt, als wären die Leute plötzlich aufgewacht. Ist die Predigt vorbei? Nein, ganz im Gegenteil. »Und wenn jemand an eure Tür klopft und um Barmherzigkeit bittet, könnt ihr sie ihm verwehren? Die Stunde der

Wahrheit ist gekommen, Gott will uns auf die Probe stellen: Kranke Menschen stehen vor euren Toren und bitten friedlich um Durchfahrt. Sie haben keine andere Chance auf Rettung, sie müssen eure Festung passieren. Könnt ihr einfach wegsehen? Könnt ihr sie wegstoßen? Ich bin taub, aber ich höre sie um Hilfe beten. Denn ich höre sie mit meinem Herzen, so wie ich auch euch beten höre. Gott hat sie vergessen, so wie er euch vergessen hat. Ihr seid alle Brüder. Ist die Schlacht etwa vorbei, wenn der General das Feld verlassen hat? Kämpft ihr für ihn oder für euch? Kämpft ihr um der Orden willen oder um euch treu zu bleiben? Kämpft ihr, um einen Befehl oder um eure Pflicht zu erfüllen? Für einen Sold oder für die Ewigkeit?«

Michelle berührt Jegor an der Schulter. »Woher weiß der jetzt schon von den Leuten im Zug?«

Jegor zuckt mit den Achseln. »Er hört sie mit dem Herzen.«

Vater Daniil leiert jetzt nicht mehr, seine Stimme donnert förmlich. »Bittet euren Kommandanten um Gnade und Barmherzigkeit, wie ihr für eure eigenen Brüder bitten würdet! Ich selbst bin von dort drüben gekommen. Ich weiß: Dort sind Menschen wie ihr, mit denselben Freuden und Nöten. Sie verdienen genauso Gnade wie ihr! Was zwischen euch war, ist längst Geschichte. Bittet ihn, dass er sie durchlässt! Rettet eure Brüder!«

Das Telefon klingelt.

Polkan reißt den Hörer von der Gabel. Ist es Moskau? Pokrowski hat immer noch nicht zurückgerufen; die

Telefonisten drucksen immer nur herum, man habe sich der Frage angenommen, aber der General stecke bis zum Hals in irgendwelchen Staatsangelegenheiten. Wenn Polkan – krächzend vor unterdrückter Wut – fragt, was für Angelegenheiten das sind, versprechen sie nur zurückzurufen und legen auf.

Nein, es ist nicht Moskau. Es ist der Checkpoint; die Stimme klingt aufgeregt. »Sie kommen auf den Posten zu, Sergej Petrowitsch! Sie sind schon unterwegs!«

Polkan schielt aus dem Fenster: Vom Zug ist wirklich eine Prozession im Anmarsch. Die Wachen haben sie umzingelt, halten aber Abstand, als würde ein magnetisches Feld sie daran hindern, den Eindringlingen zu nahe zu kommen. Es sind drei, alle in Kapuzenmantel und mit Atemschutz. Der Grauhaarige, mit dem Polkan in der Nacht gesprochen hat, ist auch darunter. Sie ziehen einen Karren hinter sich her, der bei jedem Schlagloch einen Hüpfer macht. Unter der Plane scheint etwas zu liegen.

In sein Dienstzimmer kommen die ihm sicher nicht. Er wirft sich seinen Mantel über, verstaut die Pulle im Schrank und geht in den Hof hinunter, wo er den Wachen befiehlt, diese Typen bloß nicht aufs Gelände zu lassen.

Er fängt sie vor dem Tor ab. Verseucht oder nicht, im Posten haben sie nichts verloren. »Was wollt ihr? Ach, Scheiße! Konowalow, hol mal schnell Papier!«

Aber sie haben alles dabei – kein Papier, sondern ein Tablet. Hier, schreib.

Polkan kritzelt mit dem Finger seine Frage aufs Display und überlegt, ob Jegor mit seinem Gefasel von Handys und Pässen nicht doch recht hatte.

Der Grauhaarige ist offenbar der Anführer. Er hebt die Plane hoch und zeigt Polkan Holzkisten, die mit Gurten festgezurrt sind. Die anderen beiden blicken nervös in die Menge, als könnte man sie jeden Augenblick anfallen. Auf ihren Regenmänteln sind mannshohe rote Kreuze, die Gesichter sind unter den Masken nicht zu erkennen. »Das sind Lebensmittel. Konserven. Alles steril, Fabrikware.«

»Und weiter?«

»Für die Durchfahrt. Wegzoll. Nehmt!«

»Bitte was?«

Polkan zeigt das Tablet allen Umstehenden, grinst schief: Da wollen die mich doch glatt vor allen Leuten bestechen!

»Wir können hier nicht ewig stehen bleiben. Die Dämpfe sind tatsächlich giftig, wir merken es bereits. Den Kranken geht es schlechter. Ihre Atemwege sind angegriffen. Es ist eine Qual für sie. Wir geben euch einen Teil ihrer Verpflegung, damit ihr uns passieren lasst.«

Polkan stemmt die Hände in die Seiten und lacht künstlich. »So läuft das hier aber nicht, mein Lieber. Da kannst du noch so viele Konserven ankarren, solange Moskau uns kein grünes Licht gibt, fahrt ihr nirgendwohin. Also packt euer Zeug ein und verzieht euch!«

Keiner der drei bewegt sich, der Grauhaarige steht mit dem Gesicht zu Polkan, die anderen beiden seitlich. Die Leute tuscheln; schwer zu sagen, auf wessen Seite sie sind. Die Holzkisten schauen unter der Plane hervor. Die Menge starrt wie hypnotisiert darauf. Da zieht Polkan seine Waffe, richtet sie in den Himmel und drückt ab.

PENG!

Die drei rühren sich nicht vom Fleck, zucken nicht mal mit der Wimper. Polkan nimmt die rauchende Pistole wieder herunter, macht einen Schritt auf den Grauhaarigen zu, noch einen, und noch einen.

»Die nächste ist für dich, kapiert?«, brüllt er ihm direkt ins Ohr.

Der antwortet Polkan leise und ebenfalls ins Ohr, sodass nur er es hört: »Ich kann die Kranken nicht da drin lassen. Lange warte ich nicht mehr, dann mache ich die Türen auf, und sie kommen zu euch.«

Er gibt seinen Männern ein Zeichen, sie packen die Kisten wieder ein und gehen in Dreiecksformation, genau wie sie gekommen sind, zurück zum Zug.

Als über den Garagen der Schuss ertönt, stochert Jegor gerade nervös mit einer Büroklammer im Vorhängeschloss an Kolzows Werkstatttür herum. Eigentlich war er immer ganz geschickt im Schlösserknacken, aber dieses hier ist irgendwie anders, es will einfach nicht nachgeben. Gut, dass niemand in der Nähe ist – alle drängen sich im Hof und vor dem Tor zusammen; hierher in die Hinterhöfe verirrt sich keiner.

Die Klammer bleibt stecken und bricht ab.

Verfluchter Mist!

Jetzt nützt selbst Polkans Schlüsselbund nichts mehr, falls er Polkan überhaupt jemals dazu kriegt, ihm die Tür zu öffnen. Aber einfach so aufgeben kann er auch nicht. Das würde alles nur noch schlimmer machen …

Aus der Garage dringt ein dumpfes Summen. Wie Fliegen in einem Plumpsklo.

Jegor schaut sich um. Die Nachbargarage steht offen, an der Wand hängt Werkzeug. Eine Messerfeile ... nein, das dauert zu lange. Eine Kneifzange ... nein, dafür ist die Kette zu dick. Jegor geht weiter hinein ... ein Vorschlaghammer!

Er greift das schwere Teil, geht zurück, zielt, holt weit aus, als wollte er Holz hacken, und schlägt das Schloss von der Kette. Der Hammer donnert gegen die verschweißten Blechplatten, die Garage dröhnt wie eine riesige Glocke. Aber der Lärm scheint niemanden zu interessieren – alle sind völlig in Beschlag genommen vom Geschehen draußen vor dem Tor.

Viel Zeit bleibt ihm trotzdem nicht.

Jegor zieht an dem Blechflügel; die eingerosteten Scharniere quietschen, die Tür gibt widerwillig nach. Er schlüpft durch den Spalt und zieht sie wieder zu – falls doch jemand vorbeikommt.

Im Inneren der Garage schlägt ihm ein süßlicher Gestank entgegen, so ekelerregend, dass er die Tür am liebsten gleich wieder aufreißen würde. Ein ganzer Fliegenschwarm schwirrt in der Dunkelheit umher. Als Jegor die Taschenlampe anknipst, kleben sie sofort an seinen Händen, setzen sich auf seinen Hals, auf die Stirn, kriechen ihm in die Augenwinkel. Er verscheucht sie, pustet, schlägt eine tot, aber es hilft nichts – nach der tagelangen Gefangenschaft in diesem Verlies drehen sie völlig durch.

Jegor fuchtelt mit der Taschenlampe, der Lichtfleck hüpft über die Wände; Fetzen von alten Zeitschriften, ein Holzstuhl, Wandhaken, Schubladen ... alles liegt wild durcheinander. Und alles ist von einer dunkelroten, klebrigen Schicht überzogen. Stellenweise lässt sich das Blut nicht von rostigem Eisen unterscheiden; es ist ja auch bloß rostiges Eisen, versucht Jegor, sich zu beruhigen. An den Werkzeughaken hängen undefinierbare Fetzen, an einer herumliegenden Brechstange klebt ein Büschel roter Haare. Jegors Herz rast. Abgesehen von dem erdrückenden Gestank, der in jede Pore kriecht, hängt noch etwas anderes schwer in der Luft ... etwas, das man förmlich spüren kann, so wie man die Luft spürt, wenn man seine Hand nur schnell genug bewegt. Ein Gefühl, als wäre das, was hier passiert ist, nicht rational erklärbar.

Jegor muss unwillkürlich daran denken, wie er mit dem schlaksigen Kolzow um das Handy gekämpft hat. Wie Kolzow fast einen Stein nach ihm geworfen hätte und erst in letzter Sekunde wieder zur Vernunft gekommen ist. Aber das war bloß ein Stein, während dies hier ... er erinnert sich, dass Anton gesagt hat, ihre Gesichter wären bei der Beerdigung verdeckt gewesen, weil sie so übel zugerichtet waren. Sie können sich doch nicht wegen eines Handys ...? Wegen Michelle ...? Zigal hatte doch sowieso nichts für Mädchen übrig. Das kann doch nicht ...

Vielleicht ging es ja gar nicht um das Handy, sondern um das, was drauf war? Aber wie hätten sie ohne PIN da drankommen sollen?

Jegor durchsucht so leise wie möglich die Schubladen; er hebt am Boden festklebende Matten und Teppiche hoch. Das Handy ist nirgendwo. Die Fliegen summen unerträglich, als wären sie direkt in seinem Kopf.

Dass Zigal ihm das Handy geklaut und damit zu seinem Freund gegangen ist, dass sie sich deswegen gestritten haben, vielleicht sind das alles nur Hirngespinste? Vielleicht ging es um etwas ganz anderes, völlig Banales ... oder vielleicht wollte Zigal Kolzow an die Wäsche, und der ist ausgetickt? Vater Daniil hat doch sowas gesagt, von wegen sie wären vom Teufel besessen. Und Unzucht ist doch die zweitschlimmste Todsünde. Noch vor dem Zorn.

Und Michelle? Vielleicht hat er nur so dahergeredet ... wollte einen auf geheimnisvoll machen. Kolzow war schon immer ein Nerd, ein Freak, aber jetzt, wo er tot ist ...

Jegor hätte nicht herkommen dürfen. Er muss hier raus, schleunigst zu Polkan und alles beichten.

Zugeben, dass es kein Handy gibt.

Jegor klopft sich ab, schiebt die Tür auf – und im Lichtstreifen, der durch den Türspalt fällt, sieht er plötzlich etwas Kleines, Weißes liegen, etwas, das ihm seltsam bekannt vorkommt.

Er bückt sich ... Zieht vorsichtig daran, löst es von der Rückseite der Gummimatte, an der es festklebt. Er bricht in Schweiß aus.

Ein Zettel. Eine Seite aus einem Ausweise. Die mit den Kindern. Und ein Name: Kostrow, Nikolai Stanislawowitsch, geb. 15. Januar 2019.

Alles verschwimmt. Kolenka. Wie sein Großvater. Mein Kätzchen.

Alles schmilzt. Die Garage, die Regale, das Summen der Fliegen. Alles zerrinnt zu Schweiß.

Wie sein Großvater. Mein Vater. Kolja. So ein hübscher, fröhlicher Junge. Und so lieb ... Jegor ist wieder auf der Brücke. Der grüne Nebel hüllt ihn ein. Seine Knie schlottern. Er tritt die tote Frau. Du kannst dir gar nicht vorstellen, wie sehr man sie liebt. Die langersehnten und die einzigen. Und wie sehr man sie liebt, wenn sie vor einem sterben.

Er hat ihren Pass doch weggeworfen! Er erinnert sich genau, wie er in die Tiefe gesegelt ist, die flatternden Seiten wie Schmetterlingsflügel ... Das kann doch nicht sein! Jegor hält sich das mit rotbraunen Tupfern bedeckte Papier direkt vor die Augen.

Das Geburtsdatum ist mit blauem Kugelschreiber eingekringelt. Das war er ganz sicher nicht!

Woher zum Teufel ...?

Er schließt die Augen, wühlt in den Untiefen seines Gehirns nach dem richtigen Erinnerungsfetzen, nach etwas, das sich mit den zusammenfantasierten Stadionkonzerten vermischt hat und deshalb zuerst nicht aufzufinden war: Er kann der lebendigen, lächelnden Frau auf dem Foto, die er gerade – tot und gummiartig – getreten hat, nicht mehr in die Augen sehen. Seine Tränen verschleiern den Blick, in seinem Kopf hämmert es wie wild. Er reißt die Seite mit Koljas Namen raus und steckt sie ein, den Rest schleudert er in den Fluss.

Er steckt die Seite in die Hosentasche, zu dem Handy.

Dann geht er weiter, auf die andere Seite, wo die Menschen völlig gleichgültig wie Aufziehmännchen ins Wasser laufen, um zu sterben.

Als die Fremden in der Regenkluft abziehen, erwartet Polkan Lob und Anerkennung, aber stattdessen erntet er nur böse Blicke. Die Menge geht nicht auseinander, obwohl es nichts mehr zu sehen gibt.

»Seit wann bist du denn so prinzipientreu, Sergej Petrowitsch?«, murrt jemand in der hintersten Reihe.

»Wer war das? Du, Woronzow? Pass bloß auf, was du sagst!«

Aber da kommt schon eine Frau Woronzow zu Hilfe. »Warum lässt du sie nicht einfach durch?«

»Warum ich sie nicht einfach durchlasse? Kapierst du mit deinem Spatzenhirn überhaupt, was du da sagst? Weißt du, wie man so etwas nennt? Grobe Fahrlässigkeit! Befehlsverweigerung! Und das wäre noch großzügig!«

»Das sind Menschen in Not! Kranke! Die haben Tuberkulose! Und du lässt sie dieses Gift einatmen!«

»Und woher willst du wissen, dass die Kranke da drin haben und keine Tonne Dynamit? Dieser Taubstumme lässt uns den Zug ja nicht durchsuchen!«

»Als würden sie dir mit Konserven kommen, wenn da Dynamit drin wäre! Dann hätten sie doch schon alles in die Luft gejagt! Aber die bieten dir Essen an! Natürlich sind da Kranke drin!«

»Was hast du denn hier zu melden, Ljonka? Bist du schon wieder besoffen? Wolltest du nicht abstinent bleiben?«

»Wer ist hier besoffen? Guck mal in den Spiegel! Die Leute haben nichts zu fressen, und der entdeckt plötzlich seine Prinzipien.«

»Ihr könnt mich alle mal! Ich bin der Kommandant, ich entscheide. Das ist hier kein Gesangsverein, sondern die Staatsgrenze, verflucht noch mal! Da lässt man sie ein bisschen mitreden, und schon wollen sie eine Scheißdemokratie!«

Er will gehen, aber da packt ihn jemand am Ärmel. Polkan dreht sich um: Es ist Rinat, der Schreiner. »Was kümmert uns denn Moskau, Sergej Petrowitsch? Du siehst doch: Wir sind denen scheißegal. Die lassen uns hier verhungern. Hast du da mal angerufen? Was sagen die überhaupt zu dem Gefährt hier?«

»Hör mal, Kleiner, verpiss dich, solange ich noch nett bin. Eure Ratschläge stehen mir bis hier.«

Aber Rinat bleibt stur. »Raus mit der Sprache, haben sie dich angerufen oder nicht? Durchlassen oder nicht – was ist die Ansage, Sergej Petrowitsch?«

»Haben sie nicht! Was geht dich das überhaupt an, du Sackgesicht?«

Rinat bleckt die Zähne, knackt mit den Fingern. »Na, wenn das so ist ... Wie wär's dann mit 'ner schwarzen Flagge? Wir erklären uns zu einem autonomen Grenzpunkt, kassieren ein paar Prozente und lassen ihn weiterrollen. Mit Moskau können wir uns ja später unterhalten!«

Polkan behält seine Pistole, die er gerade wegstecken wollte, lieber in der Hand. »Weißt du, was mir die Kosaken über Leute wie dich gesagt haben? Hängen soll ich euch, wegen Hochverrat! Und nicht auch noch Milde walten lassen, wie ich das hier grad mache!«

Die Menge weicht ein Stück zurück. Außer Rinat, der steht immer noch da und grinst. »Dann ist ja gut, dass diese Wichser über den Jordan sind. Geschieht ihnen ganz recht.«

»Ach, verpiss dich!« Polkan spuckt Rinat vor die Füße und geht, sieht den Leuten unterwegs direkt in die Augen. Manche nicken anerkennend, andere schauen weg. Er schließt sich in seinem Büro ein, greift zum Hörer, wählt und verlangt, nach Moskau durchgestellt zu werden.

»Können Sie kurz warten?«, fragt der Telefonist.

Will der ihn verarschen? »Kann ich nicht! Mach hin jetzt, du verfluchter Hurensohn!«

Es tutet eine endlose Minute, dann geht endlich jemand dran. »Jaroslawl hier, aus Pirogow! Es geht um den Tuberkulose-Zug, der hier durchwill! Gebt mir Pokrowski!«

Am anderen Ende der Leitung wird gezögert. Dann ein Räuspern. »General Pokrowski wurde verhaftet. Ihre Angelegenheit ist in Bearbeitung, aber solange Pokrowskis Stelle nicht neu besetzt wurde, können wir Ihnen keine Auskunft geben. Wir rufen Sie an, wenn ...«

»Ihr könnt mich alle mal! Kreuzweise! Verdammte Scheiße!«

Polkan schmettert den Hörer gegen die Wand, hebt ihn auf – und schleudert ihn gleich nochmal dagegen. Plastikstücke splittern ab. Er hebt ihn wieder auf, es tutet noch gedämpft wie das Flennen eines Mannes mit gebrochener Nase. »Stell mich zum Checkpoint durch. Jamschikow und Nikita sollen zu mir kommen. Ach so, und Kostik auch, wenn du den irgendwo auftreiben kannst.«

Eine halbe Stunde später sind alle drei in seinem Dienstzimmer. Polkan vergewissert sich, dass die Tür wirklich zu ist und schaut wie immer durch den Spion, ob keiner im Treppenhaus herumlungert. »Tja, Nikita Artjomytsch«, sagt er. »Wer hätte gedacht, dass deine Zeit noch einmal kommt.«

Michelles Großvater blinzelt und krächzt, sagt aber nichts.

»Nimm die Jungs hier mit ins Arsenal, zeig denen mal dein ganzes Zeug«, fährt Polkan fort. »Heute Nacht verminen wir die Brücke. Wenn diese Arschlöcher nicht zurückwollen, dann schicken wir sie eben nach oben.«

Das Handy bleibt unauffindbar, obwohl Jegor die Garage noch einmal auf den Kopf stellt. Als er geht, ballt er die Faust um die blutbefleckte Seite aus dem fremden Ausweis in seiner Hosentasche. Er überlegt fieberhaft, was hier wohl vorgefallen ist.

Wenn sie das Handy wirklich entsperrt haben ... wenn sie es wirklich anbekommen haben ... was ist dann passiert? Was hat sie so durchdrehen lassen? Das Handy selbst war es bestimmt nicht. Es muss etwas gewesen sein, das darauf gespeichert ist.

Aber was? Eine Nachricht? Ein Anruf? Eine verfluchte Schatzkarte, oder was? Was kann sie dazu gebracht haben, sich mit bloßen Händen zu zerfleischen?

Oder waren sie es doch nicht selbst? Haben sie etwas erfahren, das sie nicht hätten wissen dürfen, und wurden deshalb aus dem Weg geräumt? Und die Tür ... die hat jemand irgendwie von innen abgeschlossen ... aber wer? Der Pope sitzt in seiner Zelle, und sonst kann das doch keiner gewesen sein ...

Es läutet zum Mittagessen, Jegor steuert die Kantine an.

Weder Polkan noch seine Mutter sind da. Der Garnisonskoch persönlich verteilt mit schuldbewusster

Miene mickrige Wurzeln auf den Tellern, schwört, dass er sie stundenlang ausgekocht hat und dass man sie wirklich essen kann. Ehrenwort.

Die Leute knurren unzufrieden. »War ja klar, dass sich dieser Sauhund hier nicht blicken lässt. Ist sich zu fein zum Wurzelfressen!«

»Ja, daheim biegt sich bestimmt der Tisch unter den Konservenbüchsen!«

Lew Sergejewitsch versucht, die Aufsässigen zu beruhigen. »Ach was! Der telefoniert mit Moskau! Der wird schon noch kommen. Wir sitzen doch alle im selben Boot!«

»Das glaubst du doch selbst nicht! Der hat sein Boot, und wir haben unsers! Nur dass seins nicht so bald absäuft. Hättest ihn gestern mal sehen müssen! Von oben bis unten mit Fleischsaft eingesaut und 'ne Schnapsfahne dazu, zehn Meilen gegen den Wind!«

Jegor macht sich ganz klein. Er sollte aufstehen und Polkan in Schutz nehmen, aber er zieht den Kopf ein. Sie sehen doch, dass er da ist – sehen ihn und scheren sich nicht drum. Wahrscheinlich wollen sie, dass er sie hört.

»Ach komm! Das kann doch gar nicht sein! Jegor, sag doch mal was! Verteidige mal deinen Alten!« Deinen Alten. Polkan ist nicht sein Alter, er war es nie und wird es auch niemals sein. Das würde er am liebsten herausschreien, aber das geht nicht. Denn wie es aussieht, sitzt er gerade in Polkans Boot und paddelt vor den Schiffbrüchigen davon. Er hat sein Dosenfleisch gegessen, also muss er ihm jetzt auch den Arsch retten. Im Leben gibt's nichts umsonst.

Jegor sieht von seinem Teller auf, in dem die ekelerregenden Wurzeln herumschwimmen. »Schwachsinn!«, sagt er. »Habt ihr sie noch alle?«

Sein Blick fällt auf das höhnische Grinsen von Wanja Woronzow, dem er erst gestern die gestohlene Büchse in die Hand gedrückt hat. »So, so, was du nicht sagst!«, spottet Wanja.

»Kümmere du dich um deinen eigenen Scheiß.« Jegor kneift die Augen zusammen und schluckt den Rest der brechreizerregenden Brühe runter, steht schnell auf und verzieht sich geduckt aus der Kantine. Die Leute knurren ihm hungrig hinterher.

Er weiß, was er jetzt tun muss: Ein allerletztes Mal mit Vater Daniil sprechen. Er muss ihn über Kolzow und Zigal ausfragen, nach diesem verfluchten Zug. Und wieso er, Jegor, angeblich auserwählt sein soll. Und ihm dann ins Gesicht lachen – so wie er's beim letzten Mal schon hätte tun sollen.

Jegor stößt die Wohnungstür auf. »Maaa! Bist du da?«

Keine Antwort. Er sieht trotzdem in Schlafzimmer nach. Seine Mutter liegt im Bett und starrt an die Decke.

»Ma! Ist alles in Ordnung?«

Sie richtet den Blick auf ihn, aber sagt immer noch nichts.

»Ma! Was hast du?«

»Mein Kopf tut weh.«

»Ach so ... Na ja, sag Bescheid, wenn's schlimmer wird.«

»Es ist schlimm, Jegor.«

»Ich meine, wenn ... die andere Sache ...« Er steht schon zu lange in der Tür. Er wollte längst wieder weg sein. »Brauchst du ... irgendwie Hilfe?«

Sie schüttelt den Kopf. »Ist alles in Ordnung?«, fragt Jegor noch einmal und kommt sich vor wie ein Idiot. »Kannst du deinen Mitmenschen verzeihen, Jegor?«

»Ich ... Ma, warum denn ausgerechnet jetzt ...«

»Ich kann das nämlich nicht besonders gut.«

Jegor schnalzt vor Ungeduld mit der Zunge. »Ist es wegen dem ... was ich zu dir gesagt hab? Beim Zug? Entschuldige. Ich hab's nicht so gemeint. Es war einfach alles zu viel.«

»Das verstehe ich.«

»Könntest du jetzt bitte keine Szene machen, Ma?«

»Wie meinst du das? Welche Szene?«

»Die mit der todkranken Patientin.«

Sie sieht ihn wieder an, überrascht und gekränkt. »Du denkst, ich spiele das nur?«

»Ich denke überhaupt nichts!« Er tritt einen Schritt zurück.

»Kannst du heute zu Hause bleiben, Jegor? Einfach ein bisschen bei mir bleiben?«

»Nee, Ma. Heute geht's überhaupt nicht.«

»Bitte. Ich bitte dich.«

»Nein, Ma. Ich muss kurz was erledigen. Dann komm ich wieder.«

Noch bevor sie etwas erwidern kann, geht er ins Wohnzimmer, macht den Schrank auf. Durchwühlt Polkans Versteck und holt erleichtert eine Konservenbüchse hervor: Es ist die letzte – die letzte Dose, die ihn noch von den anderen hier unterscheidet. Er muss sie loswerden, sich damit bei Woronzow, oder wer auch immer heute den Popen bewacht, Einlass erkaufen.

»Jegor! Jegor! Was machst du da?«

»Nichts, Ma! Bleib liegen, ruh' dich aus!«
»Jegor!«
Er schlüpft durch die Haustür und fliegt die Treppe runter, so schnell, als hätte er Angst, dass sie wirklich aufstehen und ihm hinterherrennen könnte.

Opa Nikita raucht in der Küche. Michelle betrachtet ihn: Er sitzt da in voller Montur; hat sich so leise angezogen, dass sie unwillkürlich flüstert, als sie ihn fragt, wohin er will.
Keine Antwort.
Er scheint auf etwas zu warten, lauscht Omas Gebrabbel im Schlafzimmer, die mal wieder ihren Jessenin runterbetet:

Erschaudernde Blätter, Ahorn wiegt sich im Wind,
Der Waldatem hebt und senkt sich geschwind ...
Von goldenen Ästen rieselt schimmernd der Staub,
Das Gras und sein Echo flüstern heimlich vertraut ...
Am Fenster weint leise ein herbstlicher Sturm,
Sacht klopft ... sanft klopft eine Weide ...

Nikita kneift die Augen zusammen – der Qualm brennt. Er tätschelt mit seinen schwieligen, tabakgelben Fingern Michelles Hand. »Gut, dass du nicht nach Moskau bist. Bleib heute ein bisschen bei ihr. Kann sein, dass ich über Nacht wegmuss.«
»Über Nacht? Wohin denn?«

»Ein Auftrag.«

Um seine Augen herum bilden sich Fältchen, als er ihr zuzwinkert. Er zündet sich an seiner Papirossa gleich die nächste an.

Oma hat endlich das richtige Wort gefunden, die Platte dreht sich weiter.

Sacht klopft eine Weide ans Glas beinah
stumm,
Legt schief ihre Äste, lugt trostlos hinein,
Ins Zwielicht der Stube zu lindern die Pein …
Derweil in der Ferne ziehn Wolken herauf,
Und tosend verlässt ein Fluss seinen Lauf,
Peitscht aufwärts die Wogen, wirft Wasser
ans Land,
Als rüttle die Erde eine mächtige Hand …

»Also gut. Schlafen will sie wohl nicht.«

Nikita steht von seinem Stuhl auf. Geht ins Schlafzimmer. Michelle hört, wie er den Hocker verschiebt und ächzend darauf steigt. Der wird doch wohl nicht oben im Schrank …?

»Nikita! Was tust du da?«

»Ich wollte nur was nachsehen … mach dir keine Sorgen, Marussja. Ich suche nur meine alte Kamera. Ich hab' versprochen, sie mitzubringen …«

»Wohin gehst du denn?«

»Zur Nachtschicht … mit den Jungs. Also … Wo ist denn bloß …«

»Die ganze Nacht?«

»Ja, die ganze Nacht, Marussja.«

»Lass mich dich schnell bekreuzigen!«

»Na, dann mach mal. Sicher ist sicher!«

Opa kommt in die Küche zurück – er wirkt ratlos und verärgert. »Sag mal … Du hast nicht zufällig … was aus dem Schrank genommen?«

Michelle spürt, wie sie rot wird, ihre Ohren werden ganz heiß. Aber anlügen kann sie ihren Opa nicht. »Ja, hab ich.«

»Dann rück raus damit.« Er sieht böse aus. Als sie noch klein war, hat ihr dieser Blick immer Angst gemacht, aber damals war Großvater ja auch ein Riese im Vergleich zu ihr gewesen. Und obwohl er ihr nie auch nur ein Haar gekrümmt hätte, bedeuteten zusammengeschobene buschige Augenbrauen immer, dass sie kurz davor war, Ärger zu bekommen. Aber jetzt – das wird ihr plötzlich bewusst – hat sie keine Angst mehr, sie schämt sich. Weil sie jetzt groß und stark ist und er klein und schwach – egal, wie sehr er sich anstrengt. Michelle steht ohne Widerworte auf und geht in ihr Zimmer, holt den Plastikbeutel mit der Makarow raus und kommt zurück in die Küche.

»Hier. Sorry.«

Opa dreht die Pistole in der Hand, nimmt das Magazin heraus, zählt die Patronen nach. Er seufzt. »Weißt du wenigstens, wie man sie entsichert?«

»Hast du mir gezeigt.«

»Ach ja?« Er wiegt die Waffe in der Hand, dreht sie um und hält sie dann mit dem Griff voraus Michelle hin. »Hier, schenk' ich dir.«

»Was, wirklich?«

»Wirklich.«

Sie starrt ihn ungläubig an. »Und warum?«

»Für alle Fälle. Es sind harte Zeiten.«

»Nikita Artjomytsch!«, tönt es aus dem Hof. »Kommst du, oder was?«

Er gibt Michelle einen Kuss und geht sich die Schuhe anziehen. Sie begleitet ihn in den Flur.

»Wohin gehst du?«, flüstert sie.

Er schüttelt kurz den Kopf, als wollte er sagen: Ich würd's dir ja verraten, aber Oma hört uns. Er wirft ihr noch einen Luftkuss zu, dann fällt die Tür ins Schloss.

Nochmal lässt Jegor sich nicht einlullen.

Von dem Geschwafel von wegen er wäre auserwählt und diesem ganzen Mist. Das hat ihn beim letzten Mal ganz schön verwirrt. Ist ja auch klar – welcher Typ in seinem Alter würde nicht ausflippen, wenn er so was hört. Die Helden in seinen Fantasyromanen sind auch immer zu irgendwas Magischem auserwählt – und meistern natürlich immer alles mit links. Das ist ein unumstößliches Gesetz des Genres. Der Kerl weiß, womit er einen zu ködern hat, das muss man ihm schon lassen.

Am besten ist wohl, er fragt ihn nur nach Kolzow und Zigal. Was meint er mit: Satan hätte von ihnen Besitz ergriffen? Ist mit ihnen dasselbe passiert wie mit den Menschen, die sich am anderen Ufer haufenweise im Fluss ertränkt haben? Der Pope soll endlich mit der Wahrheit rausrücken. Diesmal wird Jegor sich nicht so leicht abwimmeln lassen. Das ist vielleicht seine einzige Chance, herauszufinden, was das alles zu bedeuten hat. Jetzt oder nie.

Gestern ist sein Plan mit dem Dosenfleisch ja bestens aufgegangen. Warum sollte es heute anders sein?

Noch nie hat er auf dem Posten so viele so hungrige, gierige Augen gesehen.

Er geht die Treppe zum Gefängnis hoch. An der Tür hält Schora Barmalej Wache.

»Was willst du?«

Jegor holt gleich die Konserve hervor. »Ich muss ihn sprechen. Höchstens 'ne halbe Stunde. Wenn du mich reinlässt, gehört sie dir.«

Schora grinst schief. Von diesem Grinsen wird Jegor ganz mulmig.

»Dein Zeug kannst du behalten«, sagt Schora.

»Was ... Wieso?«

»Wieso was? Ich faste.«

»Oh ...« Jegor guckt ihn entgeistert an, überlegt krampfhaft, in welche Richtung er das Gespräch nun lenken soll.

Aber Schora zwinkert ihm zu. »Mach dir mal nicht ins Hemd«, sagt er besänftigend. »Geh ruhig, er wartet schon auf dich. Die Tür ist offen.«

Michelle zeigt Anton, der heute am Tor Wache schiebt, einen grünen Leinenbeutel.

»Opa hat seine Gasmaske vergessen. Die sind doch zum Zug, oder? Der vergisst bald noch seinen Kopf. Ich bring sie ihm schnell!«

»Hmm ... aber ... na gut, dann aber wirklich schnell, ja?«

»Danke, Anton!«

Sie berührt ihn flüchtig an der Schulter, aber das ist schon mehr, als er je zu träumen gewagt hätte. Das Tor vor ihr geht auf, und Michelle huscht hindurch.

Dass sie zum Zug gehen, weiß Michelle aus einem Gespräch, das sie belauscht hat. Natürlich ist sie ihrem Großvater gefolgt, sobald er zur Tür raus war. Sie ist ja nicht so dumm zu glauben, dass er bloß zur Nachtschicht will.

Allein hätte sie sich nicht dahin getraut, außerdem hätte man sie am Checkpoint gar nicht durchgelassen: Polkan hat strengstens verboten, dass sich jemand dem Zug nähert. Aber wenn ihr Großvater dabei ist, kann sie es versuchen.

Sie kann versuchen, von den Leuten im Zug etwas über die Expedition zu erfahren. Erst danach wird sie entscheiden, ob sie Tamara glauben soll oder nicht. Ob sie weggehen oder weiter auf Sascha warten soll.

Außer Großvater sind noch zwei andere Gestalten in der Dunkelheit. Alle drei sind mit riesigen Rucksäcken beladen. Ihre Taschenlampen sind ausgeschaltet. Sie arbeiten sich so langsam vor, dass Michelle mühelos Schritt halten kann. Solange sie nicht zu früh auffliegt, ist alles okay. Sie wird sich erst ganz am Schluss zu erkennen geben, wenn sie schon am Zug sind und Opa sie nicht mehr zurückschicken kann.

Sie gehen nicht zum Checkpoint, der von den Scheinwerfern des Zuges hell erleuchtet ist, sondern laufen querfeldein Richtung Brücke. Was sie dort vorhaben, konnte Michelle nicht raushören, aber was immer es ist – diese Chance darf sie sich auf keinen Fall entgehen lassen.

Auf der Brücke ist Michelle noch nie gewesen. Warum auch? Sie führt ja weg von Moskau. Wann immer Michelle an den Gleisen stand und nach Westen sah, fühlte es sich an, als hielte sie ihr Gesicht in die Sonne.

Wenn sie nach Osten schaute, kam es ihr vor, als blickte sie in ein dunkles Loch.

Und plötzlich steht da dieser Zug.

Er erinnert sie an die Züge aus ihrer Kindheit. Mit genau so einem ist sie damals nach Jaroslawl gekommen, als in Moskau Unruhen ausgebrochen waren und man beschlossen hatte, sie sicherheitshalber zu ihrer Großmutter zu schicken. Vater hatte sie zum Bahnhof gebracht, sie immer wieder auf die Stirn und auf die Augen geküsst und schließlich die Tür zu ihrem Abteil in der ersten Klasse hinter sich geschlossen. Michelle ist dieser Abschied für immer in Erinnerung geblieben. Von ihrem Vater, der sonst immer nach Aftershave und Parfüm roch, war an diesem Tag ein unangenehmer, säuerlicher Geruch ausgegangen.

Als Michelle ausgestiegen war, rollte der Zug weiter in Richtung Osten; seitdem sind nie wieder Züge aus Moskau durch Jaroslawl gefahren.

Und plötzlich ist es, als wäre er zurückgekehrt.

Von den Tuberkulosekranken hat Michelle schon gehört. Aber vielleicht kann sie ja in der Lok mitfahren? Die Leute aus der Lok waren doch draußen und haben mit den Menschen hier gesprochen. Also sind sie nicht ansteckend, oder haben zumindest keine Angst, jemanden anzustecken. Die könnte sie fragen, ob sie sie nach Moskau mitnehmen. Vorausgesetzt, Polkan lässt den Zug überhaupt passieren.

Aber je näher sie kommt, desto unwahrscheinlicher scheint es ihr, dass man sie mitfahren lässt.

Nur die Lok hat es ans Ufer geschafft, der Rest ist auf der Brücke zum Stehen gekommen – und obwohl der Zug vom Nebel verhüllt ist, kann Michelle sehen, dass die Fenster in den Wagen dunkel sind.

Großvater und die anderen beiden verlangsamen ihren Schritt, ziehen die Gasmasken über. Bis zum Fluss sind es sicher noch hundert Meter, aber der Nebel brennt schon in den Augen. Michelle den Atemschutz mit dem großen Visier kramt aus dem grünen Beutel.

Aber sie wollen gar nicht zu den Männern in der Lok – ganz im Gegenteil, sie scheinen sich vor ihnen zu verstecken. Sie schleichen sich durchs Gebüsch am Ufer ganz dicht an die Brücke heran, bewegen sich von Strebe zu Strebe, verschmelzen in der Dunkelheit damit.

Michelle folgt ihnen, beobachtet sie aus dem Gebüsch: Was haben die drei vor?

Sie trennen sich: Großvater bleibt beim Zug, der zweite Mann seilt sich von der Brücke ab, der dritte kriecht unter den Wagen. Oder bildet sie sich das nur ein? Die Umrisse verschwimmen im Nebel; der Mond scheint nur schwach hinter der dicken Wolkendecke.

Michelle geht näher heran, noch näher.

In den Wagen brennt kein Licht, aber sie sind nicht leer. Jemand ist da drin, so viel ist sicher: Aus dem Inneren dringen seltsame Geräusche. Und … als Michelle unmittelbar davor steht, scheint ihr, als würden die Wagen vibrieren. Als würde der Zug auf den Gleisen schaukeln.

Sie blickt zu den Fenstern hinauf.

Sie sind nicht nur dunkel, sondern dicht verhängt, als dürfe niemand sehen, was da drin vorgeht. Aber irgendetwas geht da drin vor sich, ohne jeden Zweifel.

Michelle stellt sich auf die Zehenspitzen und klopft gegen die Scheibe. Vielleicht macht ja jemand das Fenster auf.

Der Vorhang bewegt sich, als würde jemand von innen versuchen, ihn zu öffnen. Sie klopft noch einmal, der Vorhang bewegt sich wieder. Michelle schielt zur Lok hinüber ... bisher hat sie offenbar niemand bemerkt. Eigentlich wollte sie ja mit den Männern in der Lok reden, aber weil sich Großvater vor ihnen versteckt, will sie lieber keine Aufmerksamkeit erregen. Nur kurz schauen ...

Sie hastet am Wagen entlang zur Leiter am Eingang. Sie klettert hinauf ... das Fenster wurde hastig mit Farbe übermalt – von außen.

Michelle holt ihren Schlüssel aus der Jackentasche und macht sich daran, die Farbe abzuschaben. Dabei sieht sie sich immer wieder um. Sie kratzt ein kleines Stück frei, dann noch eins. Durch die Ritzen dringt Licht. Michelle kratzt ein münzgroßes Guckloch frei und sieht hindurch.

Die Fenster sind von innen vergittert. Die Wände sind voller Blut.

Michelle packt das Grauen. Trotzdem bewegt sie den Kopf ganz leicht, um mehr sehen zu können.

Im Gang hockt ein nackter Mensch mit blutüberströmtem Gesicht. Die Arme hängen schlaff am Körper runter. Auf seinen Schultern hockt ein nackter Mensch mit blutüberströmtem Gesicht. Auf dessen Schultern hockt noch ein nackter Mensch mit blutüberströmtem Gesicht. Auf dessen Schultern hockt noch ein nackter Mensch mit blutüberströmtem Gesicht. Der schaut zu einer matt leuchtenden Glühbirne an der Decke auf. Und plötzlich, als würde er ihren Blick spüren, zuckt er zusammen, sucht nach der Quelle dieses juckenden Gefühls – bis er direkt in Michelles Augen sieht.

Es ist Sascha Krigow.

NEUN

DIE TÜR IST WIRKLICH NICHT ABGESCHLOSSEN.

Schora stößt sie auf und schubst Jegor – noch bevor der begreift, was das alles zu bedeuten hat – hinein und schließt ab.

In der Zelle ist es dunkel. Diesmal kommt ihm niemand entgegen, er muss sich langsam zu Vater Daniil vortasten.

Der sitzt in der winzigen Küche und schaut aus dem Fenster. Als er Jegor bemerkt, deutet er auf den anderen Hocker. Jegor bleibt jedoch stehen. »Was geht hier vor?«

»Na siehst du, ich wusste, dass du kommst. Dass du noch Fragen hast.«

»Was geht hier vor? Warum steht die Tür offen?«

»Fang lieber an mit deinen Fragen, du verschwendest bloß deine Zeit. Viel davon bleibt uns nicht mehr.«

»Hast du dem auch das Hirn vernebelt wie meiner Mutter? Hm?«

Jegor stürzt wieder zur Tür. »Schora, du Wichser!«, brüllt er. »Hast du den Arsch offen? So was heißt Hochverrat, hörst du?«

Keine Reaktion. Als hätte er sie eingesperrt und wäre abgehauen. Jegors Herz rast, er geht zurück in die Küche. Das Fenster steht offen – zur Not kann er um Hilfe rufen. Aber erst mal ... erst mal soll er ruhig glauben, dass er ihn in der Hand hat. »Okay. Die Fragen. Du hast gesagt, der Teufel hätte von Kolzow und Zigal Besitz ergriffen.«

»Sprich langsamer, ich verstehe dich nicht.«

»Du! Hast! Gesagt! Dass! Kolzow! Und Zigal! Die in der Garage ... die ermordet wurden! Was ist mit ihnen passiert? Waren das deine Leute? Hast du jemanden geschickt, der sie umgebracht hat?«

Vater Daniil liest angestrengt von Jegors Lippen. Erkennt »ermordet« und »geschickt«. Er schüttelt den Kopf. »Ich habe niemanden geschickt. Sie waren vom Teufel besessen. Das Satansgebet ist hierher gelangt. Ich weiß nicht wie, aber es ist hier.«

»Was?«

»Das Satansgebet, das auf der anderen Seite der Wolga alles verwüstet hat. Jemand hat es eingeschleppt. Ein Besessener. Hergebracht und den beiden eingeflüstert.«

»Was? Wer?«

»Das ist die Wahrheit. Jetzt gibt es keinen Grund mehr zu lügen. Bald wirst du es selbst sehen. Sehr bald.«

Michelle schreckt von der Fensterscheibe zurück, als hätte sie sich verbrannt. Sie atmet schwer. Hat sie sich das gerade eingebildet? Wie ist das möglich? Sie verspürt den Drang, sich zu bekreuzigen, als könnte das irgendwie helfen.

Sie sieht wieder durch das Guckloch, das sie in die Farbe gekratzt hat. Jetzt ist keiner der vier mehr zu sehen, die da gerade, zu einer Pyramide aufgetürmt, übereinander gehockt haben ... auch kein Sascha.

Michelle kratzt weiter – verzweifelt, immer schneller; nein, sie hat sich das nicht eingebildet, er war es wirklich. Erst war sie schockiert von seinem Anblick, seinem Zustand, aber jetzt ... jetzt spürt sie, dass es ihm schlecht geht, dass er schreckliche Schmerzen hat; egal, was mit ihm passiert ist – er leidet, und sie muss ihm helfen.

Als die Öffnung etwa faustgroß ist, guckt sie noch mal hinein. Sieht den blutverschmierten, verdreckten Innenraum, die vergitterten Fenster. Sie bringen diese Menschen in ein Lager, man will sie umbringen, deswegen sind sie nackt, deswegen wurden sie geschlagen und misshandelt, deswegen hocken sie da in diesen seltsamen, verrenkten Posen – weil man sie dazu zwingt! Sie sind nicht krank, die Männer in der Lok lügen, hier geht etwas furchtbar Grauenvolles vor.

Sie hämmert gegen die winzige Luke, schlägt mit der flachen Hand dagegen in der Hoffnung, dass Sascha sie hört, zu ihr zurückkommt, sie durch die Gasmaske erkennt ...

Und er kommt zurück.

Mit einem Satz ist er wieder da. Sein Blick irrt umher, er hat Schaum vor dem Mund. Er brabbelt irgendetwas, aber nicht an sie gerichtet – Michelle hat er noch gar nicht gesehen. Plötzlich springt, auf genau dieselbe Weise, ein zweiter Mann dazu – unsagbar dürr, die Arme baumeln wie schlaffe Seile am Körper herab. Dann ein dritter. Gleichzeitig, wie von einem unsichtbaren Marionettenspieler gesteuert, drehen sich alle drei zum Fenster – und entdecken Michelle.

Sascha bückt sich, bis seine Augen auf Höhe des Gucklochs sind. Er holt kurz aus – und rammt die Faust in ihr Gesicht, direkt zwischen die Augen, in das winzige Loch, das sie freigekratzt hat. Michelle schreit auf und stürzt um ein Haar rücklings auf die Gleise. Sie kann sich im letzten Augenblick festhalten; die Scheibe ist gesprungen. Sofort schlägt die blutige Faust wieder zu, lässt die Risse mit jedem Schlag größer werden, wie ein zorniges Küken, das sich aus seinem gläsernen Ei befreien will.

Noch bevor Michelle begreift, dass sie springen muss, spritzt ihr das Glas in tausend winzigen Scherben entgegen; Finger krallen sich in ihre Haare und zerren sie mit einer unmenschlichen Kraft durch die spitzen Zähne der Scherben in den Waggon.

Sie kreischt wie am Spieß, stemmt sich mit der freien Hand gegen das Metall, aber er zieht und zieht; ein Bild blitzt vor ihr auf: Der Innenraum ist jetzt voll von verschrammten, bis aufs Blut zerkratzten nackten Menschen, und alle hämmern sie gegen das Glas, wiederholen Saschas Bewegungen. Manchen brechen die Knochen, und dann klatschen ihre an Haut und Muskeln herabhängenden Unterarme wie Peitschen gegen die vergitterten Zugfenster.

Und alle reden, reden, reden sie zusammenhangsloses Zeug, wildes, ekelerregendes, sinnloses Zeug, türmen die Wörter aufeinander, verschlucken sich daran; von den einen wird ihr speiübel, andere ergeben überhaupt keinen Sinn, von den dritten ballen sich ihre Fäuste wie von selbst zusammen.

Michelle kreischt noch lauter, um das Gemurmel zu übertönen, aber sie spürt, wie ihre Arme, ihre Beine wie Hghgulb sieht rostbraun Zbadaon Blut wie ombzfs Gedärm Strb wie Splitter Aug tote Kinder Strb Köpfe spalten wie Fliegen Aug Gedärm reißen ädhokrn Magen gicharum Säugling Dreck khisvuv Tod nimm mich mit nimm mich mit Hghgulb.

PACH!

Über ihrem Kopf – Krach, eine Bombe schlägt ein, mitten ins Ohr, ein Klingeln, ein Klirren, der Schädel zerplatzt, Schmerz, stechend, tief, Michelle liegt auf den Gleisen, blickt hoch in den grünen Himmel über sich, vor ihr der Zug wie eine Wand, und – ihr Großvater, hält sich fest am Griff, steckt das Gewehr in die Öffnung und drückt ab, Pach! Und noch mal! Pach!

»Opa! Opa, Ooopaaa!«

Jemand rennt, die beiden von vorhin ... Michelle versucht aufzustehen, aber es dreht sich alles, sie hält sich die Ohren zu, hält den Krach nicht mehr aus, alles rot, das Sturmgewehr hüpft auf und ab, plötzlich wirft er es weg, das Glas ist zerplatzt, nur noch Gitterstäbe, Michelle versucht es noch einmal, versucht aufzustehen, Großvater klammert sich mit beiden Händen ans Gitter, auf der anderen Seite sind auch Hände, blutüberströmt, Großvater flüstert, flüstert etwas, die mit ihm hier sind, klettern hinterher, auf die Leiter, drängeln, steigen übereinander, murmeln, schreien, brüllen, aber Michelle hört nicht was, das Klingeln, dabei sie will so sehr ... es zieht sie magisch an ... süß ... wie Honig ...

Opa, Großvater, Nikita zieht seine Gasmaske herunter und reißt den Kopf zurück. Michelle sieht, dass der andere – groß, nackt, schrecklich, Schaum vor dem Mund, das Gesicht rot rot rot, als hätte man ihm die Haut abgezogen, nur die Augen weiß – wie sein Spiegelbild ebenfalls den Kopf zurücknimmt, und im nächsten Augenblick schlagen sie die Köpfe gegeneinander, Stirn gegen Stirn, durch das Gitter, und noch mal, und immer wieder, bis sie umfallen, jeder auf seine Seite ...

Michelle kriecht zu ihrem Großvater, von seinem Gesicht ist nichts mehr übrig, Trümmer, weiße Splitter, er ist tot; Kostik klettert an seiner Stelle hoch, ohne Gasmaske, er sucht sich genauso – wie aus Neid, dass Nikita schon erlöst ist und er nicht – einen auf der anderen Seite, genauso, mit voller Wucht, eins, zwei, drei, mit blinder Wut, wild, rasend, als hätte er nur für diesen Moment gelebt, damit er jetzt und hier – als würde innen drin was durchbrennen, ausbrechen, das eingezwängt war in seinem Schädel, unter der Haut, das rauswill, rausmuss wie die Seele selbst, wie Dampf unter Hochdruck – zerreißt es das unnütze sinnlose Fleisch, die Haut, die Knochen, und dann fällt auch Kostik herunter, wie ein vollgesaugter Egel, schlaff, leblos ...

Michelle schüttelt ihren toten Großvater, Opa, steh auf, komm, wach auf!, aber aus ihm fließt bloß noch zähe rote Masse, ein Auge sieht sie noch an, aber der Kopf hängt schlaff herunter, er will nicht aufwachen, will schlafen ... Opa, Opa, hörst du mich?

Jemand packt sie am Kragen und zerrt sie weg, in den Ohren nur Klingeln, dann – ein Heulen, das das Klingeln überlagert, die Lokomotive pfeift, ein Engel bläst in die Posaune, die nackten Menschen im Zug murmeln im Chor und jeder für sich und wieder im Chor ... aber der Engel ist lauter ... Lasst mich, ich kann alleine, lasst mich los, aber man hält sie fest, sie wirft den Kopf hin und her – zwei Männer in langen Regenmänteln, auf dem Rücken Kreuze, auf den Gesichtern Masken, zerren sie weg von ihrem Großvater, von den Sterbenden, die Lokomotiven heulen, übertönen sich gegenseitig, der Himmel tut sich auf, die Erde bebt, Blutregen, Heuschrecken, Pest und Dämonen, Dämonen, Dämonen ...

Jegor stürzt ans Fenster: Von der Brücke hallen Schüsse herüber, der Zug pfeift ohne Unterlass, die Scheinwerfer flackern wie eine Million brennender Kerzen. Vater Daniil steht auch auf, stellt sich neben ihn. Menschen rennen in den Hof, schreien, wedeln mit den Armen. Jemand dreht sich zum Fenster des Mönchs um. Der hebt die Hand. »Brüder! Die Zeit ist gekommen!«, sagt er mit klarer und deutlicher Stimme. »Lasst uns den Armen und Schwachen Einlass gewähren! Geht, schafft die Gleise zurück. Ihr hättet sie nicht wegräumen dürfen. Lasst den Zug weiterfahren! In die Hauptstadt, wo diese Unglücklichen Hilfe finden werden! Geht! Man wird es euch danken!«

»Was tust du da? Warum?«

Unten herrscht Chaos. Nicht alle gehorchen – seine Anhänger schreiten sofort zur Tat, die anderen stehen ratlos herum. Das Tor geht auf, jemand befüllt schon einem Kanister den Tank des Traktors, in dessen Anhänger die Gleisteile liegen, lässt den Motor an und lenkt das schwere Gerät Richtung Checkpoint.

Jegor umklammert die Gitterstäbe. »Hey! Heey! Seid ihr noch ganz dicht? Was macht ihr da? Sergej Petrowitsch! Maaaa!«

Und man hört ihn.

Polkan kommt in den Hof gestolpert – den Polizeimantel über dem ranzigen Unterhemd, die Armeehose über den Pantoffeln. »Wachen! Ihr da, bei den Toren! Habt ihr keine Augen im Kopf, oder was? Setzt euch in Bewegung! Wird's bald! Habt ihr mich gehört? Was zur Hölle ist hier los?«

Ein paar der umherrennenden Menschen bleiben tatsächlich stehen, andere machen einfach weiter; einige scharen sich um Polkan, scheinen sich auf seine Seite zu schlagen. »Was treibt ihr da? Wer hat euch das erlaubt? Hä?«

Dann erhebt Vater Daniil die Stimme, übertönt Polkans wummernden Bass. »Ihr habt gelitten. Ihr habt verzichtet. Ihr wisst, dass dieser Mensch unwürdig ist, euch etwas zu befehlen! Während ihr gehungert habt, hat er sich den Bauch vollgeschlagen! Er hat euch ins Gesicht gelogen! Eure Fragen nicht beantwortet, eure Bitten ignoriert! Ihr habt gefastet, während er der Völlerei gefrönt hat! Ihr habt euren Leib abgetötet, um euren Geist zu stärken, während er seinen Trieben nachgegeben hat, weil sein Geist schwach ist. Nun verlange ich von euch Mitgefühl – und er verlangt Mord! Auf wen wollt ihr hören?«

Polkan dreht sich zum Gitterfenster um. »Halt die Schnauze! Stopft dem mal jemand das Maul da oben!«

Jegor gehorcht, packt Vater Daniil von hinten und reißt ihn vom Fenster weg; aber es ist zu spät, der Pope hat sein Ziel erreicht. Die neben Polkan gestanden haben, drängen ihn jetzt in den Hof zurück, zum Hauseingang, lassen ihn nicht zu dem rußenden Traktor durch. Die Lage droht jeden Moment zu eskalieren.

»Genug rumkommandiert, Petrowitsch! Zieh Leine!«

»Geh zu deiner Zigeunerin! Wir haben die Schnauze voll!«

»Die haben Essen im Zug! Und die wollen mit uns teilen! Im Gegensatz zu dir!«

»Was meint ihr, Männer, sollen wir denen mal 'nen Besuch abstatten? Mal sehen, was der noch alles gebunkert hat?«

»Halt die Fresse, Arschloch!«, brüllt Polkan zurück. »Nimm deine dreckigen Flossen weg! Ich knall dich ab, du Hund!«

Vater Daniil versucht sich zu befreien; er ist zwar dünn, aber drahtig, und mindestens doppelt so alt wie Jegor. Im Halbdunkel stoßen sie irgendetwas um, knallen auf den Boden. Vater Daniil lacht. »Es ist zu spät! Es ist schon hier, es ist vollbracht!«

Er leuchtet Michelle direkt in die Pupillen – es ist, als würde er lange Nadeln hineinbohren, in einen entzündeten Nerv, ins nackte Hirn. Er macht den Mund auf, bewegt lautlos die Lippen wie ein Fisch im Aquarium.

»Was? Was?« Michelle kann nichts hören. Jemand setzt sie auf, gibt ihr Wasser. Sie trinkt gierig die warme, nach Plastik schmeckende Plörre. Dann tupft ihr jemand die Ohren ab – sie versteht nicht, was das soll – und wirft leuchtend rote Mullfetzen weg. Wieder sieht sie, wie jemand geräuschlos die Lippen bewegt. »Ich höre nichts!«, brüllt sie. »Ich kann euch nicht hören!«

Die Welt hört auf sich zu drehen, bleibt stehen wie ein Karussell, wenn die Musik ausgeht. Michelle versucht, sich aufrecht hinzusetzen. Sie lehnt an der Lok, vor ihr stehen zwei Männer in Regenmänteln, der eine grauhaarig, der andere riesengroß. Beide mit Sturmgewehren in der Hand, auf den Regenmänteln rote Kreuze.

»Wer seid ihr? Was ist passiert?« Plötzlich weiß sie es wieder. Ein ganzer Film spult in ihrem Schädel ab, lauter verschwommene Bildfetzen, sie klemmt den Kopf zwischen die Knie und schreit los. Sie brüllt, dass es wehtut – aber sie hört immer noch nichts.

Sie ist taub!

Warum? Warum? »Warum kann ich nichts hören?«

Die Männer zeigen auf die blutigen Mullbinden. Dann auf ihre Ohren. Dann wieder auf das Blut. Dann auf das Sturmgewehr. Sie reden langsam, formen die Laute sorgfältig und übertrieben, aber sie versteht kein einziges Wort.

Wieder blitzt Saschas Gesicht vor ihr auf – furchterregend, bestialisch, überhaupt nicht mehr ... menschlich. Sie hält sich die Augen zu, aber am liebsten würde sie diese Augen auskratzen, weil sie das alles sehen mussten: Sascha, ihren Großvater und alles, was mit den beiden passiert ist.

»Was ist mit ihnen passiert? Was war das? Warum?« Jemand tätschelt ihre Schulter: Beruhige dich. Aber sie kann sich nicht beruhigen. Sie schaut zur Brücke: Ein dritter Mann im Regenmantel steht auf der Leiter und feuert mit seinem Sturmgewehr lautlos durch das Zugfenster – es blitzt, die Funken sprühen.

»Was ist mit ihnen? Was ist mit Sascha?« Michelle dreht ihren Kopf mühsam zur anderen Seite in Richtung Checkpoint. Dort stehen Leute im gleißenden

Scheinwerferlicht und halten die Hände schützend vor die Gesichter. Die Wachen und ... ein ganzer Haufen anderer Leute. Viele halten sich die Ohren zu. Sie haben Angst, näher zu kommen, bleiben stehen, als wäre eine unsichtbare Wand zwischen ihnen und der Lok.

Michelle spürt langsam, wie etwas in ihrem Nacken und in den Fingerspitzen vibriert – es kommt von der Lok hinter ihr. Offenbar läuft ihre Signalpfeife schon die ganze Zeit auf Hochtouren. Unaufhörlich.

Michelle sitzt zusammengekauert, gegen das Rad gelehnt. Der Mann mit dem roten Kreuz hebt den Daumen: Mit dir ist alles in Ordnung. Sie schüttelt den Kopf, Tränen laufen ihr über die Wangen. Nein, nein, gar nichts ist in Ordnung.

Sie wollen ihr aufhelfen, aber sie kann noch nicht stehen. Sie halten sie nicht fest, geben ihr zu verstehen, dass sie zu ihren Leuten gehen kann. Aber sie hat keine Kraft. »Was war das? Was geht hier vor?«

Aus der Lok kommen noch mehr Menschen, sie öffnen irgendwelche Seitentüren und ziehen Holzkisten hervor, packen zu zweit eine Kiste und schleppen sie zu den im Scheinwerferlicht stehenden, zerlumpten Menschen. Die schrecken zurück; die Männer verständigen sich mit Gesten. Dann sieht sie die Menschen am Checkpoint nicken, sie nehmen die Kiste, und die Männer in Regenmänteln gehen zurück, um die nächste zu holen.

Der Grauhaarige, der sich zu Michelle vorgebeugt hat, winkt sie heran, zeigt mit Zeige- und Mittelfinger: zwei. Seine Leute machen die Kiste auf, holen etwas heraus und bringen es herüber. Er drückt es

Michelle, die überhaupt nichts mehr versteht, in die Hand.

Sie starrt stumpf auf die beiden schweren, glänzenden Gegenstände, die auf ihren Knien liegen. Längliche, mit Schmierfett eingeriebene Blechzylinder. Auf jedem klebt ein Etikett: »Rindfleisch. 1 kg.«

Der Grauhaarige klopft ihr auf die Schulter: Sie darf gehen.

»Wozu? Wozu wiegelst du die auf? Was hast du davon?«

»Wozu, willst du wissen?« Vater Daniil schubst Jegor von sich herunter, hält ihn mit den Beinen auf Abstand. Sie sitzen beide auf dem Boden und keuchen vor Anstrengung.

»Was hast du mit diesem dämlichen Zug zu schaffen?«

»Der Zug, mein Junge, muss nach Moskau.«

»Warum? Was ist da drin?«

»Da drin sind solche wie die beiden in der Garage, solche wie die, die du am anderen Ufer gesehen hast. Sie sind besessen.«

»Was haben die vor?« Jegor springt hoch, Vater Daniil richtet sich ebenfalls auf. Jegor macht einen Schritt auf ihn zu – er weicht einen Schritt zurück. Plötzlich stürzt er sich auf Jegor, drängt ihn vom Eingang weg. Jegor sprintet zur Tür, schlittert über die Dielen – das verdammte Parkett überall –, will Vater Daniil den Weg abschneiden, aber der ist schon im anderen Zimmer – dort, wo sein Bett steht.

Jegor hämmert gegen die Wohnungstür. »Schora, du Arschloch! Mach auf!«

Aus dem Treppenhaus dringen Schreie und Schritte, aber an die Tür kommt niemand. Jegor sieht in das Zimmer des Popen. Der steht am Fenster, die Schultern bewegen sich auf und ab – er ringt immer noch nach Luft.

»Warum willst du, dass man sie durchlässt? Glaubst du wirklich, man wird sie in Moskau heilen?«

»Heilen? Neeeein.« Vater Daniil schüttelt langsam den Kopf. »Man kann sie dort nicht heilen. Wir haben es ja versucht. In unserem Kloster. Wir wollten die Besessenen zähmen. Ihren Leib abtöten. Die Dämonen austreiben. Sie von der Sünde fernhalten. Alles haben wir versucht ... wir hatten Geduld mit ihnen. Aber man kann ihnen nicht helfen. Sie lassen sich höchstens eine Weile ruhigstellen, aber dann geht es wieder von vorne los. Ist der Teufel einmal in dich gefahren, dann für immer. Bis zum bitteren Ende.«

Jegor beginnt zu schlottern. Die Nackenhärchen stellen sich ihm auf. Wenn er nicht selbst gesehen hätte, wie die Menschen am Fluss ... und auf der Brücke ... Und da wird ihm schlagartig klar: Sie sind nicht vor etwas weggelaufen, sondern zu etwas hin. Hierhin. Zum Wachtposten. Auf diese Seite. Männer. Frauen. Kinder. Nur der Fluss hat sie daran gehindert. Hat ihnen den Weg abgeschnitten und sie erstickt.

Jegor ist wie zur Salzsäule erstarrt. »Aber wozu dann? Wozu nach Moskau?«

Der Pope sieht Jegor prüfend an. Nickt. »Wozu? Damit sie euer Moskau fressen«, sagt er mit gleichmäßiger, dumpfer Stimme, ohne auch nur eine Silbe zu betonen. »Damit Moskau endlich vom Erdboden verschwindet.

Wie Sodom und Gomorrha, als es Schwefel und Feuer regnete auf die Sünder. Genauso soll Moskau bestraft werden für all das Böse, das es über die Welt gebracht hat. Bestraft!«

Das langgedehnte Tuten der Lokomotive holt Marussja aus ihrem tiefen Dämmer. Es dauert lange; das Pfeifen sickert in ihren Schlaf, mischt sich heimlich in ihren Traum. Sie ist Studentin und eilt zum Bahnhof, will ihren Nikita abholen, der sie aus Perm besuchen kommt. Der Zug steht schon da, pfeift ungeduldig, will weiter. In Jaroslawl hält er nur zwanzig Minuten, aber in zwanzig Minuten schafft sie es niemals zum Bahnhof: Es ist Winter, die Straßen sind vereist, sie muss langsam und vorsichtig auftreten. Gott sei Dank machen die Beine mit, denkt Marussja, Gott sei Dank.

Der Zug pfeift und pfeift, als ob es nur ihr gelte, als warte er nur auf sie: Alle anderen haben ihre Liebsten schon abgeholt, nur du, Marussja, du brauchst zu lange, du hältst uns auf. Beeil dich, sonst nehmen wir deinen Nikita für immer mit nach Moskau.

Das Glatteis! Das Glatteis ist schuld, weint Marussja, wartet auf mich, ich laufe doch, so schnell ich kann, nehmt ihn nicht mit, lasst ihn hier! Es ist ein böser Traum, zähfließend und bang. Allmählich wird er zu real, um weiterzuschlafen; sie macht die Augen auf.

In ihrem Zimmer und im Hausflur ist es dunkel. Marussja will die Lampe auf dem Nachttisch einschalten, aber sie kann sich nicht bewegen. »Nikita! Nikita, kannst du das Licht anmachen?« Dann erinnert sie sich, dass er heute Nachtschicht hat und Michelle bei ihr bleiben wollte. »Michelle, Kindchen! Schläfst du? Hörst du mich?«

Das Pfeifen ist immer noch zu hören. Die Leute rennen schreiend durch den Hof. Marussja ist machtlos. Michelle will einfach nicht aufwachen; Marussja ruft noch eine Weile, bis ihr endlich klar wird, dass sie allein ist.

Unter der Wolldecke liegt ein fremder Körper, fremde Beine. Sie fürchtet sich vor dem Alleinsein. Marussja versucht sich zu beruhigen. »Vater unser im Himmel. Geheiligt werde Dein Name, Dein Reich komme, Dein Wille geschehe ...«

Aber dann drängt sich Jessenin dazwischen – der für immer eingebläute, wie eine Klette an ihr klebende Jessenin:

Rußschwarz fließt der Abend
Zum Fenster wie Samt
Wo hellweißes Garn webt
Still ein Gewand.

Es tänzelt die Flamme
Schatten hüpfen im Raum
Es trommelt ans Fenster
Ein uralter Baum.

Im Fenster sich schlängelt
Ein schlammiger Pfad
Die Mutter wiegt zärtlich
Ihr Kind in den Schlaf.

Singt gurrende Verse
Fürs Kind auf dem Schoß
Schlaf, meine Kleine
Schlaf, träume süß ...

Als sie am Ende angekommen ist, fängt Marussja gleich wieder von vorne an; sie wird ihn einfach nicht los.

Der Telefonist lässt sich Zeit, Polkan überlegt noch, auf wessen Seite er wohl ist ... Für oder gegen ihn? Da hört er jemanden am anderen Ende der Leitung. »Ja, Sergej Petrowitsch?«

»Wer ist da? Zipin? Hallo. Hallo, Sanja. Verbinde mich schnell mit Moskau.«

Aber ganz wohl ist ihm nicht: Wird er ihn verbinden oder gleich auflegen? Jetzt kann er nur noch auf Moskau zählen – Mütterchen Moskau, das ihn überhaupt erst in diese beschissene Lage gebracht hat.

»Zu Befehl, Sergej Petrowitsch. Ich verbinde.«

Polkan sieht aus dem Fenster, im Hof ist kaum noch jemand. Die einen haben sich zu Hause verbarrikadiert und warten ab, die anderen sind irgendwo verstreut. Bei der Lok herrscht emsiger Betrieb; die Männer in den Regenmänteln scheinen den Wachleuten irgendwas zu übergeben. Sie stören sich kein bisschen am Scheinwerferlicht. Polkan greift nach seinem Fernglas: Kisten. Die Kisten mit den Konserven. »Diese verfluchten Wichser!«

Im Hörer klingelt es lange. In Moskau ist es Nacht, und nachts schlafen die Moskauer gern, so wie sie tagsüber gut und gern essen; in Moskau gibt es Kirchen mit sanft klingenden Glocken, Restaurants mit flotten Gesangseinlagen, da gibt's sogar die Pirogow-Klinik, verdammte Scheiße, durch die Stadt patrouillieren Kosaken, alles erstrahlt in neuem Glanz ... Jetzt geht endlich ran, ihr Arschgeigen!

»Moskau Ost. Rubtschik am Apparat. Ich höre.«

»Rubtschik? Hier ist Jaroslawl! Pirogow! Ich habe vorhin schon angerufen! Es ist ein Notfall, hörst du?«

»Ich höre. Sprechen Sie.«

»Ich hatte wegen dem Zug angefragt. Ob ich ihn durchlassen soll. Der Zug mit den Tuberkulosekranken. Aus Kirow. Ich habe immer noch keine Anweisungen. Langsam drehen mir die Leute durch.«

»Schön langsam. Der Reihe nach. Was genau ist vorgefallen?«

»Welchen Dienstgrad hast du, Rubtschik?«

»Ich bin Leutnant.«

»Ist denn nicht wenigstens ein Major in der Nähe, verflucht?«

»Im Moment nicht.«

»Ach was, Major! Ich brauche hier einen General, hörst du, einen General! Ich hab' hier einen Aufstand! Die wollen, dass ich diesen verdammten Zug zu euch durchlasse!«

»Im Moment ist niemand da. Ich richte es der Frühschicht aus.«

»Wer vertritt Pokrowski?«

»Ich bin nicht befugt ...«

»Ruf da sofort an! Jetzt, von der zweiten Leitung, ich warte! Wer auch immer Pokrowski vertritt, sag ihm, dass es in Jaroslawl einen Aufstand gibt, wenn die nicht bald mal zu einer Entscheidung kommen!«

»Pokrowskis Posten ist nicht besetzt. Das heißt, er war besetzt, jetzt aber nicht mehr.«

Polkan wischt sich den Schweiß von der Stirn. In seinen Schläfen pocht es wild. Das Telefon, das schon einmal an der Wand gelandet ist, pfeift aus allen Löchern. Der Lautsprecher baumelt an zwei kurzen Kabeln, rot und blau. »Rubtschik! Ruf sofort da an, verdammte Kacke! Hörst du?«

»Ganz ruhig. Ich höre. Ich versuch's.« Er wechselt auf die andere Leitung. Tuut. Tuut. Tuut. Tuut.

Polkan geht ans Fenster. Das Telefon tutet schief auf seinem Tisch. Er öffnet das Fenster und hört Tamaras Stimme. »Jegooor! Wo bist du? Jegooooor!«

Es tutet immer noch.

Dann ein Knacken. »Ich höre?«

Polkan nimmt wieder Haltung an. »Jaroslawl. Pirogow am Apparat. Es geht um den Zug ...«

»Pirogow wer? Welcher Zug?«

»Machen Sie Witze? Der Zug, der nach Moskau will, der mit den Tuberkulosekranken, der mir hier bald alles plattwalzt! Soll ich ihn passieren lassen oder nicht?«

»Welcher Wachtposten?«

»Jaroslawl! Jaroslawl, verflucht!«

»Tuberkulose, sagen Sie?«

»Ja!«

»Ich verstehe nicht ganz, warum Sie hier anrufen. Wenden Sie sich an die Gesundheitsbehörde. Aber ob da jetzt jemand ist ... wissen Sie überhaupt, wie spät es ist?«

»Natürlich weiß ich das, verflucht! Ich brauche jetzt sofort eine beschissene Entscheidung! Jetzt, verdammt, nicht morgen!«

»Nicht in diesem Ton.«

»Willst du hier noch den Oberlehrer spielen?«

»Also jetzt ... ich habe Ihnen alles erklärt. Sie werden warten müssen ...«

»Einen Scheißdreck werde ich! Ihr Anfänger! Könnt ihr nicht mal eine beschissene Entscheidung fällen?«

»Dann entscheiden Sie doch selbst, aber auf eigene Verantwortung!«

Polkan streckt den Hörer von sich weg. Holt tief Luft, zählt bis fünf. Hält ihn wieder ans Ohr. »Na klar. Ist schon erledigt. Ihr könnt mich alle mal – das ist meine Entscheidung! Und richte das auch dem aus, der da anstelle von dem ist, der an Pokrowskis Stelle ist, dass ihr mich alle mal kreuzweise könnt, ihr beschissenen Sesselfurzer! Das hat ein Nachspiel, das schwör' ich euch. Ihr Mistfliegen!«

Polkan quetscht den Hörer mit der Hand, bis er knirscht. Dann legt er ihn behutsam zurück auf die beige Plastikgabel.

Michelle kann den Blick nicht von den Büchsen abwenden, die man ihr in die Hand gedrückt hat.

Vor der Lokomotive arbeiten mehrere Gestalten im Scheinwerferlicht. Sie laden hektisch die Gleise vom Anhänger, der neben der Lokomotive steht, schleppen sie in an Tausendfüßler erinnernde Kolonnen zum Gleisbett, wo noch die leeren Schwellen liegen, und hieven sie auf ihren alten Platz.

Sie arbeiten schnell, ohne zum blendenden Licht aufzuschauen, und stellen keine Fragen. Die Männer in den Regenmänteln stehen vor der Lok, schirmen die Bewohner des Postens von den Waggons ab; alle wollen, dass der Zug so schnell es geht weiterfährt. Dass das alles bald vorbei ist.

Der Grauhaarige erteilt jetzt weiter abseits seinen Leuten stumme Befehle.

Ein anderer, jünger und höher im Rang, hilft Michelle auf und will sie zu den anderen bringen. In der freien Hand hält er das Tablet, mit dessen Hilfe er mit den Einheimischen verhandelt hat. Aber Michelle will nicht weg, klammert sich mit dem Blick an die im Nebel liegenden Waggons. »Das war Sascha! Wohin wollt ihr mit ihm? Wohin?«

»Geh nach Hause«, schreibt der Mann aufs Display.

Michelle reißt ihm das glänzende Rechteck aus der Hand. »Wohin bringt ihr Sascha?«, schreibt sie mit zitternden Fingern.

Er wiegt den Kopf. »Nach Moskau.«

Sie blinzelt, wischt, ersetzt die Worte durch ein »Warum?«.

»Geh!«, antwortet er. »Du darfst nicht hierbleiben. Beeil dich. Solange du noch nicht ... besessen bist«. Er wischt und fügt ein »Es ist ansteckend!« hinzu.

Michelle sieht ihn an, er wirkt ziemlich jung. Sie berührt sein Gesicht – sie weiß nicht, wie sie ihren Worten sonst Nachdruck verleihen soll. »Ist es eine Krankheit? Werden sie wieder gesund?«, fragt sie.

Der Mann hält den Bildschirm schräg, leuchtet Michelle damit an – ein kleines Mädchen, starr vor Angst – und beobachtet in dem bläulichen Schein ihr Gesicht. »Nein. Keine Krankheit«, antwortet er.

»Was wollt ihr dann dort?«, schreibt Michelle.

»Es kommt aus Moskau. Wir bringen es nur zurück.«

Langsam dämmert es Michelle: Sie bringen diese Menschen, die wie Sascha, wie ihr Großvater geworden sind, nicht nach Moskau, damit sie gesund werden. Sie wollen, dass sich dieser Albtraum in Moskau ausbreitet. In ihrem Moskau! Sie stößt das Tablet mit den unerträglichen Worten von sich weg »Nein! Nein, nein, nein, nein!«, schreit sie, ohne es zu hören.

Weiter vorne wird der letzte Gleisabschnitt verlegt, die Menschen sind auf den Knien, schlagen geräuschlos Vorschlaghammer auf Stahlköpfe, nageln die Gleise an die Schwellen. Der Grauhaarige geht wieder an ihnen vorbei, befiehlt seinen Leuten, in die Lok zu steigen – scheucht sie mit einer Handbewegung von den Gleisen. Nur der junge Offizier steht noch neben Michelle. Er kann nicht aufhören, sie anzusehen.

»Nein! Das dürft ihr nicht! Niemals!« Sie dürfen Moskau – ihr Moskau, mit den Patriarchenteichen, wo man im Winter Schlittschuh laufen und im Sommer spazieren gehen kann, mit den lauten Restaurants und den durchtanzten Nächten, mit Saschas Eltern, diesen klugen und liebenswerten Menschen, die sie ganz sicher bei sich aufnehmen werden, sie und das Kind in ihrem Bauch; ihr Moskau, wo Onkel Mischa und seine Frau wohnen, und vielleicht sogar Michelles Eltern, vielleicht haben sie sich irgendwo versteckt und überlebt; ihr Moskau, von dem sie nur noch schwarze Bilder auf ihrem toten Handy hat; ihr Moskau, in das sie gestern noch aufbrechen wollte, wo sie nach nur einer Woche Fußmarsch sein könnte – sie dürfen es nicht zerstören, dürfen diese Pest nicht dorthin bringen! »Nein!«

Michelle schleudert die schmierigen Büchsen weg – es sind die gleichen, die ihr Sascha geschenkt hatte.

Sie schleudert sie von sich, als wären es giftige Spinnen, die ihr die Haut verbrennen.

Der Mann zieht sie mit einem Ruck hoch. »Wir tun euch nichts! Wir wollen nur durch!«

»Großvater! Sascha! Nein! Das dürft ihr nicht!«

Aber seine Geduld ist am Ende. Er schleift sie zum Checkpoint.

Jegor sieht aus dem Augenwinkel, wie Polkan wieder auf dem Hof auftaucht, macht einen Satz ans Fenster und schreit, so laut er kann, gegen den unablässig pfeifenden Zug an. »Nicht durchlassen! Auf keinen Fall durchlassen!«

Polkan sieht sich verwirrt um. »Jegor? Wo steckst du?«

»Die im Zug sind alle besessen! Wie Kolzow! Lass sie nicht durch!«

»Sei still!«

Jegor dreht sich um – und beißt sich auf die Zunge. Keine drei Schritte entfernt steht der Mönch und richtet eine Pistole auf ihn. »Weg vom Fenster! Weg da!«

Jegor gehorcht. Schon gut, schon gut. Hauptsache, Polkan hat ihn gehört.

Aber kaum hat er sich vom vergitterten Fenster entfernt, tritt der Pope an seine Stelle. »Wenn du den Zug nicht durchlässt, erschieße ich ihn«, teilt er Polkan mit, wobei der Lauf seiner Waffe ständig auf Jegor gerichtet ist. »Sobald der Zug durch ist, lasse ich ihn laufen. Geh nach Hause! Zwing mich nicht, dieses Lamm zu schlachten! Geh!«

»Rühr ihn nicht an!«, brüllt Polkan wie ein verwundetes Tier. »Ich bring' dich um! Jegor! Hör zu, du Arschloch: Ich hab' hier einen Fernzünder! Die Brücke ist vermint! Ein falscher Schritt, und ich jage das Ding in die Luft! Dann war's das mit deinen Kranken!«

Vater Daniil hört ihn nicht, will ihn nicht hören.

Jegor zuckt – und der Mönch drückt ab.

Ein Blitz, ein Knall, der Putz spritzt von der Wand, es hallt in den Ohren; Jegors Herz rast. Daneben.

»Zwing mich nicht dazu!«, sagt Vater Daniil ruhig. »Gegen dich hege ich keinen Groll, aber wenn du noch einmal ...« Dann wendet er sich wieder Polkan zu. »Er lebt! Aber einmal noch ... noch eine einzige Dummheit, und ich erschieße ihn! Hast du mich gehört?«

Jegor schüttelt den dröhnenden Kopf. »Schon gut!«, hört er Polkan rufen. »Ich hab's kapiert! Jegor? Lebst du noch?«

»Ja! Alles okay! Was ist mit dem Sprengsatz?«

»Das Ding funktioniert nicht! Keine Ahnung, was die da gemacht haben! Ich muss selbst nachsehen!«

»Fuck!«

»Lass den Zug durch!«, ruft der Mönch Polkan zu, der immer noch im Hof herumsteht. »Was kümmert es dich? Lass Moskau doch krepieren! Die haben es verdient! Ihr dachtet wohl, wir sind alle verreckt an eurer Pest? Aber jetzt naht die Rache!«

Jegor begreift nicht. »Wofür?«

Aber der Mönch antwortet nicht – sein Blick wandert zur Brücke, dorthin, wo der Zug steht. Der verstummt plötzlich. Dann ertönen zwei kurze Pfeifsignale. »Er fährt los!«, ruft jemand von unten.

Vater Daniil sieht es auch. »Er fährt.«

Jegor rappelt sich auf – noch ist es nicht zu spät, sich auf diesen Wahnsinnigen zu werfen. »Hörst du?

Hörst du mich?«, brüllt er zu Polkan hinunter. »Geh! Los! Jag sie in die Luft! Ich komme hier schon klar!« Er macht einen Schritt auf Vater Daniil zu, aber der sieht seinen Schatten und dreht sich ruckartig um.

»Setz dich hin!«, knurrt er. »Es ist bald vorbei. Willst du wirklich für sie sterben? Wir sorgen nur für Gerechtigkeit! Rächen uns für das Leid, was Moskau über uns gebracht hat. Für all die Qualen! Du hast es doch selbst gesehen! Diese Menschen da drüben! Das kommt alles aus Moskau! Dieses Teufelsgebet! Das Wort Satans! Im Krieg haben sie es über uns gebracht! Sie wollten die Menschen ausrotten und sich ihr Land nehmen! Wollten, dass wir uns gegenseitig zerfleischen!«

»Du lügst! Es gibt da noch Städte! Kirow! Jekaterinburg! Das hast du doch selbst gesagt!«

Vater Daniil entziffert im schwachen Lichtschein die Namen der Städte von Jegors Lippen und verzieht das Gesicht. »Städte? Da sind keine Städte mehr, da ist alles verwüstet! Nur noch Besessene, und das auch nicht mehr lange! Wir dachten, wir hätten den Angriff überstanden. Wir dachten, wir könnten sie mit unseren Gebeten retten. Aber sie sind nicht zu retten, der Wahnsinn kehrt immer wieder. Wenn du das Gebet einmal vollständig gehört hast, ist es vorbei! Ein einziges Mal! Und wir sollen Moskau verzeihen, dass es dieses Übel in die Welt gebracht hat? Und wofür? Damit wir uns gegenseitig zerfleischen, und die sich weiter schön auf ihrem goldenen Thron ausruhen? Das werden wir ihnen nie vergeben! Niemals! Wir dachten, die ganze Welt wäre vor die Hunde gegangen, aber nein! Euch geht es hier gut, ihr seid geschützt durch euren Fluss! Ihr betet zu Gott, bekreuzigt euch! Und schickt uns auch noch eure Soldaten! Wollt noch mehr Land! Noch mehr Macht! Aber nicht mit uns. Jetzt soll es nirgendwo mehr Frieden geben. Überall soll diese Seuche wüten!«

Jegor platzt gleich der Schädel. Ihm ist, als würde er Mutters Stimme hören – von ganz weit weg, irgendwo hinter der Mauer. Sie ruft nach ihm, sie braucht ihn.

Jegor sieht den Popen an.

Was redet der da? Jegor blinzelt, und sieht sich ertränkende Menschen. Blinzelt, und sieht die Leichen auf der Brücke. Presst beide Hände auf den dröhnenden Kopf – und hört die Fliegen in der klebrigen, dunklen Garage.

»Welchen Gott betet ihr da an in eurem Moskau? Welcher Gott gibt euch dafür seinen Segen? Unser Gott ist tot!«

Jegor macht einen Schritt auf ihn zu. »Und du? Zu wem betest du? Hm? Ist das keine Sünde? Du hast es selbst gesagt: Zorn ist eine Sünde!«

Vater Daniil hält Jegor auf Abstand, zielt mit der Waffe direkt zwischen seine Augen. »Wohl wahr, Zorn ist eine Sünde! Aber die schlimmste aller Sünden ist der Hochmut! Und dafür werden wir Moskau bestrafen. Für seinen Hochmut. Brennen soll es!« Er geht zurück ans Fenster. »Wo ist er hin? Wo ist dein Vater?«

Polkan ist weg. Er hat auf ihn gehört und ist verschwunden. Er tut das einzig Richtige. Jegor ballt die Fäuste. »Er ist nicht mein Vater!«

Tamara kommt zum Checkpoint gerannt – nur im Morgenmantel, barfuß. Die vier Scheinwerfer des Zugs blenden sie, die beiden Loks dröhnen; die Menschen kneifen die Augen zusammen, rennen durcheinander, wollen diesen Zug endlich weiter nach Moskau schicken. Tamara fuchtelt mit den Armen, versucht mit ihren Schreien das Geheul zu übertönen, aber niemand hört auf sie: Man schubst sie, stößt sie weg, brüllt lautlos zurück. Im erbarmungslosen Geheul der Loks geht alles unter.

Tamara hat das alles schon gesehen. In den Karten, als das Mädchen bei ihr war, und später immer wieder, als sie die Karten für sich konsultiert hat – in der Hoffnung, sie müsste nur die Frage anders stellen, um eine andere Antwort zu erhalten.

Doch es war immer dieselbe.

Die Karten, die sie aufgedeckt hat, standen auf dem Kopf und prophezeiten eine Katastrophe, den Untergang. Ein umgedrehter Wagen, ein umgedrehter Hohepriester, ein umgedrehter Teufel. Und dann der Turm, in den ein Blitz einschlägt – das unentrinnbare, endgültige Ende. Sie hatte in den Karten gesehen, was sie nun wirklich vor sich sah: Ein gigantisches, giftiges Schlangenwesen, das von der anderen Seite gekrochen kam. Eine Schlange, die ans Tor stößt, das Hindernis überwindet und weiterkriecht, um die ganze Welt zu verschlingen.

Nur den auf dem Kopf stehenden Hohepriester, den falschen Propheten, den hat sie nicht richtig gedeutet.

Sie hat gedacht, dass mit der Karte sie selbst gemeint ist; gehofft, dass sie ihr sagen wollte, dass es genug sei, dass sie aufhören soll, überall Böses zu wittern. Du redest Unsinn, setzt den Leuten nur Flausen in den Kopf und machst dir selbst völlig umsonst Angst.

Nie hätte sie sich träumen lassen, dass die Karten Vater Daniil meinen könnten; dass alles, was er sagt, gelogen sein könnte, dass sein Glaube ein falscher Glaube ist. Oder sind seine schlechten Karten nicht vielmehr der Beweis dafür, dass er die Wahrheit sagt? Dass durch die Karten Dämonen mit ihr sprechen und ihr einflüstern, sie solle sich gegen einen Mann Gottes erheben – und damit gegen Gott selbst? »Gott, vergib mir meine Schuld ... Gott, vergib mir meine Schuld ...«

Tamara sieht, wie die Leute sich abhetzen, die letzten Gleisstücke verlegen, die letzten Nägel in die Schwellen schlagen – Schora Barmalej und Serjoga, die beiden Swiridows und Ljonka –, wie die anderen dieses verfluchte Dosenfleisch aus dem Zug anschleppen, das Tamara bei einem ihrer Anfälle gesehen hat. Das Fleisch, mit dem der Teufel diese Menschen für ihre Dienste bezahlt.

»Gott, vergib mir!« Sie will sie doch nur retten – ihren Sohn, ihr Zuhause, diese dummen, unglückseligen, hungrigen Menschen ... sie kann sich doch unmöglich irren? Was soll daran falsch sein? Was?

Nein, sie ist im Recht.

Sie weiß zwar nicht, was es genau ist, das Böse in diesem Zug, aber es schlägt ihr wie ein heißer Luftschwall aus einem Hochofen entgegen, schwarz und wabernd wie die Tinte einer Krake im tiefen Meer. Es darf nicht hierbleiben, es wird alles verpesten, die Erde und die Menschen, aber weiter nach Westen, wo die Großstädte und noch viel mehr Menschen sind, darf es erst recht nicht gelangen.

Die Lok verstummt für eine Sekunde, und auf einmal spricht der Zug mit einer anderen Stimme: Er flüstert unheimlich, raschelt undeutlich. Es kommt aus den Tiefen, aus dem Innersten des Zuges, sickert aus seinen Waggons. Aber diese Stimme ist wenigstens leiser. Tamara kommt gegen sie an. »Hört auf! Tut das nicht! Ich habe gesehen, was passieren wird! Hört auf damit! Ljonka! Polja!«

»Aus dem Weg, du Hexe!«

»Tut das nicht! Serjoscha! Serjoscha! Du musst sie aufhalten! Wo bist du?«

Die Lok heult wieder auf, übertönt das Geflüster, der Zug zuckt als hätte er Krämpfe, als würde er erwachen, und setzt sich wieder in Bewegung. Die Gleise erzittern wie Drahtseile, durch die ein Stromstoß gejagt wird.

Tamara sieht, dass in der Nähe des Checkpoints noch Gleise fehlen, aber das Schlangenwesen kann es nicht erwarten, das Stück Land zu verschlingen, das ihm diese dummen Menschen in den Rachen werfen. Wie soll sie das verhindern?

Es geht alles viel zu schnell!

Neben ihr steht der Traktor, aber sie weiß nicht, wie man damit fährt. Sie würde es nicht schaffen, ihn auf die Gleise zu lenken. Und ein Traktor würde dieses Monster sowieso nicht aufhalten.

Sie schleppen das letzte Gleisstück an, machen dem Zug den Weg frei.

Plötzlich sieht Tamara Michelle.

Die Männer in den Regenmänteln schleifen sie davon. Michelle wehrt sich, schlägt mit ihren kleinen Fäusten nach ihnen – dann reißt sie sich plötzlich los, rennt davon und wirft sich vor den Zug, der Meter um Meter näher kommt.

Sie wirft sich auf die Gleise, klammert sich an die Schienen, legt ihren Kopf vor die unaufhaltsamen messerscharfen Räder. Die Männer sind schon wieder bei ihr, der Zug bremst ab, aber sie scheint sich mit aller Kraft festzukrallen –, anders als Tamara damals, als sie sich den Kosaken in den Weg gestellt hat, ist sie wirklich bereit zu sterben.

Tamara rennt barfuß über den spitzen Schotter – zum Traktor, auf dessen Ladefläche der Dieselkanister steht. Das ist die letzte Chance. Der Kanister plätschert, als sie danach greift. Ein Feuerzeug hat sie dabei. Sie hat keine andere Wahl, die Zeit läuft ihr davon.

Mit Kanister und Feuerzeug in den Händen stürmt sie zu den Leuten, die gerade das allerletzte Gleisstück verlegen. »Weg da! Weg!«

Die Menschen weichen zurück. Sie hören sie nicht, aber sie begreifen.

Sie sieht Serjoscha auf sich zurennen, stumm wie ein Fisch brüllt er die Leute an. Dann Tamara.

Da reißt Ljonka das Maschinengewehr von seiner Schulter und zielt auf die beiden. Dann legt auch Swiridow an.

Polkan greift nach Tamaras Hand.

»Lass mich!«, schreit sie.

»Sollen sie doch fahren! Scheiß auf Moskau! Sollen die doch verrecken! Ich lasse nicht zu, dass wir für diese Wichser draufgehen!«

»Nein! Nein!«

»Tamara! Komm zu dir!«

»Nein! Wag es ja nicht! Du hast es mir versprochen! Du wolltest mir glauben!«

Ljonka holt mit dem Gewehrschaft aus, Tamara zückt das Feuerzeug: Leere Drohungen genügen nicht mehr, sie muss handeln. Die Menschen rennen auseinander – nur Polkan bleibt stehen.

»Tamara!«

»Ich mach's!«

Michelle wird von den Gleisen gezerrt – man hat sie mit einem Schlag außer Gefecht gesetzt und wirft sie einfach beiseite.

»Tamara!«

»Nein!«

»Verfluchte Hexe!«

Ljonka hebt wieder sein Maschinengewehr und schießt – auf sie; die Kugeln brennen im Bauch; Tamara führt die Flamme an den Hals des Kanisters. »Gott, vergib mir«, flüstert sie noch – dann ist es vorbei. Alles geht in Flammen auf.

Polkan reibt sich den Kopf – es stinkt nach verbranntem Haar, verbranntem Fleisch; der Schrei hallt in seinen Ohren, aber es ist nur noch ein Echo. Er geht auf die Knie – sieht eine Fackel, die reglos auf der Erde liegt. Auf seinem Mantel tanzen blaue Flammenzungen. Er klopft wie betäubt darauf. Dann dreht er den Kopf und sieht Licht. Ein Zug rollt auf ihn zu, pfeift, droht ihn von den Gleisen zu werfen, will an ihm vorbei.

Polkan berappelt sich, schwankt, steht auf.

Erinnert sich, woher der Zug kommt.

Erinnert sich, was die Fackel ist.

Er rennt los, auf schweren gekrümmten Beinen, die blauen Zünglein tänzeln nur noch fröhlicher; er rennt direkt vor dem an Fahrt aufnehmenden Zug davon. Die letzten Gleise sind verlegt, die Leute in der Lok haben keinen Grund mehr zu warten.

Außer der Lok ist niemand hinter Polkan – die Explosion hat die Menschen in alle Richtungen geschleudert; die, die nicht dem Metallhagel zum Opfer gefallen sind, kriechen auf dem Boden herum und suchen irgendwo Halt.

Polkan kommt nur langsam vorwärts, seine Beine sind wie Blei, der Kopf leer – nur eines schwappt darin umher wie Wasser in einem rostigen dunklen Blechfass: Tamaras Worte. Du hast versprochen, mir zu glauben. Du hast versprochen, mich nicht noch einmal zu verraten.

Die Männer in der Lok sehen ihm von oben aus zu, verstehen nicht, warum er vor ihnen herrennt, warum er nicht von den Gleisen springt. Sie holen auf, treiben ihn vor sich her, das Röhren wird immer lauter, die Lichtstrahlen bohren sich in seinen Rücken.

Aber Polkan weiß, was er tut.

Er will sie aufhalten. Wenigstens das.

Er nimmt alle Kraft zusammen, gibt sich einen letzten Ruck.

Damit er wenigstens ein paar Sekunden vor dem immer schneller werdenden Zug die Gabelung erreicht. Ein paar Sekunden nur – bevor die Leute in der Lok es satt haben und ihn von den Gleisen fegen.

Und es gelingt.

Im letzten Moment reißt er den Eisenhebel um, stemmt sich dagegen, als müsste er die Erdkugel aus ihrer Umlaufbahn schieben.

Der Zug rast vorbei; schneller, als die Männer in der Kabine begreifen können, was passiert ist – anstatt zu bremsen, beschleunigen sie.

Mit dumpf klopfenden Rädern fliegt ein Waggon nach dem anderen vorbei. Schwarz, unheimlich, die Fenster zugekleistert, die Wände mit Kreuzen und Beschwörungsformeln bemalt, von oben bis unten voll mit zerfetzten Fahnen und Amuletten behängt; Die Lok röhrt, die Waggons schaukeln in die Gegenrichtung.

Der Zug hat die Orientierung verloren, ist von seinem Kurs abgekommen – anstatt nach Moskau zu rollen, rast er über die kurze Nebenstrecke wie ein Rammbock auf die Tore des Postens zu. Polkan schaut ihm mit benebeltem Blick hinterher. »Und?«, brüllt er. »Bist du jetzt endlich zufrieden?«

ZEHN

DIE PLATTENBAUTEN DER KOMMUNE verdecken die Sicht, deswegen scheint es, als tauche der riesige, ohrenbetäubend heulende Zug aus dem Nichts auf. Die vier Scheinwerfer verschmelzen zu einem einzigen gleißenden Lichtstrahl, die Bremsen kreischen.

In Sekundenschnelle rast er durch das offene Tor, füllt den ganzen Hof aus, fegt über die Gabelung auf die Fabrik zu – und entgleist: Die Strecke ist zu kurz für seine gewaltige Länge.

Der Zog bohrt sich in den Hof wie ein schwarzer Gastroskopieschlauch in eine Menschenkehle – fremdartig, bedrohlich, brechreizerregend. Lärm, Geheul, Kreischen, Quietschen, Donnern – dies alles erfüllt mit einem Mal den Hof und Jegors Kopf.

Die erste Lok kippt um, die nachfolgenden Wagen stürzen in einer spiralförmigen Bewegung hinterher. Sekunden später ertönt ein lauter Knall. In einem der vorderen Wagen bricht Feuer aus.

Die Lok pfeift auch im Liegen ungebrochen weiter.

Vater Daniil steht am Fenster, wie gelähmt von der plötzlichen Erscheinung. Jegor wittert seine Chance – er prescht auf ihn zu, packt die herabhängende Hand und entreißt ihm die Pistole. Daniil schreit auf, reißt Jegor an den Haaren, will ihm die Finger in die Augen bohren – aber es ist zu spät. Jegor stößt ihn weg, duckt sich, springt zur Seite – und richtet die Pistole in der schlotternden Hand auf den Mönch. »Weg! Bleib weg!«, brüllt er. »Ich knall dich ab!«

Der Pope versucht auszuweichen, windet sich, als käme aus dem Lauf ein Bündel glühend heißer Strahlen – und hält dann plötzlich inne. Er atmet schwer, die schmächtige Brust bläht sich auf, als hätte er keine Rippen. Er holt aus, wie um Jegor zu schlagen oder ihn zu verfluchen, dann aber lässt er die Hand wieder kraftlos sinken.

Er dreht sich zum Fenster und umfasst mit beiden Händen die Gitterstäbe. »Jetzt ist es egal. Sie sind hier. Tu, was du willst.«

»Sag ihnen, dass sie mich rauslassen sollen!«

Aber Vater Daniil sieht ihn nicht an – hört ihn also auch nicht. Jegor hat Angst, ihm zu nahe zu kommen, Angst, in eine Falle zu tappen; er darf nicht zulassen, dass der Pope die Waffe noch einmal an sich reißt. Also hämmert er mit der Faust gegen die verschlossene Tür. »Hey! Ist da wer? Macht auf! Hört ihr? Hey!«

Im Treppenhaus schreit jemand, die Haustür knallt zu – aber um die Zelle schert sich keiner, und ohne den Schlüssel könnte ihm sowieso niemand helfen.

»Sie kommen!« Vater Daniil – das Gesicht glühend rot im Widerschein der Flammen – zeigt auf den Hof und lacht. »Sie kommen raus«, murmelt er. »Wer Wind sät, wird Sturm ernten. Dieser Ort ist dem Untergang geweiht. Der Sturm zieht auf.«

Jegor lässt den Popen nicht aus dem zitternden Visier, tritt ebenfalls ans Fenster – und sieht es auch. Bei einem Wagen hat sich das zerfetzte Metall nach außen gestülpt, als hätte jemand eine Konserve mit dem Messer aufgeschlitzt. Flammen schlagen heraus – und im Inneren regt sich etwas, schwarz und lebendig, es bewegt sich, stumm, apathisch, obwohl es sich in dieser tausend Grad heißen Hölle vor Schmerzen krümmen müsste.

»Sind die da drin? Deine Besessenen? Sind die das?« Das sind sie, das müssen sie sein, und sie kommen heraus.

»Halt sie auf! Du musst sie aufhalten, hörst du?« Jegor packt Vater Daniil am Kragen und schüttelt ihn. »Du musst sie aufhalten!«, brüllt er ihm in die lachende Visage. »Befiehl es ihnen! Halt sie auf! Mach schon, du Mistkerl!«

Aber der schüttelt nur den Kopf. »Aufhalten? Man kann sie nicht aufhalten. Nichts kann sie aufhalten. Denkst du, sie hören auf mich? Sie gehorchen niemandem! Schau hin! Guck nicht weg! Sieh dir an, was ihr auf die Welt losgelassen habt! Ihr habt es freigelassen, und jetzt wird es euch vernichten!«

Den Flammen entsteigt eine verkohlte Gestalt. Die Arme rauchen schwarz, das Gesicht ist wie mit Pech beschmiert. Aber anstatt vor Schmerz zu brüllen, sagt sie etwas – was sie sagt, kann man durch das Dröhnen der Lok nicht hören. Jegor stößt Vater Daniil beiseite, tritt ans Gitter und lauscht ... »Was sagt er da?«

Daniil schüttelt sich vor Lachen, aber plötzlich bleibt ihm das Lachen im Hals stecken. Er sieht zu Jegor, auf die Pistole in dessen Hand. Auf die von außen verriegelte Tür. Dann wieder zu Jegor. »Mach das Fenster zu! Hör nicht hin!«

»Was?«

»Fenster zu! Schnell! Du darfst das nicht zu Ende hören!«

»Warum? Was ist das?«

»Ein Gebet! Das Satansgebet! Wenn du das hörst …«

Der lebende Tote steht auf seinen verkohlten Stümpfen, dreht seinen Kopf von rechts nach links, sucht nach jemandem, der ihm zuhört, seine zusammenhanglosen, sinnlosen Worte hört – durch den Lärm hindurch versteht Jegor nur Fetzen, aber er spürt, dass es nicht nur wirres Gerede ist. Spürt mit seinem ganzen Wesen, dass diese Wortfetzen eine Kraft haben, einen eigenen Willen, wie ein Parasit, der seinen Wirt immer weiterlaufen lässt, bis zur völligen Verausgabung, auf der Suche nach Menschen, über die er herfallen und die er ebenfalls infizieren kann. Dann erst darf er sterben.

Obwohl Jegor dies ahnt, schafft er es nicht, den Blick von der schwarzen Gestalt loszureißen.

»Hör nicht hin! Nicht hinhören!«

Jegor dreht sich langsam um, nimmt Vater Daniil wie durch das Wasser eines trüben Sees hindurch wahr, auf dessen Grund der Sinn seiner Worte liegt.

Und er will ihn auch gar nicht hören, will lieber der verkohlten Gestalt im Hof lauschen, diesen Worten mit ihrer ungeheuren Kraft: Was ist das für ein Gebet? Wie geht es?

Er stößt den übergeschnappten Popen zur Seite und lehnt seinen Kopf ans Gitter. »Was? Was sagst du?«

Aber der verkohlte Mann dreht sich weg, um mit jemand anderem zu sprechen, Jegor fühlt etwas wie Eifersucht in sich aufsteigen. Wer? Wer lenkt ihn ab?

Polkan.

Er kommt wankend in den Hof, in der Hand eine Kalaschnikow. Sein Blick ist wirr, das Gesicht versengt und rußverschmiert, als wäre er ebenfalls gerade aus dem Feuer gestiegen. Er sieht den aufgerissenen Zugwagen und die grauenerregende Gestalt, die aus den Flammen tritt. Er steuert auf sie zu, gestikuliert wild, ruft irgendetwas.

Jegor will, dass der Verkohlte nur mit ihm spricht, ihm seine Wahrheit verkündet, bevor er stirbt – was nicht mehr lange dauern kann –, aber dieser Schweinehund von Polkan will mal wieder den ganzen Kuchen für sich! Nichts da. Der Kuchen gehört Jegor. Er krallt sich an die Gitterstäbe.

»Ey! Heeey!«, brüllt er. »Hau ab! Weg da! Das ist meiner! Hey!«

Polkan hebt den schweren kahlen Schädel und guckt finster. Er braucht einen Moment, bis er kapiert, wer da ruft und was er von ihm will.

Dann wendet er sich wieder ab und geht stumpf auf die schwarze Gestalt zu, bleibt zehn Schritte vor ihr stehen, bohrt seinen Blick hinein. Schüttelt den Kopf.

Auch Vater Daniil sieht Polkan. »Er ist verloren!«, schreit er entsetzt. »Geh da weg! Geh weg vom Fenster! Du wirst verrückt, und dann bringst du mich um! Geh da weg!«

Aber Polkan hebt das Gewehr so langsam, als würde es eine Tonne wiegen, und ballert drauf los, durchsiebt den Mann mit rauchenden Kugeln. Der verstummt und sackt sofort in sich zusammen wie eine Vogelscheuche, die nie wirklich lebendig war.

Polkan winkt Jegor schwerfällig zu. Kehrt um und geht zum Hauseingang zurück. Plötzlich fällt von Jegor alles ab – die Eifersucht, die er gespürt hat, der Hass, die Gier nach diesen bruchstückhaften Worten. Er schubst Vater Daniil weg und lacht triumphierend. »Hast du gesehen, wie er den weggeballert hat? Die machen wir fertig!«

Der Pope schüttelt nur seinen dürren Bart: Nein, nein, nein. »Das wird nichts nützen!«

»Und du? Dich hat's doch auch nicht erwischt! Und die in der Lok? Ihr seid doch auch normal?«

Jegor hebt seinen Daumen: Du bist doch gesund! Er fuchtelt mit der Pistole, als wollte er mit einem Stock ein in die Enge getriebenes Tier bedrohen. Der Pope verzieht das Gesicht. »Ich bin taub! Und die auch! Taub! Begreifst du das nicht, du Idiot? Glaubst du, wir wurden so geboren? Hm? Meinst du, wir haben das zum Spaß gemacht? Nein, sondern damit wir uns nicht anstecken. Damit wir es nicht hören. Einen anderen Weg gibt es nicht!«

»Du lügst!«

»Mit einer Nadel. Einem glühend heißen Draht. Ins Trommelfell. Ein Stich und du bist taub für immer. Ich zeig's dir! So! Willst du du selbst bleiben? Dann ist das der einzige Weg! Bereit?«

Jegor schlägt die Hände weg, die sich ihm entgegenstrecken, taumelt zurück, taumelt vor Angst, obwohl er es ist, der die geladene Waffe in der Hand hält, und nicht dieser irre gewordene Pope.

Als der Zug Fahrt aufnimmt, stemmt sich Michelle vom spitzen Schotter hoch, steht auf, rennt hinterher und hämmert mit ihren aufgeschürften Fäusten gegen die schwarzen, blinden Waggons; sie hört nichts – weder das eigene Hämmern noch das Poltern der Räder noch das Pfeifen der Lok. In dieser Totenstille erscheint ihr alles unwirklich, wie im Traum. Aber durch den Traum fällt es ihr leichter zu glauben, was sie gesehen hat. Ihren Großvater, Sascha, diese Leute, die Moskau vernichten wollen.

Sie fleht den Zug an stehen zu bleiben, sie verflucht ihn – aber er rollt stur immer weiter. Die Wagen gleiten geräuschlos an ihr vorbei, bis auch der letzte durch ist. Und dann, als sie schon aufgeben will, geschieht plötzlich etwas Unerwartetes. Der Zug biegt ab und rast, statt weiter nach Moskau zu rollen, ungebremst auf den Posten zu.

Michelle traut ihren Augen nicht. Kaum ist sie stehen geblieben, rennt sie wieder los, setzt alles daran, ihn einzuholen. Sie versteht längst nicht mehr, was sie in diesem Traum soll, sie weiß nur, dass sie die Menschen in der Lok aufhalten muss – koste es, was es wolle.

Die Schlange ringelt sich zu einem Halbkreis zusammen und schießt auf das offene Tor zu; unter den Rädern sprühen Funken – die Lokführer haben begriffen, dass sie in eine Falle gelockt wurden, und versuchen zu bremsen, aber es ist zu spät, der Zug rast ungehindert über das falsche Gleis.

Soll diese Schlange ihn doch verschlingen, diesen schrecklichen, ihr so verhassten Ort – besser den als ihr geliebtes Moskau! Wenn sich diese Taubstummen unbedingt rächen wollen, sollen sie hier ruhig alles zu Kleinholz verarbeiten, diesen verfluchten Wachtposten und alles, was drin ist!

Michelles Knie sind blutig geschlagen, ihre Knöchel schmerzen bei jedem Schritt, aber sie zwingt ihre Beine, weiterzulaufen – so wie die grauenerregenden Gestalten im Zug ihre gebrochenen Arme gezwungen haben, gegen die vergitterten Scheiben zu schlagen.

Sie ist am Ende ihrer Kräfte; aus ihrem Laufschritt wird nur noch ein Kriechen; sie erreicht das Tor, als der Zug längst hindurchgerast ist. Dann lodert hinter der Mauer etwas auf und der Himmel färbt sich einen Moment lang glutrot. Sie kommt in dem Augenblick durch das Tor, in dem Polkan die verkohlte Gestalt aus dem aufgeplatzten Wagen mit Blei vollpumpen will.

Sie schleppt sich zu Polkan, will ihm erzählen, wer, was in diesen Wagen ist, aber da sieht sie die schwarze Gestalt schon auf ihn einreden. Sie denkt daran, was mit ihrem Großvater geschehen ist, versteht, was gleich mit Polkan geschehen wird.

Sie stürzt zurück zum Tor, vor dem immer noch Anton steht, von allen vergessen, völlig perplex. Er hat das Tor nicht schnell genug schließen können und weiß jetzt nicht, was er tun soll. Er fragt Michelle irgendetwas, bewegt den Mund wie ein Fisch, aber jetzt ist nicht die Zeit für Erklärungen.

Sie krallt beide Hände in das Eisen, stemmt sich mit dem bisschen Gewicht, das sie hat, gegen den Torflügel, greift um, zieht von der anderen Seite – ihre Fingernägel brechen, aus den aufgeschnittenen Handflächen sickert Blut, aber sie spürt den Schmerz nicht, sie hört und spürt überhaupt nichts mehr. Als ein Torflügel zu ist, klammert sie sich an den zweiten; Anton ist endlich zu sich gekommen und packt mit an, hat aufgehört, Antworten von ihr zu erwarten –

er spürt einfach, dass es ihr wichtiger ist als das eigene Leben, dieses Tor zu schließen.

Als das geschafft ist, küsst Michelle Antons nach Maschinenöl stinkende Hände; erst dann blickt sie zurück.

Polkan wankt auf sie zu, den aufgerissenen, lodernden Waggon im Rücken. Er grinst und biegt dann ab, sieht nicht, wie aus dem klaffenden Loch hinter ihm wieder etwas hervorkriecht.

Die Loks sind entgleist und auf die Seite gekippt, mehrere Wagen sind hinterhergestürzt. In der Nähe der Loks bewegt sich etwas, jemand versucht, sich zu befreien. Was passiert, wenn sie draußen sind?

Seltsamerweise hat sie keine Angst, fürchtet sich nicht davor, hier mit ihnen eingesperrt zu sein. Ihre Arbeit ist noch nicht getan. Und ... in einer Welt ohne Geräusche kommt sicher auch der Tod ganz still.

Aus den Fenstern der Kommune starren stumme Menschen und zeigen auf den Zug im Hof. Woronzow, Serjoga, Dunja, die beiden Morosows. Aus dem Hauseingang lugen Kinder; Michelle sieht genauer hin, versucht sie zu erkennen: Alinka, die Tochter der Manukjanows, und Arkascha Beloussow mit der kleinen Sonja – er hält sie sicherheitshalber so fest am Handgelenk, dass sie sich keinen Schritt von ihm entfernen kann.

Sonja sieht Michelle an, wie sie sie immer ansieht: verschwörerisch und mit einem Ausdruck stiller Bewunderung. Sie formt unhörbare Laute mit ihren kleinen Lippen. Zeigt auf den Zug, hebt den Daumen.

Michelle durchfährt ein Stich. Was hat sie getan? Hat sie die Kleine auch hier eingesperrt? Mit diesen

Menschen aus dem Zug? Was mit ihr passiert, ist ja egal, aber die Kinder ... Wie konnte sie ... jetzt werden alle ... auch die Kinder ...?

»Bringt sie weg! Schafft die Kinder hier weg!«

Sie stürzt auf Arkascha zu, der sich kaum auf den Beinen halten kann, sieht hinauf, sucht verzweifelt nach den Fenstern der Manukjanows – wo ist Alinkas Mutter, verdammt? –, schreit, brüllt sich die Seele aus dem Leib. »Versteckt die Kinder! Bringt sie hier weg! Hört ihr?«

Aber sie hört sich ja nicht einmal selbst. Sie schreit so laut, dass ihr Kopf zu zerplatzen droht, aber in den Ohren spürt sie bloß einen stechenden Schmerz.

Sie redet auf Arkascha ein, fleht ihn an, greift nach Sonjas Hand, aber Arkascha glotzt nur, als wäre sie verrückt geworden, schubst sie weg, will nach ihr treten, packt seine Tochter – Hände weg! – und zieht sie hinter sich her, um den Zug von Nahem zu bestaunen. Sonetschka sieht über die Schulter zu Michelle, aber ihr Vater reißt sie mit einem Ruck zu sich heran: Bei Fuß!

Michelle muss zu Tatjana Nikolajewna! Auf die Lehrerin werden sie hören!

Sie fliegt die Treppenstufen hoch, hämmert gegen ihre Tür und rüttelt an der Klinke. »Tatjana Nikolajewna!«, ruft sie. »Machen Sie auf! Hier ist Michelle!«

Jemand steht auf dem Treppenabsatz hinter ihr – es sind die beiden Nikischins, er in Gummilatschen und Unterhemd, sie im schlabbrigen T-Shirt. Sie zerren an ihr: Was hast du? Aber Michelle beachtet sie nicht, sie muss mit der Lehrerin sprechen. »Tatjana Nikolajewna!«

Endlich öffnet sie. Fragt etwas, aber Michelle versteht kein Wort.

»Versammeln Sie die Kinder! Sie müssen die Kinder verstecken! Vor diesem Zug! Die Leute da drin haben eine ansteckende Krankheit!« Sie fasst Tatjana Nikolajewna am Ärmel, zerrt daran; die Lehrerin fährt Michelle mit den Fingern über die Wangen, berührt die Ohrläppchen – ihre Finger werden feucht und rot.

Michelles Augen brennen, alles verschwimmt, aus den nutzlosen Ohren sickert es heiß. »Sie sind doch ihre Lehrerin! Ihnen vertrauen sie! Auf Sie werden sie hören! Bitte! Sie müssen mitkommen!« Wie soll sie sie nur überzeugen? Wie? »Helfen Sie mir! Hilfe!«

Die Tür fliegt auf. Das Licht aus dem Treppenhaus flutet den Flur der Gefängniszelle. Jegor steckt den Kopf aus dem Zimmer – da stürmt der Pope an ihm vorbei. Jegor streckt den Arm aus, bekommt noch die schwarze Kluft zu fassen, aber sie reißt, und Jegor bleibt mit einem Stofffetzen in den aufgeschürften Fingern zurück, während Vater Daniil nur kurz strauchelt und schon bei der Tür ist.

Und sofort zurückprallt. Er geht zu Boden, wischt sich mit dem Ärmel übers blutende Gesicht. Seine Nase ist zertrümmert. Er sieht sich panisch um. Der Ausgang ist versperrt. Polkan steht in der Tür und reibt sich die Faust.

Jegor rennt zu ihm.

Polkan lächelt. »Du lebst ja noch. Na, Gott sei Dank!«

»Hast du das gesehen? Den Zug, meine ich! Wie ist das passiert?«

»Na, wie schon ... ich hatte keine andere Wahl. Was soll's, mit denen werden wir schon fertig.«

»Hast du die Leute gesehen? Die aus dem Zug? Ich hab' mitbekommen, wie du ...«

»Oh ja ... war nett mit ihnen. Komm, wir haben noch genug zu tun. Wir müssen die Leute hier wegschaffen, bevor das Gemetzel losgeht. Ich weiß zwar nicht, wohin ...«

»Vielleicht in den Bunker? Den in der Fabrik. Den du mir damals gezeigt hast, du weißt schon ...«

»Pum-purum ... das könnte funktionieren.«

»Und was ist mit dem da?« Jegor deutet auf den Popen, der sich in einer Ecke zusammengekauert hat.

»Keine Ahnung. Abknallen? Wir haben Kriegsrecht. Gib mal die Knarre!«

Jegor hält Polkan zweifelnd die Pistole hin. Der nimmt sie, wiegt sie in der Hand, um das Gewicht einzuschätzen, und richtet sie dann auf den Mönch. Der macht sich ganz klein, aber er versteckt sein Gesicht nicht. Er sitzt nur da und lacht.

»Was grinst du so blöd, Arschloch?«

»Es ist vorbei. Sie mussten nur über die Brücke kommen. Jetzt hält sie nichts mehr auf. Schieß doch! Jetzt rächen wir uns.«

»Ihr hattet das alles verdient! Zur Hölle mit euch!«

Jegor hält inne und tippt Polkan an. »Stimmt das? Ist das wirklich wahr? Wir waren das? Das da waren wir?«

Vater Daniil hat keine Angst mehr vor der Waffe. »Es ist die Wahrheit, Junge«, sagt er direkt in den Lauf hinein.

Polkan macht einen Schritt auf ihn zu. »Du glaubst wohl, ich schieße nicht auf einen Unbewaffneten? Da hast du dich aber geschnitten!«

»Na sicher glaube ich das, bei deiner Henkersvisage. Aber ich habe keine Angst vor dem Tod. Wovor soll ich da Angst haben? Vor der Hölle? Da bin ich längst. Schlimmer kann es nicht werden. Nach dem, was ich drüben gesehen habe, wird mir die Hölle eine Erlösung sein.«

Jegor zieht an Polkans Ärmel. »Er sagt, dass man sich das Trommelfell durchstechen muss, damit man nicht durchdreht wie die da ... man muss völlig taub werden. Stimmt das?« Erst jetzt begreift er: Taubheit – das heißt nicht nur, nie wieder etwas von der Welt zu hören. Sondern auch, nie wieder Musik zu hören. Und keine mehr machen zu können. Das hieße ... »Stimmt das?«

Polkan schüttelt ihn ab. »Woher soll ich das wissen?«

»Du sagst doch, das waren unsere Leute ... im Krieg. Du musst es doch wissen. Du hast doch mitgekämpft. Du bist doch der verfluchte Kommandant!«

»Hab ich! Ja, und? Was interessiert mich das, womit die da gekämpft haben, was für einen Scheiß sie auf die abgeworfen haben! Ob Bomben, Seuche oder Hypnose, mir doch egal, wie die sich gegenseitig umbringen. Krieg ist Krieg!«

Der Mönch kneift die Augen zusammen, versucht zu verstehen, worüber sich Polkan so aufregt. »Es war genau andersherum!«, widerspricht er. »Wir haben euch nicht angegriffen! Ihr wart es!«

Polkan geht auf den Mönch zu, tritt ihm in den Bauch. Jegor packt ihn wieder am Arm: »Nein! Warte!

Ist das wahr? Wer hat denn nun angegriffen? Haben wir den Krieg angefangen? Hat Moskau angefangen? Und sie mit diesem Zeug da ... ganz normale Leute? Frauen? Kinder? Da liegen sogar Babys auf der Brücke! Warum? Weshalb?«

Der Mönch hustet. »Damit wir uns gegenseitig niedermetzeln. Damit wir einander an die Gurgel gehen und es so aussieht, als hätte Moskau nichts damit zu tun.«

»Dann gab es wohl einen guten Grund, was weiß ich denn«, brüllt Polkan. »Ich hab' hier, Schigaon, meinen Posten, was die da drüben machen, geht mich nichts an. Aus der Politik halte ich mich raus. Da bin ich nicht befugt. Ich stecke meinen Hals nicht freiwillig in die Schlinge, und dir würd' ich das auch nicht raten. Genug jetzt, raus hier! Zu viel der Ehre für den Scheißkerl.«

Jegor reißt ihn wieder am Ärmel. »Wir wissen doch nicht mal, was wir mit ihnen machen sollen! Es ist unheilbar, sagt er. Nur die Ohren ... kapierst du das? Man muss sich das Trommelfell durchstechen.«

Polkan baut sich vor ihm auf, beugt sich dann mit seinem Dickschädel zu ihm herunter und legt ihm die schwere Pranke auf die Schulter und drückt zu. »Der Scheißkerl lügt. Wir müssen jetzt gehen. Hier rumstehen und jammern bringt nichts. Wir müssen raus und sie aufschlitzen, nicht zimpern, sondern diese Wichser kurz und klein hacken, diese Unmenschen, die Säuglinge umbringen, frrokt, die Menschen pfählen – pfählen, das ist die einzige Möglichkeit, sie sind wie ein Geschwür, wie die Krätze, wie Maden auf einer Leiche – kapierst du das?«

Er drückt immer fester zu, seine Augen treten hervor, der Blick wird immer wahnsinniger, auf die Lippen tritt weißer Schaum, die wulstigen Finger bohren sich in Jegors Schulter – aber nicht, weil er Jegor wehtun will, sondern vielmehr so, als versinke er in einem Sumpf und versuche, sich an Jegor wieder herauszuziehen. »Wir müssen sie alle, jeden davon, von einem Ohr zum anderen aufschlitzen, messubach, die Augen mit den Fingern, zerstorr, entweder wir sie oder sie uns, wir müssen sie genüsslich pfählen, hörst du mich, jeder hat seinen, Mord Drom, also müssen wir ...«

Jegor zuckt, sieht aus dem Augenwinkel, wie der Pope davonkriecht. Polkan bemerkt seine Flucht nicht. Jegor knöpft langsam seine Jacke auf, aber Polkan stiert nur in Jegors Augen – und während der Pope gehässig lacht, geht ein weiterer Ruck durch Gregor. Da habt ihr es, Zerstor, Schigaon, summende Fliegen, klebriges Blut, Pfähle, Pfähle, rote Masse ...

»Wir müssen Mutter warnen! Meine Mutter! Kapierst du? Deine Frau! Tamara! Wir müssen sie retten! Hörst du? Wo ist sie? He! Wo? Pa! Hörst du mich?«

»Hautfetzen, Mawet, verbranntes Fleisch, Abaddon ...«

Polkans Augen werden trübe, eins wandert von unten nach oben, das andere in die Gegenrichtung, und als sie sich in der Mitte treffen, lockert er für einen Augenblick den Griff. Jegor schlüpft wie eine Schlange, die sich häutet, aus seiner Jacke – und ist noch vor Vater Daniil und dem hinterher wankenden Polkan im Treppenhaus.

Er hat eine Sekunde Vorsprung vor Vater Daniil, aber der schafft es noch, die Hand in die Eisentür zu schieben, als Jegor sie mit voller Wucht zuknallt. »Lass mich raus! Lass mich nicht mit dem zurüüüü...«

Aber Jegor schlägt – verrückt vor Angst – die Tür nur noch stärker, noch wütender gegen die herausragenden Finger, als wäre es Vater Daniil, der ihn umbringen will, und nicht der irre gewordene Polkan. Dann öffnet er die Tür ein Stück, damit der Pope seine zertrümmerten Finger herausziehen kann, und schmettert sie gleich wieder zu. Das Metall dröhnt wie eine Riesenglocke: BOMM!

Von innen drückt jemand verzweifelt gegen die Tür, aber Jegor schiebt dem tobenden Polkan schnell einen Riegel vor, den zweiten, und dreht den Schlüssel um, der noch im Schloss steckt, während der Mönch schwächlich dagegen klopft: tock-tock-tock ... Jegor steckt den Schlüssel in der Hosentasche – die Waffe hat er nicht mehr – und rennt die Treppe runter.

Tatjana Nikolajewna nickt Michelle zu – ja, ist ja gut, beruhige dich –, aber Michelle kann sich nicht beruhigen. Sie schreit, brüllt die Lehrerin an, dass sie es allen sagen muss, sie muss die Kinder verstecken, von hier wegbringen, hier bricht gleich die Hölle los, und die Kinder können ja nichts dafür; aber das Tor muss zubleiben, sonst brechen sie aus ... Die Menschen aus dem Zug, die wie Großvater sind, wie Sascha ... Was sollen wir nur tun? Was? Sie müssen es doch wissen, es sind doch Ihre Kinder!

Sie zieht die Lehrerin zum Fenster – sehen Sie doch, da unten steht er! Der Zug! Alle sehen aus dem Fenster. Tatjana Nikolajewna, die beiden Nikischins und noch jemand anderes – alle drängen sich ans Fenster und blicken in den Hof.

Aus dem aufgerissenen Waggon taucht jemand auf, er ist verletzt, aber er hält sich auf den Beinen. Er steigt aus den Flammen, als wäre nichts dabei, scheint keinerlei Schmerz zu spüren. Macht einen Schritt auf Sonjas Vater zu, der wenige Meter entfernt dasteht und mit der Hand in der verbrannten Luft herumstochert, wie betrunken um sich blickt, seine kleine Tochter belehrt. Sie spürt die Gefahr, will wegrennen, aber er lässt sie nicht.

Schon steigt der Nächste aus dem Loch, nackt, die Haut abgewetzt bis aufs Blut. Wie die Menschen, die Michelle in den Waggons auf der Brücke gesehen hat.

Und gleich dahinter folgt schon der Nächste – dick, mit kahlen Stellen auf dem Kopf, als hätte er sich die Haare ausgerissen; bis auf die Turnschuhe mit Klettverschluss ist er vollkommen nackt, der Bauch hängt in Fetzen herunter.

Ihre Münder gehen auf und zu, etwas Unsichtbares quillt daraus hervor, irgendwelche Wörter; es müssen Wörter sein, wie Michelle sie auf der Brücke gehört hat, ekelerregend und süßlich, man will sie nicht hören, kann sich aber auch nicht losreißen. Michelle dreht sich zu Tatjana Nikolajewna um: Hören Sie das? Hören Sie nicht hin!

Neben Arkascha versammeln sich noch mehr Menschen am Zug – Serjoga, Serafima und noch ein paar andere. Manche wollen helfen, andere gaffen nur, aber niemand glaubt Michelle, niemand versteht, was hier los ist, was gleich passieren wird. Serafima bekreuzigt sich, betet geräuschlos – und läuft trotzdem weiter.

»Die Kinder! Rettet wenigstens die Kinder!«

Der Mann aus dem Zug läuft langsam auf Arkascha zu, immer näher. Arkascha setzt sich in Richtung des Mannes in Bewegung und zieht Sonetschka hinterher.

Michelle stößt das Fenster auf – wenn es sein müsste, würde sie es auch mit bloßen Händen einschlagen. »Sonja! Sonja!«, schreit sie. »Lauf weg! Renn!«

Sonja blickt auf – sie hat sie gehört! Sie entdeckt Michelle und winkt.

»Lauf weg! Weg von ihnen! Sie sind böse!« Arkascha reagiert nicht. Er beachtet Michelle nicht, sieht sich gar nicht um, er läuft stur auf die entstellten Menschen zu, auf das brennende Wrack, als wollte er hineinkriechen, als wären die Leute im Zug seine Brüder.

Die drei, die schon aus dem Waggon sind, strecken sich. Nichts Ungewöhnliches, aber diese Menschen bewegen sich alle im Gleichtakt: der Verkohlte, der als Erster rausgekrochen war, der Dicke mit den kahlen Stellen und eine brennende Frau. Dann drehen sie sich zu den Schaulustigen, sehen sie direkt an und gehen Schritt für Schritt auf sie zu. Synchron, als würden sie tanzen. Wie die anderen mit den gebrochenen Armen. Wie Opa und Sascha – Stirn gegen Stirn.

»Nein, nicht! Lass sie gehen!«

Arkascha läuft immer weiter – aber Sonja hört auf Michelle, reißt sich plötzlich los, dreht sich um, rennt ein paar Schritte zurück, bleibt wieder stehen. Sie hat

Angst, sich ihrem Vater zu widersetzen, aber genauso viel Angst hat sie, ihm in die Flammen zu folgen. Sie sieht Michelle hilflos an.

Die wiederum schreit die Lehrerin an, völlig verzweifelt und so laut, dass es wehtut. »Nehmen Sie die Kinder! Bringen Sie die Kinder weg von hier!« Michelle rennt in den Hof hinunter, zu der kleinen, dummen Sonja; sie muss sie von ihrem Vater wegholen, weg von diesem Zug, weg vom sicheren Tod.

Sie rennt durch den Matsch, vorbei an den zusammenströmenden, wie von einem Magnet angezogenen Menschen – Swiridowa, Schora, den Iwanzows –, sie versucht, sie alle aufzuhalten, doch in erster Linie Sonetschka.

Ein paar Schaulustige sind schon ganz nah an den noch stehenden Wagen. Sie klettern die Leitern hoch und blicken in die übermalten, verhangenen Fenster – ein paar lassen sich davon abschrecken, andere nicht. Der Sohn der Leonidows rüttelt schon an der Tür, zum Glück ist sie abgeschlossen. Von außen verriegelt, damit die Herde beisammenbleibt.

Als würde das etwas nützen!

Der Dickwanst tritt vor Serafima, der Verkohlte stellt sich vor Arkascha, die brennende Frau vor Serjoga. Sie strecken die Hände nach ihnen aus, aber von den anderen rennt keiner weg, sie stehen einfach nur da und warten. Dann strecken auch sie die Hände aus. Der Dicke reißt der alten Serafima das Kleid herunter, der Verkohlte zieht Arkascha aus, die Frau den großen schlaksigen Serjoga. Und alle reden sie ununterbrochen aufeinander ein. Aber Michelle hört sie nicht. Sie muss sofort Sonetschka hier wegbringen, weg von ihrem Vater, in Sicherheit.

Michelle winkt die Kleine heran, aber Sonja hat Angst – wahrscheinlich ist Michelle voller Blut und ihr Gesicht zu einer Grimasse verzerrt. Sonja dreht sich langsam weg, wendet sich immer weiter ihrem Vater zu ...

Michelle schnellt nach vorn, greift Sonjas Hand und zieht sie weg – hoffentlich bekommt der Vater nichts mit, hoffentlich dreht er sich nicht nach ihr um. Nein. Er bemerkt nicht mehr, dass man ihm sein Kind wegnimmt. Das Band ist gerissen.

Auf einmal drehen sich die sechs wie die Zacken eines Zahnrads um und schleichen tänzelnd, murmelnd auf Schora, die Iwanzows und Polja Swiridowa zu.

Die widerstehen noch – vielleicht, weil der Zug noch pfeift und sie die Stimmen nicht hören –, weichen zurück, weil sie die vertrauten Gesichter nicht mehr wiedererkennen, tauschen entsetzte Blicke aus. Aber wie lange werden sie durchhalten?

Plötzlich erwachen die sechs – die drei aus dem Zug, die nackte Serafima mit ihren schlaffen leeren Brüsten, Serjoga, den Kopf im Pullover verheddert, und Arkascha mit erigiertem Penis – wie aus einem Dämmerschlaf, stürzen los, springen wie rasend auf die fassungslosen Menschen, werfen sie zu Boden, schlagen ihre Schädel gegen alles, was sie finden können. Arkascha bringt Polja um, Serjoga tötet blindwütig Natascha, und Serafima ...

Michelle packt Alinka Manukjan, die starr vor Angst dasteht und – wahrscheinlich – kreischt. »Sieh da nicht hin! Schau weg! Nicht hinhören! Kommt mit!« Dann wirft sie selbst einen Blick zurück. Sie sieht aus dem Augenwinkel, wie Arkascha die Arme hochreißt und sich auf die regungslose Polja wirft. Serjoga windet sich, als würde man ihn auspeitschen. Und von der umgestürzten Lok kommen langsam, mit den Gewehren im Anschlag, die Männer in den Regenmänteln auf sie zu.

Michelle schafft es noch, die Rondik-Zwillinge von der Treppe wegzulocken, indem sie sagt, dass ihre Eltern nach ihnen suchen und sie sie zu ihnen bringen will. Michelle weiß nicht, was sie antworten, aber es ist ihr auch egal.

Sie muss sie alle verstecken, irgendwohin in Sicherheit bringen, bis dieses Massaker vorbei ist. Sie haben doch nichts verbrochen, sie dürfen nicht sterben!

Aber wohin mit ihnen?

Jegor hockt in Treppenhaus, die Arme um die Knie geschlungen. Er zittert und hört noch deutlich Vater Daniils Gekreisch in seinem Kopf widerhallen. Als der Pope da drin getötet wurde, war sein Gebrüll im ganzen Haus, über den ganzen Hof zu hören – der Zug hatte sich endlich an seinem Geheul verschluckt und war verstummt.

Schüsse!

Jegor zuckt zusammen, schnellt hoch wie eine Sprungfeder, späht aus dem Hauseingang. Sieht Michelle, die sich im Nachbareingang versteckt, umringt von einem Haufen Kinder – die Rondik-Jungs und noch ein paar andere; er ruft ihren Namen, aber sie hört ihn nicht. Er setzt einen Schritt vor die Tür – und wird fast erschlagen. Gerade noch sieht er aus dem Augenwinkel, wie jemand auf ihn zu prescht und die langen Arme wie ein Gorilla schwingt. Es ist Serjoga – vollkommen nackt! Die Augen quellen hervor, auf Brust und Bauch klaffen tiefe Wunden, aus denen zähes Blut sickert. Serjoga sieht Jegor und streckt die Hände nach ihm aus, beginnt, mit diesem sinnlosen, wahnsinnigen Zungenbrecher auf ihn einzureden, genau an der Stelle, an der Polkan aufgehört hat; er muss Jegor unbedingt damit besudeln, beschmutzen, bevor ihm das Blut ausgeht.

Jegor rennt los, an den Häusern vorbei zu den Garagen. Serjoga setzt ihm mit wilden Sprüngen nach, ohne Michelle zu bemerken, die sich in den Hauseingang drückt. Warum ausgerechnet dort? Jegor hat keine Zeit zu überlegen. Nur ein Gedanke pocht in seinem Kopf: Hauptsache weg von Michelle, weg von den Kindern, die sicher noch schneller durchdrehen als Polkan.

Er rennt hinters Haus, wo in zwei Reihen die aus Blechplatten zusammengeschweißten Garagen mit den dreieckigen Dächern stehen. Die Türen sind geschlossen, aber Jegor weiß, dass bei den meisten nur ein Riegel vorgeschoben ist; zumindest war das früher so.

Aber an der ersten Tür hängt ein Schloss. An der nächsten auch. Hinter ihm hört er schwere schmatzende Schritte, Serjoga röchelt durch die Löcher in seiner Brust. Er röchelt und murmelt unverständliche Wortfetzen ... Jegor biegt in die zweite Garagenreihe ein ... Sackgasse!

Da – eine Lücke! Ein Tor ist offen. Schnell rein … Wie geht das zu, verdammt?

Ein winziger Riegel, fingerbreit. Jegor zieht mit aller Kraft die klemmende Tür zu, schiebt den Riegel vor – rostiger Staub rieselt herab.

Schon sind die Schritte wieder da. Schritte und heiseres Geröchel. Serjoga hat ihn eingeholt.

Jegor legt sein Ohr an die Blechtür – ist er stehen geblieben? Oder weitergelaufen?

Röcheln. Er ist hier. Steht da und wartet. Lauscht ebenfalls …

Im Hof fallen Schüsse, jemand brüllt wie am Spieß, der Zug pfeift wieder los – jetzt begreift Jegor, warum: Er soll das Gemurmel übertönen, aber er verstummt gleich wieder. Auch die Schüsse fallen nur vereinzelt, als wären die Schützen zu wenige, als würde die Masse der Angreifer sie unter sich begraben.

BOMM!

Ein Fausthieb, von außen, gegen die Stahltür direkt vor seinem Ohr. Der Schlag ist so hart, dass sofort klar ist – Serjoga, oder was von ihm übrig ist, spürt weder seine Kraft noch seinen Körper. Er schlägt zu, als könnte man Metall mit der bloßen Faust durchstoßen. Und das Metall gibt nach.

Dann krallt er sich an der Tür fest und zerrt ungelenk, aber mit einer unmenschlichen Kraft daran: der Riegel ächzt und biegt sich. Jegor brüllt los, brüllt gegen seine Angst an. »Hau ab! Verpiss dich! AAAHH! HAU AAAB!«

Serjoga erstarrt für einen Moment. Und antwortet dann mit seiner hohen Stimme, über die sich der ganze Posten immer lustig gemacht hat. »Zherb mor rumb reiß riff menschschsch schigaon todt gdärrrm ra tttodt kbkuv …«

Jegors Kopf schwillt an, seine Beine werden weich, die Unwörter sickern wie Quecksilber wie Schlangengift wie flüssiges Blei in seine Ohren, es gibt keine Rettung, er hat sich hier selbst eingesperrt. Jegor versucht, das Gebrabbel mit seinem Geschrei zu übertönen, aber die Laute verheddern sich, verknoten sich in seinem Mund, der Kiefer krampft sich zusammen. »Verpsss… Haau… Haaa… aaa…«

Jegor wankt, fängt an zu zucken, fällt auf die Knie, kriecht in die hinterste Ecke der Garage, tastet nach dem Werkzeug auf dem Boden, wirft dabei Hammer, Säge, Meißel zur Seite. Dann findet er eine große Streichholzschachtel – sie ist randvoll mit glänzenden neuen Nägeln.

Ohne noch zu wissen, was er tut, steckt er sich einen Nagel in ein Ohr, dann einen zweiten ins andere.

»Mor toood schwarrr ttschuuu aabaaaaddooon zhooo hhummm khvabh!«

Jegor befiehlt seinen Händen, sich zu heben, nimmt sie auseinander – und jagt sich mit einem Schlag die Nägel ins Trommelfell.

Blitz – Donner – Krach – Tod!

»Alle nehmen sich an den Händen! Schenja, los jetzt! Nimm Alinas Hand. Sonja! Komm zu mir.« Die Kinder starren sie mit aufgerissenen Augen an, brabbeln irgendetwas, aber sie versteht nichts. Sonja heult, Alina plappert ohne Unterlass, die Rondiks drücken sich schweigend aneinander.

Früher wären sie schon längst einfach davongerannt, doch nach dieser Schulwoche hören sie auf Michelle. Jetzt stehen sie da, warten darauf, dass sie ihnen sagt, was da draußen los ist und was sie tun sollen.

»Ich höre nichts«, teilt Michelle Alina mit und zeigt auf ihre Ohren. »Ich bin taub. Jemand hat direkt neben meinem Ohr geschossen, und jetzt höre ich nichts mehr. Deswegen macht ihr einfach, was ich sage, okay? Nickt, wenn ihr mich verstanden habt.«

Die Kinder nicken. Aber was soll sie ihnen sagen? »Wir müssen uns verstecken. Ihr dürft nicht in den Hof. Da sind böse Menschen. Habt ihr verstanden?«

Nicken. Sonja klammert sich so fest an Michelles Hand, dass ihre Finger weiß werden. Die Kleine hat alles mitangesehen. Sie hat schon wieder vergessen, dass Michelle taub ist, fragt sie irgendetwas.

»Ich kann nichts hören. Wirklich, gar nichts. Kommt! Wir gehen ... in den Klassenraum!« Die Fenster dort gehen zur anderen Seite raus, nicht in den Hof. Sie zieht die Kinder in einer Kette hinter sich die Treppe hoch. Jemand kommt ihnen entgegen: Julja Winogradowa.

»Im Hof wird geschossen«, sagt Michelle und bemüht sich, ruhig zu klingen. Wahrscheinlich vergeblich. »Ich bringe die Kinder ins Klassenzimmer. Da gehen die Fenster zur anderen Seite raus. Bringen Sie Wanja zu uns.«

Julja nuschelt etwas, aber Michelle kann jetzt nicht schon wieder erklären, dass sie nichts hört. Sie läuft einfach weiter mit ihrer Kinderschar – fremde, verheulte Kinder, mit denen sie vor wenigen Wochen noch nichts am Hut hatte und die sie jetzt nicht mehr im Stich lassen kann.

Im nächsten Stock holt Julja sie ein, sie hat Wanja dabei, vertraut ihn ihr an – so einfach geht das? Michelle packt den ernst dreinblickenden Vierjährigen am Handgelenk, es ist unbequem für ihn, aber sicher ist sicher – nicht dass er ihr aus den schwitzigen Fingern gleitet.

Das Klassenzimmer ist abgeschlossen.

Michelle dreht sich ratlos zu den Kindern um. Sie hoffen auf sie ...

Aber sie hat doch den Schlüssel!

Tatjana Nikolajewna hat ihn ihr gegeben, damit sie selbst abschließen kann, wenn sie mit dem Aufräumen fertig ist. Da ist er. Sie will den Schlüssel ins Schloss stecken, trifft erst beim dritten Versuch, schafft es nicht ihn umzudrehen – Sonja zerrt an ihrer Hand.

»Warte! Warte kurz!« Michelle hört sich nicht, und Sonja scheint sie auch nicht zu hören, sie lässt nicht locker, zappelt herum, windet sich in Michelles Griff. Komm schon! Geh auf! Michelle ist ganz heiß. Sie schwitzt, will den verdammten Schlüssel am liebsten wegschmeißen. »Wegen dir bricht noch der Schlüssel ab, dann kommen wir gar nicht mehr rein. Was ist denn los?« Sie dreht sich um.

Unten steht Tatjana Nikolajewna und hält einen der Rondiks an der Hand. Ihr Kiefer bewegt sich, als würde sie dem Jungen die Leviten lesen, aber ihre Augen sind glasig, die Lippen voller Schaum. Rondik zappelt, versucht sich loszureißen – zaghaft, immer schwächer.

Michelle erkennt den leeren Blick sofort – so einen Blick vergisst man nicht. Sie lässt Sonja los, rennt die Treppe hinunter, packt Tatjana Nikolajewna an den gelockten Haaren und schlägt ihr Gesicht gegen die Fensterbank. Und noch mal. Tatjanas Kopf blutet, aber sie lässt Rondik nicht los – oder ist er es, der sie nicht mehr loslässt? Michelle will ihn zu sich ziehen, aber es ist zwecklos – es ist, als würde sie versuchen, einen LKW von der Stelle zu bewegen.

Der gefangen genommene Rondik brabbelt vor sich hin, schaut zu seinem Bruder, Tatjana Nikolajewna starrt durch das Blut, das ihr in die Augen läuft und alles rot färbt, versucht gar nicht, es wegzuwischen. Michelle schubst die Kinder eines nach dem anderen hinauf, bloß die Treppe rauf, schnell weg, bevor es auch sie erwischt – und trennt dabei die beiden Zwillinge.

Sie schiebt alle, die sie retten konnte, in den Klassenraum: Sonja, Wanja Winogradow, Alina und einen Rondik, der ohne seinen Bruder völlig hysterisch wird, schließt die Tür ab, schiebt einen Tisch davor, noch einen und noch einen. Dann hält sie Sonja die Ohren zu und brüllt, dass ihre Ohren schmerzen und wieder zu bluten anfangen.

Ein Stadion.

Die Scheinwerfer sind aus, alles ist schwarz. Jegor steht allein in der Mitte des Feldes. Die Tribünen scheinen voll besetzt zu sein, aber niemand klatscht, niemand ruft seinen Namen. Totenstill stieren die unsichtbaren Menschen aus ihren dunklen Logen; sie verschlingen ihn mit ihren Blicken, aber geben keinen Ton von sich.

Jegor nimmt die Gitarre – seine geliebte Gitarre. Sein einziges Erbstück, das Abschiedsgeschenk von seinem Vater, als er die Familie verlassen hat. Er berührt die Saiten: Sie klingen! Und er hatte schon Angst, dass auf dieser Welt nichts mehr klingt.

Aber warum kommt dann kein Mucks von den Tribünen?

Wer ist da überhaupt, und warum starren sie ihn so an, was wollen sie von ihm?

Also gut.

Er hat ein Lied für sie. Jegor geht noch einmal den Text durch:

Alles in Trümmern. Alles verstümmelt.
Völlig verwahrlost. Völlig vertrostlost.
Die Welt ist zerrissen. In Stücke gerissen.
Unwiederbringlich. Undurchdringlich.
Ausweglosigkeit aus Vergessenheit.
Ohne Gottes Trost, völlig flügellos.
Völlig losgelöst, völlig aufgelöst.
Völlig vaterlos, endlos heimatlos.

Jegor macht den Mund auf – und begreift plötzlich, was man ihm genommen hat. Man hat ihm seine Stimme amputiert, sie mit einem raffinierten Eingriff entfernt, und jetzt kann er nur noch lautlos nach Luft schnappen, die Kraft in seiner Kehle ist versiegt. Diese Aasgeier hocken da auf ihren Stangen, warten nur darauf, dass er zu krächzen anfängt – um dann in schallendes Gelächter auszubrechen. Dein Geträller kannst du ab jetzt vergessen! Aber mach dir nichts draus – dir würde sowieso niemand zuhören. Dein Jekaterinburg haben wir ausradiert, genau wie Kirow und Perm, hinter dem Fluss sind nur noch Schatten und Stille, Stille und Schatten – mehr ist nicht hinter der Brücke. Das wolltest du doch wissen – jetzt weißt du es!

Alles in Trümmern. Alles verstümmelt.

Komm schon, sprich es aus – wenn du das schaffst, schaffst du auch alles andere! Jegor nimmt seine ganze Kraft zusammen – und schafft es. Er öffnet die Augen.

In seinem Kopf pocht es heftig. Er versucht aufzustehen, aber ihm ist so schwindlig, dass er sich am Boden festhalten muss. Er atmet langsam, zählt bis zwanzig, bis hundert, beruhigt sich, ruft sich in Erinnerung, was passiert ist. Er berührt seine Ohren. Das Blut darin ist geronnen. Wie lange liegt er schon hier?

Ein Klingeln. Es klingelt in seinem Kopf. Aber sonst?

Er horcht ... nichts. Leere und nichts als dieses Klingeln.

Alles in Trümmern. Alles verstümmelt.

Er spricht die Worte aus, aber spürt die Laute nur in der Kehle, die Ohren sind durchstochen, für immer zerstört. Das war's mit deiner Musik, Jegor. Ein Klingeln für alle Ewigkeit. Er wollte nicht, dass du spielst – und hat dich ausgespielt. Jeder hat seinen Posten ... Ich werde nicht ewig da sein, Jegor. Du musst an meiner Stelle ...

»Du Wichser! Du elende Missgeburt!«

Stille.

Jegor tastet nach dem Hammer. Er beobachtet durch einen Spalt die Schatten vor der Garage. Sie bewegen sich nicht. Er berührt vorsichtig die Tür ... von außen keine Reaktion. Der Riegel ist verbogen und klemmt. Jegor zielt, haut mit dem Hammer dagegen, biegt den Riegel gerade. Dann schiebt er die Tür vorsichtig auf ... Sie stößt gegen etwas Weiches.

Serjoga liegt da wie ein verendetes Tier. Die Augäpfel sind verdreht, sodass nur das Weiße zu sehen ist. Die Verletzungen sind fürchterlich. Wie konnte er sich überhaupt so lange auf den Beinen halten? Bis zum Schluss hat der hier gewartet, um Jegor einzufangen, einzusäuseln.

Jegor schiebt sich durch den Spalt, schleicht mit dem Hammer bewaffnet durch die verstummte Welt, biegt um die Häuser und kehrt zurück in den Hof. Auf dem Boden liegt ein geköpfter Mann. Er hält sein Sturmgewehr noch in den Händen. Brandgeruch liegt in der Luft. Der Kopf ist nirgends zu sehen. Jegor will die Waffe aufheben, aber er hat Angst, den Mann zu berühren. Dann überwindet er sich endlich.

Und jetzt? Wohin?

Zu dem Eingang, in dem er Michelle zuletzt gesehen hat. Er muss ihr helfen.

Er sieht sich immer wieder um – ohne Geräusche ist alles noch beängstigender. Hinter seinem Rücken scheint sich unablässig etwas zusammenzubrauen, zusammenzuziehen. Schatten huschen umher. Irgendwo in der Ferne blitzt Mündungsfeuer auf. Vor der Hauswand klettern sechs oder sieben Menschen übereinander, bis der oberste in den zweiten Stock hinaufreicht – zum Gefängnisfenster. Die menschliche Leiter schwankt, hält aber stand. Der an der Spitze hämmert mit beiden Fäusten gegen das Fenster, scheinbar ohne

Angst davor, in die Tiefe zu stürzen. Er will jemanden befreien. Um jeden Preis. Polkan.

Plötzlich taucht eine Gestalt auf. Ihr Regenmantel flattert wie zwei Flügel. Sie mäht denjenigen, der ganz unten steht, mit einer Gewehrsalve um; einen Moment lang bleibt die Menschenleiter in der Luft hängen, dann bricht sie zusammen und fällt in den Dreck. Jegor schlüpft in den Hauseingang, rennt die Treppe hoch, stößt fremde Wohnungstüren auf. Ist sie hier? Vielleicht hinter der nächsten Tür?

Etwas stürzt lautlos auf ihn zu, Jegor schießt aus nächster Nähe, das Maschinengewehr zuckt in seinen Händen, etwas sackt weich in sich zusammen; und dann gleich noch einmal ... Jegor sieht auf den Boden. Zwei Frauen, Julja Winogradowa und die Lehrerin, vollgepumpt mit Blei, so mitleiderregend in ihren Todeszuckungen, dass Jegor sich nicht einmal überwinden kann, einen Gnadenschuss abzufeuern.

Er sieht in den Hof hinaus – jemand springt kopfüber aus dem zweiten Stock, dann noch jemand, und der nächste – eine ganze Familie, wie eine Kette. Rund um den Hauseingang blitzen Schüsse auf, aber nur an zwei oder drei Stellen.

Wo war er noch nicht? In Polkans Dienstzimmer, ganz oben, und im Klassenraum. Er klopft an die Tür.

»Michelle! Bist du da drin?«, ruft er mit stummer Stimme. »Ich bin's, Jegor!«

Niemand öffnet. Er klopft wieder – nichts.

Also geht er doch ein Stockwerk höher, in Polkans verlassenes Büro. Das Telefon ist aus der Wand gerissen, überall fliegt Papier herum, die Fenster knallen im Wind. Jegor nimmt Polkans geliebten Aschenbecher – die rote Untertasse mit Goldrand – und trampelt wütend drauf herum. Durch die Sohlen spürt er das Porzellan knirschen. »Und jetzt, hm? Wo bist du jetzt, wenn man dich mal braucht, du Arschloch?«

Er ist nicht da. Niemand ist da.

Jegor läuft wieder runter, die Tür zum Klassenzimmer steht einen Spalt weit offen. Augen funkeln ihn an. Michelle? »Ich bin's!«

Sie scheint ihn nicht zu verstehen, sieht ihn nur misstrauisch an. Dann zieht sie die widerspenstige Tür auf und winkt: Los, schnell rein!

Jegor quetscht sich durch den Spalt. Die Kinder sind auch hier. Sonetschka Beloussowa, einer der Rondik-Zwillinge, das Wunderkind der Winogradows und Alinka Manukjan. Eine Taschenlampe beleuchtet die Tafel, auf der mit Kreide »Es klopft« und daneben »Jegor, sagt er«, und schließlich »Nicht aufmachen!« geschrieben steht.

Michelle – schmutzig und mit Tränenspuren auf den rotbraunen Wangen – sagt etwas zu ihm. Er schüttelt den Kopf, zeigt auf seine Ohren: Ich höre nichts. Sie runzelt ungläubig die Stirn – und schüttelt sich plötzlich vor Lachen. Lacht und heult, heult und lacht, alles lautlos. Sie zeigt auf ihre Ohren, dann nimmt sie die Kreide. »Ich auch nicht. Bin taub«, schreibt sie an die Tafel

Er nimmt ein anderes Stück Kreide, antwortet: »Ich auch. Hab ich selbst gemacht. Nur so wird man nicht WIE SIE.«

Michelle schaut ihn zweifelnd an, nickt aber.

Sie sieht erst die Kinder und dann Jegor an.

Ihm läuft es kalt den Rücken runter. »Sie müssen hier raus«. sagt er mit Kreide. »Ich weiß, wo sie sicher sind. Im Schutzbunker. Da hört man bestimmt nichts.«

Michelle nickt.

Sie sucht die Kreidereste zusammen und stellt die verheulten Kinder in einer Reihe auf. Sie redet auf Alina ein, nimmt Sonetschka auf den Arm, weist Rondik zurecht. Sagt jedem etwas, das nur für ihn bestimmt ist.

Jegor geht als Erster durch die Tür. Leuchtet auf den Boden. »Die Lehrerin ist tot«, schreibt er für Michelle mit Kreide an die Wand. Als sie an Wanja Winogradows Mutter vorbeikommen, halten sie dem Kleinen die Augen zu. »Beeilung!«, kritzelt Jegor in den Hauseingang.

Sie müssen es zu den schwarzen Fabrikhallen schaffen, durch die Dunkelheit, durch das klingelnde Vakuum, durch die zähe Luft, modrig wie Brackwasser. Wenn sie es als Erste dorthin schaffen, könnten sie sich dort einschließen, wären sicher hinter der gusseisernen Luke. Und dann, später ... können sie überall hin.

Und sie rennen los, jeder zwei Kinderhände in den eigenen, sie rennen langsam, mit Kinderschritten, zu den Fabrikruinen mit den schiefen Mauern und den eingestürzten Dächern, sie rennen in der Hoffnung, dass das, was auch immer den Tanz der Besessenen steuert, seine Marionetten nicht vor ihnen dorthin schickt.

Die Hallen sind leer, liegen still im Schatten. Sie steigen immer tiefer in den Keller hinab. Die Kinder drängen sich an sie, ihre Hände zittern wie das flackernde Licht einer Glühbirne, die kurz vor dem Durchbrennen ist; sie stellen Fragen, weinen, wollen zu ihren Eltern. Aber um sie zu trösten, fehlt die Kraft, also ziehen sie sie einfach hinter sich her, hinab in die Tiefe, in den Bunker.

Da ist die Luke.

Jegor drückt Michelle das Sturmgewehr in die Hand, packt das Rad an der Luke, stemmt sich dagegen und dreht es langsam gegen den Uhrzeigersinn. Er klettert als Erster in die Dunkelheit, durchdringt sie mit dem Strahl der Taschenlampe. Ihm ist ganz schlecht vor Angst, aber was bleibt ihm anderes übrig. Die Kinder fürchten sich so sehr vor dem schwarzen Loch, dass sie sie eins nach dem anderen hineindrängen müssen.

Sie schließen sich ein und kauern sich eng aneinander auf den Boden. Sie halten die Kinder ganz fest.

Dann sehen sie sich an. »Morgen verschwinden wir«, kritzelt Jegor auf das Gusseisen. »Sobald es hell ist.«

»Was ist mit deinen Eltern?«, fragt Michelle.

»Keine Ahnung«, schreibt Jegor zurück.

Sie fassen die Kinderhände wieder an den Händen – nur so merken sie, wenn etwas nicht stimmt. Dann schalten sie die Taschenlampe aus, um die Batterien zu schonen. Es wird so schwarz, als hätte man die Augen zugekniffen. Und schließt man sie tatsächlich, verändert sich nichts.

Die kleine Hand in seiner drückt verzweifelt zu. Jegor dreht sich um und sieht Licht. Ein schwaches, weißes Leuchten auf einem Kindergesicht.

Das Gesicht wirkt seltsam. Kalt, starr, wie gelähmt. Nur die Lippen bewegen sich. Jegor versteht nicht: Woher zum ...?

Wanja Winogradow zittert, Jegor drückt seine Hand, versucht ihn zu beruhigen. Er sieht genauer hin und erkennt Rondik im schwachen Lichtschein, der lautlos vor sich hin murmelt ... woher kommt das Licht? Wohin schaut er?

Jegor steht auf und geht näher ran. Noch näher.

Der Junge starrt auf ein Handy. Das Handy, das Jegor auf der Brücke gefunden hat, in der Handtasche der Frau; das Handy, das jemand aus Kolzows Garage gestohlen hat. Vielleicht war es ja Rondik. Jegor beugt sich zu ihm hinunter – auf dem Bildschirm läuft ein Video. Menschen sitzen in einer Wohnung um einen Tisch, sie haben glasige Augen und Schaum vor dem Mund, und alle sprechen sie gleichzeitig in die Kamera, murmeln, murmeln, murmeln ...

Und Rondik bewegt die Lippen dazu. Jegor streckt die Hand nach dem Telefon aus, da packt Rondik ihn plötzlich an den Haaren, starrt ihm in die Augen und schnappt nach seiner Hand; das Handy fällt auf den Boden; Michelle kommt zur Hilfe, versucht Rondik von Jegor loszureißen, aber der hat plötzlich Kraft wie ein Erwachsener. Zu zweit drücken sie ihn auf den Boden. Jegor dreht sich um – und sieht, wie die anderen Kinder, anstatt vor Angst die Flucht zu ergreifen, immer näher kommen, angezogen von dem sprechenden Handy ...

Er packt es und schlägt mit dem Bildschirm wieder und wieder gegen einen Bolzen, der aus der Wand ragt, bis es zerbricht.

Dann stopft er Rondik seine Jacke in den Mund, wickelt den winddichten Stoff über sein Gesicht; Michelle setzt sich auf Rondiks Beine, Jegor presst seine Arme auf den Boden, während Rondik sich mit dem ganzen Körper windet wie Jegors Mutter, wenn sie einen ihrer Anfälle hat; die Jacke über seinem Gesicht bläht sich auf wie eine Kaugummiblase und fällt wieder zusammen. Rondik schnappt aus Leibeskräften nach der knapper werdenden Luft. Die anderen Kinder haben sich in dunkle Ecken verkrochen; Michelle und Jegor warten darauf, dass die letzten Zuckungen verebben und Rondik endgültig verstummt.

Als es vorbei ist, wiegen sie die Kinder auf ihrem Schoß, beruhigen sie und versprechen ihnen, dass alles gut werden wird. Dann zerren sie Rondiks leblosen Körper in die hinterste Ecke. Irgendwann schlafen die Kinder ein; es scheint, als wären sie noch einmal davongekommen. Jegor richtet die Taschenlampe auf ihre Gesichter. Es sind ganz normale schlafende Kinder.

Dann nimmt er ein Stück Kreide. »Wir müssen sie taub machen«, schreibt er an die Wand. »Alle.« »Jetzt.« »Anders können wir sie nicht retten.«

Michelle schüttelt bei jedem Wort nur den Kopf. Nein, nein, nein! Sie greift nach der Kreide. »Das mache ich nicht!«, schreibt sie. »Auf keinen Fall!« »Warum ich?«

»Wer sonst?«, antwortet Jegor. »Ich will das auch nicht.« »Aber es muss sein.« »Zusammen.«

Er steckt seine Hand in die Hosentasche – sie trifft auf etwas Spitzes.

Die Nägel.

Unten ist die Nacht nie vorbei, aber oben muss sie doch irgendwann enden.

Jetzt hören sie alle nichts mehr.

Gut, dass sie damit auch das Winseln der Kinder nicht mitbekommen. Aber dafür hören sie auch nicht, wenn sich draußen jemand nähert.

»Ich gehe nach oben«, schreibt Jegor. »Bleibt hier sitzen.« »Das Gewehr bleibt bei dir.« »Die Taschenlampe auch.«

»Ich bleibe nicht allein hier!«, kritzelt Michelle panisch zurück. »Wohin gehst du?«

»Wir dürfen mit den Kindern nicht da hoch«, antwortet Jegor. »Da geht es nicht raus.« »Wir müssen erst dafür sorgen, dass die nicht aus dem Zug rauskommen.« »Verstehst du?«.

Michelles Atem geht schwer, sie will etwas erwidern, aber die Kreide bröckelt zwischen ihren Fingern, weil sie so fest zudrückt.

»Wenn ich in zwei Stunden nicht zurück bin«, schreibt Jegor, »geht ihr ohne mich.« »Durch den Gang.« Sie schüttelt den Kopf. Aber er kann nicht anders.

Es muss sein. Er muss da hoch und nachsehen.

Nachsehen, ob es vorbei ist. Sich vergewissern, dass die Besessenen nicht ausgebrochen sind.

Seine Mutter finden.

Jegor ignoriert Michelles Protest, dreht am Türgriff, schiebt den Riegel zur Seite, klettert in den schwarzen

Tunnel, tastet sich taubstumm und blind durch die Dunkelheit. Er war sicher schon hundert Mal hier, trotzdem findet er den Weg nicht auf Anhieb. Er stolpert immer wieder, fällt hin, steht auf, läuft weiter. Endlich graut es im Schwarz, Umrisse treten hervor – ein Lichtstrahl fällt in diese Hölle, Jegor schnappt danach wie ein Fisch nach dem Köder.

Und lässt sich an die Oberfläche ziehen.

Oben ist es tatsächlich Tag.

Sonnenlicht sickert durch die Rauchschwaden. Asche hängt in der Luft, ohne zu Boden zu sinken.

Jegor drückt sich in die Mauer, bewegt sich mit kurzen Sprints vorwärts, späht vorsichtig um die Ecken, eilt gebückt über offenes Gelände. Dann, endlich, der Hof.

Er ist mit Leichen gepflastert. Nackte Körper, zerfleischt, mit eingeschlagenen Schädeln, von Schüssen durchlöchert. Dazwischen liegen Leute in Regenmänteln. Sie sehen aus, als hätten Wölfe an ihnen genagt. Die Menschen vom Posten sind genauso zugerichtet. Manche haben noch eine Waffe in der Hand, andere sind nackt und haben Schaum vor dem Mund.

Nichts rührt sich. Nur die Krähen kreisen lautlos über dem Posten. Alles schweigt.

Jegor beugt sich vor und hebt ein Sturmgewehr auf.

Da fällt sein Blick unter einen der Waggons – dahinter steht jemand.

Hat er ihn gehört? Oder ist er auch taub?

Jegor löst die Sicherung und lässt sich auf den Boden fallen. Er späht zwischen den Zugrädern hindurch und sieht Hosenbeine und einen lang herabfallenden

Regenmantel. Er rollt sich über den Boden, unter dem Zug hindurch, und springt auf.

Nein, er ist nicht besessen, nur verletzt. Es ist einer der Männer aus der Lok. Er humpelt vom Tor weg – das Tor steht offen! War er das? Warum hat er das getan?

Der Mann bemerkt Jegor und hebt die Hand.

Jegor erwidert den Gruß.

Dann humpelt der Mann auf einen noch stehenden Waggon zu, klettert auf die Leiter und macht sich am Schloss zu schaffen. Er will die Tür aufmachen, hinter der die Besessenen lauern!

Jegor bricht in kalten Schweiß aus. »Was machst du da?« Aber seine Stimme ist weg. Der Mann im Regenmantel hört ihn nicht, sondern hantiert ungerührt mit dem Schloss. »Die sind doch da drin! Bist du lebensmüde?«

Aber der Mann stochert stur im Schloss herum. Wie besessen ... Er ist besessen, schießt es Jegor durch den Kopf. Er würde sterben, um die anderen zu befreien.

Vielleicht wollten sie einfach nur durch. Am Posten vorbei. Vielleicht wollten sie den Leuten hier gar nichts tun, sondern diese Seuche nur nach Moskau schaffen. Sie haben doch versucht, Polkan zu überreden, haben gewartet ... aber jetzt ist ihnen alles egal. Diesem Mann, offenbar dem einzigen, der übrig ist, ist alles egal.

Jegor hebt die Kalaschnikow, zielt und drückt ab. Einmal, zweimal, dreimal. Daneben. Der Mann zückt ebenfalls seine Waffe, aus dem Lauf kommen graublaue Rauchwölkchen. Sie tanzen um Jegor herum. Pff-pff. Ganz still, beinahe fröhlich.

Der Mann zielt immer genauer. Sie kommen sich immer näher. Dann klappt der Mann plötzlich zusammen, sackt in den trockenen Schlamm und lässt die Waffe fallen. Er greift sich mit beiden Händen an den Bauch, bleibt einen Moment lang reglos sitzen und kippt dann um.

Das war nicht Jegor.

Jegor dreht sich um – woher kam das?

Aus dem Hauseingang taucht Rinat auf. Er kommt mit einem Präzisionsgewehr in der Hand auf Jegor zu und grinst. Er lebt! Hat sich verschanzt und überlebt!

Jegor grinst zurück. Die Mundwinkel ziehen sich von allein nach oben.

Rinat fragt etwas, Jegor zeigt auf seine Ohren. »Was war hier los?«, schreibt er in den Staub.

»Alle weggeballert. Keiner entwischt«, kritzelt Rinat unbeholfen zurück.

»Die im Zug nicht«, schreibt Jegor.

Rinat fletscht die Zähne. »Wird gleich erledigt.«

Schon bei dem Gedanken dreht sich Jegor der Magen um, er schüttelt panisch den Kopf. »Nein!« »Das kann ich nicht!«

Rinat zuckt mit den Schultern. »Ich schon.«

Jegor will »Danke« schreiben – dafür, dass Rinat dieses Massaker so leichtfertig auf sich nehmen will, dass er Jegor von dieser Last befreien und diese armen Irren abknallen will, die da bestimmt zu Tausenden eingepfercht sind. Jeder hat seinen eigenen Posten, jeder seine Bestimmung – und Jegor ist ganz sicher nicht zum Henker geboren. Er müsste sie aus nächster Nähe erschießen, nackte Menschen, die er nicht einmal hören kann, Männer, Frauen und vielleicht sogar ... Jegor hat längst genug; er hat schon ein Kind auf dem Gewissen. Er hat seiner Lehrerin ins Gesicht geschossen. Er will, dass es endlich aufhört. Er will nur noch seine Mutter finden, Michelle holen und dann weg hier ...

»Danke!«, schreibt er.

Aber Rinat sieht nicht hin, er ist abgelenkt.

Er hat den Kopf in den Nacken gelegt und guckt gebannt zu den Fenstern, als hätte er dort jemanden bemerkt. Jegor ruft ihn, aber Rinat beachtet ihn nicht mehr. Er bewegt sein Kinn, hält sein Ohr schräg in Richtung Fenster. Er lauscht einer Stimme.

Jegor folgt seinem Blick – was ist da?

Dann wird ihm alles klar.

Die Zelle, aus der Vater Daniil gepredigt hat. Hinter verbogenen Gitterstäben, hinter spitzen Glasscherben, steht eine Gestalt. Eine dunkle, bullige Silhouette.

Rinat zuckt zusammen, als hätte er etwas Schreckliches gehört. Dann streckt er den Rücken durch.

Jegor geht um ihn herum, damit er sein Gesicht sehen kann. Die Lippen.

Sie bewegen sich. Erst langsam und unsicher, dann immer schneller, entschlossener, ohne Luft zu holen. Jegor tritt ganz dicht an ihn heran und schießt ihm in den Kopf. Eine zähe rote Masse spritzt ihm entgegen. Jegor geht auf die Knie und übergibt sich, ätzend und sauer.

Er irrt wie betäubt zwischen den Körpern umher, sucht seine Mutter.

Läuft in die Wohnung, starr vor Angst. Aber sie ist nicht da. Alles ist leer und verlassen.

Vielleicht ist sie geflohen? Vielleicht findet er sie später? Sie muss geflohen sein, das spürt er.

Er geht wieder nach draußen, setzt sich auf die Erde.

Sieht zum Gefängnisfenster hinauf.

Die eingesperrte Ebergestalt tobt, rast, wütet – und redet, redet ohne Unterlass, sagt irgendetwas, das Jegor nicht hört. Er beobachtet Polkan hinter den Gitterstäben, dann sieht er zum Zug hinüber. Einundzwanzig Wagen, den ausgebrannten nicht mitgezählt. Einundzwanzig Wagen. Er spürt ein Zittern, die Erde unter ihm vibriert – es kommt aus der Richtung des Zuges. Die Menschen darin rasen vor Wut.

Sie dürfen nicht raus. Aber hierbleiben dürfen sie auch nicht. Sie könnten sich befreien ... Wenn nicht bald Verstärkung aus diesem verfluchten Moskau kommt.

Warum er? Warum bleibt das alles an ihm hängen?

Seine Augen brennen. Jegor reibt sie mit den Fäusten. Sein Hals schnürt sich zusammen. »Warum ich?«, brüllt er zu Polkan hinauf. »Ihr habt den Scheiß verbrochen, warum muss ich das ausbaden?«

Aber wer hört ihm schon zu. Die einen sind verreckt, die anderen haben den Verstand verloren.

Ihr wart das, ihr habt diese Seuche in die Welt gesetzt, diesen Dreck in die Welt gespuckt, es waren eure Anführer, eure Kommandeure, ihr wart dabei, ihr habt dabei geholfen oder vielleicht tatenlos zugesehen, habt weggeschaut, wolltet nichts damit zu tun haben, dachtet, es wird schon vorbeigehen. Aber nichts geht einfach so vorbei, jetzt ist die Seuche hier, sie ist ausgebrochen und hängt in der Luft, verpestet die

Erde, es wird sich nicht von allein einrenken; ihr denkt, wenn ihr tot seid, dann geht euch das nichts mehr an, es wird schon weggehen – aber es wird bleiben, für immer, und wir müssen das ausbaden, wir, eure Kinder, und wenn wir es nicht tun, dann unsere Kinder. Aber wieso müssen wir ausbaden, was ihr verbrochen habt? Warum, verdammt?

Nein, er weigert sich. Er wird nicht von einem Waggon zum nächsten gehen, er wird nicht einen nach dem anderen durchs Fenster abknallen, auf keinen Fall! Nein!

»Ich mach das nicht! Hörst du? Ich will das nicht! Warum hast du mich da reingezogen? Warum? Was kann ich dafür? Das ist euer Scheiß, das ist eure Welt! Ich mach das nicht! Du Wichser! Du verdammter Wichser! Ihr alle! Ich hasse euch alle!«

Aber wer hört ihm schon zu …

Jegor reißt sich zusammen.

Er steht auf, sammelt die Gewehre im Hof auf. Im Wachhäuschen sind noch mehr. Er geht zum Tor, versperrt es wieder. Falls doch was schiefgeht …

Rinat hätte das gekonnt. Er war genau der Richtige dafür. Mit den Kötern in den Käfigen ist er damals auch fertiggeworden … das hier ist praktisch dasselbe.

Jegor muss nachdenken. So schwer kann das nicht sein. Immer durchs Fenstergitter, immer auf Abstand. Die Stimmen, ihr Gemurmel hört er sowieso nicht. Einfach immer durchs Gitter. Direkt in den Kopf. Von einem Wagen zum nächsten. Einundzwanzigmal … schafft er das in zwei Stunden überhaupt? Was, wenn Michelle nicht so lange wartet?

Er setzt sich wieder hin, weint.

Dann steht er auf. »Gott vergibt mir, vergib mir diese Schuld! Vergib uns unsere Schuld, wie auch wir vergeben unsern Schuldigern. Und führe uns nicht in Versuchung, sondern erlöse uns von dem Bösen ...«

Wie es weitergeht, hat er vergessen.

Er fängt beim letzten Wagen an.

Sonja zerrt an Michelles Hand. Zeigt auf die Tür.

Wanja Winogradow nimmt die Kreide. »Es klopft«, kritzelt sie.

Michelle stemmt sich gegen das Drehrad der Luke, kurbelt es auf ...

Jegor fällt ihr entgegen. Er stinkt nach Verbranntem, nach Schießpulver – und leicht süßlich, wie vergammeltes Fleisch. Seine Arme hängen schlaff herunter. Er kann sich kaum aufrecht halten, als hätte man ihm das Rückgrat herausgezogen. Seine Augen sind ausgebrannt und erloschen.

Michelle schreibt: »Wo warst du so lange?«, schreibt Michelle. »Alles in Ordnung da oben?«, fügt sie unsicher hinzu, als sie in seine leeren Augen sieht.

Er hebt das Kreidestück mit Mühe, als wiege es eine Tonne, und führt es zur Wand. »Alles okay. Komm, weg hier«, kratzt er mit kaum sichtbaren Strichen.

»Es tänzelt die Flamme ... tänzelt ... die Flamme ...«

Es tänzelt die Flamme
Schatten hüpfen im Raum

Es trommelt ans Fenster
Ein uralter Baum.

Im Fenster sich schlängelt
Ein schlammiger Pfad
Die Mutter wiegt zärtlich
Ihr Kind in den Schlaf.

Singt gurrende Verse
Fürs Kind auf dem Schoß
Schlaf, meine Kleine
Schlaf, träume süß ...